时　习　文　库

墨子选

梁奇　译注

齊魯書社
·济南·

图书在版编目（CIP）数据

墨子选 / 梁奇译注. -- 济南 : 齐鲁书社, 2025.
5. -- ISBN 978-7-5333-5154-0

Ⅰ. B224

中国国家版本馆CIP数据核字第202596H2W5号

出 品 人：王　路
项目统筹：张　丽
责任编辑：张敏敏
装帧设计：亓旭欣

墨子选

MOZI XUAN

梁奇　译注

主管单位	山东出版传媒股份有限公司
出版发行	齊魯書社
社　　址	济南市市中区舜耕路517号
邮　　编	250003
网　　址	www.qlss.cn
电子邮箱	qilupress@126.com
营销中心	（0531）82098521　82098519　82098517
印　　刷	山东临沂新华印刷物流集团有限责任公司
开　　本	710mm × 1000mm　1/16
印　　张	22.5
插　　页	2
字　　数	269千
版　　次	2025年5月第1版
印　　次	2025年5月第1次印刷
标准书号	ISBN 978-7-5333-5154-0
定　　价	88.00元

出版说明

文化乃国本所系，国运所依；文化兴盛则国家昌盛，民族强大。在源远流长的中华文化长河中，经典古籍宛如熠熠星辰，承载着先辈们的智慧、思想与情感，是中华民族精神内核的深厚积淀。

2017年以来，中共中央办公厅、国务院办公厅相继出台《关于实施中华优秀传统文化传承发展工程的意见》及《关于推进新时代古籍工作的意见》等重要文件，有力推动了大众对中华优秀传统文化的关注与重视，古籍事业亦借此良好契机，迎来了前所未有的跨越发展，步入了一个崭新的黄金时代。齐鲁书社作为文化传承的重要阵地，始终秉持对中华优秀传统文化的敬畏之心，肩负守正创新之使命，积建社四十余年之精华，汇国内学界群贤之伟力，隆重推出中华经典名著普及丛书——《时习文库》。

“学而时习之，不亦说乎?”文库之名，正是源自《论语》的这句经典语录。“时习”不仅是对知识的反复学习与实践，更是一种对中华优秀传统文化持续探索、深入理解的态度。文库共分为文化类和文学类两大辑，囊括了经史子集、诗词歌赋、戏曲小说等诸多经典，旨在为读者搭建一座通往中国古代文化瑰宝的坚实桥梁。文库的编纂宗旨在于，引导读者在阅读经典著作的过程中，将学习与思考深度融合，不断从古人的智慧海洋中汲取营养，从而得到心灵的润泽与智慧的启迪。通过对经史子集、诗词歌赋、戏曲小说等多元内容的系统整理与精良审校，让中华古籍真正成为可亲、可读、可传的“活的文化”。

为了确保文库的品质，我们除升级广受好评的原有经典版本作为开发基础外，亦精选其他优质底本，以确保版本选择的卓越性；文库会聚文史学界权威，如高亨、陆侃如、王仲荦、来新夏等学界大家，群贤毕至，各方咸集；文库延聘名家成立专家委员会，严格把控丛书质量，确保学术水准；文库针对不同层次读者，精心设计文化类与文学类品种：前者左原文右译文下注释，后者文中加简注评析，实用性强；文库采用纸面布脊精装，正文小四号字，双色印刷，装帧精美，版面舒朗，典雅大方，方便易读。

在习近平文化思想指导下，《时习文库》的出版是对中华优秀传统文化“两创”“两个结合”的一次重要尝试。我们希望通过这套文库，让更多的人了解和喜爱中国古代典籍，让中华优秀传统文化在新时代焕发出新的生机与活力。同时，我们也期待广大读者在阅读文库的过程中，能够与古圣先贤进行跨越时空的对话，汲取智慧，启迪心灵，不断提升自我的文化素养和精神境界。让我们一起在经典的海洋中遨游，感受中华文化的博大精深，共同书写中华优秀传统文化传承与发展的新篇章。

齐鲁书社

2025 年 3 月

前言

墨子，名翟，生活于春秋战国之际，墨家学派的开创者。墨子的里籍，前人有二说：一为宋，《史记·孟子荀卿列传》云：“盖墨翟，宋之大夫，善守御，为节用。或曰并孔子时，或曰在其后。”《淮南子·修务训》高诱注、《汉书·艺文志》班固自注同《史记》。二为鲁，《吕氏春秋·当染》高诱注：“墨子，名翟，鲁人，作书七十一篇。”高诱认为墨子为鲁人，盖因《墨子》多载其“自鲁”“于鲁”“从鲁”，如《墨子·贵义》载“子墨子自鲁即齐，过故人”，《墨子·鲁问》有越王“遂为公尚过束车五十乘，以迎子墨子于鲁”，《墨子·公输》载墨子从鲁地“行十日十夜而至于郢”，《吕氏春秋·爱类》《淮南子·修务训》亦有相关记载。宋、鲁二国相距较近，盖鲁为其出生地，宋为其出仕之地，二者各有侧重。墨子生活的年代，大约在孔门“七十子”稍后。墨子活了八十余岁。

墨子及其弟子多是出身于下层的手工业者。《墨子·贵义》记载他游说楚惠王时，仍被称为“贱人”，《墨子·耕柱》载墨家弟子以“谈辩”“说书”“从事”为职业。《淮南子·要略》载墨子原为孔门后学：“墨子学儒者之业，受孔子之术，以为其礼烦扰而不说，厚葬靡财而贫民，服伤生而害事，故背周道而用夏政。”他因嫌儒家礼节烦琐、厚葬伤民而自动退学，改周之奢侈为夏之节俭，另立门户。墨家学派是一个组织纪律严明、行动统一的准军事化学术团体，其内部实行巨子之制，禽滑釐、孟胜、田襄子和腹䵍为墨家巨子。他们是墨家学派的领袖，是派内规章制度的制定者和主要执行者，具有绝对的权威，后世巨子为前代巨子所指定。巨子之制的实施增强了学术团体内部的向心力和凝聚力。我们由禽滑釐守宋一事也可看出当时墨家弟子人数众多且纪律严明。这正是墨学能与儒学并驾齐驱而成为“显学”，直到汉代犹以孔墨并称的一个主要原因。

《墨子》一书是墨子及其弟子、后学所著，记录墨子及其学派政治、军事、哲学等思想的典籍。《汉书·艺文志》著录“《墨子》七十一篇”，今仅存五十三篇，其思想以“十论”“墨语”为主。胡适《中国哲学史大纲》将其分为五组，其中第二组二十四篇，包含《尚贤》《尚同》《兼爱》《非攻》《节用》《节葬》《天志》《明鬼》《非乐》《非命》《非儒》，此即“十论”，“大抵皆墨者演墨子的学说”，第四组五篇，包括《耕柱》《贵义》《公孟》《鲁问》《公输》，此即“墨语”，“乃是墨家后人把墨子一生的言行辑聚来做的”。这二十九篇是了解、研究墨学的重要材料。我们在译注时将它们全部纳入。胡适认为，第一组的《亲士》《修身》《所染》《法仪》《七患》《辞过》《三辩》七篇，“皆后人假造的”。但其思想与二组、四组有一定的关联，也是春秋战国时期士人所力倡的主要思想，充分体现了先秦时期的政治思想、哲学思想，所以我们也对其进行译注。

本次译注以中华书局2015年出版的《墨子间诂》为底本，同时参校其他优良通行版本（文字、标点、分段等偶有改动）。我们博采先贤时哲已有成果之长，如毕沅《墨子注》、苏时学《墨子刊误》、张纯一《墨子集解》、李渔叔《墨子今注今译》、辛志凤与蒋玉斌等《墨子译注》、周才珠与齐瑞端《墨子全译》、谭家健与孙中原《墨子今注今译》等，同时做了一些修订工作，主要表现为以下三个方面。

其一，依据文意注译，使之更贴切。例如，《修身》“杀伤人之孩”之“孩”，如今学界多依据毕沅的“根荄”进行注译，但这与前面的“言”“声”不合，我们认为它本指小儿的笑声，此指讥笑。《非儒下》“而亲伯父宗兄而卑子也”，学者大多遵从王念孙、俞樾等人的说法，译为把伯父宗兄当作庶子一样看待，我们认为应是亲近伯父、同宗的兄弟如同庶子。《鲁问》“上有过则微之以谏”之“微之”，学界多依据《墨子间诂》译为“伺机”，我们认为应是微谏，即委婉劝谏，此有《论语·里仁》“事父母几谏”即“微谏”可证。

其二，更改讹误。对于已有注译的错误，我们尽量更改。例如，《明鬼下》“擫羊而漉其血”之“擫”，有的学者将其注为“剄”，其实该字应为“刭”，“刭也”，用刀割；“矪隹”“隹天下之合”，学界多将“隹”写成“佳”。隹，同“惟”，句首语气词，作“佳”不通。又如，《公孟》“譬犹跂以为长”之“跂”，有学者译为“踮起脚尖”，其实应为“踮起脚跟”，详见《辞海》。

其三，择善而从。例如，《耕柱》“则还然窃之”之“还然”，学界或译为“依然”，或认为应为“环然”，即惊视的样子。依据语境，我们选择了前者。《耕柱》“我岂有罪哉？吾反后”，学界译文不一致，我们译为“我难道有罪吗？我只是返回稍后”。又如，《公输》“臣以三事之攻宋也”，古今学者对“三事”的注解不一致，我们依据语境认为是前文所列举的三件事。

《兼爱》至《天志》十八篇曾由上海三联书店 2014 年出版，此次译注的变化主要体现在两方面：一是修改了先前注译的讹误或不准确处。二是增添了《亲士》《修身》《公输》等十余篇的注译。节用下、节葬上、节葬中、明鬼上、明鬼中、非乐中、非乐下、非儒上诸篇阙，目录和正文不予以体现。可以说，本次在增加量的同时，也注重质的提升，俨然是一次全新的注译。

部分篇目的初稿由我的研究生帮忙完成，最后的修改完善与统稿工作由我负责。由于水平有限，虽然我们在译注时尽了最大努力，但其中定有诸多不足，恳请方家、读者批评赐教，以便日后再版时正之。

梁 奇

2025 年 1 月 20 日

目　录

CONTENTS

亲　士

【原 文】

入国而不存其士[1]，则亡国矣。见贤而不急[2]，则缓[3]其君矣。非贤无急[4]，非士无与虑国[5]。缓贤忘[6]士，而能以其国存者，未曾有也。

【译 文】

在一国执政却不能恤问该国的士人，那么国家就要灭亡了。发现贤才而不急于任用，那么他们就会怠慢国君。没有比用贤更急迫的事了，不是贤士，就不同他谋划国事。怠慢贤才，不理会士人，而能使国家存在的，从未有过。

注 释

❶入国：进入一个国家，此指在一国执政。存：慰问，恤问。　❷急：急于任用。　❸缓：慢待，怠慢。　❹急：急迫，急切。　❺无与：不同。虑国：谋划国家事务。　❻忘：遗弃，不顾念，不理会。

【原 文】

昔者文公出走[1]而正天下，桓公去国[2]而霸诸侯，越王句践遇吴王之丑[3]，而尚摄中国之贤君[4]。三子之能

【译 文】

从前晋文公重耳逃亡国外，却匡正了天下，齐桓公被迫离国，却称霸于诸侯，越王勾践遭受吴国的羞辱后，尚能震慑中原诸国君主。这三个人之所以能够

达名成功于天下也，皆于其国抑而大丑也[5]。太上[6]无败，其次败而有以成[7]，此之谓用民[8]。

成就功业、名扬天下，均是因为他们在自己的国家能够忍受极大的屈辱。最好是不失败，其次是失败以后还能有所成就，这叫善于用人。

注释

❶ 文公出走：指晋文公重耳流亡之事。重耳做公子时，其父晋献公听信骊姬的谗言而驱逐诸公子，重耳在狐偃、赵衰等人的陪同下流亡国外长达十九年，后在秦穆公的护送下回国即位。 ❷ 桓公去国：指齐桓公小白出奔莒国之事。小白为公子时，其兄长齐襄公昏庸霸道、胡作非为，公子小白在鲍叔牙的协助下出奔莒国。齐襄公及其堂兄弟公孙无知被杀后，小白回国即位。 ❸ 越王句践遇吴王之丑：指越王勾践蒙受被吴王夫差打败并入吴为臣的耻辱。勾践，春秋时期越国国君，公元前494年被吴王夫差打败，勾践屈辱求和并带领妻子入吴为臣，后被赦免。勾践归国后卧薪尝胆，励精图治，在范蠡、文种等人的辅佐下，发展生产、繁育人口、加强军队训练，最终雪耻灭吴，迫使夫差自杀。丑，耻辱。 ❹ 摄：通“慑”，震慑、威胁。中国：中原的多个诸侯国。上古时代，我国华夏族建国于黄河流域一带，以为居天下之中，故称中国，而把周围其他地区称为四方。后泛指中原地区。 ❺ 抑：压抑，此引申指忍受。大丑：极大的屈辱。 ❻ 太上：最好。先秦时期通常用它表示最好的情况。 ❼ 其次：次好的。败而有以成：失败后还能有所成就，此指能够转败为胜。 ❽ 用民：善于用人。

【原 文】

吾闻之曰：“非无安居也，我无安心也；非无足财也，我无足心也。”[1]是故君子自难而易彼，众人自易而

【译 文】

我听说：“不是没有安定的居所，而是自己没有安定的心；不是没有足够的财富，而是自己没有知足的心。”所以君子严于律己而宽以待人，一般人宽容自

难彼。[2]君子进不败其志，内究其情[3]，虽杂庸民[4]，终无怨心，彼有自信者也。是故为其所难者，必得其所欲焉[5]；未闻为其所欲，而免其所恶者[6]也。是故偪臣伤君，谄下伤上。[7]君必有弗弗之臣，上必有詻詻之下。[8]分议者延延[9]，而支苟者詻詻[10]，焉[11]可以长生保国。臣下重其爵位而不言，近臣则喑[12]，远臣则唫[13]，怨结于民心，谄谀在侧，善议障塞[14]，则国危矣。桀纣[15]不以其无天下之士邪？杀其身而丧天下！故曰："归[16]国宝，不若献贤而进士。"

己而严于待人。君子受到重用时能不废弃自己的志向，不被重用时能探求自己的实际情况，即使杂处于平凡人之中，始终没有怨恨之心，那就是有自信的人。所以一个人如果能做困难的事情，一定会得到自己所期望的结果；从未听说过只做想做的事情，而能避免他所厌恶的结果。因而权臣将危害君主，谄媚的下属会伤害主上。君王要有敢于直言正谏的臣子，主上要有直言争辩的下属。持不同意见的人反复争辩，互相警戒的人直言相劝，才可以长久地养护民众、保全国家。大臣只看重自己的爵位而不谏诤，君主身边的臣子缄默不言，远处的臣子闭口不言，老百姓心中就会充满怨愤，阿谀逢迎之人在君主身边，好的建议被阻塞，那么国家就危险了。桀纣不正是因为没有天下的贤士而招致杀身之祸并丧失了天下！所以说："赠送给国家宝物，不如进献贤才、推荐贤士。"

注释

❶安居：安定的居所。足心：知足的心。　❷"君子自难"句：君子严于律己而宽以待人，一般人宽容自己而严于待人。难，对……严苛。易，对……宽容。　❸内：应为"衲"，即"退"字，指失意、不被重视。究：探求，反思。❹庸民：平民。　❺所难者：困难的事情。所欲：所期望的结果。　❻所恶（wù）者：所厌恶的结果。　❼偪臣：权重逼君的贵臣。偪，逼迫、威胁。谄下：谄媚的下属。　❽弗弗之臣：敢于直言正谏的臣子。弗弗，违戾、拂逆。弗，违拗、拂逆、违背，此指敢于直言正谏。詻（è）詻之下：直言争辩的下

属。詻詻，同“谔谔”，直言争辩貌。 ❾ 分议者延延：持不同意见的人反复争辩。分议者，意见有分歧的人。延延，长久，此指反复争辩。 ❿ 支苟者詻詻：互相警戒的人直言相劝。支苟，孙诒让认为应是“交敬”之讹，“交敬”即“交儆”，交相警戒、互相警告。一说指不能表白。 ⓫ 焉：乃。 ⓬ 近臣则喑（yīn）：君主身边的大臣就缄默不言。喑，缄默不言。 ⓭ 远臣则唫（jìn）：远处的大臣则默不作声。唫，闭口不言。 ⓮ 善议障塞：好的建议被阻塞。 ⓯ 桀纣：夏桀和商纣。据历史记载，桀为夏朝最后一位君主，他在位时广建宫室，强征重税，嗜酒好色，拒谏饰非，后被商汤打败。纣为商朝最后一位君主，他在位时大兴刑罚，沉溺于酒色，拒绝群臣的劝谏，后被周武王击败。夏桀与商纣王是历史上典型的暴君形象，他们均刚愎自用，不善于任用贤良之士。 ⓰ 归：通“馈”，赠送。

【原 文】

今有五锥，此其铦，铦者必先挫[①]；有五刀，此其错，错者必先靡[②]。是以甘井近[③]竭，招木近伐[④]，灵龟近灼[⑤]，神蛇近暴[⑥]。是故比干之殪，其抗也[⑦]；孟贲[⑧]之杀，其勇也；西施之沈[⑨]，其美也；吴起[⑩]之裂，其事也。故彼人者，寡不死其所长，故曰太盛难守[⑪]也。

【译 文】

现在有五根锥子，此根是其中最最锋利的，这根必然先折断；有五把刀，这把是其中磨得最快的，这把必然先损坏。所以甘甜的井水最先枯竭，高大的树木最先被砍伐，灵验的乌龟最先被灼烧，神异的蛇最先被捉去曝晒。因此比干的死，是因为他的耿直；孟贲被诛杀，是因为他的勇武；西施被沉江，是因为她的美貌；吴起遭车裂，是因为他的功业。所以这些人很少不是死于自己的过人之处的，所以说太过强盛难以维持。

注释

❶ 铦（xiān）：锋利。挫：折断。 ❷ 错：磨。靡：磨损，损坏。 ❸ 近：应为“先”。 ❹ 招木近伐：高大的树木最先被砍伐。招木，乔木，高大的树木。 ❺ 灵龟近灼：灵验的乌龟最先被灼烧。古人通过灼烧龟甲来占卜吉凶。 ❻ 神蛇近暴：神异的蛇最先被捉去曝晒。暴，同“曝”，晒。古代天旱时，古人通过曝晒蛇，以祈求降雨。 ❼ 比干：殷商王朝的重臣，他性格耿直，忠君爱国，敢于直谏，后被纣王杀死。殪（yì）：杀死。抗：正直。 ❽ 孟贲（bēn）：战国时著名的勇士，据说他不畏惧蛟龙与虎狼，力大能拔牛角，后因与秦武王比试举大鼎而致使武王丧命，孟贲获罪被杀。 ❾ 西施：春秋时期越国美女，被越王勾践献给吴王夫差，深受吴王宠爱。传说在吴国灭亡后，她被沉海而死。沈：同“沉”。 ❿ 吴起：战国时期兵家代表人物，曾仕于鲁、魏、楚。因在楚国变法而触犯了楚国贵族的利益，后被杀害。 ⓫ 守：维持。

【原 文】

故虽有贤君，不爱无功之臣；虽有慈父，不爱无益之子。是故不胜其任而处其位，非此位之人也；不胜其爵而处其禄，非此禄之主也。良弓难张，然可以及高入深；良马难乘，然可以任重致远；良才难令，然可以致君见尊。是故江河不恶①小谷之满己也，故能大。圣人者，事无辞也，物无违也，故能为天下器。②是故江河之水，非一水之源也；

【译 文】

所以即使有贤明的国君，也不会喜欢没有功劳的大臣；即使有慈祥的父亲，也不会喜欢没用的儿子。所以不能胜任工作却占据职位的人，就不是该居于此位的人；不能胜任其爵位却享受俸禄的，就不是该享受俸禄的人。好的弓箭难以拉开，但能够射得高、射得深；好马难以驾驭，但可以负重到达远方；优秀人才难以调遣，但可以使君王受到尊崇。所以江河不厌恶小溪流注满它，所以才能让自己变大。圣人不推辞事，不违背事物的规律，所以能成为治国之才。因此江河的水流，不是只有一条水源；

千镒[3]之裘，非一狐之白也。夫恶有同方不取，而取同己者乎？[4]盖非兼王[5]之道也。是故天地不昭昭，大水不潦潦，大火不燎燎，王德不尧尧者，乃千人之长也。[6]其直如矢，其平如砥[7]，不足以覆万物。是故溪陕者速涸，逝[8]浅者速竭，墝埆[9]者其地不育。王者淳泽不出宫中，则不能流国[10]矣。

价值千金的狐皮大衣，不是由一只狐狸腋下的皮毛做成的。哪有不取用志向相同的人，而取用苟同于自己的人的呢？这不是兼爱天下的君主的所作所为。所以天地不以一点光明为光明，大水不以雨后的大水为盛大，大火不以火势猛烈为炎热，君王不以自己德行高尚而自大，才能成为千万人的首领。像箭杆一样直，像磨刀石一样平，就不能包容世间的一切事物。所以狭窄的溪流干涸得快，低浅的水流枯竭得快，贫瘠的土地不能生长五谷。君王淳厚的恩泽仅惠及宫中，那么就不能遍及全国。

注释

❶ 恶（wù）：厌恶。 ❷ 事无辞也，物无违也：应为“无辞事也，无违物也”，即不推辞事，不违背事物的规律。器：器具，比喻人才。 ❸ 镒（yì）：古代黄金的重量单位，二十四两（或曰二十两）是一镒。 ❹ 此句原作“夫恶有同方取不取同而已者乎”，据俞樾说改。恶（wū）有：哪有。同方：志向相同的人。同己者：与自己意见苟同的人。 ❺ 兼王：推行兼爱主张的君主，兼爱天下的君主。 ❻ 昭：光明。潦：雨后的大水。长：作名词，首领。 ❼ 砥：磨刀石。 ❽ 逝：流，水流。 ❾ 墝埆（qiāoquè）：指土地贫瘠。 ❿ 流国：传布全国，遍及全国。流，传布、扩散。

修 身

【原 文】

君子战虽有陈[①]，而勇为本焉；丧虽有礼，而哀为本焉；士虽有学，而行为本焉。是故置本不安者，无务丰末[②]；近者不亲，无务来远；亲戚不附，无务外交[③]；事无终始，无务多业；举物而暗[④]，无务博闻。是故先王之治天下也，必察迩[⑤]来远。君子察迩而迩修者也。见不修行，见毁，而反之身者也，此以怨省[⑥]而行修矣。

【译 文】

君子作战虽然有阵法，但要以勇敢为根本；办理丧事虽然有礼仪，但要以悲哀为根本；士人虽然有学问，但要以德行为根本。因此根基树立得不牢固，就不要追求枝叶丰茂；身边的人不能亲近，就不要追求招徕远方的人；亲属不来归附，就不要追求结交外人；做事不能善始善终，就不要追求更多的事业；做事糊涂不清楚，就不要追求广见博闻。所以古代的君王治理天下，必定明察左右而招徕远方之人。君子仔细考察身边的人，身边的人才能修养自身。如果发现身边的人不修养品行，或是自己被别人诽谤，却能反过来检讨自身，这样怨恨减少而且自己的品行也得到修养了。

注 释

❶ 陈：同“阵”，布阵，列阵，阵法。 ❷ 置：通“植”，树立。无务：不要追求。末：末梢，此指枝叶。 ❸ 外交：结交亲属之外的人。 ❹ 暗：不清楚，不明白。 ❺ 迩（ěr）：近，此指亲近的人。 ❻ 怨省：怨恨减少。

【原 文】

谮慝[①]之言，无入之耳；批扞[②]之声，无出之口；杀伤人之孩[③]，无存之心。虽有诋讦[④]之民，无所依矣。故君子力事[⑤]日强，愿欲日逾，设壮[⑥]日盛。

【译 文】

诬蔑诽谤的话，不进入耳朵；抨击他人的话，不要说出口；伤害他人的讥笑，不要存在于心中。即使有诋毁攻击他人的人，也没有可依靠的了。因此君子所追求的事业一天天变得强大，理想一天天变得远大，精神风貌一天天变得盛大。

注 释

❶ 谮慝（zèntè）：诬蔑诽谤。 ❷ 批扞（hàn）：亦作“批捍”，抨击。 ❸ 孩：小儿笑，此指讥笑。 ❹ 诋讦（jié）：诋毁攻击。讦，揭发、攻击他人的隐私、过错或短处。 ❺ 力事：追求的事业。 ❻ 设壮：应为“饰庄”，仪容，妆扮，此指精神面貌。

【原 文】

君子之道也，贫则见[①]廉，富则见义，生则见爱，死则见哀。四行者不可虚假，反之身者也。藏于心者无以竭爱[②]，动于身者无以竭恭，出于口者无以竭驯[③]，畅之四支[④]，接[⑤]之肌肤，华发隳颠而

【译 文】

君子的原则，贫穷时表现出清廉，富贵时表现出道义，对活着的人表现出慈爱，对死去的人表现出哀伤。以上四种品行是不可以虚伪假装的，而必须是自身具备的。藏在心中的是无尽的仁爱，体现在行动上的是无尽的恭敬，说出口的话是美善，而能将这四种品行贯通于四肢中，体现在身体形貌上，哪怕是头发花白、头顶变秃

犹弗舍者[6]，其唯圣人乎！

也仍不会放弃的，大概只有圣人吧！

注 释

❶ 见：同“现”，表现。下面三个“见”同。 ❷ 竭爱：无尽的爱。此处“无以竭……”应译为“是无尽的……”。 ❸ 驯：美善。 ❹ 支：同“肢”。 ❺ 接：达到，遍及。肌肤：肌肉与皮肤，此指身体形貌。 ❻ 华发：花白头发。隳（huī）颠：秃顶，形容人的衰老。隳，毁坏。颠，头顶。

【原 文】

志不强者智不达，言不信者行不果。据财不能以分人者，不足与友；守道不笃[1]、遍[2]物不博、辩是非不察者，不足与游[3]。本不固者末必几[4]，雄而不修者其后必惰[5]，原[6]浊者流不清，行不信者名必秏[7]。名不徒生，而誉不自长，功成名遂，名誉不可虚假，反之身者也。务言而缓行，虽辩必不听；多力而伐[8]功，虽劳必不图[9]。慧者心辩而不繁说，多力而不伐功，此以名誉扬天下。言无务为多而务为智，无务

【译 文】

意志不强大的人智慧不会通达，言而无信的人做事不会有结果。占有财富却不能分给别人的，不能够和他交朋友；坚守道义不专一、经历事情不广博、不能够明辨是非的人，不能够和他交往。树根不牢固，树梢必定有危险；勇武却不修身的人，以后一定会衰败，源头浑浊，水流必定不清澈；行为不守信誉，名声必定会受到损害。人的名声不会白白地产生，荣誉也不会自己增长，只有成就了功业，名声才会到来，名声和荣誉不能虚假，要向自身寻求。致力于说却行动迟缓，即使能言善辩也不会有人听从；出力多却自我夸赞功绩的人，即便辛苦也一定没有谋划。聪明的人心中明辨但不多说，出力多但不自我夸耀功绩，这样名望和声誉才可以显扬于天下。言语不求多而求有智慧，不

为文而务为察[10]。故彼智无察，在身而情，反其路者也。[11]善无主于心者不留[12]，行莫辩于身者不立。名不可简而成也，誉不可巧而立也，君子以身戴[13]行者也。思利寻[14]焉，忘名忽焉，可以为士于天下者，未尝有也。

求有文采而求清楚明了。所以一个人没有才智又不能明察，自身又懒惰，做事就会背道而驰。不能主宰内心的善良不能长存，自身没有明辨的品行不能树立。名声不会轻易地成就，荣誉不会因投机取巧而获得，君子要身体力行。谋求私利，忽视忘却名声，却可以成为天下贤士的人，从未有过。

注释

❶ 笃：纯一，专一。 ❷ 遍：遍览，此指经历、阅历。 ❸ 游：交游，交往。 ❹ 本：树根。亦可指根基、根本。末：树梢。亦可指枝节。几：危险。 ❺ 雄：勇武。修：修身，学习。惰：衰败。 ❻ 原：同"源"，水流起始的地方。 ❼ 秏：同"耗"，损害。 ❽ 伐：自我夸耀。 ❾ 图：谋划。 ❿ 文：文采。察：明了。 ⓫ 彼：应为"非"。情：应为"惰"，形近而误。 ⓬ 主：主宰。留：长存。 ⓭ 戴：通"载"，行，遵从。 ⓮ 寻：寻找，谋求。

所　染

【原 文】

子墨子言见染丝者而叹，曰：染于苍则苍[1]，染于黄则黄，所入者变，其色亦变，五入必[2]而已[3]，则为五色矣。故染不可不慎也！

【译 文】

墨子说见到有人在染丝，便感叹道：丝用青色染就变成青色，用黄色染就变成黄色，所用的染料变了，它的颜色也改变，布匹经过五次染色之后，那么就变成五种颜色了。所以染色不可以不慎重啊！

注 释

❶ 苍：青色。 ❷ 五入必：使布匹进入染料五次。入，使动用法，使……入。必，通“毕”，全，尽。 ❸ 而已：然后。

【原 文】

非独染丝然也[1]，国亦有染[2]。舜染于许由、伯阳[3]，禹染于皋陶、伯益[4]，汤染于伊尹、仲虺[5]，武王染于太公、周公[6]。此四王者所染

【译 文】

不只染丝是这样，治国也会受到熏染。虞舜受到了许由、伯阳的熏染，禹受到了皋陶、伯益的熏染，商汤受到了伊尹、仲虺的熏染，周武王受到了姜太公、周公旦的熏染。这四位帝王所受到的熏染

当[7]，故王天下[8]，立为天子，功名蔽[9]天地。举天下之仁义显人[10]，必称此四王者。

得当，所以能称王于天下，被拥立为天子，他们的功业和名声覆盖天下。后人列举天下仁义、有名声的人，必定会提到这四位君王。

注释

❶非独：不但，不仅。然：这样。 ❷染：熏染，即受到影响或熏陶。 ❸舜：古代传说中的圣人，又称虞舜、帝舜，被尊为五帝之一。相传舜以德治国，在诸冯耕田时，当地人不再争田界，而是互相谦让，人们都愿意靠近他居住。舜巡行南方时，死于苍梧之野，葬于九疑。许由：古代传说中著名的隐士，以高尚的品德闻名。相传尧帝听闻许由有贤德，想要将帝位禅让给他，但许由坚辞不受，后来隐居于箕山，以农耕为生。伯阳：舜的七友之一，是古代的贤人。❹禹：也称大禹、夏禹，是古代传说中的治水英雄，夏朝的开国君主，因治水有功，接受舜的禅让。皋陶（yáo）：舜、禹属下的能臣，被认为是中国司法的鼻祖。伯益：禹的能臣，曾辅佐大禹治水。 ❺汤：商汤，名履，推翻夏桀的残暴统治而成为商朝第一代贤王。伊尹：商汤重用的贤臣。仲虺（zhònghuī）：商汤的左相。 ❻武王：周武王，姓姬名发，周朝的建立者。太公：姜太公吕尚，又称吕望，周武王时期的贤臣。周公：周公姬旦，周武王的弟弟，辅佐武王灭商。 ❼当：得当，合适。 ❽王（wàng）天下：称王于天下。王，此作动词，称王。 ❾蔽：覆盖。 ❿显人：有名声的人。

【原文】

夏桀染于干辛、推哆[1]，殷纣染于崇侯、恶来[2]，厉王染于厉公长父、荣夷终[3]，幽王染于傅公夷、蔡公谷[4]。此四王者，

【译文】

夏桀受到了干辛、推哆的熏染，商纣王受到了崇侯虎、恶来的熏染，周厉王受到了厉公长父、荣夷终的熏染，周幽王受到了傅公夷、蔡公谷的熏染。这四位帝王，

所染不当，故国残身死，为天下僇[5]。举天下不义辱人[6]，必称此四王者。

所受的熏染不正当，因此国破身亡，被天下人杀害。后人列举天下不仁义的可耻之人，必定会提到这四位君王。

注释

❶ 夏桀：夏朝的最后一任君王，建造酒池肉林，奢侈无度，不听忠臣劝谏而最终被商汤推翻。干辛：又作羊辛，夏桀时期的谗佞之臣。推哆（chǐ）：夏桀时期的力士。 ❷ 殷纣：商纣王，商朝最后一任君王，以荒淫无道、暴政著称，制造炮烙之刑，导致民怨沸腾。最终在牧野之战时败于周武王，自焚于鹿台。崇侯：指崇侯虎，商朝崇城国君，纣王的谗佞之臣，向纣王诬告西伯昌，导致西伯昌被囚。恶来：姓嬴，纣王时期的力士。 ❸ 厉王：周厉王，西周后期的暴君，在位期间国人暴动，他被迫逃至彘，致使西周国运转衰。厉公长父：厉公，又作虢公、郭公，周厉王时期的谗佞之臣。荣夷终：荣夷公，厉王的宠臣，多次用利益引诱周厉王。 ❹ 幽王：周幽王，西周末代的昏君。相传周幽王为博褒姒一笑，点燃烽火戏弄诸侯而失信于天下。傅公夷：他的事迹不可考证。蔡公谷：又作祭公敦，周朝的卿士。傅、蔡二人应为周幽王时期的谗佞之臣。 ❺ 僇（lù）：同“戮”，杀害。 ❻ 辱人：可耻之人。

【原 文】

齐桓染于管仲、鲍叔[1]，晋文染于舅犯、高偃[2]，楚庄染于孙叔、沈尹[3]，吴阖闾染于伍员、文义[4]，越句践染于范蠡、大夫种[5]。此五君者所染当，故霸[6]诸侯，功名传于后世。

【译 文】

齐桓公受到了管仲、鲍叔牙的熏染，晋文公受到了子犯、高偃的熏染，楚庄王受到了孙叔敖、沈尹的熏染，吴王阖闾受到了伍员、文义的熏染，越王勾践受到了范蠡、文种的熏染。这五位国君所受的熏染得当，因此能称霸于诸侯，功绩名声流传于后世。

注释

❶管仲：名夷吾，春秋时期齐国著名的政治家、军事家，辅佐齐桓公治国称霸的能臣。鲍叔：鲍叔牙，春秋时期齐国大夫，知人善任，向齐桓公推荐管仲。❷舅犯：亦称“狐偃”“咎犯”，字子犯，春秋时期晋国之卿，晋文公的舅父，曾跟从文公逃亡并助其回国即位。高偃：亦称“郭偃”“卜偃”，晋国著名的卜官。 ❸楚庄：楚庄王，春秋五霸之一，重视选拔人才，任用伍举、苏从、孙叔敖等贤臣而实现问鼎中原、饮马黄河的愿望。孙叔：孙叔敖，楚国贤相，著名的政治家、水利家。沈尹：沈尹茎，楚国大夫。 ❹阖闾：又作“阖庐”，春秋时吴国国君，任用伍子胥和孙武，实施政治改革，强化军事，使吴国成为春秋时期的强国。伍员（yún）：指伍子胥，春秋时期吴国大夫。伍子胥本为楚人，其父伍奢因直言劝谏而遭到楚王的杀害，伍子胥逃到吴国而辅佐阖闾、夫差。文义：又作文之仪，阖闾的老师。 ❺越句践：越王勾践，春秋时期越国国君，被吴王夫差打败后屈尊侍吴，后经卧薪尝胆、励精图治而终灭吴雪耻。范蠡：越王勾践的大臣，善于出谋献计，帮助越国转败为胜。大夫种：指文种，字少禽，辅佐勾践灭吴。 ❻霸：称霸。

【原文】

范吉射染于长柳朔、王胜①，中行寅染于籍秦、高彊②，吴夫差染于王孙雒、太宰嚭③，知伯摇染于智国、张武④，中山尚染于魏义、偃长⑤，宋康染于唐鞅、佃不礼⑥。此六君者所染不当，故国家残亡，身为刑戮⑦，宗庙破灭，绝无后类⑧，君臣离散，

【译文】

范吉射受到了张柳朔、王胜的熏染，中行寅受到了籍秦、高彊的熏染，吴王夫差受到了王孙雒、太宰嚭的熏染，智伯瑶受到了智伯国、张武的熏染，中山尚受到了魏义、偃长的熏染，宋康王受到了唐鞅、佃不礼的熏染。这六位国君所受到的熏染不得当，因而国家破灭，身被杀戮，宗庙被毁，后代灭绝，君臣分离逃散，百姓流离失所。后世列举天下贪婪残

民人流亡。举天下之贪暴苛扰[9]者，必称此六君也。

暴、苛刻扰民的人，必定会提到这六位君王。

注释

❶ 范吉射：春秋时人，晋国之卿范鞅的儿子，谥昭，称范昭子。长柳朔：又作张柳朔，复姓张柳，名朔，范吉射的家臣。王胜：范吉射的家臣。 ❷ 中行寅：又名荀文子，中行穆子的儿子，春秋后期晋国中行氏的首领，晋国六卿之一，后被灭。籍秦、高彊：都是中行寅的家臣。 ❸ 夫差：吴国国君，因其恃力争霸而为越王勾践所灭。王孙雒（luò）：又作“王孙骆”，吴国大臣。太宰嚭（pǐ）：又作“伯嚭”“帛喜”等，本为楚国大夫伯州犁的孙子，后入吴做太宰。吴打败越之后，因其建议夫差同意越国讲和而致使后来越国反击、灭吴。 ❹ 知伯摇：也作“智伯瑶”，即智襄子，春秋战国间人，晋国六卿之一。后为韩、赵、魏所灭，形成“三家分晋”的格局。智国：智伯国，智氏的族人。张武：长武子，智伯瑶的家臣，曾教唆智伯瑶夺取韩、魏的土地而导致韩、赵、魏三家联合灭智。 ❺ 中山尚：应是中山桓公，战国时中山国国君，赵惠文王四年（前295）被灭。魏义、偃长：中山尚的大臣。 ❻ 宋康：指宋康王，名偃，战国时宋国国君，后为齐湣王所灭。唐鞅：战国时人，宋国大臣，宋康王时为相，为了保住自己的权力而教唆康王诛杀无辜，后被宋王杀害。佃不礼：又作田不礼，宋康王的大臣。 ❼ 刑戮：杀死。 ❽ 绝无后类：后代灭绝。后类，后代。 ❾ 贪暴苛扰：贪婪残暴，苛刻扰民。

【原文】

凡君之所以安者，何也？以其行理也。行理性[1]于染当。故善为君者，劳于论人，而佚于治官。[2]不能

【译文】

大凡君主之所以能够安邦治国，是为什么呢？是因为他们做事符合事理。做事符合事理源于他们受到的熏染得当。所以善于做君主的人辛劳地选拔人才，而安逸地治理百

为君者，伤形费神，愁心劳意，然国逾危，身逾辱。此六君者，非不重其国、爱其身也，以不知要故③也。不知要者，所染不当也。

官。不会做君主的人伤害身体、耗费精神，内心忧愁、劳累心神，但国家却更加危险，自身更受到屈辱。这六位君主并不是不重视国家、不爱惜自己的身体，而是不知道为君之道的缘故。不懂得为君之道的人，是因为所受到的熏染不当。

注释

❶ 性：当为"生"，产生，源于。 ❷ 劳于论人，而佚于治官：辛劳地选拔人才，而安逸地治理百官。论，选择、选拔。佚，安逸、安乐。 ❸ 故：缘故。

【原文】

非独国有染也，士亦有染。其友皆好仁义，淳谨畏令①，则家日益，身日安，名日荣，处官得其理矣，则段干木、禽子、傅说之徒是也②。其友皆好矜奋③，创作比周④，则家日损，身日危，名日辱，处官失其理矣，则子西、易牙、竖刀之徒是也⑤。《诗》曰"必择所堪，必谨所堪"⑥者，此之谓也。

【译文】

不仅治国理政有受到熏染的问题，士人也有受到熏染的问题。他的朋友都喜爱仁义，淳厚谨慎，遵守法令，那么他的家产会一天一天地增加，自身一天一天地安康，名声一天一天地显达，做官能治理得当，如段干木、禽滑釐、傅说这类人就是。他的朋友都喜爱以勇气自恃，胡作非为，结党营私，那么他的家产会一天一天地减少，自身一天一天地危险，名声一天一天地受辱，做官也治理不好，如子西、易牙、竖刀这类人就是。《诗经》说"必须正确地选择染料，必须谨慎地对待浸染"，说的就是这个道理。

注释

❶ 畏令：遵守法令。　❷ 段干木：子夏设教于西河的学生，后成为魏文侯的老师，因品行高尚而多次受到称赞。禽子：禽滑釐，本为子夏的弟子，后转投墨子门下。傅说（yuè）：原为在傅岩筑墙的奴隶，后被殷高宗武丁任命为相，辅助武丁创造中兴的盛世。　❸ 矜奋：以勇力自恃，骄傲自大。　❹ 创作比周：胡作非为，结党营私。创作，胡作非为，不守规矩。比周，结党营私。　❺ 子西：楚国令尹公子申，在任时重用白公胜。后来白公胜在国内发动叛乱，杀死子西。易牙、竖刀：齐桓公的宠臣。据说易牙厨艺高超，为讨好齐桓公而烹煮自己的儿子给齐桓公吃。竖刀自宫而得到齐桓公的信任，齐桓公使其掌管宫内事务。齐桓公生病，易牙、竖刀与开方阻塞宫门，不让他人进入，致使齐桓公被活活饿死。齐桓公死后，三人作乱，致使齐桓公三月不葬，尸体腐烂，蛆虫爬出门外。竖刀：又作“竖刁”。　❻ 所堪：所染。堪，通“湛”，浸染。今本《诗经》无此二句。

法 仪

【原 文】

子墨子曰：天下从事者不可以无法仪[1]，无法仪而其事能成者，无有也。虽至士[2]之为将相者皆有法，虽至百工从事者[3]亦皆有法。百工为方以矩，为圆以规，直以绳，正以县。[4]无巧工不巧工，皆以此五者为法[5]。巧者能中[6]之，不巧者虽不能中，放依[7]以从事，犹逾[8]已。故百工从事，皆有法所度。今大者治天下，其次治大国，而无法所度，此不若百工辩也。

【译 文】

墨子说：天下做事的人不能没有法度礼仪，没有法度礼仪而能做成事情的人，是没有的。即使是做了将军或国相的最优秀的士人，也都有法度；即使是精通各种工作的能工巧匠，也都有法规。各类工匠用矩尺画方形，用圆规画圆形，用墨绳画直线，用悬锤测量偏正，（用水平尺测算平斜）。无论是不是巧工，都用这五种方法作为法规。灵巧的人做得符合规格，不灵巧的人虽然不符合规格，但他依照法则去做，还是要胜过什么都不做的。所以各类工匠做事，都有法则来衡量。如今大到治理天下，其次是治理大国，都没有法则来衡量，这还不如百工聪辩。

注 释

❶ 法仪：法度礼仪。 ❷ 至士：最优秀的士人。 ❸ 百工从事者：应为“从事百工者”。百工，各种工匠。 ❹ 矩：矩尺，指直角尺。规：圆规。县：同

“悬”，指通过用线悬挂物品，来测定垂直的程度。 ❺以此五者为法：除以上“为方以矩，为圆以规，直以绳，正以县”外，还有“平以水”。 ❻中：符合，契合。 ❼放依：仿效，摹仿。放，仿效、模拟。 ❽逾：胜过，超过。

【原文】

然则奚以为治法而可？当皆法其父母奚若[1]？天下之为父母者众，而仁者寡，若皆法其父母，此法不仁也。法不仁，不可以为法。当皆法其学奚若？天下之为学[2]者众，而仁者寡，若皆法其学，此法不仁也。法不仁，不可以为法。当皆法其君奚若？天下之为君者众，而仁者寡，若皆法其君，此法不仁也。法不仁，不可以为法。故父母、学、君三者，莫可以为治法。

【译文】

那么把什么作为治国的法则才可以呢？如果人们都效法自己的父母，会怎么样呢？天下做父母的人很多，可是其中仁爱的不多，如果都效法自己的父母，那就是效法不仁了。效法不仁，不能作为法则。如果都效法自己的老师，会怎么样呢？天下做老师的人很多，可是其中仁爱的不多，如果都效法自己的老师，那就是效法不仁。效法不仁，不能作为法则。如果都效法自己的国君，会怎么样呢？天下做国君的人很多，可是其中仁爱的不多，如果都效法自己的国君，那就是效法不仁。效法不仁，不能作为法则。所以父母、老师、国君这三种人，不可以作为治国的法则。

注释

❶当：连词，相当于“倘”“倘若”，表示假设。法其父母：效法自己的父母。奚若：何如，怎么样。 ❷学：有学术造诣的人，这里指老师。

【原 文】

然则奚以为治法而可？故曰莫若法天。天之行广而无私，其施厚而不德[①]，其明久而不衰，故圣王法之。既以天为法，动作有为[②]必度于天，天之所欲则为之，天所不欲则止。然而天何欲何恶[③]者也？天必欲人之相爱相利，而不欲人之相恶相贼[④]也。奚以知天之欲人之相爱相利，而不欲人之相恶相贼也？以其兼而爱之、兼而利之也。奚以知天兼而爱之、兼而利之也？以其兼而有之、兼而食之也。今天下无大小国，皆天之邑也。人无幼长贵贱，皆天之臣也。此以莫不犓羊、豢犬猪[⑤]，洁为酒醴粢盛[⑥]，以敬事天，此不为兼而有之、兼而食之邪？天苟兼而有食之，夫奚说以不欲人之相爱相利也？故曰爱人利人者，天必福之；恶人贼人者，天必祸之。曰[⑦]杀不辜者，得不祥焉。夫奚说人为其相杀而

【译 文】

那么把什么作为治国的法则才可以呢？所以说不如效法天。上天的运行广大而无私，它施恩深厚而永不停息，它的光明长久而永不衰竭，因此圣王效法上天。既然把上天作为法则，行为举止一定要用天道来衡量，上天希望做的就做，上天不希望做的就停止。那么上天希望做什么，讨厌做什么呢？上天一定希望人们相互友爱、相互帮助，而不希望人们相互讨厌、相互残害。怎么知道上天希望人们相互友爱、相互帮助，而不希望人们相互讨厌、相互残害呢？因为上天爱天下所有的人，对所有的人都有利。怎么知道上天爱天下所有的人，对所有的人都有利呢？因为上天为天下人所有，为天下人提供饮食。现在天下没有大国小国的区别，都是上天的都邑。人没有幼长贵贱的区别，都是上天的臣民。因此没有人不喂养羊、喂养狗猪，准备好洁净的甜酒和谷物，恭敬地供奉给上天，这不正是因为上天为天下人所有，为天下人提供饮食吗？既然上天供养所有人，怎能说不希望人们相互友爱、相互帮助呢？所以说爱护他人、帮助他人的人，上天一定赐福给他；厌恶他人、残害他人的人，上天一定降祸于他。杀害无辜的人，会得到不好的结果。怎能说因为有人互相残杀而

天与祸乎？是以知天欲人相爱相利，而不欲人相恶相贼也。

上天就降祸于他呢？所以知道上天希望人们相互友爱、相互帮助，而不希望人们相互讨厌、相互残害。

注释

❶ 不德：应为“不息”，永不停止。 ❷ 动作有为：行动和作为。 ❸ 恶（wù）：厌恶，讨厌。 ❹ 相贼：指相互残害。贼，残害。 ❺ 犓（chú）羊：用割下来的草喂羊。豢（huàn）犬猪：用谷物喂狗和猪。 ❻ 洁为酒醴（lǐ）粢（zī）盛：备好洁净的美酒与谷物。醴，美酒。粢盛，古代盛在祭器内以供祭祀用的谷物。 ❼ 曰：助词，句在句首。

【原 文】

昔之圣王禹汤文武[1]，兼爱天下之百姓，率以尊天事鬼，其利人多，故天福之，使立为天子，天下诸侯皆宾事[2]之。暴王桀纣幽厉[3]，兼恶天下之百姓，率以诟天侮鬼[4]，其贼人多，故天祸之，使遂失其国家，身死为僇于天下[5]，后世子孙毁[6]之，至今不息。故为不善以得祸者，桀纣幽厉是也；爱人利人以得福者，禹汤文武是也。爱人利人以得

【译 文】

以前圣明的君王夏禹、商汤、周文王、周武王，都兼爱天下的百姓，带领百姓尊奉上天、敬事鬼神，给人民带来的利益多，所以上天赐福给他们，让他们成为天子，天下的诸侯都恭敬地侍奉他们。残暴的君王夏桀、商纣、周幽王、周厉王，憎恨天下的百姓，带领百姓咒骂上天、侮辱鬼神，给人们带来的残害多，所以上天降下灾祸给他们，使他们丧失国家，死后还被天下人辱骂，后世的子孙詈骂他们，至今没有停息。所以做不善的事情而招致祸害的，是夏桀、商纣、周幽王、周厉王这些人；爱护他人、帮助他人而得到赐福的，是夏禹、商汤、周文王、周武王这些人。爱护他人、帮助他人而得到

福者有矣，恶人贼人以得祸者亦有矣。

赐福的人是有的，憎恶他人、残害他人而招致祸害的人也是有的。

注释

❶禹汤文武：夏禹、商汤、周文王、周武王，他们是传说中的圣王。 ❷宾事：恭敬地侍奉。 ❸桀纣幽厉：夏桀、商纣王、周幽王、周厉王，他们是古代著名的暴君。 ❹诟（gòu）天侮鬼：辱骂上天，侮辱鬼神，指对上天不敬，对鬼神亵渎。 ❺为僇于天下：被天下人辱骂。 ❻毁：诋毁，詈骂。亦谓指责、攻击。

七 患

【原 文】

子墨子曰：国有七患。七患者何？城郭沟池[1]不可守，而治宫室[2]，一患也；边国[3]至境，四邻莫救，二患也；先尽民力无用之功，赏赐无能之人，民力尽于无用，财宝虚于待客，三患也；仕者持禄[4]，游者爱佼[5]，君修法讨[6]臣，臣慑而不敢拂[7]，四患也；君自以为圣智而不问事，自以为安强而无守备，四邻谋之不知戒，五患也；所信者不忠，所忠者不信，六患也；畜种菽粟[8]，不足以食之，大臣不足以事[9]之，赏赐不能喜，诛罚不能威，七患也。以七患居国，必无社稷；以七患

【译 文】

墨子说：国家有七种祸患。这七种祸患是什么呢？城墙和护城河不足以防守，却去建造宫室，这是第一个祸患；敌国（的军队）到达边境，四周的邻国不来救援，这是第二个祸患；先做没有意义的事情而耗尽民力，赏赐无能的人，民力耗尽在没有意义的事情上，钱财珍宝耗费于接待客人，这是第三种祸患；做官的人只求保持禄位，游学的人喜爱交际，国君修订法律来整治大臣，大臣因害怕而不敢违逆国君，这是第四个祸患；国君自认为圣明智慧却不过问政事，自以为国家安定强大而没有防备，四面的邻国图谋攻击他，但他不知道戒备，这是第五个祸患；国君信任的人不忠诚，对国君忠诚的人得不到信任，这是第六个祸患；储存和种植的粮食不够吃，大臣不能够委以职事，赏赐不能让人欢喜，诛杀责罚不能让人畏惧，这是第七个祸患。用这七个祸患治理国家，必定会亡国；用这七个祸患

守城，敌至国倾。七患之所当，国必有殃。

镇守城池，敌人一到，国家就会覆灭。这七种祸患在那里，国家一定会遭殃。

注释

❶ 城郭沟池：城墙和护城河。城，内城的墙。郭，外城的墙。 ❷ 治宫室：修造宫室。治，修建、修造。宫室，指帝王的宫殿，又用来通称房屋。 ❸ 边国：外国，敌国。 ❹ 持禄：保持禄位。 ❺ 游者爱佼：游学的人喜爱交际。佼，通“交”，交际、交往。 ❻ 讨：整治，治理。 ❼ 慑：恐惧。拂：违逆。 ❽ 畜种菽粟：储存和种植的粮食。菽粟，泛指粮食。菽，泛指豆类。粟，泛指谷类。 ❾ 事：任事，委以职事。

【原 文】

凡五谷[①]者，民之所仰[②]也，君之所以为养也。故民无仰，则君无养；民无食，则不可事[③]。故食不可不务也，地不可不力[④]也，用不可不节也。五谷尽收，则五味尽御于主[⑤]；不尽收，则不尽御。一谷不收谓之馑[⑥]，二谷不收谓之旱，三谷不收谓之凶，四谷不收谓之馈[⑦]，五谷不收谓之饥。岁馑，则仕者大夫以下皆损禄五分之

【译 文】

五谷，是人民所依赖的，是国君得以被供养的凭借。因此人民没有可依赖的，国君就得不到供养；人民没有粮食，就不能供国君役使。所以粮食不可以不努力生产，土地不可以不努力耕耘，用度不可以不节省。五谷丰收了，五味才可以全部供国君享用；五谷不丰收，就不能全部供国君享用。一种谷物没有收获的年岁叫作“馑”，两种谷物没有收获的年岁叫作“旱”，三种谷物没有收获的年岁叫作“凶”，四种谷物没有收获的年岁叫作“馈”，五谷都没有收获的年岁叫作“饥”。遇上馑年，自大夫以下的官员都减去俸禄的五分之

一；旱，则损五分之二；凶，则损五分之三；馈，则损五分之四；饥，则尽无禄，禀食[8]而已矣。故凶饥存乎国，人君彻鼎食五分之五[9]，大夫彻县[10]，士不入学，君朝之衣不革制，诸侯之客，四邻之使，雍食[11]而不盛，彻骖𬳿[12]，涂不芸[13]，马不食粟，婢妾不衣帛[14]，此告不足之至也。

一；遇上旱年，则减去俸禄的五分之二；遇上凶年，则减去俸禄的五分之三；遇上馈年，则减去俸禄的五分之四；遇上饥年，就都没有俸禄，只从国库中领取口粮充饥而已。因此国家出现饥荒的时候，国君的食物要减少五分之三，大夫撤去悬挂的乐器，士人停止入学，国君上朝的礼服不更新重做，对于诸侯的宾客、邻国的使者，早餐和晚餐不必过于丰盛，撤去驾在服马两侧的马匹，不清除道路上的杂草，不再喂马粮食，婢妾不穿丝织的衣服，这是告诉世人物资匮乏达到极点。

注释

❶ 五谷：五种谷物。所指不一，一说指稻、黍、稷、麦、豆，泛指谷物。❷ 仰：依赖，依靠。 ❸ 事：役使。 ❹ 力：致力，努力。 ❺ 五味：酸、甜、苦、辣、咸，泛指各种味道。御于主：供国君享用。御，食用、享用。 ❻ 馑(jǐn)：谷物欠收。 ❼ 馈：通“匮”，匮乏。 ❽ 禀食：官家给食。只给食物而无俸禄。 ❾ 彻：撤除，撤去。鼎食：列鼎而食。形容古代世家大族豪奢的生活。五分之五：应为“五分之三”。 ❿ 县：悬挂的乐器。 ⓫ 雍食：犹饔飧(yōngsūn)，早餐和晚餐。雍，通“饔”。 ⓬ 骖𬳿（cānfēi)：驾在服马两侧的马。古代驾车的马若是三匹或四匹，就有骖、服之分。中间驾辕的马叫服，两旁的马叫骖。一说服左边的马叫骖，服右边的马叫𬳿。 ⓭ 涂不芸：道路上的杂草不清除。涂，道路。芸，通“耘”，除草。 ⓮ 帛：丝织品的通称。

【原 文】

今有负其子而汲[1]者，队[2]其子于井中，其母必从而道[3]之。今岁凶、民饥、道饿，重其子此疚于队[4]，其可无察[5]邪？故时年岁善，则民仁且良；时年岁凶，则民吝且恶。夫民何常此之有？为者疾[6]，食者众，则岁无丰。故曰："财不足则反之时[7]，食不足则反之用。"故先民以时生财，固本[8]而用财，则财足。故虽上世之圣王，岂能使五谷常收，而旱水不至哉？然而无冻饿之民者，何也？其力时急，而自养俭也[9]。故《夏书》曰"禹七年水"，《殷书》曰"汤五年旱"，此其离凶饿甚矣[10]，然而民不冻饿者，何也？其生财密，其用之节也。

【译 文】

现在有人背着孩子从井里取水，却将孩子掉进井中，孩子的母亲必定将孩子救上来。现在年岁不好、人民饥饿、上有饿死的人，这一祸患比孩子跌进井里还严重，难道能不理会吗？所以在收成好的年岁，人民就仁义且善良；在收成不好的年岁，人民就吝啬且凶恶。人民哪里会长久不变呢？从事生产的人少，而吃饭的人多，因而不会有丰年。所以说："财物不足时就反省是否充分利用时间（而勤于劳作），粮食不足时就反省是否节约用度。"所以古代贤人依农时进行劳动、创造财富，巩固根本并节约用度，这样财物就丰足了。因此即使是上古时代的圣王，怎么能使五谷常获丰收，而旱灾或水灾不到来呢？然而那时却没有受冻挨饿的人，为什么呢？他们依据农时而勤于劳作，而且自己十分节俭。所以《夏书》说"大禹时有七年水灾"，《殷书》说"商汤时有五年旱灾"，这说明他们遭到的饥荒极其严重，但是人民没有受冻挨饿，为什么呢？因为他们生产的财富丰足，他们的用度节俭。

注释

❶ 汲（jí）：从井里取水。 ❷ 队：同"坠"，落下，跌落。 ❸ 道：同

"导"，引导，引申为援引、援救。 ❹ 重其子此疚于队：应为"此疚重于队其子"，意思是这一祸患比孩子跌进井里还严重。 ❺ 察：察看，此指理会。 ❻ 为者疾：从事生产劳动的人少。疾，应为"寡"，与"众"相对。 ❼ 反之时：反省生产是否适时。 ❽ 固本：巩固根本，即做好农业生产。 ❾ 其力时急，而自养俭也：他们依据农时而勤于劳作，而且自己十分节俭。 ❿ 离：遭受，遭遇，后多作"罹"。凶饿：应为"凶饥"，即凶年。

【原 文】

故仓无备粟，不可以待凶饥。库无备兵，虽有义不能征无义。城郭不备全，不可以自守。心无备虑，不可以应卒①。是若庆忌无去之心，不能轻出。②夫桀无待汤之备，故放；纣无待武之备，故杀。桀纣贵为天子，富有天下，然而皆灭亡于百里之君③者，何也？有富贵而不为备也。故备者国之重也，食者国之宝也，兵者国之爪也，城者所以自守也。此三者国之具也。故曰以其极赏④以赐无功，虚其府库以备车马衣裘奇怪⑤，苦其役徒⑥以治宫室观乐，死又厚为棺椁，多

【译 文】

所以粮仓里没有储备的粮食，不可以应付凶年饥荒。储藏战车兵甲的屋舍里没有储备的兵器，即使是正义之师也不能征讨不义之国。城郭的防备不完善，便不能自卫。心中没有周密的谋划，不可以应付突发事件。就像庆忌在没有做好准备的情况下，不应该轻易离开卫国。夏桀没有做好对付商汤的准备，所以被流放；纣王没有做好对付周武王的准备，所以被杀害。夏桀、商纣贵为天子，富有天下，却都灭亡于方圆百里的小国之君，为什么呢？有财物却不做防备。所以防备是国家重要的事务，粮食是国家的宝物，兵器是国家的利爪，城池是用来自保的。这三者是治理国家的器具。所以说把最高的奖赏赐给没有功劳的人，耗费府库所藏来储备车马衣服、奇珍异宝，役使百姓劳苦不休地修建宫殿楼阁以供观赏娱乐，去世后又做厚实的棺椁以及众多

为衣裘，生时治台榭，死又修坟墓，故民苦于外，府库单[7]于内，上不厌其乐，下不堪其苦。故国离[8]寇敌则伤，民见凶饥则亡，此皆备不具之罪也！且夫食者，圣人之所宝也。故《周书》曰：“国无三年之食者，国非其国也；家无三年之食者，子非其子也。”[9]此之谓国备。

衣服来陪葬，在世时大量建造亭台楼榭，死后又修建坟墓，所以外部的人民受苦，内廷的府库空虚，君主享受而不知满足，人民却痛苦难以忍受。因此国家一旦受到敌国侵略就会伤亡惨重，人民一旦遇到饥荒就会流亡，这些都是平时防备不好的恶果啊！况且粮食是圣人的珍宝。所以《周书》说：“一个国家没有三年的储备粮食，这个国家就不再是这个君主的国家；一个家庭没有三年的储备粮食，子女便不再是这个家庭的子女了。”这就叫国家的储备。

注释

❶卒：突然，后多作“猝”，此指紧急情况。 ❷庆忌：春秋时期吴王僚的儿子，为勇力之士，后逃亡至卫国。阖闾杀死吴王僚，却担心庆忌联合其他诸侯前来复仇，就派刺客要离将庆忌骗出卫国，在渡河时将他刺死。此句指庆忌虽然勇敢，在没有做好准备的情况下，不应该轻易离开卫国。 ❸百里之君：小国之君。当初，商汤只有方圆七十里疆土，周文王只有方圆一百里疆土。 ❹极赏：最高的奖赏。 ❺虚：罄尽，耗费。府库：指府库所藏。备：储备。衣裘：泛指衣服。 ❻役徒：服劳役的人。 ❼单：通“殚”，尽，竭尽。 ❽离：遭受，遭遇，后多作“罹”。 ❾子非其子也：子女不再是自己的子女了，指靠卖儿卖女度日。所引文句为《逸周书·文传》的内容。

辞 过

【原 文】

子墨子曰：古之民未知为宫室时，就陵阜[①]而居，穴而处，下润湿伤民，故圣王作为宫室。为宫室之法，曰："室高足以辟润湿，边足以圉风寒，上足以待雪霜雨露，宫墙之高足以别男女之礼。"[②]谨此则止[③]，凡费财劳力，不加利者，不为也。役[④]，修其城郭，则民劳而不伤；以其常正[⑤]，收其租税，则民费而不病[⑥]。民所苦者非此也，苦于厚作敛[⑦]于百姓。是故圣王作为宫室，便于生，不以为观乐也；作为衣服带履，便于身，不以为辟怪[⑧]也。故节于身，诲[⑨]于民，是以天下之民可得而治，财用可得而足。当今之

【译 文】

墨子说：古代的人民不知道建造宫室时，就在山陵附近居住，在洞里居住，地下潮湿伤害人的身体，所以圣明的君主创造了宫室。建造宫室的方法是："地基的高度足以避开地下的潮湿，四面的墙足以防御风寒，上面的屋顶足以抵御雪霜雨露，宫墙的高度足以使男女依照礼仪分隔开来。"仅这样便可以停止，凡是浪费财物和民力，而不增加好处的，就不做。（按照常规）使用劳役，修建城墙，百姓虽然辛苦却不受伤害；按常规征收租税，百姓虽然有花费却不感到痛苦。人民所苦的不是这些，而是苦于统治者对人民的横征暴敛。所以圣明的君主修建宫室，是为了方便生活，并不是为了观赏和享乐；制作衣服、腰带和鞋子，是为了方便身体，不是为了追求怪异。因此（圣明的君主）自身节俭，并教导百姓节俭，所以天下的百姓可以得到且治理，而财物费用可以获得且充足。现在

主其为宫室，则与此异矣。必厚作敛于百姓，暴夺民衣食之财，以为宫室台榭曲直之望[10]、青黄刻镂之饰。为宫室若此，故左右皆法象[11]之。是以其财不足以待凶饥，振[12]孤寡，故国贫而民难治也。君实[13]欲天下之治而恶其乱也，当为宫室不可不节。

的君主修建宫室，就与此不同了。一定对百姓横征暴敛，掠夺人民穿衣吃饭的财用，用来修建宫室，所建造的亭台楼阁讲究蜿蜒曲折的样式，饰有各种色彩和花纹。建造宫室是这样，所以身边的人都效法模仿。因此国家的财用不足以应对饥荒，救济孤儿寡妇，所以国家贫穷而人民难以治理。国君确定希望天下安定而讨厌天下混乱，那么建造宫室就不可以不节俭。

注释

❶陵阜（fù）：丘陵。 ❷辟：避免，防止。边：四周的墙壁。圉（yǔ）：防御。待：防备，抵御。 ❸谨：通“廑”，仅。止：停止。 ❹役：使用劳役，当为“以其常役”，与“以其常正”对应。 ❺正：通“征”，征收，征税。 ❻费而不病：有花费却不感到困苦。病，困苦。 ❼厚作敛：指征收很重的赋税。作敛，聚敛民财。 ❽辟怪：怪异。 ❾诲：教导。 ❿曲直之望：蜿蜒曲折的景象。 ⓫法象：效法，模仿。 ⓬振：赈济，救济。 ⓭实：确实。

【原文】

古之民未知为衣服时，衣皮带茭[1]，冬则不轻而温，夏则不轻而清[2]。圣王以为不中人之情[3]，故作诲妇人治丝麻、

【译文】

古代的人民不知道做衣服时，就穿兽皮、围草绳，冬天不轻便也不暖和，夏天不轻便也不凉快。圣明的君主认为这样穿戴不符合人的本性，所以教导妇女整治丝和麻，

梱布绢[4]，以为民衣。为衣服之法："冬则练帛[5]之中，足以为轻且暖[6]；夏则絺绤之中[7]，足以为轻且清。"谨此则止。故圣人之为衣服，适身体、和肌肤而足矣，非荣耳目而观愚民也[8]。当是之时，坚车良马不知贵也，刻镂文采不知喜也。何则？其所道[9]之然。故民衣食之财，家足以待旱水凶饥者，何也？得其所以自养之情，而不感于外也。是以其民俭而易治，其君用财节而易赡也。府库实满，足以待不然[10]，兵革不顿，士民不劳，足以征不服，故霸王之业可行于天下矣。当今之主其为衣服，则与此异矣。冬则轻暖，夏则轻清，皆已具矣。必厚作敛于百姓，暴夺民衣食之财，以为锦绣文采靡曼[11]之衣，铸金以为钩，珠玉以为珮[12]，女工作文采，男工作刻镂，以为身服。此非云益暖之情也，单财劳力[13]，毕归之于无用也。以此观之，其为衣服，非为身体，

纺织布匹，用来为百姓做衣服。做衣服的方法："冬天用熟帛做衣服，既轻便又暖和；夏天用麻织成的葛布做衣服，轻便又凉爽。"仅这样便可以停止。所以圣人做衣服，适合身体、肌肤舒适就可以了，不是为了让耳朵和眼睛快乐，让百姓观看。在那个时候，人们不知道坚固的车、上好的马贵重，不知道喜爱雕刻、艳丽而错杂的色彩。为什么这样呢？他们所接受的引导是这样。所以百姓穿衣吃饭的财用，每一家都足够防备干旱洪涝与凶饥之灾，为什么呢？这是因为他们懂得养活自己的道理，却不受外界的影响。因此百姓节俭而且容易统治，君主用度节俭而且容易供养。国家的仓库充实，可以防备意外，兵甲不毁坏，士民不辛劳，可以征讨不顺从的国家，所以能在天下实行王霸事业。现在的君主制作衣服，就与这不同了。冬天轻便又暖和、夏天轻便又凉爽的衣服，都已经具备了。一定向百姓征收很重的赋税，掠夺人民穿衣吃饭的财用，来为自己做锦绣华美、花纹漂亮的衣服，用黄金铸成衣服上的带钩，用珠玉做衣服上的配饰，让女工制作衣服上的花纹，让男工雕刻装饰物，来做身上的衣服。这并不是什么增加温暖的情况，耗尽财物和民力，最终归为无用。由此可见，他们做衣服，不是为了身体，

皆为观好⑭。是以其民淫僻而难治，其君奢侈而难谏也。夫以奢侈之君御好淫僻之民，欲国无乱，不可得也。君实欲天下之治而恶其乱，当为衣服不可不节。

都是为了美观。因此人民淫邪而不容易统治，君主生活奢侈而难以劝谏。用奢侈的君主统治喜欢淫邪的人民，想使国家不混乱，是不可能的。君主确实希望天下安定而讨厌天下混乱，那么制作衣服就不可以不节俭。

注释

❶衣（yì）皮带茭（jiāo）：穿兽皮、围草绳。衣，作动词，穿。茭，草索、草绳。 ❷夏则不轻而清（qìng）：夏天不轻便也不凉快。清，清凉。 ❸不中人之情：不符合人的本性。 ❹作诲：教诲，教导。梱：应为“捆”，这里指纺织。 ❺练帛：熟帛。一说指粗疏的缯帛。 ❻暖：暖和。 ❼絺绤（chīxì）：葛布的统称。絺，细葛布。绤，粗葛布。 ❽荣：快乐。观：观看。 ❾道：引导。 ❿待：防备，抵御。不然：不虞，意外。 ⓫靡曼：华美，华丽。⓬珮：佩饰。 ⓭单财劳力：耗尽财富与劳动力。单，通“殚”，耗尽。 ⓮观好：美观。

【原文】

古之民未知为饮食时，素食而分处①，故圣人作诲男耕稼树艺②，以为民食。其为食也，足以增气充虚、强体适腹而已矣。故其用财节，其自养俭，民富国治。今则不然，厚作敛于百姓，以为

【译文】

古代的人民不知道制作熟食时，就吃素食并分开居住，所以圣人教男人耕种庄稼，用来作为百姓的粮食。他们所做的食物，完全可以增加气力、补充虚弱的身体，强身健体、填饱肚子了。因此他们使用财物节约，自我供养俭省，百姓富足，国家安定。现在的君主却不是这样，向百姓征收很重的赋税，用来

美食刍豢[3]，蒸炙[4]鱼鳖，大国累百器[5]，小国累十器，前方丈，目不能遍视，手不能遍操，口不能遍味，冬则冻冰，夏则饰饐[6]。人君为饮食如此，故左右象[7]之，是以富贵者奢侈，孤寡者冻馁[8]，虽欲无乱，不可得也。君实欲天下治而恶其乱，当为食饮不可不节。

制作丰盛的美味，蒸烤鱼鳖，大国君主吃饭时要堆集上百个食器，小国君主要堆集十几样，摆满前方一丈见方的地方，眼睛不能全部看到，手不能全部拿到，口不能全部尝到，致使吃不着的饭菜冬天结冰，夏天腐臭。国君这样饮食，所以身边的大臣效法他，所以富贵的人生活奢侈，孤独寡居的人受冻挨饿，虽然希望国家不混乱，是不可能的。君主确实希望天下安定而讨厌天下混乱，那么制作饮食就不可以不节俭。

注 释

❶ 素食而分处：吃素食并分开居住。 ❷ 耕稼树艺：泛指各种农业生产劳动。 ❸ 刍豢（chúhuàn）：牛羊猪狗等家畜。泛指肉类食品。 ❹ 蒸炙（zhì）：蒸烤。 ❺ 大国累百器：大国君主吃饭时堆集上百个食器。累，堆集、积聚。器，盛饭菜的器具。 ❻ 饰饐（yì）：应为“餲（ài）饐”，指食物腐烂发臭。 ❼ 象：效仿。 ❽ 冻馁（něi）：受冻挨饿。

【原 文】

古之民未知为舟车时，重任不移，远道不至，故圣王作为舟车，以便民之事。其为舟车也，全固轻利[1]，可以任重致远。其为用财少，而为利

【译 文】

古代的人民不知道制造船和车时，不能移动笨重的东西，不能到达遥远的地方，所以圣王制造船和车，以方便人民做事。他们制造船和车，只求坚固轻便，能将重物运到远方。那时使用的财物少，得到的便利多，所以人民喜欢并

多，是以民乐而利之。法令不急[2]而行，民不劳而上足用，故民归之。当今之主其为舟车，与此异矣。全固轻利皆已具，必厚作敛于百姓，以饰舟车，饰车以文采，饰舟以刻镂。女子废其纺织而修[3]文采，故民寒；男子离其耕稼而修刻镂，故民饥。人君为舟车若此，故左右象之，是以其民饥寒并至，故为奸邪。奸邪多则刑罚深，刑罚深则国乱。君实欲天下治而恶其乱，当为舟车不可不节。

且觉得很便利。法令不用急着督促也能够实行，人民不辛苦而君主的财物完全够用，所以人民归附君主。现在的君主制造船和车，却与此不同了。坚固轻便好用的特征都具备了，一定还要向百姓征收很重的赋税，用来装饰船和车，在车上装饰各种花纹，在船上装饰精美的雕刻。女子停止纺织而去制作花纹，所以人民受冻；男子不耕田而从事雕刻，所以人民挨饿。君主像这样制造船和车，所以身边的人效法他，因此他的人民饥寒交迫，所以成为奸诈邪恶的人。奸诈邪恶的人多了，那么刑罚就重了；刑罚重了，那么国家就混乱。君主确实希望天下安定而讨厌天下混乱，那么制造船和车就不可以不节俭。

注释

❶ 轻利：轻便。 ❷ 急：使……急，即催促、督促。 ❸ 修：从事，制作。

【原 文】

凡回于天地之间[1]，包于四海之内，天壤之情，阴阳之和，莫不有也，虽至圣不能更也。何以知其然？圣人有传：天地也，则曰上下；四时也，则曰阴阳；

【译 文】

凡是活动于天地间、包容于四海之内的万事万物，天地间的情势，阴阳的调和，没有一样不是自然存在的，即便是最圣明的人也不能改变。怎么知道是这样呢？圣人留下的话说：天地分为上下，四时分为阴阳，

人情也，则曰男女；禽兽也，则曰牡牝[②]雄雌也。真天壤之情，虽有先王不能更也。虽上世至圣，必蓄私不以伤行[③]，故民无怨。宫无拘女，故天下无寡夫。[④]内无拘女，外无寡夫，故天下之民众。当今之君其蓄私也，大国拘女累千，小国累百，是以天下之男多寡无妻，女多拘无夫，男女失时，故民少。[⑤]君实欲民之众而恶其寡[⑥]，当蓄私不可不节。

人类分为男女，禽兽分为牡牝雄雌。这些都是天地间真实的情况，即使是古代圣王也不能改变。即便是古代最圣明的人，一定会蓄养媵妾、仆人，但不至于伤害自己的品行，所以百姓没有怨言。宫中没有宫女，所以天下没有孤单的男子。宫中没有宫女，宫外没有无妻的男子，所以天下的人口众多。现在的君主蓄养婢妾，大国君主蓄养上千宫女，小国君主蓄上百，所以天下的男人大多孤单而没有妻子，女子多被拘禁而没有丈夫，男女错过了婚配的时机，因此天下的人民就少。君主确实希望天下人口众多而讨厌人口稀少，那么蓄养婢妾就不可以不节制。

注释

❶ 回于天地之间：在天地之间回旋、活动。 ❷ 牡牝（mǔpìn）：雄性和雌性。 ❸ 蓄私不以伤行：蓄养媵妾仆人而不伤害自己的品行。 ❹ 拘女：宫女。寡：孤独，孤单。 ❺ 天下之男多寡无妻，女多拘无夫：天下的男人大多孤单而没有妻子，女子多被拘禁而没有丈夫。 ❻ 寡：少，与“众”相对。

【原 文】

凡此五者，圣人之所俭节也，小人之所淫佚[①]也。俭节则昌，淫佚则亡，此五者不可

【译 文】

凡是这五个方面，是圣人注重节俭，小人容易恣纵逸乐的。节俭就会兴盛，恣纵逸乐就会灭亡，所以这五个方面不可以

不节。夫妇节而天地和，风雨节而五谷孰[2]，衣服节而肌肤[3]和。

不节制。夫妇节制，天地间的阴阳之气就会调和；风雨适度，五谷就会丰收；穿衣服有节制，身体就会舒适。

注释

❶ 淫佚（yínyì）：恣纵逸乐。 ❷ 孰：同“熟”，庄稼丰收，五谷有收成。❸ 肌肤：肌肉与皮肤。此指身体。

三　辩

【原 文】

程繁[1]问于子墨子曰："夫子曰：'圣王不为乐。'昔诸侯倦于听治[2]，息于钟鼓[3]之乐；士大夫倦于听治，息于竽瑟[4]之乐；农夫春耕夏耘，秋敛冬藏，息于聆缶[5]之乐。今夫子曰'圣王不为乐'，此譬之犹马驾而不税[6]，弓张而不弛，无乃非有血气者之所不能至邪？"

【译 文】

程繁问墨子说："先生曾说：'圣明的君王不作音乐。'以前诸侯处理政事疲倦了，听钟鼓之乐来休息；士大夫处理政事疲倦了，听竽瑟之乐来休息；农夫春天种田、夏天锄草、秋天收获、冬天储存，聆听敲击缶的音乐来休息。现在先生说'圣明的君王不作音乐'，这就好比马驾在车上而不卸下，弓拉紧而不松开，恐怕没有血气的人是不能做到的吧？"

注 释

❶ 程繁：《公孟》作"程子"，战国时期兼学儒墨学说的人。　❷ 听治：断狱治事，这里指处理政事。　❸ 钟鼓：钟和鼓，古代礼乐器。　❹ 竽（yú）：古代竹制簧管乐器，像笙，有三十六簧。瑟（sè）：拨弦乐器，形似古琴，有五十弦、二十五弦、十五弦等种，今瑟有二十五弦、十六弦两种。　❺ 缶（fǒu）：古代一种瓦质的打击乐器。　❻ 税：通"脱"，解、脱下。

【原 文】

子墨子曰：昔者尧舜有茅茨[1]者，且以为礼，且以为乐。汤放桀于大水[2]，环[3]天下自立以为王，事成功立，无大后患，因[4]先王之乐，又自作乐，命曰《护》[5]，又修《九招》[6]。武王胜殷杀纣，环天下自立以为王，事成功立，无大后患，因先王之乐，又自作乐，命曰《象》[7]。周成王因先王之乐，又自作乐，命曰《驺虞》[8]。周成王之治天下也，不若武王；武王之治天下也，不若成汤；成汤之治天下也，不若尧舜。故其乐逾繁者，其治逾寡。自此观之，乐非所以治天下也。

【译 文】

墨子说：从前尧和舜只有茅草盖的房子，况且能制礼，况且能作乐。商汤放逐夏桀到大水，统一了天下而自立为王，事业成功、功业创立，没有大的祸患，因袭先王的音乐，又自己制作了音乐，命名为《护》，又修改了《九招》。周武王战胜商朝、杀死纣王，统一天下而自立为王，事业成功、功业创立，没有大的祸患，因袭先王的音乐又自己制作了音乐，命名为《象》。周成王因袭先王的音乐，又自己制作了音乐，命名为《驺虞》。周成王治理天下，不如周武王；周武王治理天下，不如商汤；商汤治理天下，不如唐尧、虞舜。所以君王制作的乐曲越多，国家的治绩就越少。由此来看音乐不是用来治理天下的。

注释

❶茅茨（máocí）：茅草盖的屋顶，代指茅屋。 ❷汤放桀于大水：据说商汤推翻了夏桀的统治，并将夏桀流放到南方的海边，后来夏桀死在南巢。 ❸环：环绕，统一。 ❹因：因袭。 ❺《护》：古乐曲名。据说是商汤命令伊尹制作的音乐。 ❻《九招》：又称《九韶》，舜时乐曲名。 ❼《象》：古乐名，据说是周武王伐商时制作的乐曲。 ❽《驺虞》：古乐曲名。《诗经·召南》有《驺虞》一诗，为周成王时的诗篇。

【原 文】

程繁曰："子曰'圣王无乐'，此亦乐已，若之何其谓圣王无乐也？"

子墨子曰："圣王之命也，多寡之[1]。食之利也，以知饥而食之者智也，因为无智矣[2]。今圣有乐而少，此亦无也。"

【译 文】

程繁说："先生说'圣明的君王没有音乐'，这些也是音乐啊，为什么说圣明的君王没有音乐呢？"

墨子说："圣明君王的政令是，事物过多，就削减它。食物对人是有利的，认为知道饥饿就去吃东西是聪明，那么这种聪明其实是无知啊。当今圣明的君王有音乐却很少，这也算是没有音乐了。"

注释

❶ 多寡之：应为"多者寡之"，即事物过多了，就削减它。 ❷ 因为无智矣：应为"固为无智矣"，即其实是无知啊。

尚贤上

【原文】

子墨子言曰：今者王公大人为政于国家者[1]，皆欲[2]国家之富，人民之众，刑政之治[3]。然而不得富而得贫，不得众而得寡，不得治而得乱，则是本[4]失其所欲，得其所恶[5]。是其故[6]何也？

子墨子言曰：是[7]在王公大人为政于国家者，不能以尚贤事能[8]为政也。是故国有贤良之士众，则国家之治厚[9]；贤良之士寡，则国家之治薄[10]。故大人之务[11]，将在于众[12]贤而已。

【译文】

墨子说：当今治理国家的国君重臣都希望自己的国家富强，人口众多，刑罚政事清明。然而国家并未得富强反而贫穷，人口并未增多反而减少，刑罚政事未能清明反而混乱，那么这是原本丧失了他们所希望得到的，而得到了他们所憎恶的。这是什么原因呢？

墨子说：这是因为治理国家的国君重臣，不能用崇尚贤才、使用能人来治理国家。所以一个国家拥有的有德行才能的人多，那么国家便治理得越牢固；拥有的有德行才能的人少，那么国家治理得越薄弱。所以在高位者的工作，乃在于使贤士增多而已。

注释

❶王公大人：指国君重臣。后泛指高官贵人。为政：治国理政。 ❷欲：希望。 ❸刑政：刑罚和政事。治：清明，太平。 ❹本：原本。 ❺恶：憎恶。

❻故：原因，缘故。❼是：代词，这。❽事能：使用有才能的人。❾厚：雄厚，牢固。❿薄：弱小，衰微，薄弱，与“厚”相对。⓫大人：在高位者，如王公贵族。务：工作，事业。⓬众：动词，集中，增多。

【原文】

曰：然则众贤之术将奈何哉[1]？

子墨子言曰：譬若欲众其国之善射御之士者[2]，必将富之[3]贵[4]之，敬之誉之，然后国之善射御之士将可得而众也。况又有贤良之士厚[5]乎德行，辩[6]乎言谈，博乎道术者乎[7]，此固国家之珍，而社稷之佐[8]也，亦必且富之贵之，敬之誉之，然后国之良士亦将可得而众也。

【译文】

有人说：那么增多贤士的办法是什么呢？

墨子说：就像想使国中善于射箭御马的人增多，一定要使他们富裕、使他们显贵，尊重他们、赞誉他们，然后国中善于射箭骑马的人将可以得到并增多。更何况有德行才能的人是道德品行笃厚、言谈明白清楚、道德学问渊博（通晓治国之术）的人，他们本来就是国家的瑰宝、社稷的辅佐者，也一定要使他们富裕、使他们显贵，尊敬他们、赞誉他们，然后国中的贤士也将可以得到并增多了。

注释

❶然则：连词，那么。术：方法，办法。❷善：擅长，善于。射御：射箭御马。❸富：动词，使富裕。之：代词，指善射御之士。❹贵：动词，使显贵。❺厚：笃厚，敦厚。❻辩：叙事说理明白清楚。❼博：多，丰富，亦特指知识渊博丰富。一说指通晓。道术：道德学问。一说指治国之术。❽佐：辅佐者。

【原 文】

是故古者圣王之为政也，言曰："不义不富[1]，不义不贵，不义不亲[2]，不义不近[3]。"是以国之富贵人闻之，皆退而谋曰[4]："始我所恃[5]者，富贵也，今上举义不辟[6]贫贱，然则我不可不为义。"亲者闻之，亦退而谋曰："始我所恃者亲也，今上举义不辟疏，然则我不可不为义。"近者闻之，亦退而谋曰："始我所恃者近也，今上举义不辟远，然则我不可不为义。"远者闻之，亦退而谋曰："我始以远为无恃，今上举义不辟远，然则我不可不为义。"逮至远鄙郊外之臣[7]、门庭庶子[8]、国中之众、四鄙之萌人闻之[9]，皆竞为义。是其故何也？曰：上之所以使下者，一物[10]也；下之所以事上者，一术也。譬之富者，有高墙深宫，墙立既[11]，谨[12]上为凿一门，有盗人入，阖其自入而求

【译 文】

所以古代圣明的君王治理国家，说道："不讲道义的人不能让他富裕，不能让他显贵，不能与他亲密，不能与他接近。"因此国内富贵的人听说这话，都会回去商议说："当初我依靠的是富贵，现今国家选用义士不避贫贱，那么我就不能不行道义。"与君主有亲属关系的人听说这话，也会回去商议说："当初我所依仗的是与君主有亲戚关系，现今国家选用义士不避关系疏远的人，那么我就不能不行道义。"君主身边的人听说这话，也会回去商议说："当初我所依仗的是与君主亲近，现今国家选用义士不避远处的人，那么我就不能不行道义。"与君主疏远的人听说这话后，也会回去商议说："我开始以为与君主关系疏远而无所依靠，现今国家选用义士不避疏远的人，那么我就不能不行道义了。"直到远方边邑的臣子、宫廷庶子、国内的民众、四方边境的百姓听说这话，都争先恐后地施行道义。这是什么原因呢？这是因为君主用来役使臣下，只有"尚贤"一种事务；臣下用来侍奉君主，只有行义一条途径。这就像富贵人家有高墙深院，墙已筑好，仅仅在上面凿一扇门，有盗贼进入，关闭他所进入的那扇门，然后搜寻

之[13]，盗其无自出[14]。是其故何也？则上得要[15]也。

他，盗贼便无从出去。这其中是什么原因呢？因为在上者抓住了要点所在。

注释

❶不义：不守道义的人。不富：不使之富有。　❷亲：亲密，关系密切。❸近：接近，亲近。　❹退：退下，返回。谋：谋划，商议。　❺恃：依靠，依仗。　❻辟：同“避”，回避，避开。下文“辟”同。　❼逮至：直到。远鄙：远方边邑。　❽门庭：宫廷。庶子：与“嫡子”相对，嫡子以外的众子。一说指官吏的庶子，一般为宫中宿卫官。古代宿卫的位置大多在路寝内外朝门庭之间，故谓之。　❾国中：国内。四鄙：四方边境地区。萌人：乡民。萌，通“氓”，百姓、民众。　❿物：事务，此指“尚贤”。　⓫立既：指已筑好。⓬谨：通“仅”，只。　⓭阖（hé）：关闭。自入：进来时的门，指上文“一门”。求：搜索，搜寻。　⓮无自出：无从出去，没有门出去，出不去。　⓯得要：得其要领，抓住要点。要，要点。

【原　文】

故古者圣王之为政，列德[1]而尚贤，虽在农与工肆之人[2]，有能则举[3]之，高予之爵[4]，重予之禄[5]，任[6]之以事，断予之令[7]，曰：“爵位不高则民弗敬，蓄禄[8]不厚则民不信，政令不断则民不畏。”就举三者授之贤者[9]，非为贤赐[10]也，欲其事之成[11]。

【译　文】

所以古代圣明的君王治理国家，都能以德行给予位次，崇尚贤人，即使是从事农业和工商业的人员，只要有能力就选用他，给予他高的官爵，给予他丰厚的俸禄，任用他来做事，给予他决断的权力，说：“官位不高，那么人民就不会尊敬，俸禄不丰厚，那么人民就不会信任，政策法令不决断，那么人民就不会畏惧。”把这三种东西授予贤者，不是为了赏赐贤士，而是想让他们把事情做成。

故当是时，以德就列[12]，以官服事[13]，以劳殿赏[14]，量[15]功而分禄。故官无常贵[16]，而民无终贱[17]，有能则举之，无能则下之，举公义[18]，辟私怨[19]，此若[20]言之谓也。故古者尧举舜于服泽之阳[21]，授之政，天下平；禹举益于阴方之中，授之政，九州成[22]；汤举伊尹于庖厨之中[23]，授之政，其谋[24]得；文王举闳夭泰颠于罝罔之中[25]，授之政，西土服[26]。故当是时，虽在于厚禄尊位之臣，莫不敬惧而施；虽在农与工肆之人，莫不竞劝而尚意。[27]故士者所以为辅相承嗣也[28]。故得士则谋不困[29]，体不劳[30]，名立而功成，美章[31]而恶不生，则由得士也。

是故子墨子言曰：得意[32]贤士不可不举，不得意贤士不可不举，尚欲祖述尧舜禹汤之道[33]，将不可以不尚贤。夫尚贤者，政之本也。

因此在这时，要根据德行来安排职位，根据官职来承担公事，根据功劳来评定赏赐，衡量功绩来分发俸禄。因此官吏不会永远富贵，而人民不会永远贫贱，有能力的就举用他，没有能力的就罢免他，选拔人才公平正义，消除私人恩怨，说的就是这个道理。所以古时尧在服泽之阳选用舜，授予他政事，天下太平；禹在阴方之中选用伯益，授予他政事，九州统一；汤在厨房中选用伊尹，授予他政事，实现了讨伐夏桀的计划；文王在打猎捕鱼的人中选用闳夭、泰颠，授予他们政事，西方诸国投降顺服。因此在这时，即使是有丰厚俸禄、高位的大臣，没有一个不谨慎小心地做事；即使是从事农业、工商业的人民，没有一个不争相劝勉而崇尚德行的。所以贤士是辅佐君王的大臣的继承者。所以君主得到贤士，那么谋略不穷尽，身体不劳苦，名声树立而功业建成，美好的事物得到彰显而邪恶的事物不会出现，这都是由于得到贤士。

所以墨子说：（君主）治理国家顺利的时候不能不选用贤士，不顺利的时候不能不选用贤士，倘若想效法尧舜禹汤的治国方法，就不能不崇尚贤士。崇尚贤士，是执政的根本。

注释

❶ 列德：以德行给予位次，以德行安排官位。列，安排位置。 ❷ 虽：即使。农：务农。工：工业，即百工之人。肆：商人。 ❸ 举：选拔，选用。 ❹ 高予之爵："予之高爵"，给予他们高的爵位。予，赋予、给予。 ❺ 重予之禄："予之重禄"，给予他们丰厚的俸禄。 ❻ 任：任用。 ❼ 断予之令："予之断令"，给予他们决断的权力。断，决断的权力。 ❽ 蓄禄：俸禄。 ❾ 举：拿，拿起，把。三者：指上文所说爵位、蓄禄、政令。 ❿ 非为贤赐：应为"非为赐贤"，即不是为了赏赐贤士。 ⓫ 欲：想，希望。其：代词，指贤士。 ⓬ 就列：任职，就位，安排职位。 ⓭ 服事：承担公职。 ⓮ 劳：功劳。殿：定，评定。 ⓯ 量：裁量，衡量。 ⓰ 常贵：永远富贵。 ⓱ 终贱：永远贫贱。 ⓲ 公义：公平正义。 ⓳ 辟：除去，消除。 ⓴ 此若：此，这。 ㉑ 服泽：古地名，或即蒲泽，在今山西，据说尧在此任用舜。阳：山的南面或水的北面。 ㉒ 阴方：传说中的地名，其地不详。益：伯益，皋陶之子，禹的贤臣，相传助禹成功治水，禹欲让位于益，益避居箕山之北。禹死后，为禹子启所杀。九州：相传大禹治水时把中国划分为九大区域，即徐州、冀州、兖州、青州、扬州、荆州、梁州、雍州和豫州，后以九州泛指天下、全中国。 ㉓ 汤：指商汤，殷商朝的建立者。伊尹：商汤的贤臣，相传他原为有莘氏女的陪嫁之臣。汤用为"小臣"，后任以国政，助汤攻灭夏桀。庖（páo）厨：厨房。 ㉔ 谋：谋略，计划，此指伐桀的计划。 ㉕ 文王：指周文王，商代末年周族的领袖。闳夭：周文王的贤臣，曾在文王被纣囚禁时营救文王，后为武王重臣。泰颠：又作太颠，周文王的贤臣。罝罔（jūwǎng）：渔猎，捕鱼打猎。罝，捕捉鸟兽的网。 ㉖ 西土：西周部族最早所居之处，即今陕西岐山一带。因战国时该地处于西方，故称西土。此指西方诸国。服：顺从，降服。 ㉗ 敬惧：谨慎小心。竞劝：争相劝勉。尚：崇尚。意：应为"德"，据孙诒让《墨子间诂》改。 ㉘ 辅相：辅助君王的大臣。承嗣：继承者。 ㉙ 困：穷尽。 ㉚ 劳：劳苦，劳累。 ㉛ 章：彰显。 ㉜ 得意：统治顺利，治理国家顺利。 ㉝ 尚：连词，犹傥，倘若。祖述：效法，模仿。

尚 贤中

【原 文】

子墨子言曰：今王公大人之君①人民、主社稷②、治国家，欲修保而勿失③，故④不察尚贤为政之本也？何以知尚贤之为政本也？曰⑤：自贵且智者为政乎⑥愚且贱者则治，自愚贱者为政乎贵且智者则乱。是以⑦知尚贤之为政本也。故古者圣王甚尊尚贤而任⑧使能，不党父兄⑨，不偏⑩贵富，不嬖颜色⑪，贤者举而上⑫之，富而贵之，以为官长⑬；不肖者抑而废之⑭，贫而贱之，以为徒役⑮。是以民皆劝⑯其赏，畏其罚，相率⑰而为贤者，以贤者众而不肖者寡，此谓进贤⑱。然后圣人听其言，迹⑲其行，察其所能，

【译 文】

墨子说：当今国君重臣统治人民、主持社稷、治理国家，希望长久保持政权而无所失，为何不明察崇尚贤士是治理国家的根本呢？怎么知道崇尚贤才是治理国家的根本呢？答曰：由地位尊贵且有智慧的人来管理愚笨且贫贱的人，那么能把国家治理好；由愚笨且贫贱的人来管理尊贵且有智慧的人，那么国家就会混乱。由此知道崇尚贤士是治理国家的根本。因此古代圣明的君王尤其注重尊崇贤士、任用有才能的人，不袒护亲人，不偏爱富贵者，不宠爱美女，选用贤能的人做高官，让他们富有且尊贵，使他们成为领导；对于无德无才的人，要削减他们的官职甚至是罢免他们，使他们贫穷且卑贱，让他们服劳役。因此人民会相互劝勉且争取获得赏赐，害怕受罚，争先恐后地成为贤人。所以贤才多而无德才的人少，这叫作崇尚贤才。然后圣人听到了贤士们的言论，观察他们的行为，考察他们做事的能力，

而慎予官，此谓事能[20]。故可使治国者，使治国；可使长官者，使长官；可使治邑[21]者，使治邑。凡所使治国家、官府、邑里，此皆国之贤者也。

并谨慎地授予他们官职，这叫作善于使用贤才。因此有治国能力的人，就让他们治理国家；有做官处事才能的人，就让他们统管官府；有治理城邑才能的人，就让他们治理城邑。凡是有能力治理国家、官府、城邑的人，这些都是国家的贤士。

注释

❶君：统治。 ❷主：主宰，统治。社稷（jì）：代指国家。社，指土神。稷，指谷神。古代君主都定期祭祀土神和谷神，以求风调雨顺、五谷丰登，后来用“社稷”代指国家。 ❸修：长，长久。保：保持，保有。 ❹故：当为“胡”，为什么，怎么。 ❺曰：前应有“答”，下文是对前句的回答。 ❻乎：于。 ❼是以：所以。 ❽任：任用。 ❾党：偏袒，袒护。父兄：父亲和兄弟，此指亲人。 ❿偏：偏向，偏爱。 ⓫嬖（bì）：地位低下而受宠幸的人，此指宠爱。颜色：姿色，指有姿色的女子。 ⓬上：处上位，做高官。 ⓭官长：长官。 ⓮不肖：无能无德。抑：降职。废：撤职。 ⓯徒役：服劳役的人。 ⓰劝：劝勉，鼓励。 ⓱相率：一个接一个，相继。 ⓲进贤：尚贤。⓳迹：观察，考察。 ⓴事能：使能。 ㉑邑：城市，城邑。

【原 文】

贤者之治国也，蚤朝晏退①，听狱治政②，是以国家治而刑法正。贤者之长官③也，夜寝夙兴④，收敛关市⑤、山林、泽梁之利，以实官府⑥，

【译 文】

贤能的人治理国家，上朝早，退朝晚，审理狱讼、处理政务，所以国家安定且刑法公正。贤者做长官，晚睡早起，征收关塞集市、山陵木林、湖泽桥梁的财税，以充实国家的库府，所以国家的库府充实而资财不散

是以官府实而财不散。贤者之治邑也，蚤出莫[7]入，耕稼树艺[8]，聚菽粟[9]，是以菽粟多而民足乎食[10]。故国家治则刑法正[11]，官府实则万民富[12]。上有以洁为酒醴粢盛，以祭祀天鬼[13]；外有以为皮币[14]，与四邻诸侯交接[15]；内有以食饥息劳[16]，将养[17]其万民；外有以怀[18]天下之贤人。是故上者[19]天鬼富之，外者诸侯与[20]之，内者万民亲[21]之，贤人归[22]之，以此谋事则得[23]，举事则成，入守[24]则固，出诛[25]则强。故唯昔三代圣王尧舜禹汤文武之所以王天下、正诸侯者[26]，此亦其法已。

失。贤者治理城邑，早出晚归，致力于耕耘种植，收获豆类谷物，所以豆类谷物增多而民众足于食用。所以国家安定，那么刑法就公正；库府充实，那么广大百姓就富裕。向上能用洁净的美酒和谷物，来祭祀上天鬼神；对外有足够的皮币，与四方诸侯交易往来；对内能使饥者有食物、使劳累者得到休息，扶养国内广大百姓；对外可以怀徕天下的贤士。因此上有天地鬼神使其富裕，外有邻国诸侯与其结交，内有广大百姓的亲近和贤人的归顺，用这些有利因素谋划事情就会成功，做事就能成功，内部守卫就会坚固，外出讨伐时便会威强。所以从前三代的圣王唐尧、虞舜、夏禹、商汤、周文王、周武王之所以能够称王于天下、匡正诸侯，就是因为他们把握了尚贤这一方法。

注释

❶蚤：通“早”。晏：晚。 ❷听狱：审理案件。治政：处理政务。 ❸贤者之长官：做官的贤人。 ❹夜：深夜。寝：睡觉。夙：早。 ❺收敛：征缴，征收。关：关隘。市：集市。此指位于交通要道的集市。 ❻实：充实。官府：国家的库府。 ❼莫：同“暮”，晚。 ❽树艺：种植，一说种植果树。 ❾聚：聚集，收获。菽：豆类。粟：谷类。 ❿足乎食：食物充足。 ⓫正：公正。 ⓬万民：广大百姓，民众。 ⓭天鬼：上天鬼神。 ⓮外：对外。皮币：古人以皮毛作为交易使用的货币，故称“皮币”。 ⓯交接：交往。 ⓰食饥：使饥

者有食物。食，使……有食物。息劳：使劳累者得到休息。息，使……休息。⑰将养：扶养。⑱怀：招致，招徕。⑲上者：上面。⑳与：交往，友好。㉑亲：亲近。㉒归：归顺，顺服。㉓得：成功。㉔入守：内部守卫。㉕出诛：外出征伐。㉖王：称王，统治。正：匡正，纠正。

【原文】

既曰若法[1]，未知所以行之术[2]，则事犹若[3]未成，是以必为置三本[4]。何谓三本？曰：爵位不高则民不敬也，蓄禄不厚则民不信也，政令不断则民不畏也。故古圣王高予之爵，重予之禄，任之以事，断予之令。夫岂为其臣赐哉？欲其事之成也。《诗》曰：“告女忧恤，诲女予爵，孰能执热，鲜不用濯？”[5]则此语古者国君、诸侯之不可以不执善承嗣辅佐也[6]，譬之犹执热之有濯也，将休[7]其手焉。古者圣王唯毋[8]得贤人而使之，般[9]爵以贵之，裂[10]地以封之，终身不厌[11]。贤人唯毋得明君而事之，竭四肢之力以任君之事[12]，终身不倦。若有美善则归之

【译文】

既然讲到尚贤的方法，不知道实行的方法，那么事情犹如没有成功，所以必须设置三个根本。什么是三个根本？答曰：爵位不高，那么民众便不会尊敬；俸禄不丰厚，那么民众便不会信服；政策教令不决断，那么民众就不会畏惧。所以古代圣明的君主给予贤人高的爵位，给予贤人丰厚的俸禄，任用贤人做事，授予贤人决断的权力。这难道是为了给予大臣赏赐吗？是想让他们把事情做成。《诗经》说：“告诉你们应该担忧国事，教导你们授予他们官职，谁能手执过烫物品，而不放入冷水中浸洗呢？”这话说的是古代的国君、诸侯不可以不亲善那些继承者和辅佐者，犹如手执过烫物品用冷水浸洗，以便使自己的手得到歇息一样。古代圣明的君王得到贤士，任用他们，颁赐爵位使他们尊贵，分割土地而封赐他们，终生不舍弃他们。贤士遇到英明的君主，尽力侍奉他，竭尽全力办理君主交待的事情，终生不疲倦。如果有美好，那么归之于

上[13]。是以美善在上而所怨谤在下[14]，宁乐在君，忧戚[15]在臣。故古者圣王之为政若此。

君主。因此美好在君主而怨愤诽谤在臣下，安宁快乐在君主，忧愁悲痛在臣下。所以古代圣明的君王治国理政就是这样。

注释

❶ 若法：这一方法，指尚贤的方法。 ❷ 行：实行，执行。术：办法。 ❸ 犹若：犹如。 ❹ 三本：三个根本。 ❺ 此为《诗·大雅·桑柔》中的句子，与今本《诗经》稍异。女：通“汝”，指周王及其执政的大臣。忧恤：忧虑，此指忧虑国事。予：授予，给予。 ❻ 执善：亲善，友善。承嗣辅佐：接替权位者和辅政大臣。 ❼ 休：休息，歇息。 ❽ 唯毋：语气助词，没有意义。下同。❾ 般：通“班”，颁，赐。 ❿ 裂：分割。 ⓫ 厌：舍弃。 ⓬ 四肢之力：指代全身之力。任：担任，此指服务。 ⓭ 上：君主。 ⓮ 怨谤：怨愤和诽谤。下：臣下。 ⓯ 忧戚：忧愁悲痛。

【原文】

今王公大人亦欲效人[1]以尚贤使能为政，高予之爵，而禄不从[2]也。夫高爵而无禄，民不信也，曰：“此非中实爱我也，假藉而用我也。”[3]夫假藉之民，将岂能亲其上哉？故先王言曰：“贪于政者不能分人以事，厚于货者不能分人以禄[4]。”事则不与，禄则不分，请问天下之贤人将何[5]自至乎

【译文】

当今国君重臣也想效法古人崇尚贤人、任用有才能的人来治理国家，给予贤士高的官位，而俸禄却不随之增多。爵位高而没有俸禄，民众就不会信服，他们会说：“这不是真正爱我，而是借虚名来利用我。”被利用的人民怎么会亲近其君主呢？故而先王说：“贪婪政权的人不会把政事分给别人，看重钱财的人不会把俸禄分给别人。”政事不让人参与，俸禄不分给别人，请问天下的贤能之士怎么能到

王公大人之侧哉？若苟[⑥]贤者不至乎王公大人之侧，则此不肖者在左右也。不肖者在左右，则其所誉不当贤[⑦]，而所罚不当暴。王公大人尊[⑧]此以为政乎国家，则赏亦必不当贤，而罚亦必不当暴。若苟赏不当贤而罚不当暴，则是为贤者不劝而为暴者不沮矣[⑨]。是以入[⑩]则不慈孝父母，出则不长弟乡里[⑪]，居处无节，出入无度，男女无别。使治官府则盗窃[⑫]，守城则倍畔[⑬]，君有难则不死[⑭]，出亡则不从。使断狱则不中[⑮]，分财则不均。与谋事不得，举事不成，入守不固，出诛不强。故虽昔者三代暴王桀、纣、幽、厉之所以失措[⑯]其国家，倾覆其社稷者，已[⑰]此故也。何则？皆以明小物而不明大物也[⑱]。

国君重臣的身边呢？如果贤士不到国君重臣的身边，那么品行不端的人便会在国君重臣左右。品行不端的人在其左右，那么他们所赞誉的不会是真正的贤士，所惩罚的不会是真正的残暴者。国君重臣遵照品行不端者的所作所为来治理国家，那奖励的也一定不是真正的贤士，惩罚的也一定不是真正的残暴者。如果奖励的不是真正的贤士而惩罚的不是真正的残暴者，那么贤士的行为不会受到鼓励而残暴者的行为不会得到制止。所以在家便不孝顺父母，在外便不尊敬长上、亲和乡邻，生活没有节制，出入不讲究规矩，男女之间没有界限。使之治理官府就会成为偷窃抢劫的人，守卫城池就会背叛投敌，君主遇难则不能舍身相救，君主逃亡在外则不能跟从。让他判案就会不公正，分配财物就会不平均，和他谋划事情不会成功，做事不成功，守城不坚固，出征不威强。因此即使是从前三代的暴君夏桀、商纣王、周幽王、周厉王之所以丧失国家，倾覆社稷，就是这个原因。为什么呢？都是因为只明白琐碎小事而不明白治国要事。

注释

❶效人：效法古人。 ❷从：跟从，指俸禄随着爵位的增高而增加。 ❸中实：真实。藉：同“借”。用：利用。 ❹厚：重视，看重。货：钱物。 ❺何：怎

么。 ❻ 若苟：假如，如果。 ❼ 其：指不肖者。当：对等，匹配。 ❽ 尊：通“遵”，遵循，依照。 ❾ 劝：鼓励，勉励。沮：阻止，制止。 ❿ 入：在家。 ⓫ 出：出门在外。长（zhǎng）：尊敬长者。弟（tì）：同“悌”，尊敬长上。乡里：乡亲。 ⓬ 盗窃：用不正当的手段秘密得到，非法占有。 ⓭ 倍：通“背”，背叛。畔：通“叛”。 ⓮ 死：冒死相救，献身。 ⓯ 中：不偏不倚。 ⓰ 措：为“损”之误。失损即失去。 ⓱ 已：通“以”，因。 ⓲ 小物：小事，指琐事。大物：大事，指治国要事。

【原 文】

今王公大人有一衣裳不能制也，必藉良工①；有一牛羊不能杀也，必藉良宰②。故当若之二物③者，王公大人未知④以尚贤使能为政也。逮至⑤其国家之乱，社稷之危，则不知使能以治之。亲戚则使之，无故富贵、面目佼好则使之⑥。夫无故富贵、面目佼好则使之，岂必智且有⑦慧哉？若使之治国家，则此使不智慧者治国家也，国家之乱既可得而知已。且夫王公大人有所爱其色而使，其心不察其知⑧而与其爱，是故不能治百人者，使处乎千人之官，不能治千人者，使处乎

【译 文】

当今国君重臣有衣服不能缝制，必须依靠手艺高的裁缝；有牛羊不能屠杀，必须依靠技术高的屠夫。所以就像这里提到的两件事，国君重臣不知道用崇尚贤人、任用有才能的人来治理国家。直到国家混乱、社稷倾危，却不知道任用有才能的人来治国。凡是亲属便加以任用，无缘由而富贵、面目漂亮的人便加以任用。无缘由富贵、面目漂亮而被任用的人，难道一定就睿智且有智慧吗？如果任用这些人来治理国家，那么就等于让不睿智聪慧的人来治理国家，国家的混乱状况便已可得而知了。况且国君重臣因喜欢这些人的美貌而任用他们，心中就不会考察他们的才智而宠爱他们，所以让不能管理一百人的人居于管理一千人的官位，让不能管理一千人的人居于管理万人的官位。这其中的原因是什么呢？答曰：“居于这种官位的人爵位高而俸禄丰厚，只因为喜欢

万人之官。此其故何也？曰："处若官[9]者爵高而禄厚，故爱其色而使之焉。"夫不能治千人者，使处乎万人之官，则此官什倍也[10]。夫治之法将日[11]至者也，日以治之，日不什修[12]，知以治之，知不什益[13]，而予官什倍，则此治一而弃其九矣[14]。虽日夜相接以治若官，官犹若不治。此其故何也？则王公大人不明乎以尚贤使能为政也。故以尚贤使能为政而治者，夫若言[15]之谓也，以下贤[16]为政而乱者，若吾言之谓也。

他的美貌而予以任用呀！"不能管理千人的人，让他居于管理万人的官位，那么此官爵是其能力的十倍。治国理政的常规是政事将每日来到，每日处理政事，一天的时间不会延长十倍，用才智去治理政事，才智不能增长十倍，然而授予他的官位却是其能力的十倍，这样就只能完成十分之一而丢弃十分之九。即便他夜以继日地治理政务，仍无法把工作做好。这其中的原因是什么呢？因为国君重臣不懂得用崇尚贤士、任用有才能的人来治理国家。所以用崇尚贤士、任用有才能的人的方法来治理国家而使国家得到治理的，就如同前面所讲的（古代圣王得贤人而用之）一样，不用崇尚贤士、任用有才能的人的方法来治国理政而使国家混乱的，就像我现在所说的一样。

注释

❶ 藉：通"借"，借助。良工：技术高超的裁缝。 ❷ 良宰：技术高超的屠夫。 ❸ 二物：良工做衣和良宰屠牛羊两件事。 ❹ 未知：不知道。 ❺ 逮至：等到，直到。 ❻ 无故：无缘无故，不知缘由。一说"故"为"攻"之误，即"功"（功勋）的假借字。佼（jiǎo）好：美好，漂亮。 ❼ 有：孙诒让《墨子间诂》指出"有"为衍文。 ❽ 知：同"智"。 ❾ 若官：此官。 ❿ 官：官职，官位。什倍：十倍，此指（官职是）才能的十倍。 ⓫ 日：每日，一天天。 ⓬ 什修：十倍地增长。修，长。 ⓭ 什益：十倍地增加。 ⓮ 一：十分之一。九：十分之九。 ⓯ 若言：如前所说。 ⓰ 下贤：放下贤人，不用贤人。

【原文】

今王公大人中实[1]将欲治其国家，欲修保[2]而勿失，胡[3]不察尚贤为政之本也？且以尚贤为政之本者，亦岂独[4]子墨子之言哉？此圣王之道，先王之书《距年》[5]之言也，传[6]曰："求圣君哲人，以裨辅而身。"《汤誓》曰："聿求元圣，与之戮力同心，以治天下。"[7]则此言圣之不失[8]以尚贤使能为政也。故古者圣王唯能审[9]以尚贤使能为政，无异物[10]杂焉，天下皆得其利。古者舜耕历山[11]，陶河濒[12]，渔雷泽[13]，尧得之服泽之阳，举以为天子，与接天下之政[14]，治天下之民。伊挚[15]，有莘氏女之私臣[16]，亲为庖人[17]，汤得之，举以为己相，与接天下之政，治天下之民。傅说被褐带索[18]，庸筑乎傅岩[19]，武丁[20]得之，举以为三公[21]，与接天下之政，治天下之民。此何故始贱卒[22]而贵，始贫卒而富？则王公大

【译文】

当今国君重臣真正想治理好国家，想使自己的政权长久保持而无所失，为什么不明察崇尚贤士是治理国家的根本呢？况且把崇尚贤士作为治理国家的根本，又难道只是墨子的一家之言吗？这是古代圣明君主的方法，先王书籍《距年》上所说的。传中说道："寻求圣君和贤士，来辅佐自己。"《尚书·汤誓》说："寻求伟大的圣人，与他齐心协力，来治理天下。"这是说圣人在治理国家时都不舍弃崇尚贤士、任用有才能的人。所以古代圣明的君主治理国家时能审时度势地崇尚贤士、任用有才能的人，而没有其他事情混杂扰乱，天下都能得到好处。从前舜在历山耕种，在黄河之滨制作陶器，在雷泽捕鱼，尧在服泽之北求得他，并推选他做天子，授予他治理天下的政事，管理天下的人民。伊尹本为有莘氏之女陪嫁的奴隶，担任过厨师，商汤得到他，选用他为自己的辅相，授予他治理天下的政事，管理天下的人民。傅说穿着粗布衣，带着枷锁，在傅岩为别人筑墙，殷高宗武丁得到他，选用他为辅相，授予他治理天下的政事，管理天下的人民。这些人开始卑贱而最终显贵，开始贫穷而最终富裕，是什么原因呢？因为国君重臣明白用崇尚贤士、任用有才能

人明乎以尚贤使能为政。是以民无饥而不得食，寒而不得衣，劳而不得息，乱而不得治者。故古圣王以审以尚贤使能为政，而取法于天。虽天亦不辩贫富贵贱、远迩亲疏[23]，贤者举而尚之，不肖者抑而废之[24]。

的人来治理国家。所以百姓中不会出现饥饿而没有食物吃、寒冷而没有衣服穿、劳累而不得歇息、混乱而不得治理的状况。所以古代圣明的君王治理国家时能审时度势地崇尚贤士、任用有才能的人，并且取法于上天。只有上天也不分贫贱富贵、亲疏远近，是贤人就会选拔并任用他，无德才的人就会压制甚至罢免他。

注释

❶ 中实：真实，真正。 ❷ 修保：长久保持，长久拥有。 ❸ 胡：为何。 ❹ 独：只，仅。 ❺《距年》：古代书名，今亡佚。一说“距”当为“巨”，距年指老人。 ❻ 传（zhuàn）：解释古代典籍的文字。 ❼《汤誓》：本为《尚书》的一篇，此文在今本《尚书·汤誓》中无，后人伪作古文《尚书》把此文归于《汤诰》篇。聿（yù）：句首助词。元圣：大圣。 ❽ 失：舍弃。 ❾ 审：审时度势。 ❿ 异物：其他事情。 ⓫ 历山：传说中舜所耕作之处，所在地点说法不一，一说在济南历城山，又说在越州余姚、蒲州雷泽县等，具体位置不详。 ⓬ 陶：作动词，制瓦器。濒：同“滨”，黄河之滨。 ⓭ 渔：打鱼。雷泽：又作“濩（huò）泽”，传说中舜捕鱼之处，位置不详。 ⓮ 与：授予。接：接管。 ⓯ 伊挚：伊尹，挚为名，一说伊尹名阿衡。 ⓰ 有莘氏：古代部落。私臣：陪嫁的奴隶。 ⓱ 庖（páo）人：厨师。 ⓲ 傅说（yuè）：传说中的商代贤人，因罪服刑，在傅岩筑墙，后被商王武丁任用为相。被：同“披”。褐：粗布，此指粗布衣服。带索：佩带绳索，指犯罪。 ⓳ 庸：通“佣”，受雇。傅岩：地名，传说傅说筑墙之地，位置不详。据说武丁梦见自己得到贤臣傅说，派人寻找，在傅岩这里寻得。 ⓴ 武丁：名昭，商朝国王，商王盘庚的侄子，商王小乙之子，被后世称作高宗。武丁在位时，任用贤臣傅说为相，妻子妇好为将军，攻打鬼方，使商朝再度强盛。 ㉑ 三公：辅佐帝王的最高行政长官，一

说指太师、太傅、太保，一说指天子之相。 ㉒卒：最终。 ㉓虽：唯。辩：通“辨”。 ㉔抑：压制，降职。废：辞退，罢免。

【原 文】

然则富贵为贤[1]以得其赏者，谁也？曰：若昔者三代圣王尧舜禹汤文武者是也。所以得其赏[2]何也？曰：其为政乎天下也，兼而爱之，从而利[3]之，又率天下之万民以尚尊天[4]事鬼，爱利[5]万民。是故天鬼赏之，立为天子，以为民父母，万民从而誉[6]之曰“圣王”，至今不已。则此富贵为贤以得其赏者也。

【译 文】

那么富有天下、贵为天子又做贤能之事从而得到赏赐的，都是谁呢？答曰：像从前三代的圣王唐尧、虞舜、夏禹、商汤、周文王、周武王就是这样的人。他们是怎么得到赏赐的呢？答曰：他们治理天下时，兼爱人民，使人民互惠互利，又率领天下的广大百姓尊崇上天、供奉鬼神，从而使广大百姓得到好处。所以上天鬼神赏赐他们，把他们立为天子，让他们做人民的父母，广大百姓追随他们并称誉他们为“圣王”，直到今天仍未停止。这就是富有天下、贵为天子又做贤能之事而得到赏赐的人。

注 释

❶为贤：做贤能之事。与下文“为暴”相对。 ❷赏：赏赐。 ❸利：互利。 ❹尊天：尊崇上天。 ❺利：得到好处。 ❻誉：称誉。

【原 文】

然则富贵为暴[1]以得其罚者，谁也？曰：若昔者三代暴

【译 文】

那么富有天下、贵为天子却施行暴政而得到惩罚的，都是谁呢？答曰：像

王桀纣幽厉[2]者是也。何以知其然也？曰：其为政乎天下也，兼而憎之[3]，从而贼[4]之，又率天下之民以诟天侮鬼[5]，贼傲[6]万民。是故天鬼罚之，使身死而为刑戮，子孙离散，室家[7]丧灭，绝无后嗣[8]，万民从而非[9]之曰“暴王”，至今不已。则此富贵为暴而以得其罚者也。

从前三代的暴君夏桀、商纣王、周厉王、周幽王就是这样的人。为什么知道是这样的呢？答曰：他们治理天下时，憎恨民众人，残害他们，又率领天下的人民辱骂上天、侮辱鬼神，残杀广大百姓。所以上天鬼神惩罚他们，让他们遭受刑罚而被杀，子孙失散，家室灭亡，断绝后代，广大百姓相互聚众并骂他们是“暴王”，直到今天仍未停止。这就是富有天下、贵为天子却施行暴政而得到惩罚的人。

注 释

❶为暴：施行暴政。 ❷幽厉：应为“厉幽”，周厉王在前，周幽王在后。 ❸兼而憎之：互相憎恨。 ❹贼：残害。 ❺诟（gòu）天：辱骂天。侮鬼：侮辱鬼神。 ❻贼傲：贼杀。傲，疑为“杀”之讹。 ❼室家：家室。 ❽后嗣：后代。 ❾非：责骂，非议。

【原 文】

然则亲而不善以得其罚者，谁也？曰：若昔者伯鲧[1]，帝之元子[2]，废帝之德庸[3]，既乃刑之于羽之郊[4]，乃热照无有及也[5]，帝亦不爱。则此亲而不善以得其罚者也。

【译 文】

那么虽属近亲却因行为不善受到惩罚的人，都是谁呢？答曰：像以前的伯鲧，本为天帝的长子，败坏了帝的功德，已被杀死在羽山的郊野，那是日月照临不到的地方，帝也不关爱他。这就是虽属近亲却因行为不善而遭到惩罚的人。

注释

❶ 伯鲧（gǔn）：传说中夏禹的父亲，唐尧的大臣，因治水失败被尧杀害，死后腹生禹。鲧为长子，故称“伯鲧”。 ❷ 帝：天帝。一说指颛顼帝，一说指舜。元子：长子。 ❸ 德庸：功德。庸，功劳。 ❹ 刑：流放并杀害。羽：羽山。 ❺ 热照：日月照临。无有及：不能到达。

【原 文】

然则天之所使能者，谁也？曰：若昔者禹、稷、皋陶是也①。何以知其然也？先王之书《吕刑》道之曰②：“皇帝清问下民③，有辞有苗④。曰：‘群后之肆在下⑤，明明不常⑥，鳏寡不盖⑦，德威维威⑧，德明⑨维明。’乃名三后⑩，恤功于民⑪。伯夷降典⑫，哲民维刑⑬。禹平水土⑭，主名山川⑮。稷隆⑯播种，农殖嘉谷⑰。三后成功，维假⑱于民。”则此言三圣人者，谨其言，慎其行，精其思虑⑲，索天下之隐事遗利以上事天⑳，则天乡㉑其德，下施之万民，万民被其利㉒，终身无已㉓。故先王之言曰：

【译 文】

那么上天所使用的贤能之人，都是谁呢？答曰：像以前的夏禹、后稷和皋陶就是这样的人。怎么知道他们是这样的人呢？先王的书籍《尚书·吕刑》说此事道：“尧帝详细地询问民众的情况，大家都纷纷谴责有苗氏。尧说：‘所有的诸侯首领和臣下、民众，要不拘常规地任用有才德的人，哪怕是鳏寡之人也不会被埋没，依靠德建立的威信才是真正的威信，道德显明才是真正的显明。’于是就命令伯夷、夏禹、后稷三人，多多体恤民事。伯夷制定法典，施行刑罚制服民众。夏禹平治水土，负责为山川命名。后稷负责教授民众耕种，劝勉多多种植好的粮食。他们三人皆获成功，造福于人民。”那么这里所说三位圣人，谨言慎行，深思熟虑，搜索天下被隐藏的事物和被人遗忘的利益来侍奉上天，那么上天享用他们的德行，又向下施惠于广大百姓，广大百姓享受三位圣人的德行带来的利益，终生不停止。所以先

"此道[24]也，大用之天下则不窕[25]，小用[26]之则不困，修用[27]之则万民被其利，终身无已。"《周颂》[28]道之曰："圣人之德，若天之高，若地之普[29]，其有昭[30]于天下也。若地之固，若山之承[31]，不坼[32]不崩。若日之光，若月之明，与天地同常[33]。"则此言圣人之德章[34]明博大，埴固以修久也[35]。故圣人之德盖总[36]乎天地者也。

王说道："这种（尚贤的）方法，广泛地运用于天下不会有缺损，小范围地使用也不会有困塞，长期使用则会使广大百姓都广受恩惠，终生不停止。"《周颂》说此事道："圣贤的德行，像天一样高俊，像大地一样广阔，昭显于天下。（圣贤的德行）像大地一样坚固，像山一样耸立，不会断裂不会崩塌。（圣人的德行）如同太阳一样光亮，如同月亮一样皎洁，与天地一样长久。"这就说明圣人的德行彰明博大，坚固而长久。所以圣人的德行总括了天地的美德。

注释

❶稷：后稷，传说中周王的先祖，农耕业的始祖。皋陶：传说中尧舜时的司法官。 ❷《吕刑》：《尚书》中的一篇，周穆王告诫执法官员勤于政事、慎于惩罚、明于刑罚的诰词，因主要为辅相吕侯的法律思想，故称为《吕刑》。道：言，说。 ❸皇帝：指尧。清问：明审详问，详细地询问。 ❹有辞：有怨辞，有怨言。有苗：三苗，尧舜禹时代南方的一个部落。 ❺群后：所有的诸侯。肆：逮，及至。 ❻明明：有才德的人。不常：不拘常规，不拘一格。 ❼鳏：无妻的人。不盖：不被掩盖。 ❽德威：依靠道德建立的威严。维：句中语气词。 ❾德明：依靠道德显明。 ❿名：通"命"，命令。三后：指伯夷、禹、稷三位贤圣。 ⓫恤功于民：忧劳民事。恤，忧。功，事情。 ⓬降典：设定法典。 ⓭哲民：制服民众。刑：施行刑罚。 ⓮平水土：平治水土，指治水。 ⓯主名山川：负责为山川定名。 ⓰隆：通"降"，教授。 ⓱农：劝勉。殖：种植。嘉谷：好谷物，泛指好粮食。 ⓲假：通"嘏（jiǎ）"，福，此为动词，造福，赐福。 ⓳精其思虑：深思熟虑。 ⓴索：搜索，求索。隐事：没有被

发现的事物。遗利：被遗忘的利益。㉑ 乡：通“享”。㉒ 被其利：得到伯夷、夏禹、后稷三位贤人的德行带来的好处。㉓ 无已：没有停止。㉔ 道：尚贤的方法。㉕ 大用：广泛地使用。窕（tiǎo）：损失。㉖ 小用：小范围地使用。㉗ 修用：长期使用。修，长。㉘《周颂》：本为《诗经》中的一类，此所引诗句不见于今本《诗经·周颂》，当为佚诗。㉙ 普：广大。㉚ 有昭：昭昭，彰显，显著。㉛ 承：峙立，耸立。㉜ 坼（chè）：裂开。㉝ 常：恒，久。㉞ 章：彰显，显著。㉟ 埴（zhí）：黏土，比喻坚固。修久：长久。㊱ 总：总括，囊括。

【原 文】

今王公大人欲王天下、正诸侯①，夫无德义，将何以②哉？其说将必挟震威强③。今王公大人将焉取④挟震威强哉？倾者民之死⑤也！民，生为甚欲，死为甚憎⑥，所欲不得而所憎屡至，自古及今，未有尝能有以此王天下、正诸侯者也。今大人欲王天下、正诸侯，将欲使意⑦得乎天下，名成乎后世，故不察尚贤为政之本也？此圣人之厚行也⑧。

【译 文】

当今国君重臣想称王于天下、匡正诸侯，没有德义，将凭借什么呢？他们说可以依靠武力和强权来达到。当今国君重臣依靠武力和强权将会得到什么呢？覆灭于那些面临死亡威胁的人民！人民极想得到的就是生存，极憎恨的就是死亡，他们想要的得不到而憎恨的反而屡屡到来，自古到今，从来没有能靠此而称王于天下、匡正诸侯的君主。当今国君想称王于天下、匡正诸侯，想使自己得志于天下，成名于后世，为什么不明察崇尚贤人、任用有才能的人是治理国家的根本呢？这才是圣人忠厚的德行。

注释

❶ 王天下：称王于天下，统一天下。正诸侯：匡正诸侯，做诸侯的首领。

❷何以：犹“以何”，凭借什么。　❸其：指王公大人。挟震威强：依靠武力和强权。　❹焉取：得到什么。　❺倾者民之死：覆灭于那些面临死亡威胁的人民。　❻憎：憎恨。　❼意：意志，愿望。　❽此：指执政时以尚贤使能为根本。厚行：忠厚的德行。

尚 贤下

【原 文】

子墨子言曰：天下之王公大人皆欲其国家之富也，人民之众[1]也，刑法之治也，然而不识以尚贤为政其国家百姓[2]，王公大人本失尚贤为政之本也。若苟[3]王公大人本失尚贤为政之本也，则不能毋举物示之乎[4]？今若有一诸侯于此，为政其国家也，曰："凡我国能射御之士，我将赏贵之[5]，不能射御之士，我将罪贱之[6]。"问于若国之士，孰喜孰惧？我以为必能射御之士喜，不能射御之士惧。我赏因而诱之矣[7]，曰："凡我国之忠信之士，我将赏贵之，不忠信之士，我将罪贱之。"问于若国之士，孰喜孰惧？我以为必忠信之士喜，不忠不信之

【译 文】

墨子说：天下的国君重臣都想使自己的国家富裕，人口众多，刑罚政事清明，但是不知道用崇尚贤人的方法来治理国家民众，国君重臣原本就丢失了崇尚贤人这一执政的根本。如果国君重臣原本就丢失了崇尚贤人这一执政的根本，那么不能举例子来开导他们吗？假定现在这里有一位诸侯，在治理国家时说："凡是我国能射箭、驾车的人，我将要奖赏并尊重他，不能射箭、驾车的人，我将惩罚并轻视他。"请问这个国家的人，哪些高兴，哪些害怕？我认为肯定是能够射箭、驾车的人高兴，不能射箭、驾车的人害怕。我曾由此进而诱导他说："凡是我国忠诚守信的人，我将奖赏并尊重他，不忠诚不守信的人，我将惩罚并轻视他。"请问这个国家的人，哪些高兴，哪些害怕？我认为肯定是忠诚守信的人高兴，不忠诚不守信的

士惧。今惟毋[8]以尚贤为政其国家百姓，使国为善者劝[9]，为暴者沮[10]，大[11]以为政于天下，使天下之为善者劝，为暴者沮。然昔吾所以贵尧、舜、禹、汤、文、武之道者，何故以哉？以其唯毋临众发政而治民[12]，使天下之为善者可而[13]劝也，为暴者可而沮也。然则此尚贤者也，与尧、舜、禹、汤、文、武之道同矣。

人害怕。现在用崇尚贤人的方法来治理国家民众，使国家中做善事的人得到奖励，做坏事的人受到阻止，推而广之，一直到治理天下，使天下做好事的人受到奖赏，做坏事的人受到阻止。那么以前我之所以推崇唐尧、虞舜、夏禹、商汤、周文王、周武王之道，是什么原因呢？因为这些贤君能够当众发布政令来治理百姓，使天下做善事的人可以受到奖励，做坏事的人可以受到阻止。那么这样崇尚贤才，就与唐尧、虞舜、夏禹、商汤、周文王、周武王之道一样了。

注释

❶众：多。　❷不识：不知道。政：其后疑当有“于”字，下同。　❸若苟：如果。　❹毋：语气助词。举物：举例。示之：开导他们。　❺赏贵之：奖赏并尊重他。赏，一说“奖赏”之意。一说当为“尝”，尝试。此从前者，当与下文“罪”相对。　❻罪贱之：惩罚并轻视他。　❼赏：通“尝”，曾经。一说为“劝告”意。诱：诱导，教导。　❽惟毋：语气助词，无意义。下同。❾为善者：做好事的人。劝：奖励，鼓励。　❿为暴者：做坏事的人。沮：阻止。　⓫大：扩大，推广。　⓬临众：当着民众的面。发政：发布政令，发号施令。　⓭可而：可以。下同。

【原文】

而今天下之士君子[1]，居处言语[2]皆尚贤，逮至[3]其临众

【译文】

然而当今天下的士人君子，行为处事、言谈话语都崇尚贤人，等到他们

发政而治民，莫知尚贤而使能，我以此知天下之士君子明于小[4]而不明于大也。何以知其然乎？今王公大人有一牛羊之财[5]不能杀，必索良宰；有一衣裳之财不能制，必索良工。当王公大人之于此[6]也，虽有骨肉之亲、无故富贵、面目美好者，实知其不能也[7]，不使之也[8]。是何故？恐其败财[9]也。当王公大人之于此也，则不失尚贤而使能。王公大人有一罢[10]马不能治，必索良医；有一危弓不能张[11]，必索良工。当王公大人之于此也，虽有骨肉之亲、无故富贵、面目美好者，实知其不能也，必不使。是何故？恐其败财也。当王公大人之于此也，则不失尚贤而使能。逮至其国家则不然，王公大人骨肉之亲、无故富贵、面目美好者，则举[12]之，则王公大人之亲[13]其国家也，不若亲其一危弓、罢马、衣裳、牛羊之财与[14]？我以此知天下之士君子皆明于小而不明于大

当众发布政令来管理人民时，便不知道崇尚贤人、任用有才能的人了，我因此知道天下的士人君子明白小道理却不明白大道理。怎么知道他们是这样的呢？当今国君重臣有一头牛或一只羊不能宰杀，必定会寻找好屠夫；有一件衣裳不能缝制，必定会寻找技术高超的裁缝。当今国君重臣在这个时候，虽然有骨肉亲人、无缘无故富贵者、长相漂亮的人，确实知道他们没有能力，就不会任用他们。是什么原因呢？恐怕他们会毁坏财物。当今国君重臣在这个时候，就不会放弃崇尚贤人、任用有才能的人。国君重臣有一匹生病的马不能医治，必定会寻找好医生；有一个坏弓不能拉开，必定会寻找好工匠。当今国君重臣在这个时候，虽然有骨肉亲人、无缘无故富贵者、长相漂亮的人，确实知道他们没有能力，一定不会任用他们。是什么原因呢？恐怕他们会毁坏财物。当今国君重臣在这个时候，就不会放弃崇尚贤人、任用有才能的人。等到他们治理国家时就不是这样了，国君重臣的骨肉亲人、无缘无故富贵者、长相漂亮的人，就会得到提拔。那么国君重臣对自己国家的爱，不如对自己一个坏弓、一匹病马、一件衣裳和牛羊等用材的爱吗？我由此可知天下的士人君子都只明白小道理而不明白大

也。此譬犹瘖者而使为行人[15]，聋者而使为乐师[16]。

道理。这就好像让不能说话的哑巴去做外交官，让听不到声音的聋人去做乐师。

注释

❶ 士：士人。君子：才德兼备者。 ❷ 居处言语：行为处事、言谈话语。 ❸ 逮至：直到。 ❹ 明于小：明白小事，明白小道理。与“明于大”相对。 ❺ 财：通“材”，原材，材料。 ❻ 于此：在这时候。 ❼ 实：确实，真正。不能：没有能力。 ❽ 不使：不任用。之：指骨肉亲人、无故富贵者、面目美好而没有能力的人。 ❾ 败财：毁坏财物。 ❿ 罢（pí）：通“疲”，病弱。下同。 ⓫ 危弓：坏弓。张：拉开。 ⓬ 举：选拔，提拔。 ⓭ 亲：爱。 ⓮ 与：同“欤”，助词，表示疑问、反诘等语气。 ⓯ 譬犹：譬如。瘖（yīn）：同“喑”，嗓子哑，不能出声；失音。行人：外交官。 ⓰ 乐师：掌管音乐的官员。

【原 文】

是故古之圣王之治天下也，其所富[1]，其所贵[2]，未必王公大人骨肉之亲、无故富贵、面目美好者也。是故昔者舜耕于历山，陶于河濒，渔于雷泽，灰于常阳[3]，尧得之服泽之阳，立为天子，使接天下之政，而治天下之民。昔伊尹为莘氏女师仆，使为庖人，汤得而举之，立为三公，使接天下之政，治天下之民。昔者傅说居北海[4]之

【译 文】

所以古代的圣王治理天下，他们使之富有的人，使之显贵的人，不一定是国君重臣的骨肉亲人、无缘无故富贵者、长相漂亮的人。所以从前舜在历山耕种庄稼，在黄河之滨制作陶器，在雷泽捕鱼，在常阳贩卖货物，尧在服泽之北找到他，立他为天子，让他接管天下的政事，从而治理天下的人民。从前伊尹是有莘氏的陪嫁仆人，有莘氏让他做厨师，商汤找到他并提拔他，册立他为三公，让他接管天下的政事，治理天下的人民。从前傅说居住在北海之

洲，圜土[⑤]之上，衣褐带索，庸筑于傅岩之城，武丁得而举之，立为三公，使之接天下之政，而治天下之民。是故昔者尧之举舜也，汤之举伊尹也，武丁之举傅说也，岂以为骨肉之亲、无故富贵、面目美好者哉？惟法其言[⑥]，用其谋，行其道[⑦]，上可而利天，中可而利鬼，下可而利人，是故推而上[⑧]之。

洲，身陷牢狱，身穿粗布衣，戴着枷锁，受雇于傅岩修筑城墙，武丁找到他并提拔他，册立他为三公，让他接管天下的政事，从而治理天下的人民。所以从前尧选拔舜，商汤选拔伊尹，武丁选拔傅说，难道是因为是骨肉亲人、无缘无故富贵者、长相漂亮的人吗？只是效法他们的言论，采取他们的计谋，执行他们的主张，向上可以利于上天，中间可以利于鬼神，向下可以利于人民，所以推举他们并让他们处于上位。

注释

❶所富：使富裕的人。 ❷所贵：使尊贵的人。 ❸灰："反"之误，"反"通"贩"，贩卖。常阳：地名，具体位置不详。一说即恒山之阳。 ❹北海：地名，传说傅说所在处。具体位置不详。 ❺圜（huán）土：牢狱。 ❻惟：只有，只是，亦作"唯"。法：效仿，效法。 ❼行：执行。道：主张，思想。 ❽上：处于上位。

【原文】

古者圣王既审[①]尚贤，欲以为政，故书之竹帛[②]，琢之槃盂[③]，传以遗后世子孙。于先王之书《吕刑》之书然[④]，王曰："於[⑤]！来，有国有土[⑥]，

【译文】

古代的圣王既然已经知道了崇尚贤士，想用它来治国理政，所以把它书写在竹简帛书上，铭刻在盘盂上，留传给后代子孙。像先王的著述《吕刑》中记载的那样，王说："啊！来，有封国有封地的诸侯、卿大夫，

告女讼刑[7]，在今而安百姓[8]，女何择言人[9]？何敬不刑[10]？何度不及[11]？”能择人而敬为刑[12]，尧、舜、禹、汤、文、武之道可及[13]也。是何也？则以尚贤及之。于先王之书《竖年》之言然，曰：“晞夫圣武知人[14]，以屏辅[15]而身。”此言先王之治天下也，必选择贤者以为其群属[16]辅佐。曰：今也天下之士君子，皆欲富贵而恶贫贱。曰然女何为而得富贵而辟贫贱[17]？莫若[18]为贤。为贤之道将奈何？曰：有力者疾[19]以助人，有财者勉[20]以分人，有道者劝以教人[21]。若此，则饥者得食，寒者得衣，乱者得治。若饥则得食，寒则得衣，乱则得治，此安生生[22]。

告诉你们审慎用刑，现今要安抚百姓，你们为什么不选用贤士？为什么不尊重刑罚？为什么不思考没有顾及的地方？”能选拔人才并慎重地运用刑罚，尧、舜、禹、汤、文、武的治国之道可以达到了。这是为什么呢？是通过崇尚贤士达到的。先王的著述《竖年》就是这样说的：“寻求圣明英武、有智慧的人，来辅佐你自己。”这是说先王治理天下，必须选拔贤士来做幕僚辅佐自己。说当今天下的士人君子，都想要富贵而厌恶贫贱。然而你怎么做才能取得富贵而避开贫贱呢？不如做贤人。做贤人的办法是什么呢？答曰：有力气的人赶快去帮助别人，有财物的人尽力分与别人，有方法的人努力教导别人。像这样，那么饥饿的人得到食物，寒冷的人得到衣服，暴乱的人得到治理。如果饥饿就能得到食物，寒冷就能得到衣服，暴乱就能得到治理，这样才能世世代代安定。

注释

❶审：知道，明白。 ❷竹帛：竹简帛书，竹简和白绢，两种文字载体，在先秦被广泛应用于书写文字。 ❸琢：铭刻，刻写。槃（pán）：同“盘”，用来盛水的器皿。盂：盛食物或水的器皿。古人常在这些器皿上刻写名言警句或事迹，以警示时人和后人。 ❹然：这样，如此。 ❺於：叹词，表感叹语气，

相当于“啊”。 ❻ 有国有土：指有封国有封地的诸侯和卿大夫。 ❼ 女：通“汝”，你，你们。讼刑：审慎用刑。 ❽ 在今：当下。而：代词，你。安：安抚。 ❾ 言人：当为“否人”，不选择人。言，当为“否”字之误。 ❿ 敬：尊重。刑：刑罚。 ⓫ 度（duó）：思考。及：到。 ⓬ 敬为刑：慎重地运用刑罚。 ⓭ 及：达到。 ⓮ 晞（xī）：通“睎”，眺望，仰望，远望。圣武：圣明英武。知：同“智”，聪明，智慧。 ⓯ 屏辅：辅佐。 ⓰ 群属：僚属，属官。 ⓱ 何为：怎么做。辟：躲辟，避开。 ⓲ 莫若：不如。 ⓳ 疾：赶快，迅速。 ⓴ 勉：尽力，努力。一说为“劝勉”意。 ㉑ 道：方法，技术。劝：勤勉，努力。 ㉒ 生生：世世代代。

【原 文】

今王公大人其所富，其所贵，皆王公大人骨肉之亲、无故富贵、面目美好者也。今王公大人骨肉之亲、无故富贵、面目美好者，焉故[1]必知哉？若不知，使治其国家，则其国家之乱可得而知也。今天下之士君子皆欲富贵而恶贫贱，然女何为而得富贵而辟贫贱哉？曰：莫若为王公大人骨肉之亲、无故富贵、面目美好者。王公大人骨肉之亲、无故富贵、面目美好者，此非可学能[2]者也。使不知辩[3]，德行之厚若禹、汤、文、武，不加得[4]也。王

【译 文】

当今国君重臣使之富裕的人、使之显贵的人，都是国君重臣的骨肉亲人、无缘无故富贵的人、长相漂亮的人。当今国君重臣的骨肉亲人、无缘无故富贵的人、长相漂亮的人，为什么一定要聪慧呢？如果他们不聪慧，而让他们治理国家，那么国家的混乱可以得知。当今天下的士人君子都想要富贵而厌恶贫贱，然而你怎么样才能得到富贵而避开贫贱呢？答曰：不如成为国君重臣的骨肉亲人、无缘无故富贵的人、长相漂亮的人。国君重臣的骨肉亲人、无缘无故富贵的人、长相漂亮的人，这不是可通过学习能够做到的。假如不懂得分辨，即使德行如夏禹、商汤、周文王、周武王一样深厚，不会得到任用。国君重臣的骨肉亲人，

公大人骨肉之亲、躄喑聋暴为桀纣[5]，不加失也。是故以赏不当[6]贤，罚不当暴，其所赏者已无故[7]矣，其所罚者亦无罪。是以使百姓皆攸心解体[8]，沮以为善[9]，垂其股肱之力[10]，而不相劳来[11]也；腐臭余财[12]，而不相分资[13]也；隐慝良道[14]，而不相教诲也。若此，则饥者不得食，寒者不得衣，乱者不得治。推而上之以[15]。

哪怕是跛足、哑巴、聋人乃至暴虐如桀、纣一样的人，不会失去任用。所以受奖赏的不是贤士，受惩罚的不是暴虐者，所奖赏的人没有功劳，所惩罚的人也没有罪过。所以使百姓都心性松弛、人心涣散，不做善事，舍弃自身应尽的力量，用恩德也不能招之使来；多余的财物腐烂发臭，也不愿分给别人；精深的学问隐藏起来，也不愿教导训诲别人。像这样，那么饥饿的人不能得到食物，受冻的人不能得到衣服，暴乱的人不能得到治理。

注释

❶ 焉故：何故，为什么。焉，什么。 ❷ 能：能做到。 ❸ 使：假如，假使。辩：通“辨”，分辨，辨别。 ❹ 不加得：不会得到任用。与下文“不加失”（不会失去任用）相对。 ❺ 躄（bì）：同“躃”，足不能行，跛足。喑：哑，不能说话。暴：暴虐。 ❻ 不当：不是。 ❼ 故：“攻”字之误。攻，通“功”，功劳。 ❽ 攸心：心性弛放。攸，通“悠”。解体：人心离散。 ❾ 沮：制止，阻止。为善：做善事。 ❿ 垂：委，委置，舍弃，放置。股肱之力：体力，亦指臣子为帝王应尽的力量。股，大腿。肱（gōng），胳膊从肘到肩的部分。 ⓫ 劳来：用恩德招之使来。 ⓬ 腐臭：腐烂发臭。余财：多余的财物。 ⓭ 分资：分给别人，相互资助。 ⓮ 慝：隐匿。良道：精深的学问。 ⓯ 推而上之以：疑此五字是衍文，应删去。

【原文】

是故昔者尧有舜，舜有禹，禹有皋陶，汤有小臣①，武王有闳夭、泰颠、南宫括、散宜生②，而天下和③，庶民阜④。是以近者安之⑤，远者归⑥之。日月之所照⑦，舟车之所及⑧，雨露之所渐⑨，粒食⑩之所养，得此莫不劝誉⑪。且今天下之王公大人士君子，中实⑫将欲为仁义，求为上士⑬，上欲中圣王之道⑭，下欲中国家百姓之利，故尚贤之为说⑮，而不可不察此者也。尚贤者，天鬼百姓之利，而政事之本也。

【译文】

所以从前尧有舜，舜有禹，禹有皋陶，汤有伊尹，周武王有闳夭、泰颠、南宫括、散宜生，从而天下太平、百姓富足。所以近处的人安居乐业，远处的人前来归顺。日月能照耀的地方，船车能到达的地方，雨露能滋润的地方，粮食能供养的地方，只要得到这些贤人，无不相互劝勉称誉。况且当今天下的国君重臣、士人君子，真正想施行仁义，追求成为高尚的士人，向上希望符合圣王之道，向下希望符合国家百姓的利益，所以崇尚贤人这一学说，是不可以不明察的。崇尚贤人，对上天、鬼神和百姓都有好处，是政事的根本。

注释

❶ 小臣：伊尹。 ❷ 闳夭、泰颠、南宫括、散宜生：武王的四位贤臣，辅佐武王执政。 ❸ 和：平和，太平。 ❹ 庶民：平民，百姓。阜：丰厚，富有。 ❺ 近者：近处的人民，与下文“远者”相对。安：安居乐业。 ❻ 归：归顺。 ❼ 日月之所照：日月照得到的地方，指普天之下。 ❽ 及：到达。 ❾ 所渐：所滋润之处。渐，滋润，润泽。 ❿ 粒食：粮食。 ⓫ 此：指舜、禹、皋陶、小臣等贤人。劝誉：劝勉称誉。 ⓬ 中实：真实，真正。一说中指内心，实指确实，“中实”即内心确实。 ⓭ 求：追求。上士：道德高尚的人，贤士。 ⓮ 上：向上。中：符合。 ⓯ 说：学说，观点。

尚　同上

【原　文】

子墨子言曰：古者民始生未有刑政①之时，盖其语“人异义②”。是以一人则一义，二人则二义，十人则十义，其人兹③众，其所谓义者亦兹众。是以④人是⑤其义，以非⑥人之义，故交相非也。是以内者父子兄弟作怨恶⑦，离散不能相和合⑧。天下之百姓皆以水火毒药相亏害⑨，至有余力不能以相劳⑩，腐㱙余财⑪不以相分，隐匿良道不以相教⑫，天下之乱，若禽兽然。

【译　文】

墨子说：古代人类刚刚产生还没有刑罚政令的时候，大概他们常说人们有不同的意见。所以一人便会有一种意见，两人便会有两种意见，十人便有十种意见，人越多，这些所谓意见也越多。所以每个人都肯定自己的意见，而否定别人的意见，所以互相否定。因此家族内部父子、兄弟间怨恨憎恶，涣散而不能相互和睦同心。天下的人民都用水、火和毒药来相互损害，以至于有余力不能相互帮助，多余的财物腐烂发臭不相互分享，隐藏着好的学问和做事方法不互相传授，天下的混乱，就如同禽兽一样。

注释

❶刑政：刑罚政令。　❷人异义：人们有不同的意见。义，道理、用意、意见。　❸兹：更，越，更加。　❹是以：因此，所以。　❺是：肯定。　❻非：

否定。 ❼ 内者：家族内部。作：发生，出现，萌发。怨恶：怨恨憎恶。 ❽ 离散：分离，分散，涣散。和合：和睦同心。 ❾ 亏害：毒害，损害。 ❿ 至：以至于。余力：多余的力气。相劳：相互帮助。 ⓫ 腐殀（xiǔ）余财：腐烂发臭的多余财物。 ⓬ 隐匿：隐藏。相教：相互传授。

【原 文】

夫明虖[①]天下之所以乱者，生于无政长[②]。是故选天下之贤可[③]者，立以为天子。天子立，以其力为未足[④]，又选择[⑤]天下之贤可者，置立之以为三公[⑥]。天子三公既以立，以[⑦]天下为博大，远国异土[⑧]之民，是非利害之辩[⑨]，不可一二而明知，故画分万国[⑩]，立诸侯国君。诸侯国君既已立，以其力为未足，又选择其国之贤可者，置立之以为正[⑪]长。正长既已具，天子发政[⑫]于天下之百姓，言曰："闻善而[⑬]不善，皆以告其上。上之所是必皆是之[⑭]，所非必皆非之。上有过则规谏之[⑮]，下有善则傍荐之[⑯]。上同而不下比者[⑰]，此上之所赏而下之所誉也[⑱]。意若闻善而不善，不以告

【译 文】

人们明白了天下混乱的原因，源于没有行政长官。所以推选天下的贤良的人，确立其为天子。天子确立了，因为他的力量还不够，又选取天下的贤良之人设立他们为三公。天子和三公已经确立了，因为天下广大，远方属国、他乡的人民，对是非利害的分辨还不可能一一明确了解，所以再划分为许多国家，设立诸侯国君。诸侯国君已经确立了，因为他们的力量还不够，又选取国中的贤良之人，设立他们为各级行政组织的长官。各级行政长官已经具备了，天子就向天下的百姓发布政令，说："听到好与不好的事情或言论，都要报告给自己的上级。上级所肯定的一定都要肯定，所否定的一定都要否定。上级有了过错就敢于劝谏他，下级有好行为就访求荐举他。与上级一致而不勾结坏人的人，这是上级所欣赏而下级所称誉的。如果听到好与不好的事情或言论，不报告

其上。上之所是弗能[19]是，上之所非弗能非。上有过弗规谏，下有善弗傍荐。下比不能上同[20]者，此上之所罚而百姓所毁[21]也。”上以此为赏罚，甚明察以审信[22]。是故里长[23]者，里之仁人也。里长发政里之百姓，言曰：“闻善而不善，必以告其乡长[24]。乡长之所是必皆是之，乡长之所非必皆非之。去若不善言[25]，学乡长之善言；去若不善行，学乡长之善行。”则乡何说以乱哉？察乡之所治者，何也？乡长唯能一同乡之义[26]，是以乡治也。乡长者，乡之仁人也。乡长发政乡之百姓，言曰：“闻善而不善者，必以告国君。国君之所是必皆是之，国君之所非必皆非之。去若不善言，学国君之善言；去若不善行，学国君之善行。”则国何说以乱哉？察国之所以治者，何也？国君唯能一同国之义，是以国治也。国君者，国之仁人也。国君发政国之百姓，言曰：“闻善而不善，必以告天子。天子之所是皆是之，天子之

给上级。上级所肯定的不能肯定，上级所否定的不能否定。上级有过错得不到劝谏，下级有好行为不会被访求荐举。勾结坏人而不能与上级一致的人，这是上级要惩罚而百姓要诋毁的。”上级用此来奖赏惩罚，非常明白清楚且审慎而有信。所以里长就是一里中的仁者。里长对全里的百姓发布政令，说：“听到好与不好的事情或言论，一定要报告给乡长。乡长所肯定的一定都要肯定，乡长所否定的一定都要否定。要抛弃不好的言论，学习乡长的好言论；抛弃不好的行为，学习乡长的好行为。”那么这个乡里还有什么理由混乱呢？考察乡里得到治理的原因，是什么呢？只有乡长能统一乡内的观点，所以一乡得到了治理。乡长是一乡内的仁者。乡长对全乡的百姓发布政令，说：“听到好与不好的事情或言论，一定要报告给国君，国君所肯定的一定都要肯定，国君所否定的一定都要否定。抛弃不好的言论，学习国君的好言论；抛弃不好的行为，学习国君的好行为。”那么国家还有什么理由混乱呢？考察国家得到治理的原因，是什么呢？只有国君能统一全国的观点，所以国家得到了治理。国君是一国中的仁者。国君对全国的百姓发布政令，说：“听到好与不好的事情或言论，一定要报告给天子。天子所肯定的都要肯定，天子

所非皆非之。去若不善言，学天子之善言；去若不善行，学天子之善行。”则天下何说以乱哉？察天下之所以治者，何也？天子唯能一同天下之义，是以天下治也。

所否定的都要否定。抛弃不好的言论，学习天子的好言论；抛弃不好的行为，学习天子的好行为。”那么天下还有什么理由混乱呢？考察天下得到治理的原因，是什么呢？只有天子能统一天下的观点，所以天下得到了治理。

注释

❶明虖（hū）：明于。虖，同“乎”，相当“于”。 ❷生于：产生于。政长：行政长官。 ❸贤可：贤良。 ❹未足：不够。 ❺选择：挑选，选取。 ❻置立：设立。三公：古代中央三种最高官衔的合称。周以太师、太傅、太保为三公。一说以司马、司徒、司空为三公。西汉以丞相、太尉和御史大夫为三公。 ❼以：因为。 ❽远国：远方的属国。异土：他乡，别处。 ❾辩：通“辨”，分辨，辨别。 ❿画：划分。万国：多个小国家、多个区域。 ⓫正：君长，官长。 ⓬政：政令。 ⓭而：与。 ⓮上：上级。是：肯定，赞扬。 ⓯过：错误，过错。规谏：劝谏。 ⓰有善：有好的行为。傍荐：访求而荐举。傍，通“访”，访求。 ⓱同：相同，一致。不下比：不勾结坏人。比，勾结、庇护。 ⓲赏：欣赏。誉：赞誉，赞颂。 ⓳弗能：不能。 ⓴不能上同：不能与上级一致。 ㉑毁：诋毁。 ㉒审信：审慎而有信。 ㉓里长：一里之长。里，古代地方的行政单位。 ㉔乡长：乡大夫。 ㉕去：抛弃。若：你，你们。 ㉖唯：只。一：统一。

【原 文】

天下之百姓皆上同[①]于天子，而不上同于天，则灾犹未去也[②]。今若天飘风苦雨[③]，溱溱[④]而至者，

【译 文】

天下的百姓都向上尊同天子，而不尊同上天，那么灾难仍不会离开。现在如果天上暴风大

此天之所以罚百姓之不上同于天者也。

雨不断而来，这是上天用来惩罚百姓不向上尊同上天的。

注释

❶ 同：尊同。 ❷ 灾：灾害，灾难。去：离开。 ❸ 飘风苦雨：形容天气恶劣。飘风，暴风。苦雨，久下成灾的雨。 ❹ 溱溱（zhēn）：盛多貌，指风雨之盛。

【原文】

是故子墨子言曰：古者圣王为五刑①，请以治其民。譬若丝缕之有纪②，罔罟之有纲③，所连收④天下之百姓不尚同其上者也。

【译文】

所以墨子说：古代的圣王制作五种刑罚，确实是用来治理人民的。好像丝线有了头绪，网有了提网的总绳一样，是用来收束天下那些不尊同在上者的百姓的。

注释

❶ 五刑：五种轻重不等的刑罚。 ❷ 丝缕：丝线，蚕丝、线缕之类的统称。纪：丝缕的头绪。 ❸ 罔：绳索交叉编结而成的渔猎用具。罟（gǔ）：网的总称。纲：提网的总绳。 ❹ 连收：合聚，收束。

尚 同 中

【原 文】

子墨子曰：方今[1]之时，复古之民始生未有正长之时[2]，盖其语曰“天下之人异义[3]”。是以一人一义，十人十义，百人百义，其人数兹[4]众，其所谓义者亦兹众。是以人是[5]其义，而非人之义[6]，故相交[7]非也。内之父子兄弟作怨仇[8]，皆有离散之心，不能相和合。至乎舍余力不以相劳[9]，隐匿[10]良道不以相教，腐㱙[11]余财不以相分，天下之乱也，至如禽兽然。无君臣上下长幼之节[12]、父子兄弟之礼，是以天下乱焉。

【译 文】

墨子说：现在回头看看古代人类刚刚产生还没有行政长官的时候，大概他们常说“天下的人有不同的意见”。所以一人有一个意见，十人就有十个意见，一百人就有一百个意见，人数越多，这些所谓意见也越多。所以每个人都肯定自己的意见，而否定他人的意见，所以人与人就相互否定。家族内的父子兄弟间会出现怨恨仇视，都有涣散的心思，不能相互和睦同心。以至于舍弃多余的力量不相互帮助，隐藏好的学问和做事方法不相互传授，多余的财物腐烂发臭不相互分享，天下混乱，就如同禽兽一样。没有君臣上下长幼之间的礼节、父子兄弟之间的礼节，所以天下混乱。

注释

❶方今：当今，现时。 ❷复：回溯，回顾。正长：行政长官。 ❸异义：

不同的意见或想法。❹ 兹：更，更加。❺ 是：肯定。❻ 非：否定。人：别人，他人。❼ 相交：相互。❽ 内：家族内。怨仇：怨恨仇视。❾ 至乎：至于。舍：舍弃。余力：多余的力量或劳动力。相劳：相互帮助。❿ 隐匿：隐藏。⓫ 死（xiǔ）：同“朽”。⓬ 节：礼节。

【原 文】

明乎民之无正长以一同天下之义而天下乱也[①]，是故选择天下贤良圣知辩慧之人[②]，立以为天子，使从事乎一同天下之义。天子既以立矣，以为唯其耳目之请[③]，不能独一同天下之义，是故选择天下赞阅[④]贤良圣知辩慧之人，置以为三公，与从事乎一同天下之义。天子三公既已立矣，以为天下博大，山林远土之民不可得而一也[⑤]，是故靡[⑥]分天下，设以为万诸侯国君，使从事乎一同其国之义。国君既已立矣，又以为唯其耳目之请，不能一同其国之义，是故择其国之贤者，置以为左右将军大夫[⑦]，以远[⑧]至乎乡里之长，与从事乎一同其国之义。天子诸侯之君、民之正长[⑨]，既已定矣。天子为发政施教曰：

【译 文】

明白了人民没有行政长官来统一天下的意见而天下就会混乱，因此选取天下有德行才能、睿智、聪慧的人，确立为天子，让他们致力于统一天下的意见。天子已经确定了，因为仅凭他一人耳目闻见的情况，还不能统一天下的意见，因此选取天下明察历练、有德行才能、睿智、聪慧的人，设立为三公，共同致力于统一天下的意见。天子、三公已经确立了，因为天下广大，居住在山林间和边远地区的人民不能得到统一治理，所以划分天下，设立众多诸侯国君，让他们致力于统一他们国内的意见。国君已经确立了，又认为仅凭他一人耳目闻见的情况，不能统一这个国家的意见，所以选取国中的贤人，设立为左右将军和卿大夫，一直到上乡长、里长，共同致力于统一这个国家的意见。天子、诸侯国君、人民的长官已经确立了。天子就发布政令、实施政务说：

"凡闻见善者必以告其上，闻见不善者亦必以告其上。上之所是必亦是之，上之所非必亦非之。己有善傍荐[10]之，上有过规谏之。尚同义其上[11]，而毋有下比[12]之心。上得[13]则赏之，万民闻则誉之。意若闻见善不以告其上，闻见不善亦不以告其上。上之所是不能是，上之所非不能非。己有善不能傍荐之，上有过不能规谏之。下比而非其上者，上得则诛罚之，万民闻则非毁之。"故古者圣王之为刑政赏誉也[14]，甚明察以审信[15]。是以举[16]天下之人，皆欲得上之赏誉，而畏上之毁罚[17]。

"凡是听到看到好的事情一定报告给上级，听到看到不好的事情也一定报告给上级。上级所肯定的一定也肯定，上级所否定的一定也否定。自己有好的德行要访求荐举，上级有过错要劝谏他。提倡与上级协同一致，而不能有勾结坏人的心思。上级知道后就会奖赏他，广大百姓听说后就会称赞他。如果听到见到好的不报告给上级，听到见到不好的也不报告给上级。上级所肯定的不能肯定，上级所否定的不能否定。自己有好的德行不能访求荐举，上级有过错不能劝谏他。勾结坏人来非议自己的上级，上级知道后就会惩罚他，广大百姓听说后就会诋毁他。"所以古代的圣王制定刑罚政令来奖赏称誉，非常明白清楚且审慎而有信。所以全天下的人都想得到上级的奖赏称誉，而害怕上级的诋毁惩罚。

注释

❶乎：于。下同。一同：统一。义：意见。❷贤良：有德行才能。圣知：亦作"圣智"，聪明睿智，无所不通。知，同"智"。辩慧：聪明，聪慧。❸唯：唯一。请：通"情"，情况，实情。下同。❹赞阅：明察历练。❺山林：山与林。远土：远国异土。指边远地区。一：统一。❻靡：散，分散。❼大夫：卿大夫。❽远：或疑为"逮"字之误。❾正长：君长，官长。❿傍荐：访求荐举。⓫尚：崇尚。上：上级。⓬下比：勾结坏人。⓭得：知道。⓮为：制定。刑政：刑罚政令。赏誉：奖赏称誉。⓯审信：审慎而有信。⓰举：全。⓱毁罚：诋毁惩罚。

【原 文】

是故里长顺天子政[1]，而一同其里之义[2]。里长既同其里之义，率其里之万民以尚同乎乡长[3]，曰："凡里之万民，皆尚同乎乡长，而不敢下比[4]。乡长之所是必亦是之，乡长之所非必亦非之。去而不善言，学乡长之善言；去而不善行，学乡长之善行。"乡长固[5]乡之贤者也，举乡人以法乡长[6]，夫乡何说而不治哉？察[7]乡长之所以治乡者，何故[8]之以也？曰：唯以其能一同其乡之义，是以乡治。

【译 文】

所以里长要顺从天子的政令，统一一里的意见。里长已经统一了一里的意见，率领里中的广大百姓来尊同于乡长，说："凡是本里的广大百姓，都要尊同乡长，而不敢勾结坏人。乡长所肯定的一定也肯定，乡长所否定的一定也否定。舍弃不好的言论，学习乡长的好言论；舍弃不好的行为，学习乡长的好行为。"乡长本为一乡的贤人，全乡人都来效法乡长，一乡有什么理由治理不好呢？考察乡长之所以能治理好一乡，为什么会这样呢？答曰：只是因为他能统一一乡的意见，所以一乡能治理好。

注 释

❶ 顺：顺从。政：政令。 ❷ 一同：一统，统一。义：想法，意见。 ❸ 尚同：尊同。乎：于。 ❹ 下比：勾结坏人。 ❺ 固：本来。 ❻ 举：全。法：效法，效仿。 ❼ 察：观察，考察。 ❽ 何故：为什么，什么缘故。

【原 文】

乡长治其乡，而乡既已治矣。有[1]率其乡万民，以尚同乎

【译 文】

乡长治理一个乡，而这个乡已经治理好了。又率领本乡的广大百

国君，曰：“凡乡之万民，皆上同乎国君，而不敢下比。国君之所是必亦是之，国君之所非必亦非之。去而不善言，学国君之善言；去而不善行，学国君之善行。”国君固国之贤者也，举国人以法国君，夫国何说而不治哉？察国君之所以治国而国治者，何故之以也？曰：唯以其能一同其国之义，是以国治。

姓，去尊同于国君，说：“凡是本乡的广大百姓，都向上尊同国君，而不敢勾结坏人。国君所肯定的一定也肯定，国君所否定的一定也否定。舍弃你们不好的言论，学习国君好的言论；舍弃你们不好的行为，学习国君好的行为。”国君本为一国的贤人，全国人都来效仿国君，国家有什么理由治理不好呢？考察国君之所以治理一国而国家能治理好，为什么会这样呢？答曰：只因为他能统一全国的意见，所以国家能治理好。

注释

❶有：通“又”。

【原文】

国君治其国，而国既已治矣。有率其国之万民，以尚同乎天子，曰：“凡国之万民，上同乎天子，而不敢下比。天子之所是必亦是之，天子之所非必亦非之。去而不善言，学天子之善言；去而不善行，学天子之善行。”天子者，固天下之仁人①也，举天下之万民以法天

【译文】

国君治理国家，而这个国家已经治理好了。又率领其国内的广大百姓，去尊同于天子，说：“凡是国内的广大百姓，都向上尊同天子，而不敢勾结坏人。天子所肯定的一定也肯定，天子所否定的一定也否定。舍弃你们不好的言论，学习天子好的言论；舍弃你们不好的行为，学习天子的好行为。”天子本是天下有德行的人，全天下的广大百姓都来效法天

子，夫天下何说而不治哉？察天子之所以治天下者，何故之以也？曰：唯以其能一同天下之义，是以天下治。

子，天下有什么理由治理不好呢？考察天子之所以能治理好天下，为什么会这样呢？答曰：只因为他能统一天下的意见，所以天下能治理好。

注释

❶ 仁人：有德行的人。

【原 文】

夫既①尚同乎天子，而未上同乎天者，则天灾将犹未止也。故当若天降寒热不节②，雪霜雨露不时③，五谷④不孰，六畜不遂⑤，疾灾戾疫⑥，飘风苦雨⑦，荐臻而至者⑧，此天之降罚也，将以罚下人⑨之不尚同乎天者也。故古者圣王，明天鬼之所欲⑩，而避天鬼之所憎，以求兴天下之利⑪，除天下之害。是以率天下之万民，齐戒沐浴⑫，洁为酒醴粢盛，以祭祀天鬼。其事鬼神也，酒醴粢盛不敢不蠲洁⑬，牺牲不敢不腯肥⑭，珪璧币帛不敢不中度量⑮，春秋祭祀

【译 文】

已经尊同于天子，却没有尊同于上天，那么天灾将仍不会停止。所以如果上天降下寒冷酷热不协调，雪霜雨露不适时，五谷不成熟，六畜不能顺利成长，疾病灾害疫病、暴风大雨连续到来，这就是上天降下的惩罚，将用来惩罚不尊同于上天的人民。所以古代的圣王知道上天鬼神所喜爱的，而能避开上天鬼神所憎恶的，来追求兴起天下的利益，去除天下的祸害。所以他们率领天下的广大百姓，戒绝嗜欲，沐浴更衣，准备洁净的美酒谷物，来祭祀上天鬼神。他们侍奉鬼神时，不敢使用不洁净的美酒谷物，不敢使用不肥壮的牲畜，不敢使用不符合标准的玉器和币帛，春秋时节祭祀时不敢错过时日，听理讼狱不

不敢失时几[16]，听狱不敢不中[17]，分财不敢不均，居处[18]不敢怠慢。曰：其为正长若此，是故上者天鬼有厚[19]乎其为政长也，下者万民有便利乎其为政长也[20]。天鬼之所深厚[21]，而能强[22]从事焉，则天鬼之福可得也。万民之所便利，而能强从事焉，则万民之亲可得也。其为政若此，是以谋事得[23]，举事成[24]，入守固，出诛胜者，何故之以也？曰：唯以尚同为政者也。故古者圣王之为政若此。

敢不公正，分配财物不敢不平均，日常生活不敢有懈怠轻忽。说：像这样做行政长官，所以上面的上天鬼神会因他们做行政长官而看重他们，下面的广大百姓会因他们做行政长官而得到便利。上天鬼神深深看重的事情，他们就会尽力去做，这样就可以得到上天鬼神的福佑。可以给予广大百姓便利的事情，他们就会尽力去做，这样就可以得到广大百姓的亲近。像他们这样执政，所以谋划事情就能成功，做事情就能完成，在内防守就能牢固，外出征伐就能胜利，为什么会这样呢？答曰：只是因为他们执政时能够崇尚统一。所以古代的圣王治国理政都是这样。

注释

❶既：已经。 ❷节：调节，协调。 ❸时：适时。 ❹五谷：五种谷物。所指不一。一说指稻、黍、稷、麦、菽，一说指麻、黍、稷、麦、菽。后用为谷物的通称。 ❺六畜：六种家畜，指马、牛、羊、猪、狗、鸡。后泛指各种牲畜。遂：顺利成长。 ❻疾灾：疾病灾害。戾疫：疫病。戾，通“疠”。❼飘风：旋风，暴风。苦雨：久下成灾的雨。 ❽荐：再，又，接连。臻：至，到。 ❾下人：人民，百姓。 ❿明：明白，知道。天鬼：上天鬼神。欲：喜爱。 ⓫兴：兴起。利：利益。 ⓬齐：通“斋”。古人在祭祀或举行其他重大典礼前，常戒绝嗜欲，沐浴更衣，使身心洁净，以示庄敬。 ⓭蠲（juān）洁：清洁。 ⓮牺牲：古代为祭祀而宰杀的牲畜。腯（tú）肥：肥壮。 ⓯珪（guī）璧：古代在祭祀、朝聘时所用的玉器。币帛（bó）：缯帛。古代用于馈赠、进

贡、祭祀的礼物。亦泛指财物。中：符合。度量：标准。　⑯失：错过。时几：时期，时日。　⑰听狱：听理讼狱，审理狱讼案件。中：公正。　⑱居处：日常生活。　⑲厚：看重。　⑳有便利：得到便利。乎：于。　㉑深厚：深深地看重。　㉒强：勉力，勤勉。　㉓得：成功，完成。　㉔成：完成，实现，成功。

【原 文】

今天下之人曰：方今之时，天下之正长犹未废[①]乎天下也，而天下之所以乱者，何故之以也？子墨子曰：方今之时之以正长，则本与古者异矣，譬之若有苗之以五刑然。昔者圣王制为五刑，以治天下，逮至有苗之制五刑，以乱天下。则此岂刑不善哉？用刑则不善[②]也。是以先王之书《吕刑》之道曰：“苗民否用练，折则刑，唯作五杀之刑，曰法。”[③]则此言善用刑者以治民，不善用刑者以为五杀。则此岂刑不善哉？用刑则不善，故遂以为五杀。是以先王之书《术令》之道曰：“唯口出好兴戎。”[④]则此言善用口者出好，不善用口者以为谗贼寇戎[⑤]。则此岂口不善

【译 文】

当今天下的人说：现在，天下的行政官员还没有废除于天下，而天下之所以混乱，为什么会这样呢？墨子说：当今的行政长官本来与古代的行政长官不同，如同有苗用五刑一样。从前的圣王制定五刑，来治理天下，等到有苗制定五刑，却扰乱了天下。那么这难道是刑罚不好吗？是使用刑罚不妥善。所以先王的书《吕刑》中说：“苗民不实行善政，制止就用刑罚，制作五种杀戮的刑罚，称为法律。”这就是说善于运用刑罚的可以治理民众，不善于运用刑罚的则变为五种杀戮的刑罚了。那么这难道是刑罚不好吗？使用刑罚不妥善，所以就变为五种杀人的刑罚。所以先王的书《说命》中说：“口舌能产生好的效果，能引起争端。”这就是说善于运用口舌的人会有好结果，不善于运用口舌的人则会导致诽谤中伤、残害良善、匪患与战争。那么这难道是口舌

哉？用口则不善也，故遂以为谗贼寇戎。

不好吗？运用口舌不妥善，所以就导致诽谤中伤、残害良善、匪患与战争。

注释

❶ 废：废除。 ❷ 善：适宜，妥善，成功。 ❸ 用练：用灵，实行善政。折：制，即制止、制服。五杀之刑：五刑。 ❹《术令》：孙诒让《墨子间诂》认为当为《说命》之误，为《尚书·商书》中的篇名，有上、中、下三篇。口：口舌，指说话、言论。出好：生出好的效果，产生好的效果。下同。兴戎：引起争端，即产生不好的效果。兴，引起。戎，战争、争端。 ❺ 谗贼：诽谤中伤，残害良善。寇戎：匪患与战争。

【原 文】

故古者之置正长也，将以治民也。譬之若丝缕之有纪①，而罔罟之有纲也，将以运役②天下淫暴而一同其义也。是以先王之书《相年》③之道曰："夫建国设都，乃作后王君公④，否用泰也⑤，轻⑥大夫师长，否用佚⑦也，维辩使治天均⑧。"则此语⑨古者上帝鬼神之建设国都立正长也，非高其爵、厚其禄、富贵佚而错之也⑩，将以为万民兴利除

【译 文】

所以古时候设立行政长官，就是用来治理人民的。好像丝线有了头绪，网有了提网的总绳一样，将可以用来收束天下荒淫残暴的人，并统一天下的道义。因此先王的书《相年》中说："建立国家，设置都城，然后设立天子诸侯，不是让他们骄纵的；设立卿大夫师长，不是让他们享乐的，分职授权，使治理天然均平。"这是说古时天帝鬼神建立国家、设立国都、设立行政长官，不是为了提高他们的爵位、增加他们的俸禄、让他们富贵淫佚才安排他们的，而是用他们为广大百姓兴起利益、去除祸害、变贫穷为富贵、变寡少为众多，

害、富贵贫寡、安危治乱也。故古者圣王之为若此。

变危险为安定、变混乱为清平的。所以古代圣王的作为就是这样的。

注释

❶譬之若：譬如。丝缕：丝线。纪：头绪。 ❷运役："连收"之误，合聚，收束。紧接上文"丝缕""罔罟"而言。 ❸《相年》：古书名，现已散佚不存。一说为"拒年"。同《尚贤中》"距年"。一说指前辈老年人。 ❹作：设立。后王：君主，天子。君公：诸侯。 ❺否：不是。下同。用：使，让。泰：骄纵，恣肆。 ❻轻：当为"卿"。 ❼佚：淫佚，享乐。 ❽辩：指分授以职。天均：天然均平。 ❾语：说。 ❿高：提高。厚：增厚，增加。错：通"措"，安置。

【原文】

今王公大人之为刑政，则反此。政以为便譬①，宗于父兄故旧②，以为左右，置以为正长。民知上置正长之非正以治民③也，是以皆比周隐匿④，而莫肯尚同其上⑤，是故上下不同义。若苟上下不同义，赏誉不足以劝善⑥，而刑罚不足以沮暴⑦。何以知其然也？曰：上唯毋立而为政乎国家，为民正长，曰："人可赏，吾将赏之。"若苟上下不同义，

【译文】

当今国君重臣在处理刑政事务时，则与此相反。他们施政时大多任用谄媚奉承的小人，任用宗族、父兄、老朋友，把这些人安置在自己身边，安排他们做行政长官。民众知道国君设置行政长官不是真正来治理百姓，所以都结党营私、相互包庇，而不肯与上级协同一致，所以上下级不能统一意见。假如上下级不能统一意见，奖赏称誉就不能够用来鼓励行善，而刑罚也不能够用来抑制暴乱。怎么知道是这样呢？答曰：上面虽然置立某人执政于国家，做人民的行政长官，说："可以奖赏的，我将奖赏他。"如果上下级不能统一意见，上

上之所赏，则众之所非[8]，曰人众与处[9]，于众得非。则是[10]虽使得上之赏，未足以劝乎！上唯毋立而为政乎国家，为民正长，曰："人可罚，吾将罚之。"若苟上下不同义，上之所罚，则众之所誉，曰人众与处，于众得誉。则是虽使得上之罚，未足以沮乎！若立而为政乎国家，为民正长，赏誉不足以劝善，而刑罚不沮暴，则是不与乡吾本言民始生未有正长之时同乎[11]？若有正长与无正长之时同，则此非所以治民一众之道[12]。

级所奖赏的就是民众所非议的，说此人与众人相处，在众人中受到非议。那么这些人虽然得到上面的奖赏，不能够用来勉励啊！上面虽然置立某人执政于国家，做人民的行政长官，说："可以惩罚的人，我将惩罚他。"如果上下级不能统一意见，上级所惩罚的就是民众所称赞的，说此人与众人相处，在众人中得到称赞。这样虽然得到上面的惩罚，却不能够起到抑制作用！如果置立某人执政于国家，做人民的行政长官，奖赏称誉不能够用来勉励行善，而刑罚不能抑制暴乱，这不是和我之前所说的人类刚刚产生还没有行政长官的时候相同吗？如果有行政长官和没有行政长官的时候相同，这就不是治理民众、统一民众的办法。

注释

❶ 便嬖：谄媚奉承的佞人。嬖，通"僻"，邪僻。 ❷ 于：底本作"於"，当为"族"之误。宗于即宗族。故旧：老朋友。 ❸ 治民：治理民众。 ❹ 比周：结党营私。隐匿：隐瞒，隐藏，相互包庇。 ❺ 莫肯：不肯。尚同其上：与上级协同一致。 ❻ 赏誉：奖赏称誉。劝善：劝勉行善。 ❼ 沮暴：抑制暴乱。 ❽ 非：反对。 ❾ 人众：众人。处：相处。 ❿ 是：这样。 ⓫ 是：这，代词。乡：通"向"，从前。本言：之前所说。 ⓬ 非：不是。治民一众：治理民众，统一民众。

【原文】

故古者圣王唯而[1]审以尚同以为正长[2]，是故上下情请为通[3]。上有隐事遗利[4]，下得[5]而利之；下有蓄怨积害[6]，上得而除[7]之。是以数千万里之外有为善者[8]，其室人未遍知[9]，乡里[10]未遍闻，天子得而赏之。数千万里之外有为不善者，其室人未遍知，乡里未遍闻，天子得而罚之。是以举天下之人皆恐惧振动惕栗[11]，不敢为淫暴，曰："天子之视听也神[12]。"先王之言曰："非神也，夫唯能使人之耳目助己[13]视听，使人之吻助己言谈[14]，使人之心助己思虑[15]，使人之股肱[16]助己动作。"助之视听者众，则其所闻见者远矣；助之言谈者众，则其德音之所抚循者博矣[17]；助之思虑者众，则其谈谋度速得矣[18]；助之动作者众，即其举事[19]速成矣。

【译文】

所以古代的圣王能够审慎地任用主张尚同的人作为行政长官，因此上下之间的真实情况全能进行沟通。上面有没有谋划好的事情和未尽其用的利益，下面就能够知道并利用它；下面有蓄积的怨恨、积久的灾殃，上面会知道并去除它。所以几千万里之外有做好事的人，他家人没有完全知道，乡亲没有完全知道，天子就会知道并奖赏他。几千万里之外有做坏事的人，他家人没有完全知道，乡亲没有完全知道，天子就会知道并惩罚他。所以全天下的人都感到畏惧、震动、战战兢兢，不敢做荒淫残暴的事，说："天子的视听真是神奇。"先王说过这样的话："不是神奇，只不过能让人民的耳朵眼睛帮助自己看和听，让人民的口帮助自己说话，让人民的心帮助自己思考，让人民的四肢帮助自己做事。"帮忙看和听的人多，那么天子所听到见到的就远了；帮忙说话的人多，那么天子的善言所能安抚存恤的人就多；帮助自己思考的人多，那么天子的谋划就会很快实现了；帮忙做事的人多，那么天子行事便会很快完成了。

注释

❶ 而：通“能”，能够。 ❷ 正长：行政长官。 ❸ 情：实情，情况。请：通“清”，尽，全。通：沟通。 ❹ 隐事遗利：没有谋划好的事情和未尽其用的利益。 ❺ 得：得到，知道。 ❻ 蓄怨积害：蓄积的怨恨、积久的灾殃。 ❼ 除：去除。 ❽ 为善者：做好事的人。 ❾ 室人：家中的人。遍知：全部知道，完全了解。 ❿ 乡里：乡亲，同乡。 ⓫ 举天下之人：全天下的人。振动：震动，振荡。振，通“震”，震动、震惊。惕栗（tìlì）：战战兢兢。 ⓬ 神：神奇。 ⓭ 助己：帮助自己。 ⓮ 吻：口吻，代指口。言谈：说话。 ⓯ 思虑：思考。 ⓰ 股肱：大腿和胳膊，此代指四肢。 ⓱ 德音：善言，好的言论。抚循：安抚存恤。 ⓲ 谈：疑衍，应删去。谋度：考虑揆度，谋划，策划。 ⓳ 举事：行事，办事。

【原文】

故古者圣人之所以济事[①]成功，垂名于后世者，无他故异物[②]焉，曰唯能以尚同为政者也[③]。是以先王之书《周颂》之道之曰：“载来见彼王，聿求厥章。”[④]则此语古者国君诸侯之以春秋来朝聘[⑤]天子之廷，受天子之严教。退而治国，政之所加[⑥]，莫敢不宾[⑦]。当此之时，本无有敢纷天子之教者[⑧]。《诗》曰：“我马维骆，六辔沃若。载驰载驱，周爰咨度。”[⑨]又曰：“我马维骐，六辔若丝。载驰载

【译文】

所以古代的圣王之所以能够做事成功，名声永远流于后世，没有其他原因和其他事因，只是能用尚同处理政务。所以先王的书《周颂》这样记载道：“诸侯始来朝见周成王，求赐典章制度。”这是说古代的国君诸侯在每年的春秋两季来朝见天子，接受天子的严格教导。回去后治理封国，政令所到之处，没有敢不服从的。在那个时候，根本没有人敢扰乱天子的教令。《诗经》说：“我的马儿雪白黑鬃毛，六条缰绳柔润手中拿。鞭打马儿快步跑，到处访问去调查。”又说：“我的马儿青黑色，六条缰绳匀如丝。鞭打马儿快步跑，到处访问去筹谋。”

驱，周爰咨谋。”[⑩]即此语也。古者国君诸侯之闻见善与不善也，皆驰驱[⑪]以告天子，是以赏当贤，罚当暴，不杀不辜[⑫]，不失有罪[⑬]，则此尚同之功也。

就是这个意思。古代的国君诸侯听到看到好人好事与坏人坏事，都策马快跑来报告给天子，所以受到奖赏的是贤人，受到惩罚的是恶人，不会杀死无罪的人，不会漏掉有罪的人，这就是尚同的功效。

注释

❶济事：成事。 ❷异物：其他事因。 ❸曰：助词，无义。唯能：只是能。 ❹《周颂》：《诗经》的篇名，此所引为《诗经·周颂·载见》，文字略异。载见：始见。载，开始。彼王：周成王。聿（yù）：发语词，无意义。章：典章制度，此指要求诸侯车马服饰的典章制度。 ❺朝聘：古代诸侯亲自或派使臣按期朝见天子。 ❻政之所加：政令所到之处。 ❼宾：宾服，服从。 ❽纷：纷扰，扰乱。教：教令。 ❾此所引为《诗经·小雅·皇皇者华》。骆：身白鬃黑的马。六辔：六条缰绳。后以指称车马或驾驭车马。沃若：润泽的样子。一说为驯顺貌。载：句首发语词。驰：马跑。驱：鞭打马。周：普遍，到处。爰：于。咨：访问。度（duó）：斟酌。 ❿此所引亦为《诗经·小雅·皇皇者华》。骐：青黑色斑纹的马。若丝：今本《诗经》作“如丝”，像丝一样，形容六辔的均匀。谋：商讨，筹谋。 ⓫驱驰：策马快跑。 ⓬不辜：无辜，此指无罪之人。 ⓭失：漏掉，放过。有罪：指有罪之人。

【原 文】

是故子墨子曰：今天下之王公大人士君子，请[①]将欲富其国家，众其人民，治其刑政，定其

【译 文】

所以墨子说：当今天下的国君重臣士人君子，的确希望使自己的国家富足，人民众多，刑罚政事清明，社稷安定，对于尚同

社稷，当若尚同之不可不察，此之本也。

的学说不可以不明察，这是执政的根本。

注释

❶ 请：通“情”，实在，的确。

尚　同下

【原 文】

子墨子言曰：知[1]者之事，必计国家百姓所以治者而为之[2]，必计国家百姓之所以乱者而辟[3]之。然计国家百姓之所以治者，何也？上之为政，得下之情[4]则治，不得下之情则乱。何以知其然也？上之为政得下之情，则是明于民之善非也[5]。若苟明于民之善非也，则得善人而赏之，得暴人[6]而罚之也。善人赏而暴人罚，则国必治。上之为政也，不得下之情，则是不明于民之善非也。若苟不明于民之善非，则是不得善人而赏之，不得暴人而罚之。善人不赏而暴人不罚，为政若此，国众[7]必乱。故赏[8]不得下之情，而不可不察者也。

【译 文】

墨子说：聪明的人做事，必定考察国家百姓得到治理的原因而行事，必定考察国家百姓混乱的原因从而避免。然而考察国家百姓之所以得到治理，是为什么呢？上面的人执政，能得到下面的情况就能治理，不能得到下面的情况就会混乱。怎么知道是这样呢？上面的人执政得到下面的情况，就会清楚民众的好与坏。如果能清楚民众的好与坏，就会得到好人并奖赏他，得到坏人并惩罚他。好人受到奖赏而坏人受到惩罚，那么国家必定能够得到治理。上面的人执政，不能得到下面的情况，就会不清楚民众的好与坏。如果不清楚民众的好与坏，就不能得到好人并奖赏他，不能得到坏人并惩罚他。好人不奖赏而坏人不惩罚，这样执政，国家百姓必定混乱。所以奖赏和惩罚不能得到下面的情况，便成为不可以不考察的事。

注释

❶ 知：同“智”。 ❷ 计：考虑，考察。治：得到治理，安定。 ❸ 辟：躲避。 ❹ 情：实情，情况。 ❺ 明：明白，清楚。善：好的行为和事迹。非：坏的行为和事迹。 ❻ 暴人：凶恶的人，坏人。 ❼ 国众：国家民众，国家百姓。 ❽ 赏：其后当缺少“罚”字，译文补出。

【原文】

然计得下之情将奈何可？故子墨子曰：唯能以尚同一义为政[1]，然后可矣。何以知尚同一义之可而为政于天下也？然胡不审稽古之治为政之说乎[2]？古者天之始[3]生民，未有正长也，百姓为人[4]。若苟百姓为人，是一人一义，十人十义，百人百义，千人千义，逮至[5]人之众不可胜计也，则其所谓义者亦不可胜计。此皆是其义而非人之义，是以厚者有斗而薄者有争[6]。是故天下之欲同一天下之义也，是故选择贤者立为天子。天子以其知[7]力为未足独治天下，是以选择其次[8]立为三公。三公又以其知力为未足独左右天子也[9]，是以分国[10]建诸

【译文】

然而考察得到下面的情况将可以怎么办呢？所以墨子说：只有用向上统一意见来执政，然后才可以啊。怎么知道向上统一意见就可以执政于天下呢？然而为什么不考察一下古代开始执政的道理呢？古代刚有人类，没有行政长官，百姓各自做主。如果百姓各自做主，那么一人有一个意见，十人有十个意见，百人有百个意见，千人有千个意见，等到人类数目不计其数时，这些所谓意见也就不计其数了。这都是人们肯定自己的意见而否定他人的意见，所以情况严重时会出现打斗而情况轻微时会有纷争。所以天下人都希望能够统一天下的意见，因此选取贤能之人确立为天子。天子认为自己的智力不能独自治理天下，所以选取仅次于自己的人设立为三公。三公又认为自己的智力不能单独辅助天子，所以就划分天下为若干国家，设置

侯。诸侯又以其知力为未足独治其四境之内也，是以选择其次立为卿之[11]宰。卿之宰又以其知力为未足独左右其君也，是以选择其次立而为乡长家君[12]。是故古者天子之立三公、诸侯、卿之宰、乡长家君，非特富贵游佚而择之也[13]，将使助治[14]乱刑政也。故古者建国设都，乃立后王君公[15]，奉[16]以卿士师长，此非欲用说[17]也，唯辩而使助治天明也[18]。

诸侯。诸侯又认为自己的智力不能独自治理其国家，所以选取仅次于自己的人设立为卿与宰。卿与宰又认为自己的智力不能独自辅助诸侯，所以选取能力稍次于自己的人做乡长和家君。所以古代的天子设立三公、诸侯、卿与宰、乡长家君，不仅仅是为了让他们享受富贵、安逸的生活而选择他们，而是要让他们帮助治理混乱的刑罚政事。所以古代建立国家、设立国都，便设立国君、诸侯，配备卿士师长，这不是想让他们安逸，而是分职授权，让他们按照天之明道来帮助治理。

注释

❶唯：只有。尚同一义：协同为一，团结一致。 ❷胡不：何不，为什么不。审稽：审核，审察。治：“始”之误字。 ❸始：初，刚刚。 ❹为人：为人之主。 ❺逮至：等到。 ❻厚者：严重的情况。薄者：轻微的情况。 ❼知：同“智”。 ❽其次：其次之人，即智力稍不如天子的人。 ❾未足：不足。左右：辅佐。 ❿分国：划分天下为若干国家。 ⓫之：与。 ⓬家君：春秋时期卿大夫封地的基层官员。 ⓭游佚：游乐，优游安逸。择：选择。 ⓮治：治理。 ⓯后王：君主，天子。君公：诸侯。 ⓰奉：给予。此指配备。 ⓱说：同“悦”。 ⓲唯：语气词，无意义。辩：通“辨”，分授以职。

【原文】

今此何为人上[1]而不能治

【译文】

当今为什么在上位的不能治理

其下，为人下而不能事其上？则是上下相贼[2]也。何故以然[3]？则义不同也。若苟义不同者有党[4]，上以若人为善[5]，将赏之，若人唯[6]使得上之赏，而辟百姓之毁[7]，是以为善者必未可使劝[8]，见有赏[9]也。上以若人为暴[10]，将罚之，若人唯使得上之罚，而怀百姓之誉[11]，是以为暴者必未可使沮[12]，见有罚也。故计[13]上之赏誉，不足以劝善，计其毁罚，不足以沮暴。此何故以然？则义不同也。

在下位的，在下位的也不能侍奉在上位的呢？这是因为上下相互残害。为什么会这样呢？就是意见不同。如果意见不同的人结党，在上位的人认为这人做了好事，将要奖赏他，如果这人虽然得到了在上位者的奖赏，却不能避开百姓的诋毁，所以做好事的人虽然得到了赏赐，一定不能使行善者受到劝勉。在上位者认为这人做了坏事，将要惩罚他，如果这人虽然得到了在上位者的惩罚，却怀有百姓的赞誉，所以做坏事的人虽然受到惩罚，一定不能使行暴者受到阻遏。所以考察在上位者的奖赏称誉，不能够用来劝勉善行，考察在上位者的诋毁惩罚，不能够用来遏止恶行。为什么会这样呢？就是意见不同。

注释

❶ 为人上：居于人民之上的人，指在上位的长官，与下文“为人下”相对。❷ 贼：残害。 ❸ 何故以然：为什么会这样。 ❹ 有党：结党，有党派。❺ 若人：此人，指结党之人。为善：做善事。 ❻ 唯：虽。 ❼ 辟：同“避”，此当为“不避”。毁：诋毁。 ❽ 劝：劝勉。 ❾ 见有赏：得到奖赏。与下文“见有罚”相对。 ❿ 为暴：做坏事。 ⓫ 怀：怀有，得到。誉：赞誉。 ⓬ 沮：遏止，阻碍。 ⓭ 计：考察。

【原 文】

然则欲同一[1]天下之义，

【译 文】

既然这样，那么想统一天下的意见，

将奈何可[2]？故子墨子言曰：然胡不赏使家君试用家君发宪布令其家[3]，曰："若见爱利家[4]者必以告，若见恶贼家[5]者亦必以告。若见爱利家以告，亦犹爱利家者也，上得且赏之，众闻则誉之；若见恶贼家不以告，亦犹恶贼家者也，上得且罚之，众闻则非之。"是以遍若家[6]之人，皆欲得其长上[7]之赏誉，辟其毁罚。是以善言之[8]，不善言之[9]，家君得善人而赏之，得暴人而罚之。善人之赏，而暴人之罚，则家必治矣。然计若家之所以治者，何也？唯以尚同一义为政故也。

将应该怎么办？所以墨子说：那么为什么不尝试着让家君发布政令来命令他的家族，说："如果见到有人做了对家族有爱有利的事情，一定要上报；如果见到有人做了对家族有害的事情，也一定要上报。如果看到对家族有爱有利的事就来上报，也就等于对家族有爱有利了，在上位者得知就会奖赏他，民众听说就会赞誉他；如果看到对家族有害的事不来上报，也就等于对家族有害了，在上位者得知就会惩罚他，民众听说就会诋毁他。"所以整个家族的人，都想得到长辈的奖赏称誉，躲避长辈的诋毁惩罚。所以好的事情要上报，不好的事情要上报，家君得到好人就奖赏他，得到坏人就惩罚他。好人受到奖赏，而坏人受到惩罚，那么家族必然会得到治理。然而考虑这个家族之所以得到治理，为什么呢？只不过是用尚同一义来处理政务的缘故。

注释

❶ 同一：统一。 ❷ 将奈何可：将应该怎么办。 ❸ 胡不：何不，为什么不。赏：通"尝"，尝试。 ❹ 爱利家：对家族有爱有利。 ❺ 恶贼家：对家族有危害。 ❻ 若家：这家。 ❼ 长上：长辈，尊长。 ❽ 善言之：好事要上报。 ❾ 不善言之：不好的事要上报。

【原 文】

家既已治，国之道尽此已邪[1]？则未[2]也。国之为家数也甚多[3]，此皆是其家而非人之家[4]，是以厚者[5]有乱，而薄者[6]有争。故又使家君总其家之义[7]，以尚同于国君。国君亦为发宪布令于国之众，曰："若见爱利国者必以告，若见恶贼国者亦必以告。若见爱利国以告者，亦犹爱利国者也，上得且赏之，众闻则誉之；若见恶贼国不以告者，亦犹恶贼国者也，上得且罚之，众闻则非之。"是以遍若国之人，皆欲得其长上之赏誉，避其毁罚。是以民见善者言之，见不善者言之，国君得善人而赏之，得暴人而罚之。善人赏而暴人罚，则国必治矣。然计若国之所以治者，何也？唯能以尚同一义为政故也。

【译 文】

家族已经得到治理，难道治理国家的方法全部在此了吗？未必是这样。国家之中的家族也数量众多，他们都肯定自己的家族而否定别的家族，所以情况严重的会出现纷乱，情况轻微的会有争斗。所以又让家君统一族内的意见，来尊同于国君。国君也向国家民众发布政令，说："如果见到对国家有爱有利的事情一定要上报，如果见到对国家有害的事情也一定要上报。如果见到对国家有爱有利的事情就来上报，也就等于对国家有爱有利了，在上位者得知就会奖赏他，民众听说就会赞誉他；如果见到对国家有害的事情不来上报，也就等于对国家有伤害了，在上位者得知就会惩罚他，民众听说后就会诋毁他。"所以整个国家的人都想得到国君的奖赏称誉，躲避国君的诋毁惩罚。所以人民见到好的事情要上报，见到不好的事情要上报，国君得到好人就奖赏他，得到坏人就惩罚他。好人受到奖赏而坏人受到惩罚，那么国家必然会得到治理。然而考察这个国家之所以得到治理，为什么呢？只不过是能用向上统一意见来处理政务的缘故。

注释

❶ 国之道：治理国家的方法。邪（yé）：语气词，表疑问。尽此：全部在这里。 ❷ 未：不一定。 ❸ 家数：家庭的数目。甚多：很多。 ❹ 是其家：肯定自己的家族。非人之家：否定其他的家族。 ❺ 厚者：情况严重的。 ❻ 薄者：情况轻微的。 ❼ 总其家之义：统一家族内的意见。

【原文】

国既已[1]治矣，天下之道尽此已邪？则未也。天下之为国数也甚多，此皆是其国而非人之国，是以厚者有战，而薄者有争。故又使国君选其国之义[2]，以尚同于天子。天子亦为发宪布令于天下之众，曰："若见爱利天下者必以告，若见恶贼天下者亦以告。若见爱利天下以告者，亦犹爱利天下者也，上得则赏之，众闻则誉之；若见恶贼天下不以告者，亦犹恶贼天下者也，上得且罚之，众闻则非之。"是以遍天下之人，皆欲得其长上之赏誉，避其毁罚，是以见善、不善者告之。天子得善人而赏之，得

【译文】

国家已经得到治理了，难道治理天下的方法全都在这里了吗？未必是这样。天下的国家也数量众多，他们都肯定自己的国家而否定别人的国家，所以情况严重的会出现纷乱，情况轻微的会有争斗。所以又让国君统一本国的意见，来尊同于天子。天子也向天下的民众发布政令，说："如果见到对天下有爱有利的事情一定要上报，如果见到对天下有害的事情也一定要上报。如果见到对天下有爱有利的事情就来上报，也就等于对天下有爱有利了，天子得知就会奖赏他，民众听说就会赞誉他；如果见到对天下有害的事情不来上报，也就等于对天下有伤害了，天子得知就会惩罚他，民众听说就会诋毁他。"所以整个天下的人，都想得到天子的奖赏称誉，躲避开天子的诋毁惩罚，所以见到好的、不好的都要上报。天子得到好人就奖赏他，得到

暴人而罚之，善人赏而暴人罚，天下必治矣。然计天下之所以治者，何也？唯而以尚同一义为政故也。

坏人就惩罚他，好人受到奖赏而坏人受到惩罚，天下必然会得到治理。然而考察天下之所以得到治理，为什么呢？只不过是用尚同一义来处理政务的缘故。

注释

❶ 既已：已经。 ❷ 选其国之义：选择（挑选）本国人民的意见，指统一本国的意见。

【原文】

天下既已治，天子又总天下之义[1]，以尚同于天。故当尚同之为说[2]也，尚用之天子[3]，可以治天下矣；中用之诸侯，可而[4]治其国矣；小用之家君，可而治其家矣。是故大用之治天下不窕[5]，小用之治一国一家而不横[6]者，若道之谓也。故曰：治天下之国若治一家，使天下之民若使一夫[7]。意独子墨子有此[8]，而先王无此其有邪[9]？则亦然也。圣王皆以尚同为政，故天下治。

【译文】

天下已经得到治理了，天子又统一天下的意见，来尊同上天。所以尚同这一学说，上用于天子，可以用来治理天下；中用于诸侯，可以用来治理他的国家；小用于家君，可以用来治理他的家族。所以把它广泛地用于治理天下就不会不完满，把它小范围地用于治理一国一家也不会出现阻碍，这就是尚同的道理所在。所以说：治理天下的国家犹如治理一个家族，役使天下的民众犹如役使一个人。难道只有墨子有尚同这一学说，而先王没有这一主张吗？先王也是这样的。圣明的君王都用尚同的方法处理政务，所以天下得到治理。

何以知其然也？于先王之书也《大誓》之言然[10]，曰："小人见奸巧乃闻，不言也，发罪钧。"[11]此言见淫辟[12]不以告者，其罪亦犹淫辟者也。

怎么知道是这样呢？像先王的书《泰誓》说的这样，说："民众见到奸邪诈伪的人要上闻于天子，若不报告，一旦被发现，就与奸人同罪。"这是说见到邪恶不正的人不报告，他的罪过也与邪恶不正的人一样。

注释

❶总天下之义：统一天下的意见。 ❷尚同之为说：尚同这一学说。 ❸尚用之天子：上用于天子。 ❹可而：可以。 ❺不窕（tiǎo）：没有空隙，完满，不亏缺。 ❻不横：不充塞，不阻碍。 ❼一夫：一人。 ❽意独：难道只有。此：指尚同这一学说。 ❾无此其有邪：当为"无有此邪"，意为"没有尚同这一学说吗"。 ❿《大誓》：指《泰誓》，《尚书·周书》的篇章，分为上中下三篇，为周武王伐商时，会诸侯于盟津的誓师之言。言然：说的这样。 ⓫小人：人民，庶民。见奸巧乃闻：见到奸邪诈伪的人要上闻于天子。不言：不说出来，即不报告。发：被发觉，被发现。钧：通"均"，相同。今本《尚书》无"小人见奸巧乃闻，不言也"，"发罪钧"今本《泰誓》中为"厥罪惟钧"。 ⓬淫辟：邪恶不正。

【原文】

故古之圣王治天下也，其所差论以自左右羽翼者皆良[1]，外为之人助之视听者众[2]。故与人谋事，先人得之；与人举事，先人成之；光誉令闻[3]，先人发之。唯信身而从事[4]，故利若

【译文】

因此古代圣王治理天下，所选择的辅助在自己左右的人都是贤良之士，在外围帮助自己看和听的人很多。所以与别人一起谋划事情，他们会比别人先得到；与别人一起办事，他们会比别人先完成；有了美誉和好名声，他们会比别人先传

此[5]。古者有语焉，曰："一目之视也，不若[6]二目之视也。一耳之听也，不若二耳之听也。一手之操[7]也，不若二手之强也。"夫唯能信身而从事，故利若此。是故古之圣王之治天下也，千里之外有贤人焉，其乡里之人皆未之均闻见也，圣王得而赏之[8]。千里之内有暴人[9]焉，其乡里未之均闻见也[10]，圣王得而罚之。故唯毋以圣王为聪耳明目与[11]？岂能一视而通见千里之外哉，一听而通闻千里之外哉？圣王不往[12]而视也，不就[13]而听也，然而使天下之为寇乱盗贼者，周流天下无所重足者[14]，何也？其以尚同为政善[15]也。

扬出去。只有立身于诚信做事，所以才能有这样的好处。古时候有句话说："一只眼睛的视力，不如两只眼睛的视力。一只耳朵的听力，不如两只耳朵的听力。一只手工作，不如两只手工作强。"立身于诚信做事，所以才能有这样的好处。所以古代的圣王治理天下，千里之外有了贤人，他的同乡人都没有完全听到看到，圣王得知并奖赏了他。千里之外有了坏人，他的同乡人都没有完全听到看到，圣王得知并惩罚了他。所以只有圣王是耳聪目明吗？他怎么能一眼就看到千里之外呢，一听就听到千里之外呢？圣王不前往就能看到，不靠近就能听到，从而使天下做寇乱盗贼的人，走遍天下也没有立足之地，是为什么呢？这是用尚同的方法来处理政事的好处。

注释

❶ 差论：挑选，选择。羽翼者：辅助自己的人。良：贤良之士。 ❷ 外为之人：自己身边之外的人，与上文"羽翼者"相对。助之视听者：帮助自己看和听的人。众：多。 ❸ 光誉：广誉，美誉。令闻：好名声。 ❹ 唯：只。信身：以诚信立身。 ❺ 利若此：有这么多的利益。 ❻ 不若：不如。 ❼ 操：操作，此指干活、工作。 ❽ 得而赏之：得知并奖赏他。 ❾ 内：据上当为"外"。暴人：凶恶的人，坏人。 ❿ 均：都，全。闻见：听到看到。 ⓫ 唯毋：发语词，无意义。聪耳明目：耳聪目明。 ⓬ 往：前往。 ⓭ 就：靠近。 ⓮ 周流天下：

走遍天下。重足：叠足站立。 ⓯ 善：好处。

【原 文】

是故子墨子曰：凡使民尚同者，爱民不疾[1]，民无可使[2]，曰必疾爱[3]而使之，致信而持之[4]，富贵以道[5]其前，明罚[6]以率其后。为政若此，唯欲毋与我同[7]，将不可得也。是以子墨子曰：今天下王公大人士君子，中情将欲为仁义[8]，求为上士，上欲中[9]圣王之道，下欲中国家百姓之利，故当[10]尚同之说而不可不察。尚同为政之本，而治要也。

【译 文】

所以墨子说：凡是让民众尚同的执政者，爱民不尽力，民众就不可以役使，就是说必然要极力爱护他们才能役使他们，对他们坚守诚信才能拥有他们，用富贵引导于前，用明确的惩罚紧随于后。这样执政，想要民众不与我（执政者）一致，都是不可能的。所以墨子说：当今天下的国君重臣士人君子，内心真想施行仁义，追求成为贤士，向上希望符合圣王之道，向下希望符合国家百姓的利益，所以像尚同这一学说就不可以不明察。尚同是执政的根本，是治理国家的要领。

注释

❶ 不疾：不极力，不尽力，不努力。 ❷ 无可使：不可以役使。 ❸ 疾爱：极力爱护。 ❹ 致信：坚守诚信。持：掌握，控制。 ❺ 道：引导。 ❻ 明罚：明确的惩罚，事先规定的惩罚。 ❼ 欲毋与我同：想要民众不与我（执政者）一致。 ❽ 为仁义：实行仁义。 ❾ 中（zhòng）：符合。 ❿ 当：如同，像。

兼　爱上

【原 文】

圣人以治天下为事者也，必知乱之所自起[1]，焉[2]能治之；不知乱之所自起，则不能治。譬之如医之攻人之疾者然，必知疾之所自起，焉能攻之；不知疾之所自起，则弗能攻。治乱者何独不然？必知乱之所自起，焉能治之；不知乱之所自起，则弗能治。

【译 文】

圣人把治理天下作为自己的职事，必定知道混乱兴起的原因，于是能治理混乱；不知道混乱兴起的原因，就不能治理。就像医生治疗人的疾病一样，必定知道疾病产生的原因，于是能攻克疾病；不知道疾病产生的原因，就不能攻克。治理混乱之事为什么唯独不是如此？必定知道混乱兴起的原因，于是能治理它；不知道混乱兴起的原因，就不能治理。

注释

❶ 起：兴起，产生。 ❷ 焉：连词，表承接，相当于“则”“于是”。

【原 文】

圣人以治天下为事者也，不可不察乱之所自起。当察

【译 文】

圣人把治理天下作为自己的职事，不可以不考察混乱兴起的原因。尝试考察

乱何自起？起不相爱。臣子之不孝君父，所谓乱也。子自爱不爱父，故亏父而自利；弟自爱不爱兄，故亏兄而自利；臣自爱不爱君，故亏君而自利，此所谓乱也。虽父之不慈[①]子，兄之不慈弟，君之不慈臣，此亦天下之所谓乱也。父自爱也不爱子，故亏子而自利；兄自爱也不爱弟，故亏弟而自利；君自爱也不爱臣，故亏臣而自利。是何也？皆起不相爱。虽至天下之为盗贼者亦然[②]，盗爱其室，不爱其异室，故窃异室以利其室；贼爱其身，不爱人，故贼[③]人以利其身。此何也？皆起不相爱。虽至大夫之相乱家、诸侯之相攻国者，亦然。大夫各爱其家，不爱异家，故乱异家以利其家；诸侯各爱其国，不爱异国，故攻异国以利其国，天下之乱物具此而已矣。察此何自起？皆起不相爱。

混乱从哪里而起？兴起于人民不相互关爱。大臣、儿子不孝敬君王、父亲，这就是所说的混乱。儿子爱自己不爱父亲，所以损害父亲的利益而使自己获利；弟弟爱自己不爱兄长，所以损害兄长的利益而使自己获利；大臣爱自己不爱君王，所以损害君王的利益而使自己获利，这就是所说的混乱。即使父亲对儿子不仁慈，兄长对弟弟不仁慈，君王对大臣不仁慈，这也是天下所说的混乱。父亲爱自己而不爱儿子，所以损害儿子的利益而使自己获利；兄长爱自己而不爱弟弟，所以损害弟弟的利益而使自己获利；君王爱自己而不爱大臣，所以损害臣子的利益而使自己获利。这是为什么呢？都兴起于人们不相互关爱。即使天下做盗贼的人也是这样，盗贼爱自己的家，不爱别人的家，所以偷窃别人的家来使自己的家获利；盗贼爱自己，不爱别人，所以损害别人来使自己获利。这是为什么呢？都兴起于人们不相互关爱。即使是大夫之间互相扰乱家族、诸侯之间互相攻打封国的也是这样。大夫各自爱自己的家族，不爱别人的家族，所以扰乱其他家族来使自己的家族获利；诸侯各自爱自己的国家，不爱别国，所以攻打别国来使自己的国家获利，天下的乱事都在这里了。考察这从哪里兴起？都兴起于人们不相互关爱。

注释

❶ 慈：对……仁慈。 ❷ 亦然：也是这样。 ❸ 贼：伤害，损害，祸害。一说为“偷窃”意。

【原 文】

若使天下兼相爱，爱人若爱其身，犹有不孝者乎？视父兄与君若其身，恶[1]施不孝？犹有不慈者乎？视弟子与臣若其身，恶施不慈？故不孝不慈亡有。犹有盗贼乎？故视人之室若其室，谁窃？视人身若其身，谁贼？故盗贼亡有。犹有大夫之相乱家、诸侯之相攻国者乎？视人家若其家，谁乱？视人国若其国，谁攻？故大夫之相乱家、诸侯之相攻国者亡有。若使天下兼相爱，国与国不相攻，家与家不相乱，盗贼无有，君臣父子皆能孝慈，若此则天下治。故圣人以治天下为事者，恶得不禁恶而劝爱？

【译 文】

如果使天下的人相互关爱，爱人就像爱自己，还有不孝的人吗？看待自己父亲、兄弟和君上像自己一样，怎么会做出不孝的事呢？还有不慈爱的人吗？看待弟弟、儿子与臣下像自己一样，怎么会做出不仁慈的事呢？所以不孝不慈没有了。还有盗贼吗？所以看待别人的家像自己的家一样，谁会盗窃？看待别人就像自己一样，谁会害人？所以盗贼没有了。还有大夫相互扰乱家族、诸侯相互攻打封国吗？看待别人的家族就像自己的家族一样，谁会扰乱？看待别人的封国就像自己的封国一样，谁会攻伐？所以大夫相互扰乱家族、诸侯相互攻伐封国的事没有了。如果使天下的人互相关爱，国家与国家不相互攻伐，家族与家族不相互扰乱，盗贼没有了，君臣父子都能孝敬慈爱，这样天下就能得到治理。所以圣人以治理天下作为自己的职事，怎能不禁止憎恨而劝导相爱呢？

注释

❶ 恶（wū）：疑问代词，怎么，如何。

【原文】

故天下兼相爱则治，交相恶则乱[1]。故子墨子曰：不可以不劝爱人者，此也。

【译文】

所以天下人相互关爱就会得到治理，相互憎恨就会混乱。所以墨子说：不可以不劝导人们爱人，就是这个道理。

注释

❶ 交相：互相。恶（wù）：憎恨，讨厌。

兼爱中

【原文】

子墨子言曰：仁人之所以为事者，必兴天下之利，除去天下之害，以此为事者也。然则天下之利何也？天下之害何也？子墨子言曰：今若国之与国之相攻，家之与家之相篡[①]，人之与人之相贼，君臣不惠[②]忠，父子不慈孝，兄弟不和调[③]，此则天下之害也。然则崇[④]此害亦何用生哉？以不相爱生邪？子墨子言：以不相爱生。今诸侯独知爱其国，不爱人之国，是以不惮举其国以攻人之国。今家主独知爱其家，而不爱人之家，是以不惮举其家以篡人之家。今人独知爱其身，不爱人之身，是以不惮举其身以贼人之身。是故诸侯不

【译文】

墨子说：仁爱的人做事的原因，一定是兴起天下的利益，去除天下的祸患，这样来做事。那么天下的利益是什么呢？天下的祸患是什么呢？墨子说：现在像国与国之间相互攻伐，家族与家族之间相互掠夺，人与人之间相互残害，君臣之间不施惠效忠，父子不慈爱孝敬，兄弟不和睦协调，这就是天下的祸患。然而察看这些祸患又是因为什么产生的呢？因为不相互关爱产生的吗？墨子说：因为不相互关爱产生的。现在的诸侯只知道爱自己的国家，不爱别人的国家，所以不害怕动员全国的力量去攻伐别人的国家。现在的家主只知道爱自己的家族，而不爱别人的家族，所以不害怕动员全家族的力量去掠夺别人的家族。现在的人只知道爱自己，而不爱别人，所以不害怕动员全身的力量去残害别人。因此诸侯不相互关爱就必定交战于旷野；家主不相互关爱就必定相互掠夺；人与人不相互关爱，

相爱则必野战[5]，家主不相爱则必相篡，人与人不相爱则必相贼，君臣不相爱则不惠忠，父子不相爱则不慈孝，兄弟不相爱则不和调。天下之人皆不相爱，强必执[6]弱，富必侮贫，贵必敖[7]贱，诈必欺愚。凡天下祸篡怨恨，其所以起者，以不相爱生也，是以仁者非之。

就必定相互残害；君臣不相互关爱就不施惠效忠，父子不相互关爱就不慈爱孝敬，兄弟不相互关爱就不和睦协调。天下的人都不相互关爱，强大的必然控制弱小的，富足的必然欺侮贫困的，尊贵的必然傲视卑贱的，狡诈的必然欺骗愚笨的。凡是天下的祸乱、掠夺、怨仇、憎恨，之所以兴起，都是因为不相互关爱产生的，所以仁义的人反对它。

注释

❶ 篡：用强力夺取。 ❷ 惠：施惠。 ❸ 和调：和睦协调。 ❹ 祟：当为“察”字之误。 ❺ 野战：交战于旷野。 ❻ 执：控制。 ❼ 敖：通“傲”，傲视。

【原 文】

既以[1]非之，何以易[2]之？子墨子言曰：以兼相爱、交相利之法易之。然则[3]兼相爱、交相利之法将奈何哉？子墨子言：视人之国若视[4]其国，视人之家若视其家，视人之身若视其身。是故诸侯相爱则不野战，家主相爱则

【译 文】

既然已经反对它，怎么去改变它呢？墨子说：用相互关爱、相互谋利的方法改变它。既然这样，那么相互关爱、相互谋利的方法应该怎样做呢？墨子说：看待别人国家像看待自己的国家，看待别人的家族像看待自己的家族，看待别人的生命像看待自己的生命。所以诸侯相互关爱就不会交战于旷野，家主相互关爱就不会互

不相篡，人与人相爱则不相贼，君臣相爱则惠忠，父子相爱则慈孝，兄弟相爱则和调。天下之人皆相爱，强不执弱，众不劫[5]寡，富不侮贫，贵不敖贱，诈不欺愚。凡天下祸篡怨恨可使毋[6]起者，以相爱生也，是以仁者誉之。

相掠夺，人与人相互关爱就不会相互伤害，君臣相互关爱就会施惠效忠，父子相互关爱就会慈爱孝顺，兄弟相互关爱就会和睦协调。天下的人民都相互关爱，强大的不会控制弱小的，人多的不会劫掠人少的，富足的不会欺辱贫困的，尊贵的不会傲视卑贱的，狡诈的不会欺骗愚笨的。凡是天下的祸患、掠夺、怨仇、憎恨可以使它们不发生，是因为相互关爱，所以仁义的人称赞它。

注释

❶既以：既然已经。 ❷易：改变。 ❸然则：既然这样……那么。 ❹视：对待，看待。 ❺劫：威逼，胁迫，劫掠。 ❻毋：不，无，没有。

【原文】

然而今天下之士君子曰：然[1]，乃若[2]兼则善矣。虽然[3]，天下之难物于故也。子墨子言曰：天下之士君子，特不识其利、辩其故也[4]。今若夫攻城野战，杀身为名，此天下百姓之所皆难也。苟君说之[5]，则士众[6]能为之。况于兼相爱、交相利，则与此异。

【译文】

但是现在天下的士人君子说：对，兼爱是好的。即使如此，它也是天下困难与迂远的事。墨子说：天下的士人君子只是不能知道兼爱的益处、辨明兼爱的缘故。现在如果攻打城池、交战于旷野，牺牲性命来求得名声，这是天下百姓都感到困难的事。假如君主喜欢它，那么众士兵就能做到。况且相互关爱、相互谋利，与此不同。爱别人的人，别人必定会跟着残爱他；

夫[7]爱人者，人必从而爱之；利人者，人必从而利之；恶人者，人必从而恶之；害人者，人必从而害之。此何难之有？特上弗以为政，士不以为行故也。

有利于别人的人，别人必定会跟着有利于他；憎恶别人的人，别人必定会跟着憎恶他；残害别人的人，别人必定会跟着残害他。这有什么困难的呢？只是居上位的人不用它来处理政事，士人不把它付诸行动的缘故。

注释

❶ 然：是的，对的，表示肯定的回答。 ❷ 乃若：发语词，无义。 ❸ 虽然：即使那样，即使如此。 ❹ 特：只，反，独，不过。识：知道，懂得。 ❺ 苟：连词，如果，假设。说：同“悦”，高兴，喜欢。 ❻ 士众：众士兵，众人。 ❼ 夫：句首语气词。

【原文】

昔者晋文公好士之恶衣，故文公之臣皆牂羊[1]之裘，韦[2]以带剑，练帛之冠，入以见于君，出以践于朝。是其故何也？君说之，故臣为之也。昔者楚灵王好士细要[3]，故灵王之臣皆以一饭为节，胁息然后带，扶墙然后起，比期年，朝有黧黑之色。是其故何也？君说之，故臣能之也。昔越王句

【译文】

过去晋文公喜欢士人穿粗劣的衣服，所以文公的臣下都穿着母羊皮做的衣服，用熟牛皮带来挂佩剑，头戴熟绢做的帽子，进可以参见君王，出可以往来于朝廷。这是什么缘故呢？君主喜欢这样，所以臣下就这样做。过去楚灵王喜欢细腰的人，所以灵王的臣下都吃一顿饭来节食，收着气然后系上腰带，扶着墙然后才站得起来，等到一年时，朝中大臣都有发黑的肤色。这是什么缘故呢？君主喜欢这样，所以臣下能这样。过去越王勾践喜爱

践好士之勇，教驯其臣，和合之，焚舟失火，试其士曰：“越国之宝尽在此！”越王亲自鼓其士而进之。士闻鼓音，破碎④乱行，蹈火而死者，左右百人有余。越王击金而退之。

武士勇猛善战，训练他的臣下，把他们集合起来，（然后）放火烧船，考验他的将士说：“越国的财宝全在这里！”越王亲自擂鼓，让将士前进。将士听到鼓声，破散阵列，打乱了行列，冲进火中被烧死的人，仅近臣就有一百多人。越王于是鸣金而让他们退下。

注释

❶牂（zāng）羊：母羊。 ❷韦：熟牛皮。 ❸细要：细腰。 ❹碎：疑“阵”字之误。

【原文】

是故子墨子言曰：乃若夫少食恶衣，杀身而为名，此天下百姓之所皆难也。若苟君说之，则众能为之。况兼相爱、交相利与此异矣。夫爱人者，人亦从而爱之；利人者，人亦从而利之；恶人者，人亦从而恶之；害人者，人亦从而害之。此何难之有焉？特上不以为政，而士不以为行故也。

【译文】

所以墨子说道：至于少吃饭、穿粗劣衣服，牺牲性命来求得名声，这是天下百姓都感到困难的事。假如君主喜欢它，那么众人就能做到。何况相互关爱、相互谋利与此不同啊。爱别人的人，别人也跟着爱他；有利于别人的人，别人也跟着有利于他；憎恶别人的人，别人也跟着憎恶他；残害别人的人，别人也跟着残害他。这有什么困难的呢？只是居上位的人不用它来处理政事，而士人不把它付诸行动的缘故。

【原 文】

然而今天下之士君子曰：然，乃若兼则善矣。虽然，不可行之物也，譬若[1]挈[2]太山越河济也。子墨子言：是非其譬也。夫挈太山而越河济，可谓毕劫有力矣，自古及今未有能行之者也。况乎兼相爱、交相利则与此异，古者圣王行之。何以知其然？古者禹治天下，西为西河、渔窦[3]，以泄渠孙皇之水；北为防原泒，注后之邸、嘑池之窦，洒[4]为底柱，凿为龙门，以利燕、代、胡、貉与西河之民；东方漏之陆，防孟诸之泽，洒为九浍，以楗东土之水，以利冀州之民；南为江、汉、淮、汝，东流之，注五湖之处，以利荆、楚、干、越与南夷之民。此言禹之事，吾今行兼矣。昔者文王之治西土，若日若月，乍光于四方，于西土，不为大国侮小国，不为众庶侮鳏寡[5]，不为暴势夺穑人黍稷[6]狗彘。天屑临[7]文王慈，是以老而

【译 文】

但是现在天下的士人君子说：对，兼爱是好的。即使如此，它仍是行不通的事，就像举起泰山越过黄河、济水一样。墨子说道：这个比喻不对。举起泰山越过黄河、济水，可以说是有非常强劲的力气了，从古至今没有能够做到的人。况且相互关爱、相互谋利与此不同，古时的圣明君主实行过。怎么知道是这样呢？古时的大禹治理天下，西边疏通西河、渔窦，用来排泄渠水、孙水和皇水；北边疏通防水、原水、泒水，将它引入后之邸湖和嘑池的水道，在底柱山分流，在龙门处凿开，以有利于燕、代、胡、貉与西河地区的人民；东边疏通大陆的积水，为孟诸之泽修筑堤坝，分流为九条沟渠，以此来阻止东方的洪水，以有利于冀州的人民；南边疏通长江、汉水、淮河、汝水，使它们向东流入大海，灌入五湖之地，以有利于荆楚、吴越和南夷的人民。这是说大禹的事迹，我现在践行兼爱。以前周文王治理西土，像太阳、月亮一样，射出光芒及于四方，及于西周大地，不因为是大国而欺侮小国，不因为人多而欺侮老弱孤苦的人，不因为势力强大掠夺农夫的粮食牲畜。上天眷顾文王的慈爱，因此年老

无子者，有所得终其寿；连[8]独无兄弟者，有所杂于生人之间；少失其父母者，有所放依而长。此文王之事，则吾今行兼矣。昔者武王将事泰山隧，传曰："泰山！有道曾孙周王有事，大事既获，仁人尚作，以祗[9]商夏蛮夷丑貉。虽有周亲，不若仁人。万方[10]有罪，维[11]予一人。"此言武王之事，吾今行兼矣。

无子的人得以寿终正寝，孤苦无兄弟的人可以杂处在常人之间生活，幼小无父母的人能有所依靠而长大成人。这是说文王的事迹，我现在践行兼爱。从前武王将要在泰山举行祭祀，传说："泰山！曾孙周王有事祷告，现在大事已经成功，仁人仍在努力，用以拯救商夏百姓与四方民族。虽然有至亲，不如仁人。天下人民有罪，（惩罚）只给予我一个人。"这是说周武王的事迹，我现在践行兼爱。

注释

❶譬若：比如，好比。 ❷挈：举起。 ❸窦：水道。 ❹洒：分流。 ❺众庶：百姓。鳏寡：老而无妻或无夫的人。引申指老弱孤苦的人。 ❻黍稷：庄稼，粮食。 ❼屑临：犹昇临，青睐，眷顾。 ❽连：疑当读为"矜"，苦，劳困。 ❾祗：拯救。 ❿万方：万邦，各方诸侯。引申指天下各地，全国各地。此指天下人民。 ⓫维：通"唯"，独，只。

【原文】

是故子墨子言曰：今天下之君子，忠实欲天下之富而恶其贫，欲天下之治而恶其乱，当兼相爱，交相利。此圣王之法，天下之治道也，不可不务为也。

【译文】

因此墨子说道：当今天下的君子，真正希望天下富足而厌恶天下贫穷，希望天下安定而厌恶天下混乱，应当相互关爱，相互谋利。这是圣王的方法、天下的治理法则，不可以不致力去做。

兼　爱下

【原 文】

子墨子言曰：仁人之事者，必务求兴天下之利①，除②天下之害。然当今之时，天下之害孰③为大？曰：若大国之攻小国也，大家之乱④小家也，强之劫⑤弱，众之暴⑥寡，诈之谋愚，贵之敖贱，此天下之害也。又与为人君者之不惠也⑦，臣者之不忠也，父者之不慈也，子者之不孝也，此又天下之害也。又与今人之贱人⑧，执其兵刃毒药水火，以交相⑨亏贼，此又天下之害也。姑尝本原⑩若众害之所自生，此胡自生？此自爱人利人生与⑪？即必曰非然⑫也，必曰从恶人贼人生。分名乎天下恶人而贼人者⑬，兼与别与？即必曰别也。然即之交别者，果生天

【译 文】

墨子说：仁爱的人做事，必定是致力于追求兴起天下的利益，去除天下的祸害。然而现在天下的祸害哪个才是大的呢？回答说：像大国攻打小国，大家族扰乱小家族，强大的劫掠弱小的，人多的欺凌人少的，狡诈的算计愚钝的，尊贵的傲视卑贱的，这就是天下的祸害。又比如做国君的不仁惠，做臣子的不忠诚，做父亲的不慈爱，做儿子的不孝顺，这又是天下的祸害。又比如现如今卑贱的人，拿着兵器、毒药、水火，用来相互残杀，这又是天下的祸害。姑且试着去推究这些祸害产生的根源，这些是从哪里产生的呢？这些是从爱别人有利于别人产生的吗？那么必定说不是这样，必定说是从憎恶残害别人产生的。辨别天下憎恶残害别人的人，是兼相爱还是别相恶呢？那么必定说是别相恶。既然如此，那么别相恶果真能产生天

下之大害者与？是故别非也。

下的大害吧？所以别相恶是不对的。

注释

❶ 求：追求，寻求。兴：兴起。 ❷ 除：消除，去除。 ❸ 孰：谁，哪个。 ❹ 乱：扰乱，侵扰。 ❺ 劫：劫掠，劫持，挟持。 ❻ 暴：欺凌，凌辱。 ❼ 与：如同，好像，比如。惠：仁惠。 ❽ 贱人：地位卑贱的人。 ❾ 交相：互相。 ❿ 本原：推本溯源，推究。 ⓫ 爱人：爱别人。利人：有利于别人。 ⓬ 非然：不是这样。 ⓭ 分：分辨。贼人：残害别人的人。

【原文】

子墨子曰：非人者，必有以易[①]之。若非人而无以易之，譬之犹以水救火也，其说将必无可焉。是故子墨子曰：兼以易别。然即兼之可以易别之故何也？曰：藉[②]为人之国若为其国，夫谁独举其国以攻人之国者哉？为彼者由为己也。为人之都若为其都，夫谁独举其都以伐人之都者哉？为彼犹为己也。为人之家若为其家，夫谁独举其家以乱人之家者哉？为彼犹为己也。然即国都不相攻伐，人家不相乱贼[③]，

【译文】

墨子说：否定别人，一定有可以替代的。如果否定别人而又没有可以替代的，好像用水救水、用火救火，这种说法将必定不能被认同。所以墨子说：用相爱来替代相恶。然而相爱可以来替代相恶的原因是什么呢？（墨子）回答说："假如治理别人的国家就像治理自己的国家，谁还会动用本国的力量来攻伐别人的国家呢？对待别人就像对待自己。治理别人的都邑就像治理自己的都邑，谁还会动用自己都邑的力量来攻伐别人的都邑呢？对待别人就像对待自己。治理别人的家族就像治理自己的家族，谁还会动用自己家族的力量来扰乱别人的家族呢？对待别人就像对待自己。然而国家、都邑不相互攻伐，个人、家族不相互扰乱残害，

此天下之害与？天下之利与？即必曰天下之利也。姑尝本原若众利之所自生，此胡自生？此自恶人贼人生与？即必曰非然也，必曰从爱人利人生。分名乎天下爱人而利人者，别与兼与？即必曰兼也。然即之交兼者，果生天下之大利者与？是故子墨子曰兼是也。且乡吾本言曰：仁人之事者，必务求兴天下之利，除天下之害。今吾本原兼之所生，天下之大利者也，吾本原别之所生天下之大害者也。是故子墨子曰别非而兼是者，出乎若方也④。

这是天下的祸害呢？还是天下的惠利呢？那么必定说是天下的惠利。姑且试着推究这些惠利是从哪里产生的，这是从哪儿产生的呢？这是从憎恶人、残害人产生的吗？那么必定说不是的，必定说是从爱护人、利于人产生的。辨别天下爱护人、利于人的，是别相恶还是兼相爱呢？那么必定说是兼相爱。既然如此，那么这种相互关爱果真能产生天下的大利吧？所以墨子说兼爱是对的。而且从前我曾说过：仁爱的人做事，必定致力于追求兴起天下的利益，去除天下的祸害。现在我推究兼相爱产生的是天下的大利益，我推究别相恶产生的是天下的大祸害。所以墨子说别相恶不对而兼相爱对，就是出于这个道理。

注释

❶易：交换，替代。　❷藉：假如。　❸乱：扰乱。贼：杀害。　❹若：这个。方：道理。

【原文】

今吾将正求与天下之利而取之，以兼为正①。是以聪耳明目相为视听乎，是以股肱

【译文】

现在我将寻求兴起天下利益的办法并采取它，用兼爱来施政。所以大家都用灵敏的耳朵和明察的眼睛相互帮助看和听，

毕[2]强相为动宰乎，而有道肆相教诲[3]。是以老而无妻子者，有所侍养以终其寿；幼弱孤童之无父母者，有所放依以长其身。今唯毋以兼为正，即若其利也。不识[4]天下之士所以皆闻兼而非者，其故何也？

所以大家都用坚强有力的手足相互协助，并且有好的方法努力相互教导。因此年老而没有妻室子女的，有所奉养而终其天年；幼弱孤童没有父母的，有所依傍而长大成人。现在用兼爱来施政，就可以得到这样的利益。不知道天下的士人之所以都听到兼爱就非议它，其中的原因是什么呢？

注释

❶ 正：通“政”，施政。 ❷ 毕：全，都。 ❸ 道：方法。肆：极，尽。 ❹ 识：知道。

【原文】

然而天下之士非[1]兼者之言犹未止也，曰：即善矣。虽然，岂可用哉？子墨子曰：用而不可，虽我亦将非之。且焉有善而不可用者？姑尝两而进之。谁[2]以为二士，使其一士者执别[3]，使其一士者执兼。是故别士之言曰：“吾岂能为吾友之身若为吾身，为吾友之亲若为吾亲？”是故退睹其友，饥即不食，寒即不衣，疾病不

【译文】

但是天下的士人非议兼爱的言论还没有停止，说：兼爱是好的。即使如此，难道可以应用吗？墨子说：如果不可应用，即使是我也将批评它。况且哪有好的却不能应用的呢？姑且试着让主张兼爱和主张别相恶的两种人各抒己见。假设有两个士子，让其中一个士子主张别相恶，让另一个士子主张兼爱。所以主张别相恶的士子说：“我怎么能看待我朋友的身体就像我的身体，看待我朋友的亲人就像我的亲人？”所以他返身看到他的朋友，饥饿时不给他吃，受冻时不给他穿，

侍养，死丧不葬埋。别士之言若此，行若此。兼士之言不然，行亦不然，曰："吾闻为高士于天下者，必为其友之身若为其身，为其友之亲若为其亲，然后可以为高士于天下。"是故退睹其友，饥则食之，寒则衣之，疾病侍养之，死丧葬埋之。兼士之言若此，行若此。若之二士者，言相非而行相反与？当使若二士者，言必信，行必果，使言行之合犹合符节也，无言而不行也。然即敢问，今有平原广野于此，被[4]甲婴胄，将往战，死生之权未可识也；又有君大夫之远使于巴、越、齐、荆，往来及否未可识也，然即敢问不识将恶也？家室，奉承亲戚，提挈妻子，而寄托之，不识于兼之有是乎？于别之有是乎？我以为当其于此也，天下无愚夫愚妇，虽非兼之人，必寄托之于兼之有是也。此言而非兼，择即取兼，即此言行费[5]也。不识天下之士所以皆闻兼而非之

有病时不服侍疗养，死亡后不埋葬。主张别相恶的士子的言论如此，行为如此。主张兼爱的士子的言论不是这样，行为也不是这样，他说："我听说作为天下的志行高洁之士，必须对待朋友的身体如同自己的身体，对待朋友的亲人如同自己的亲人，然后才可以成为天下的志行高洁之士。"所以他返身看到他的朋友，饥饿时就给他吃，受冻时就给他穿，生病时服侍他，死亡后埋葬他。主张兼爱的士子的言论如此，行为如此。像这样的两个士子，言论不同而行为会相反吗？假如使这两个士子，说话一定讲信用，做事一定果断，使他们的言行符合得就像符节一样契合，没有什么话不能实行。既然如此，那么请问，现在这里有一平原旷野，人们将穿着铠甲戴着头盔，将前往作战，死生之变不可预知；又有国君的大夫出使遥远的巴、越、齐、楚，去后能否回来不可预知，既然如此，那么请问不知将要何去何从呢？托庇家室，奉养父母，照看自己的妻子和孩子，都要拜托给别人，不知道是拜托给主张兼爱的人呢？还是拜托给主张别相恶的人呢？我认为在这个时候，天下没有愚夫愚妇，即使是反对兼爱的人，必定要拜托给主张兼爱的人。这是在言论上反对兼爱，在选择上却取用兼爱，这就是言行相违背。不知道天下的士人之所以都听到兼爱

者，其故何也？

就非议它，其中的原因是什么呢？

注释

❶ 非：非议，反对。 ❷ 谁：当为“设”。 ❸ 执别：主张“别相恶”的观点。 ❹ 被：穿着，后作“披”。 ❺ 费：违背。

【原文】

然而天下之士非兼者之言犹未止也，曰：“意可以择士，而不可以择君乎？”姑尝两而进[1]之，谁[2]以为二君，使其一君者执兼[3]，使其一君者执别。是故别君之言曰：“吾恶能为吾万民之身若为吾身[4]？此泰非天下之情也。人之生乎地上之无几何也，譬之犹驷驰而过隙也[5]。”是故退睹其万民，饥即不食，寒即不衣，疾病不侍养，死丧不葬埋。别君之言若此，行若此。兼君之言不然，行亦不然，曰：“吾闻为明君于天下者，必先[6]万民之身，后[7]为其身，然后可以为明君于天下。”是

【译文】

但是天下的士人非议兼爱的言论还没有停止，说：“或许可以用这种理论选择士人，但不可以用它选择国君吧？”姑且试着让主张兼爱和主张别相恶的两种人各抒己见，假设有两个国君，让其中一个国君主张兼爱的观点，让其中一个国君主张别相恶的观点。所以主张别相恶的国君说：“我怎能对待我广大百姓的身体就像对待自己的身体呢？这太不合天下人的情理了。人生在世上并没有多少时间，就好像白驹过隙那样短暂。”所以他返身看到他的广大百姓，饥饿不给食物吃，受冻不给衣服穿，有疾病不侍候奉养，死亡后不埋葬。主张别相恶的国君的言论如此，行为如此。主张兼爱的国君的言论不是这样，行为也不是这样，他说：“我听说在天下做一位圣明的君主，必须以广大百姓的身体为先，以自己的身体为后，然后才可以在天下做一位圣明的君

故退睹其万民，饥即食之，寒即衣之，疾病侍养之，死丧葬埋之。兼君之言若此，行若此。然即交若之二君者，言相非而行相反与？常使若二君者，言必信，行必果，使言行之合犹合符节也，无言而不行也。然即敢问，今岁有疠疫[8]，万民多有勤苦冻馁，转死沟壑中者，既已众矣。不识将择之二君者，将何从也？我以为当其于此也，天下无愚夫愚妇，虽非兼者，必从兼君是也。言而非兼，择即取兼，此言行拂[9]也。不识天下所以皆闻兼而非之者，其故何也？

主。”所以他返身看到他的广大百姓，饥饿就给他吃，受冻就给他穿，生病就侍候奉养他，死亡后埋葬他。主张兼爱的君主的言论如此，行为如此。既然这样，那么像这样的两位国君，言论不同而行为会相反吗？假如使这两个国君，说话一定讲信用，做事一定果断，使言行符合得像符节一样契合，没有什么话不能实行。既然如此，那么请问：今年有瘟疫，广大百姓多有因劳苦冻饿，辗转死于沟壑之中的，已经很多了。不知道从这两位国君中选择一位，将会跟随哪一位呢？我认为在这个时候，天下没有愚夫愚妇，即使是反对兼爱的人，必定跟随主张兼爱的国君。在言论上反对兼爱，在选择上取用兼爱，这就是言行相违背。不知道天下的人之所以都听到兼爱就非议它，其中的原因是什么呢？

注释

❶进：进言，指各抒己见。　❷谁：当为“设”字之误。　❸兼：兼爱的主张。　❹恶：怎么。万民：广大百姓。　❺驷：套着四匹马的马车。隙：缝隙。　❻先：意动用法，以……为先。　❼后：意动用法，以……为后。　❽疠疫：瘟疫。　❾拂：违背。

【原 文】

然而天下之士非兼者之言也，犹未止也，曰：兼即仁矣，义矣。虽然，岂可为[1]哉？吾譬[2]兼之不可为也，犹挈泰山以超江河也[3]。故兼者直[4]愿之也，夫岂可为之物哉？子墨子曰：夫挈泰山以超江河，自古之及今，生民而来未尝有也。今若夫兼相爱、交相利，此自先圣六王者亲行[5]之。何知先圣六王之亲行之也？子墨子曰：吾非与之并世同时，亲闻其声，见其色也。以其所书于竹帛，镂于金石，琢于槃盂，传遗后世子孙者知之。《泰誓》曰："文王若日若月乍照，光于四方，于西土。"即此言文王之兼爱天下之博大也，譬[6]之日月兼照天下之无有私也，即此文王兼也。虽子墨子之所谓兼者，于文王取法[7]焉。

【译 文】

但是天下的士人非议兼爱的言论还没有停止，说：兼爱是仁，是义。即使如此，难道可以实现吗？我打个比方，兼爱不可实现，就好比举起泰山跨过长江、黄河一样。所以兼爱只不过是一种愿望而已，难道是可以做成的事吗？墨子说：举起泰山跨过长江、黄河，从古到今，有人类以来就不曾有过。现在像相互关爱、相互谋利，这是自从先圣六王就亲自践行的。怎么知道先圣六王亲自践行了呢？墨子说：我不和他们处于同一时代，能亲自听到他们的声音，见到他们的容色。我是根据他们书写在竹简帛书上、镂刻在金石上、雕琢在盘盂上，留传给后世子孙的文献中知道这些的。《泰誓》说："文王像太阳像月亮一样照耀，光辉遍及四方，遍及西周大地。"这就是说文王兼爱天下的博大胸怀，好像太阳、月亮普照天下一样没有偏私，这就是文王的兼爱。即使是墨子所说的兼爱，也是从文王那里效法的。

注释

❶ 为：实现。 ❷ 譬：打个比方。 ❸ 挈：提起，举起。超：跨越。 ❹ 直：

仅仅。 ❺行：实行，践行。 ❻譬：好像，如同。 ❼取法：效法。

【原　文】

且不唯《泰誓》为然，虽《禹誓》即亦犹是也。禹曰：“济济有众，咸听朕言，非惟小子[1]敢行称乱，蠢兹有苗[2]，用天之罚，若予既率尔群对诸群，以征有苗。”禹之征有苗也，非以求以重富贵、干福禄、乐耳目也，以求兴天下之利，除天下之害，即此禹兼也。虽子墨子之所谓兼者，于禹求焉。

【译　文】

况且不只《泰誓》是这样，即使《禹誓》也是如此。大禹说：“你们众位士子，都听从我的话，不是我敢任意发起战乱，而是有苗部族在蠢蠢欲动，我要代替上天惩罚他们，现在我率领众邦的各位君长，去征讨有苗。”大禹征讨有苗，不是为了追求增加富贵、求取福禄、娱乐耳目，而是为了追求兴起天下的利益，去除天下的祸害，这就是大禹的兼爱。即使是墨子所说的兼爱，也是从大禹那里效法的。

注释

❶小子：自称谦词。 ❷有苗：古国名，亦称三苗。尧舜禹时代我国南方较强大的部族。

【原　文】

且不唯《禹誓》为然，虽《汤说》即亦犹是也。汤曰：“惟予小子履，敢用玄牡[1]，告于上天后曰：今天[2]大旱，即当

【译　文】

况且不只《禹誓》是这样，即使《汤说》也是如此。商汤说：“只有我敢用黑色的公牛，祭告于皇天后土说：现在天下大旱，即使是作

朕身履，未知得罪于上下。有善不敢蔽，有罪不敢赦，简在帝心③。万方④有罪，即当朕身，朕身有罪，无及万方。”即此言汤贵为天子，富有天下，然且不惮以身为牺牲，以祠说于上帝鬼神，即此汤兼也。虽子墨子之所谓兼者，于汤取法焉。

为君王的我，不知道什么缘故得罪了天地。有善行不敢隐瞒，有罪恶也不敢宽恕，这一切都存留在天帝的心里。天下人有罪，由我一人承担，我自己有罪，不要累及天下人。”这就是说商汤贵为天子，富有天下，然而尚且不怕以自身作为牺牲祭品，用言辞向天帝鬼神祷告，这就是商汤的兼爱。即使是墨子所说的兼爱，也是从商汤那里效法的。

注释

❶ 玄牡：祭祀用的黑色公牛。 ❷ 今天：现在，如今。 ❸ 简：通“簡”，存在，存留。帝心：天帝的心里。 ❹ 万方：万邦，天下各地，此指天下百姓。

【原 文】

且不惟《誓命》与《汤说》为然，《周诗》即亦犹是也。《周诗》曰：“王道①荡荡，不偏不党，王道平平，不党不偏。其直若矢②，其易若厎，君子之所履，小人之所视。”若吾言非语道之谓也？古者文武为正，均分赏贤罚暴，勿有亲戚弟兄之所阿，即此文武兼也。虽子墨子之

【译 文】

况且不只《禹誓》和《汤说》是这样，《周诗》也是如此。《周诗》说：“王道坦荡，不偏私不结党，王道平坦，不结党不偏私。它像箭杆一样平直，像磨刀石一样光滑，这是君子所践行的，小人所仰望的。”我说的话不符合道吗？古时周文王、周武王处理政事，公平奖赏贤人、惩罚恶人，不偏私父母亲戚兄弟，这就是周文王、周武王的兼爱。即使是墨子所说的兼爱，也

所谓兼者，于文武取法焉。不识天下之人所以皆闻兼而非之者，其故何也？

是从文王、武王那里效法的。不知道天下的人之所以都听到兼爱就非议它，其中的原因是什么呢？

注释

❶王道：治国之道。　❷矢：箭。

【原文】

然而天下之非兼者之言犹未止，曰：意不忠亲之利，而害为孝乎？子墨子曰：姑尝本原之孝子之为亲度[1]者。吾不识孝子之为亲度者，亦欲人爱利其亲与？意欲人之恶贼其亲与？以说观之，即欲人之爱利其亲也。然即吾恶[2]先从事即得此？若我先从事乎爱利人之亲，然后人报我爱利[3]吾亲乎？意我先从事乎恶[4]人之亲，然后人报我以爱利吾亲乎？即必吾先从事乎爱利人之亲，然后人报[5]我以爱利吾亲也。然即之交孝子者，果[6]不得已乎毋先从事爱利人之亲者与？意以

【译文】

但是天下非议兼爱的言论还没有停止，说：或许不符合亲人的利益，而损害行孝吧？墨子说：姑且试着推究一下孝子为亲人考虑利益的根源。我不知道孝子为亲人考虑，也是希望别人能够爱护和有利于自己的亲人吗？还是想让他人憎恨和残害自己的亲人呢？从理论上来看，当然是想让别人爱护和有利于自己的亲人。既然如此，那么我们应该先怎么做才能让亲人得到这些呢？如果是我先致力于爱护和有利于他人的亲人，然后别人就会爱护和有利于我的亲人来回报我吗？还是我先致力于残害别人的亲人，然后别人爱护和有利于我的亲人来回报我？那么一定是我先致力于爱护和有利于别人的亲人，然后别人才爱护和有利于我的亲人来回报我。既

天下之孝子为遇，而不足以为正乎？[7]姑尝本原之先王之所书《大雅》之所道曰："无言而不雠[8]，无德而不报。投我以桃，报之以李。"即此言爱人者必见爱也，而恶人者必见恶也。[9]不识天下之士所以皆闻兼而非之者，其故何也？[10]意以为难而不可为[11]邪？尝有难此而可为者。昔荆灵王好小要，当灵王之身，荆国之士饭不逾乎一，固据而后兴，扶垣而后行。[12]故约食为其难为也，然后为而灵王说[13]之，未逾于世而民可移也，即求以乡其上也。昔者越王句践好勇，教[14]其士臣三年，以其知为未足以知之也，焚舟失火，鼓而进之，其士偃[15]前列，伏水火而死有不可胜数也。当此之时，不鼓而退也，越国之士可谓颤[16]矣。故焚身为其难为也，然后为之越王说之，未逾于世而民可移也，即求以乡上也。昔者晋文公好苴服，当文公之时，晋国之士，大布[17]之衣、牂羊之裘，练帛之

然这样，那么双方都得利的孝子，确实是由于迫不得已才致力于爱护和有利于别人的亲人吗？还是认为天下的孝子都是愚人，而不能够证明呢？姑且试着推究一下先王的书《大雅》所说的话："没有什么言辞不应验，没有什么德性不获得回报。你投给我一个桃子，我回报给你一个李子。"这就是说爱别人的人一定会被别人爱，而憎恶别人的人一定会被别人憎恶。不知道天下的士人之所以都听到兼爱就非议它，其中的原因是什么呢？或者认为困难而不可能做到吗？曾经有比兼爱更困难但可以做到的事情。从前楚灵王喜爱细腰，当灵王在位之时，楚国的士人每天吃饭不超过一顿，牢固抓着东西才能站起来，扶着墙壁才能行走。所以少吃饭是极难做到的事，然而做了灵王为之喜悦，世代没有变化而民风可以移易，就是追求迎合君王。从前越王勾践喜欢勇士，训练他的士兵和臣子三年，认为自己还没有完全了解将士的智勇，放火焚烧船只，击鼓让他们前进，前面的士兵纷纷倒地，倒在水火之中死亡的士兵不计其数。在这个时候，勾践不击鼓，将士们就会后退，越国的士兵可以说是十分惧怕了。所以焚火烧身是极难做到的事，然而做了越王为之喜悦，世代没有变化而民风可以移易，就是追求迎合君王。从前晋文公

冠，且苴之屦，入见文公，出以践之朝。故苴服为其难为也，然后为而文公说之，未逾于世而民可移也，即求以乡其上也。是故约食、焚舟、苴服，此天下之至[18]难为也，然后为而上说之，未逾于世而民可移也。何故也？即求以乡其上也。今若夫兼相爱、交相利，此其有利且易为也，不可胜计也。我以为则无有上说之者而已矣，苟有上说之者，劝之以赏誉[19]，威之以刑罚，我以为人之于就兼相爱、交相利也，譬之犹火之就上、水之就下也，不可防止于天下。

喜爱劣质的衣服，当文公在位之时，晋国的士人穿粗布的衣服、母羊皮做的皮衣，头戴粗帛做的帽子，脚穿粗布鞋，入可以参见文公，出可以在朝堂上往来。所以穿粗劣的衣服是极难做到的事，然而做了文公为之喜悦，世代没有变化而民风可以移易，就是追求迎合君王。因此少吃饭、烧舟、穿粗衣，这都是天下极难做到的事，然而做了君王为之喜悦，世代没有变化而民风可以移易。是什么原因呢？就是追求迎合君王。现在像相互兼爱、相互谋利，它是有利的并且容易做到，（益处）不可胜数。我认为没有君王喜欢就罢了，如果有君王喜欢兼爱，用奖赏称誉来劝勉百姓，用刑罚来威慑百姓，我认为人们趋向相互兼爱、相互谋利，如同火向上行、水向下流一样，在天下是不可阻挡的。

注释

❶度：考虑。　❷恶：疑问词，怎么。　❸爱利：爱护和有利于。　❹恶：伤害，残害。　❺报：回报。　❻果：果然，确实。　❼遇：通“愚”，笨。正：证明。　❽雠：对答，应对。　❾见：被。恶：憎恶。　❿识：明白，了解。故：原因。　⓫为：做到。　⓬要：同“腰”。逾：超过。兴：起。垣：墙。　⓭说：同“悦”。　⓮教：训练。　⓯偃：倒。　⓰颤：通“惮”，惧怕，惊恐。　⓱大布：粗布。　⓲至：极，最。　⓳劝：劝勉。以：用。

【原 文】

故兼者圣王之道也，王公大人之所以安也，万民衣食之所以足也。[1]故君子莫若审兼而务行之，为人君必惠，为人臣必忠，为人父必慈，为人子必孝，为人兄必友，为人弟必悌[2]。故君子莫若欲为惠君、忠臣、慈父、孝子、友兄、悌弟，当若兼之不可不行也，此圣王之道而万民之大利也。

【译 文】

所以兼爱是圣王的治国之道，是国君重臣得以安定的原因，广大百姓衣食富足的原因。所以君子不如明察兼爱而致力于实行它，做国君的必须仁惠，做臣子的必须忠诚，做父亲的必须慈爱，做儿子的必须孝顺，做兄长的必须友爱，做弟弟的必须敬顺。所以君子假如想要做仁惠之君、忠诚之臣、慈爱之父、孝顺之子、友爱之兄、敬顺之弟，对于兼爱就不可以不施行，这是圣王的治国之道和广大百姓的重大利益。

注 释

❶ 之所以：因此。安：安定。足：富足，充足。 ❷ 悌：敬爱兄长，顺从兄长。

非　攻上

【原 文】

今有一人，入人园圃，窃其桃李，众闻则非之，上为政者得[1]则罚之。此何也？以亏人[2]自利也。至攘人犬豕鸡豚者[3]，其不义又甚入人园圃窃桃李。是何故也？以亏人愈多，其不仁兹[4]甚，罪益厚。至入人栏厩[5]，取人马牛者，其不仁义又甚攘人犬豕鸡豚。此何故也？以其亏人愈多。苟亏人愈多，其不仁兹甚，罪益厚。至杀不辜人也，扡其衣裘，取戈剑者，其不义又甚入人栏厩取人马牛。[6]此何故也？以其亏人愈多。苟亏人愈多，其不仁兹甚矣，罪益厚。当此[7]，天下之君子皆知而非之，谓之不义。今至大为攻国[8]，则弗知非，从而誉之，

【译 文】

现在有一个人，进入别人的园子里，偷窃别人的桃子和李子，众人听说便非议他，在上位的执政者抓得便会惩罚他。这是为什么呢？因为他损人利己。至于盗窃别人狗猪鸡的人，他的不义又超过了进入别人的园圃里去偷桃李。这是什么缘故呢？因为他损人更多，他的不仁更突出，罪过更深重。至于进入别人的牛栏马厩，偷取别人牛马的人，他的不仁不义又超过了盗窃别人的狗猪鸡。这是什么缘故呢？因为他损人更多。如果损人更多，他的不仁更突出，罪过更深重。至于杀害无辜的人，夺取他人的衣服，拿走他人戈剑的人，他的不义又超过了进入别人的牛栏马厩偷取别人的牛马。这是什么缘故呢？因为他损人更多。如果损人更多，他的不仁更突出，罪过更深重。面对这些，天下的君子都知道并非议他，称他为不义。现在最大的不义就是攻伐别人的国家，却不知道非议，反而跟着去赞誉这事，

谓之义。此可谓知义与不义之别乎？

称之为义。这可以说是明白义和不义的区别吗？

注释

❶ 得：捕获，抓得。 ❷ 亏人：损害他人。 ❸ 攘：偷盗。豚：小猪。❹ 兹：更加。 ❺ 厩：马棚。 ❻ 不辜人：无罪的人。扡：同“拖”，夺取。❼ 当此：面对这些。 ❽ 今至大为攻国：攻国前应加“不义”。

【原文】

杀一人谓之不义，必有一死罪矣。若以此说往，杀十人十重[①]不义，必有十死罪矣；杀百人百重不义，必有百死罪矣。当此，天下之君子皆知而非之，谓之不义。今至大为不义攻国，则弗知非，从而誉[②]之，谓之义。情不知其不义也，故书其言以遗后世。若知其不义也，夫奚说书其不义以遗后世哉？今有人于此，少见黑曰黑，多见黑曰白，则以此人不知白黑之辩[③]矣；少尝苦曰苦，多尝苦曰甘，则必以此人为不知甘苦之辩矣。今小为非，

【译文】

杀一个人称其不义，一定有一条死罪了。假如以此类推，杀十个人是十倍不义，一定有十条死罪了；杀百人是百倍不义，一定有百条死罪了。面对这些，天下的君子都知道并非议之，称之为不义。现在天下最大的不义就是攻打别人的国家，却不知道非议，反而跟着去赞誉这事，称之为义。确实不知道这是不义的事，所以书写这些事来留传后世。假如知道这是不义的事，哪里还有理由书写这些不义的事来留传给后世呢？现在有一个人在这里，稍微见到黑就说黑，见得黑的多了就说成是白的，那么可以认为这个人不知道黑与白的区别了；稍微尝到苦就说苦，尝得苦多了就说是甜，那么一定可以认为这个人不知道甜和苦的区别了。今天小事上做错，

则知而非之。大为非攻国，则不知非，从而誉之，谓之义。此可谓知义与不义之辩乎？是以知天下之君子也，辩义与不义之乱也。

能够知道并非议它。大事上做错去攻打别国，却不知道非议，反而跟着赞誉它，称之为义。这可以说是知道义与不义的区别吗？由此可知道天下的君子，在辨别义和不义上的混乱。

注释

❶十重：十倍。下同。　❷誉：赞誉，称赞。　❸辩：通“辨”，分清，区别，辨别。

非　攻 中

【原　文】

子墨子言曰：古者[1]王公大人为政于国家者，情欲誉之审，赏罚之当，刑政之不过失。

【译　文】

墨子说：古代治理国家的国君重臣，确实希望毁誉审慎，奖赏惩罚恰当，刑罚政务没有过失。

注释

❶ 古者：一说当为“今者”。

【原　文】

是故子墨子曰：古者有语：“谋而不得，则以往知来，以见知隐。”[1]谋若此，可得而知矣。今师徒唯毋兴起，冬行恐寒，夏行恐暑，此不可以冬夏为者也。春则废[2]民耕稼树艺，秋则废民获敛。今唯毋废一时，则百姓饥寒冻馁而死者，不可胜数。今尝计军上[3]，竹箭、

【译　文】

所以墨子说：古时有这样的话：“谋虑而得不到结果，就根据过去推知未来，根据明显的事推知隐藏的事。”像这样谋虑，就可以得知结果了。现在假如军队出征，冬天行军害怕寒冷，夏天行军害怕暑热，这就是不可以在冬、夏两季行军。春天出征就会荒废百姓耕作种植，秋天出征就会荒废百姓收获聚藏。现在荒废了一季，那么百姓因饥饿寒冷而饿死冻死的，数也数不过来。现在试着计算一

羽旄、幄幕、甲盾、拨劫，往而靡弊腑冷不反者[4]，不可胜数；又与矛戟戈剑乘车，其列住碎折靡弊而不反者，不可胜数；与其牛马肥而往、瘠而反，往死亡而不反者，不可胜数；与其涂道[5]之修远，粮食辍绝而不继，百姓死者，不可胜数也；与其居处之不安，食饭之不时，饥饱之不节[6]，百姓之道疾病而死者，不可胜数。丧师多不可胜数，丧师尽不可胜计，则是鬼神之丧其主后亦不可胜数。

下军队的支出，竹箭、羽旄、帐幕、铠甲、盾牌和刀，拿去用后弊坏腐烂得不可返回的，数也数不过来；再加上戈矛、剑戟、战车，拿去用后破碎弊坏而不可返回的，数也数不过来；牛马带去时都很肥壮而回来时全部瘦弱，再加上去后死亡而不能返回的，数也数不过来；战争时因为路途遥远，粮食断绝供应不上，百姓死亡的，数也数不过来；战争时人民日常生活不安定，吃饭不能按时，饥饱没有节制，百姓在道路上生病而死的，数也数不过来。伤亡的士兵多得数也数不过来，军士全部阵亡的不能全部计算完，鬼神因此丧失后代祭祀的也数也数不过来。

注释

❶见：同“现”，明显。隐：隐微，隐藏。 ❷废：荒废。 ❸上：疑为“出”之误。 ❹腑冷：腐烂散落。腑，通“腐”，腐烂。冷，通“零”，散落。反：同“返”，返回。 ❺涂道：路途。 ❻节：节制。

【原　文】

国家发政[1]，夺民之用，废民之利，若此甚众，然而何为为之？曰：“我贪伐胜之

【译　文】

国家发动征伐，剥夺百姓的财用，荒废百姓的利益，这样的事很多，然而为什么这样做呢？回答说：“我贪图攻

名，及得之利，故为之。”子墨子言曰：计其所自胜，无所可用也。计其所得，反不如所丧者之多。今攻三里之城，七里之郭，攻此不用锐，且无杀而徒[2]得此然也？杀人多必数于万，寡必数于千，然后三里之城、七里之郭且可得也。今万乘之国，虚数于千，不胜而入；广衍[3]数于万，不胜而辟。然则土地者，所有余也；王民者，所不足也。今尽王民之死，严下上之患，以争虚城，则是弃所不足，而重所有余也。为政若此，非国之务者也。

伐胜利的名声和所获得的利益，因此这样做。”墨子说：考虑他自己获得的胜利，是没有用处的。计算他所得到的东西，反而没有他丧失的多。现在进攻一个内城三里、外城七里的城邑，能有攻占这些地方不用精锐部队，且又不杀伤众人而白白得到这样的事吗？杀人多的一定以万计，杀人少的一定以千计，然后这内城三里、外城七里的城邑才能得到。现在拥有万辆兵车的大国，数以千计的小国，不能完全纳入统治；宽广低平之地数以万计，不能完全开辟利用。既然如此，那么土地是有所余的，而君王的人民是不足的。现在都让这些人民去送死，加重国家上下的祸患，来争夺一座虚弱的城邑，那么是放弃他所不足的，而增加他所多余的。这样治理政事，不是治国的要务。

注释

❶ 政：通“征”，征伐，征讨。 ❷ 徒：白白地。 ❸ 广衍：宽广低平的土地。

【原文】

饰攻战者言曰：南则荆吴之王，北则齐晋之君，始封于天下

【译文】

文饰攻战的人说：南方如楚、吴两国的君王，北方如齐、晋两国

之时，其土地之方，未至有数百里也；人徒之众，未至有数十万人也。以攻战之故，土地之博[①]至有数千里也，人徒之众至有数百万人。故当攻战而不可为[②]也。子墨子言曰：虽四五国则得利焉，犹谓之非行道也。譬若医之药人之有病者然。今有医于此，和合其祝药之于天下之有病者而药[③]之，万人食此，若医四五人得利焉，犹谓之非行药也。故孝子不以食其亲，忠臣不以食其君。古者封国于天下，尚者以耳之所闻，近者以目之所见，以攻战亡者不可胜数。何以知其然也？东方有莒之国者，其为国甚小，间于大国之间，不敬事于大，大国亦弗之从而爱利。是以东者越人夹削其壤地，西者齐人兼而有之。计莒之所以亡于齐越之间者，以是攻战也。虽南者陈蔡，其所以亡于吴越之间者，亦以攻战。虽北者且不一著何[④]，其所以亡于燕代胡貊之间者，亦以攻战也。是故子墨子言曰：古者[⑤]王公大人，情欲得而恶失，

的君主，开始受封于天下的时候，它土地的面积，没有达到数百里；人口的数量，没有达到数十万。因为攻伐征战，土地的广大扩充到数千里，人口的众多增加到数百万。因此攻战是不可以不进行的。墨子说：即使四五个国家（因攻战）得到利益，仍称之不是践行正道，就像医生给有病的人开药方一样。现在有个医生在这里，他配好他的药剂给天下有病的人医治，万人吃了这药，如果其中有四五个人的病治好了，还不能说这是可通行的药。所以孝子不拿它给亲人服用，忠臣不拿它给君主服用。古时在天下封国，年代久远的用耳朵听到，年代近的用眼睛看到，因为攻战而亡国的，数也数不过来。怎么知道是这样呢？东方有个莒国，这个国家很小，处于大国之间，不恭敬地侍奉大国，大国也不会随之爱护它、有利于它。所以东边的越国来侵削它的土地，西边的齐国兼并占有它的土地。考虑到莒国被齐越两国灭亡的原因，乃是攻战。即使是南方的陈国、蔡国，他们之所以被吴越两国灭亡，也是因为攻战。即使北方的柤国不屠何国，他们之所以被燕、代、胡、貊灭亡，也是因为攻战。因此墨子说：古代的国君重臣确实想获得利益而憎恶损失，想要安定

欲安而恶危，故当攻战而不可不非。

而憎恶危险，所以对于攻战是不可以不非议的。

注释

❶ 博：广大，宽广，广阔。 ❷ 为：疑当为“非”字。 ❸ 药：医治。 ❹ 且：疑“柤”之借字。著何：疑为“屠何”。 ❺ 古者：一说当为“今者”。

【原文】

饰攻战者之言曰：彼不能收用彼众，是故亡。我能收用我众，以此攻战于天下，谁敢不宾服哉？子墨子言曰：子虽能收用子之众，子岂若古者吴阖闾[1]哉？古者吴阖闾教七年，奉[2]甲执兵，奔三百里而舍[3]焉，次[4]注林，出于冥隘之径，战于柏举，中楚国而朝宋与及鲁。至夫差之身，北而攻齐，舍于汶上，战于艾陵，大败齐人而葆之大山；东而攻越，济三江五湖，而葆[5]之会稽。九夷之国莫不宾服。于是退不能赏孤，施舍群萌[6]，自恃其力，伐其功，誉其智，怠于教，遂

【译文】

文饰攻战的人说：他们不能利用他们的士兵，所以灭亡。我能利用我的士兵，凭借这一点征战于天下，谁敢不臣服呢？墨子说：你即使能利用你的士兵，难道你比得上古时的吴王阖闾吗？古时的吴王阖闾教士兵打仗七年，士兵披上战甲、手拿兵器，奔走三百里才停歇，驻扎在注林，从冥隘的小路走，在柏举作战，占领楚国的首都，并使宋国和鲁国来朝见。等到吴王夫差即位，向北攻打齐国，驻兵在汶上，在艾陵作战，打败了齐人并迫使齐国人退守泰山；向东攻打越国，渡过三江五湖，迫使越国人退守会稽。九夷之国没有不臣服的。于是班师回朝，不能安抚阵亡战士的遗孤，不能施恩于民众，依恃自己的勇力，夸耀自己的功业，称赞自己的才智，放松了对士兵的训练，于是建筑

筑姑苏之台，七年不成。及若此，则吴有离罢[7]之心。越王句践视吴上下不相得，收其众以复其仇，入北郭，徙大内[8]，围王宫，而吴国以亡。昔者晋有六将军，而智伯莫为强焉。计[9]其土地之博，人徒之众，欲以抗诸侯，以为英名。攻战之速，故差论其爪牙之士，皆列其舟车之众，以攻中行氏而有之。以其谋为既已足矣，又攻兹范氏而大败之，并三家以为一家，而不止，又围赵襄子于晋阳。及若此，则韩魏亦相从而谋曰："古者有语：'唇亡则齿寒。'赵氏朝亡，我夕从之；赵氏夕亡，我朝从之。《诗》曰：'鱼水不务[10]，陆将何及乎！'"是以三主之君一心戮力，辟门除道，奉甲兴士，韩魏自外，赵氏自内，击智伯大败之。

姑苏台，七年都未造成。等到情势这样，吴人都有离散疲惫之心。越王勾践看到吴国上下不融洽，就收拢他的士兵来复仇，从北面的城郭攻入，移徙吴军的大船，围困王宫，吴国因此灭亡。从前晋国有六位将军，而智伯在其中最为强大。考虑到自己的土地广大，人口众多，想凭借这些来对抗诸侯，从而获得英武的美名。采取疾速攻击的战法，所以选派手下的谋士和战将，将众多战船和战车都排列好，用来攻打中行氏并且占为己有。他认为自己的谋略已经足够了，又去攻打范氏并且打败他们，把三家合并成一家，却还不停止，又在晋阳包围了赵襄子。等到情势这样，韩、魏也互相商议道："古时有句话：'唇亡则齿寒。'赵氏在早上灭亡，我们傍晚将跟着灭亡；赵氏在傍晚灭亡，我们将在第二天早上跟着灭亡。《诗经》说：'鱼在水中不快游，一旦到了陆地上，怎么来得及呢？'"因此韩魏赵三家的君主同心协力，打开城门扫清道路，令士兵穿上铠甲出征，韩魏两家军队从外，赵家军队从内，攻打智伯并打败了他。

注释

❶ 阖闾：吴国国君，春秋五霸之一。 ❷ 奉：捧着，此指披上。 ❸ 舍：

休息。❹次：驻扎。❺葆：通“保”，保全。❻萌：通“氓”，百姓，黎民。❼离罢：涣散而疲惫。罢，疲惫。❽内：当为“舟”字之误。❾计：考虑。❿务：致力，从事，这里指游。

【原文】

是故子墨子言曰：古者有语曰：“君子不镜于水①，而镜于人。镜于水见面之容，镜于人则知吉与凶。”今以攻战为利，则盖②尝鉴之于智伯之事乎？此其为不吉而凶，既可得而知矣。

【译文】

因此墨子说：古代有句话说：“君子不以水为镜子，而把人当作镜子。以水为镜看见的是面容，以人为镜则能知道吉利和凶险。”今天认为攻战是有利的，那么为什么不尝试借鉴一下智伯的事呢？这不是吉利的而是凶险的，已经可以得知了。

注释

❶镜于水：以水为镜。❷盖：通“盍”，何不。

非　攻下

【原文】

子墨子言曰：今天下之所誉[①]善者，其说将何哉？为其上中[②]天之利，而中中鬼之利，而下中人之利，故誉之与？意亡非为其上中天之利，而中中鬼之利，而下中人之利，故誉之与？虽[③]使下愚之人，必曰：“将为其上中天之利，而中中鬼之利，而下中人之利，故誉之。”今天下之所同义者，圣王之法也。今天下之诸侯将犹多皆免[④]攻伐并兼，则是有誉义之名，而不察其实也。此譬犹盲者之与人同命白黑之名，而不能分其物也，则岂谓有别哉？是故古之知[⑤]者之为天下度也，必顺虑其义而后为之行。是以动则不疑，速通成得

【译文】

墨子说：当今天下所赞誉的“义”，这种说法是怎样的呢？因为它对上符合上天的利益，而对中符合鬼神的利益，而对下符合人民的利益，所以才称誉它吗？还是因为它并不是对上符合上天的利益，而对中符合鬼神的利益，而对下符合人民的利益，所以才称誉它呢？即使是极愚笨的人，必定说：“一定因为它对上符合上天的利益，而对中符合鬼神的利益，而对下符合人民的利益，所以才会称誉他们。”当今天下所认同的义，是圣王的法则。当今天下的诸侯仍有许多都在竭力攻战兼并，那是有称誉道义的虚名，而不明白它的实质。这就像盲人和常人，能够一起叫出黑白的名称，却不能分清黑白的物品，那么这怎么能说能辨别黑白呢？所以古时的智者为天下谋划时，必定考虑是否顺应道义，然后才行动。所以行动了就不再迟疑，做到迅速达成、得到

其所欲，而顺天鬼百姓之利，则知者之道也。是故古之仁人有天下者，必反大国之说，一天下之和，总四海之内，焉率天下之百姓，以农臣事上帝山川鬼神。利人多，功故又大，是以天赏之，鬼富之，人誉之，使贵为天子，富有天下，名参乎天地，至今不废。此则知者之道也，先王之所以有天下者也。

自己想要的，而且顺应了上天、鬼神、百姓的利益，这便是智者之道。所以古时享有天下的仁人，必定反对大国攻战的说法，使天下和睦为一，统一四海之内的国家，于是率领天下的百姓，以务农的方式来侍奉上天、山川、鬼神。利于人的好处多，功劳又大，所以上天赏赐他们，鬼神使他们富裕，人们赞美他们，使他们贵为天子，拥有天下，名声几乎与天地并列，到现今都没有停止。这就是智者之道，是先王拥有天下的原因。

注释

❶誉：称誉，赞美。 ❷中：符合。 ❸虽：即使。 ❹免：通“勉”。❺知：同“智”。

【原文】

今王公大人、天下之诸侯则不然，将必皆差论其爪牙之士，皆列其舟车之卒伍，于此为坚甲利兵，以往攻伐无罪之国。入其国家边境，芟刈①其禾稼，斩其树木，堕②其城郭以湮③其沟池，攘杀其牲牷④，

【译文】

现在的国君重臣、天下的诸侯则不是这样，必定都选择自己勇猛的将士，都排列好自己战船和战车的队伍，在这个时候用坚固的铠甲和锐利的兵器，去前往攻打无罪的国家。侵入那些国家的边境，割掉他们的庄稼，砍伐他们的树木，毁坏他们的城郭来填塞他们的沟渠，抢夺屠杀他们祭祀用的牲畜，

燔溃[5]其祖庙，刭杀其万民，覆其老弱，迁其重器[6]，卒进而柱[7]乎斗，曰："死命为上，多杀次之，身伤者为下，又况失列北桡乎哉？罪死无赦！"以惮其众。夫无兼国覆军，贼虐万民，以乱圣人之绪。意将以为利天乎？夫取天之人，以攻天之邑，此刺杀天民，剥振神之位，倾覆社稷，攘杀其牺牲，则此上不中天之利矣。意将以为利鬼乎？夫杀之人，灭鬼神之主，废灭先王，贼虐万民，百姓离散，则此中不中鬼之利矣。意将以为利人乎？夫杀之人，为利人也博[8]矣。又计其费，此为周生之本，竭天下百姓之财用，不可胜数也，则此下不中人之利矣。

烧毁他们供祀祖先的庙宇，屠杀他们的广大百姓，消灭他们的老弱，搬走他们的宝器，最终演变为激烈的战斗，（对士卒）说："为效命君王而死的为上，多杀敌人的次之，身体受伤的为下，至于落伍退败的呢？罪乃杀无赦！"以此来使他的士卒畏惧。兼并别人的国家，覆灭别人的军队，残害虐杀广大百姓，来败坏圣人的事业。还认为这样有利于上天吗？用上天的子民，去攻打上天的城邑，这是刺杀上天的人民，毁坏神的地位，倾覆社稷，抢夺屠杀祭祀的牲畜，那么这就对上不符合上天的利益了。还将认为这样有利于鬼神吗？屠杀了这些人民，就毁灭掉了鬼神的祭主，废灭了先王（的祭祀），残害虐待广大百姓，百姓流离失散，那么这就对中不符合鬼神的利益了。还将认为这样有利于人民吗？认为杀他们的人民是有利于人，这也太浅薄了。再计算那些耗费，这些都是人民生存的根本，竭尽天下百姓的财用，数都数不过来，那么这就对下不符合人民的利益了。

注释

❶ 芟刈（shānyì）：割。 ❷ 堕（huī）：通"隳"，毁坏。 ❸ 湮（yān）：堵塞。 ❹ 牲牷：古代祭祀用的纯色全牲。 ❺ 燔（fán）溃：烧毁。 ❻ 重器：国家的宝器。 ❼ 柱：疑为"极"字之误。 ❽ 博：疑为"薄"。

【原 文】

今夫师者之相为不利者也，曰将不勇，士不分[①]，兵不利，教不习，师不众，率不利和，威不圉，害[②]之不久，争之不疾，孙[③]之不强，植[④]心不坚，与[⑤]国诸侯疑。与国诸侯疑，则敌生虑而意羸[⑥]矣。偏具此物，而致从事焉，则是国家失卒[⑦]，而百姓易[⑧]务也。今不尝观其说好攻伐之国，若使中兴师，君子数百[⑨]，庶人也必且数千，徒倍十万，然后足以师而动矣。久者数岁，速者数月，是上不暇[⑩]听治，士不暇治其官府，农夫不暇稼穑，妇人不暇纺绩织纴，则是国家失卒，而百姓易务也。然而又与其车马之罢弊也，幔幕帷盖，三军之用，甲兵之备，五分而得其一，则犹为序疏矣。然而又与其散亡[⑪]道路，道路辽远，粮食不继傺，食饮之[⑫]时，厕役以此饥寒冻馁疾病，而转死沟壑中者，不可胜

【译 文】

现在率领军队的人互相认为不利的因素，说是将领不勇猛，兵士不振奋，武器不锐利，训练不习战，军队人数不多，士卒不和，受到威胁不能抵御，防守敌人不能长久，争夺城池不能迅疾，维系民心不够有力，树立决心不够坚定，结交的诸侯产生猜疑。结交的诸侯产生猜疑，那么敌对之心就会产生而共同对敌的意志就减弱了。完全具备这些不利因素，而竭力从事征战，那么国家就会失去法度，而百姓改变平时所务。现在为什么不试着看看那些喜欢攻伐的国家，假使国中发动战争，（必须征用）君子数百人，普通人民也一定是数千人，负担劳役的人数十万，然后才足以成军而出动。战争时间久的要好多年，快的要好几个月，这时君主没有空闲听政，士大夫没有空闲治理他的官府之事，农民没有空闲耕种，妇女没有空闲纺织，那么国家就会失去法度，而百姓改变平时所务。然而又要加上其兵车战马的疲敝破坏、帷幕帷盖、三军的用度、铠甲和兵器的装备，五分而能够收回一分，这还只是一个粗略的估计。然而又要加上在途中走散逃跑的，道路遥远，粮食不能及时供应，吃的喝的无法按时供应，厮役们因为饥饿、寒冷、生病而辗转死于沟壑中的，不能全部

计也。此其为不利于人也，天下之害厚矣。而王公大人乐而行之，则此乐贼[13]灭天下之万民也，岂不悖哉！今天下好战之国，齐晋楚越，若使此四国者得意于天下，此皆十倍其国之众，而未能食其地也，是人不足而地有余也。今又以争地之故而反相贼也，然则是亏不足而重有余也。

计算完。这是不利于人，对天下的危害很严重。但国君重臣乐于实行，那么这实际是乐于残害灭绝天下的广大百姓，难道不荒唐吗！现在天下好战的国家有齐、晋、楚、越，如果让这四国得志于天下，即使令他们各自国家的人口都增加十倍，也不能耕种完他们的土地，因为人口不足而土地有余。现在又因争夺土地而反过来互相残杀，既然这样，那么这就是亏损不足而增加有余了。

注释

❶ 分：疑为“奋”。 ❷ 害：疑为“围”字之误。 ❸ 孙：疑当作“系”。 ❹ 植：树立。 ❺ 与：结盟，结交。 ❻ 羸（léi）：作动词，减弱。 ❼ 卒：疑或作“率”，法度。一说本作“足”。 ❽ 易：改变，更改。 ❾ 君子：其下当脱“数百”二字，今补。 ❿ 暇：空闲，闲暇。 ⓫ 亡：逃亡，逃跑。 ⓬ 之：当为“不”字之误。 ⓭ 贼：危害，残害。

【原文】

今遝[1]夫好攻伐之君，又饰其说以非子墨子曰：以攻伐之为不义，非利物与？昔者禹征有苗，汤伐桀，武王伐纣，此皆立为圣王，是何故也？子墨

【译文】

现在等到喜好攻伐的国君，又文饰他们的主张来非议墨子说：认为攻战是不道义的，难道不是有利的事情吗？从前大禹讨伐有苗，汤讨伐桀，周武王讨伐纣，这些人都被立为圣王，是什么原因呢？墨子说：您

子曰：子未察吾言之类，未明其故者也。彼非所谓攻，谓诛也。昔者三苗大乱，天命殛之，日妖宵出，雨血三朝，龙生于庙，犬哭乎市，夏冰，地坼及泉，五谷变化，民乃大振。高阳乃命[②]玄宫，禹亲把天之瑞令，以征有苗。四电诱祇[③]，有神人面鸟身，若瑾[④]以侍，搤矢有苗之祥[⑤]，苗师大乱，后乃遂几。禹既已克有三苗，焉磨[⑥]为山川，别物上下，卿制大极[⑦]，而神民不违，天下乃静，则此禹之所以征有苗也。遝至乎夏王桀，天有皓[⑧]命，日月不时，寒暑杂至，五谷焦死，鬼呼国，鹤[⑨]鸣十夕余。天乃命汤于镳宫，用受夏之大命："夏德大乱，予既卒其命于天矣，往而诛之，必使汝堪之。"汤焉敢奉率其众，是以乡有夏之境，帝乃使阴[⑩]暴毁有夏之城。少少，有神来告曰："夏德大乱，往攻之，予必使汝大堪之。予既受命于天，天命融隆火于夏之城间西北之隅。"汤奉桀众以克

没有清楚我说话内容的类别，不明白其中的缘故。他们的讨伐不是所谓攻，叫作诛。从前三苗大乱，上天下命诛杀他，太阳为妖在晚上出来，下了三天血雨，龙出现在祖庙，狗在市上哭叫，夏天水结冰，土地开裂而下及泉水，五谷不能成熟，百姓于是大为震惊。古帝高阳于是在玄宫向禹授命，大禹亲自拿着天赐的玉符，来征讨有苗。这时雷电大震，有一位人面鸟身的天神，手捧玉珪侍立在旁，抓住了有苗的首领，苗军大乱，后来就衰微了。大禹已经战胜三苗，于是就划分山川，区分了事物的上下，节制四方，神民和顺，天下于是安定，这就是大禹征讨有苗的原因。等到夏王桀的时候，上天降下严命，日月不定时，寒暑错乱到来，五谷枯死，国都有鬼叫，鹤鸣十几个晚上。上天就在镳宫命令汤，让他接替夏朝的天命："夏朝德行败坏，我已断绝了夏朝的天命，你前去诛灭他，一定使你取得成功。"汤于是奉命率领他的部队，向夏的边境进军，天帝于是使人暗中毁掉夏的城池。不一会儿，有神来报告说："夏朝德行败坏，前去攻打他，我一定让你取得成功。我已受命于天，上天命令火神祝融降火在夏都西北角。"汤率领夏桀的民众战胜了夏，在薄地会合诸侯，荐祭先祖而表明天命，向四方通告，

有，属诸侯于薄，荐章天命，通于四方，而天下诸侯莫敢不宾服，则此汤之所以诛桀也。遝至乎商王纣，天不序[11]其德，祀用失时，兼夜中，十日雨土于薄，九鼎迁止，妇妖宵出，有鬼宵吟，有女为男，天雨肉，棘生乎国道，王兄[12]自纵也。赤乌衔珪，降周之岐社，曰："天命周文王伐殷有国。"泰颠来宾，河出绿图，地出乘黄。武王践功[13]，梦见三神曰："予既沈渍殷纣于酒德矣，往攻之，予必使汝大堪之。"武王乃攻狂夫，反商之[14]周，天赐武王黄鸟之旗。王既已克殷，成帝之来[15]，分主诸神，祀纣先王，通维四夷，而天下莫不宾，焉袭汤之绪，此即武王之所以诛纣也。若以此三圣王者观之，则非所谓攻也，所谓诛也。

而天下诸侯没有敢不归附的，这就是汤诛灭夏桀的原因。等到商王纣，上天不能享用他的德行，祭祀不能按时举行，白天同夜里连续十天下土在薄地，九鼎迁移位置，女妖夜晚出现，有鬼晚上喟叹，有女子变为男人，天上下肉雨，国都大道上生了荆棘，而纣王更加放纵自己了。红色的鸟口中衔玉珪，降落在周的岐山神庙上，说："上天授命周文王讨伐殷并占有他的国家。"贤臣泰颠前来宾服，黄河中浮出《绿图》，地下冒出乘黄神马。周武王即位，梦见三位神人说："我已经让殷纣沉湎于酒色之中，前去攻打他，我一定让你取得成功。"武王于是去攻打纣，灭商兴周，上天赐给武王黄鸟之旗。武王既然已经战胜殷商，承受上天的赏赐，命令诸侯分祭诸神，祭祀纣的祖先，政教通达四方，而天下没有不归附的，于是继承了汤的功业，这就是武王诛杀纣王的原因。如果从这三位圣王来看，那么这并不是所谓"攻打"，而是所谓"讨伐"。

注释

❶ 遝（tà）：通"逮"，等到。 ❷ 乃命：后疑脱"禹于"二字。 ❸ 四电诱祇：疑当为"雷电悖（誖）振"。 ❹ 若瑾：疑为"奉珪"之误。 ❺ 祥：

疑为“将”字之误。❻磨：疑为“磿（lì）”字之误，通“历（歷）”，“历”与“离”同义，分别。❼卿制大极：疑“飨制四极”之误。❽辂（kù）：同“酷”。❾鹳：古同“鹤”。❿阴：疑为“降”字之误。⓫序：疑为“享”字之误。⓬兄：通“况”，更加。⓭践功：疑为“践阼”之误，即位，登基。⓮之：疑为“作”字之误。⓯来：通“赉（lài）”，赐予。

【原 文】

则夫好攻伐之君，又饰其说以非子墨子曰：子以攻伐为不义，非利物与？昔者楚熊丽始讨[1]此睢山之间，越王繄亏[2]出自有遽，始邦于越。唐叔与吕尚邦齐晋。此皆地方数百里，今以并国之故，四分天下而有之。是故何也？子墨子曰：子未察吾言之类，未明其故者也。古者天子之始封诸侯也，万有余。今以并国之故，万国有余皆灭，而四国独立。此譬犹医之药万有余人，而四人愈也，则不可谓良医矣。

【译 文】

但是喜好攻伐的国君，又文饰他们的主张来非议墨子说：你以为攻战是不道义的，不是有利于万物吧？从前楚世子熊丽最初受封于睢山之间，越王繄亏出自有遽，开始在越地建国。唐叔和吕尚分别建邦于齐国、晋国。这些都是方圆数百里的邦国，现在因为兼并别国，（这些国家）四分天下而占有之。这是什么缘故呢？墨子说：你没有清楚我说话内容的类别，不明白其中的缘故。古代天子开始分封诸侯，分封了有一万多个国家。现在因为兼并别国，一万多个国家都已覆灭，唯有这四个国家独自存在。这好比医生医治一万多个人，仅四个人痊愈了，那么就不可以说是良医了。

注释

❶讨：当为“封”字之误。❷繄（yī）亏：越国君主无余。

【原 文】

则夫好攻伐之君又饰其说曰：我非以金玉、子女、壤地为不足也，我欲以义名立于天下，以德求诸侯也。子墨子曰：今若有能以义名立于天下，以德求[1]诸侯者，天下之服可立而待也。夫天下处攻伐久矣，譬若傅[2]子之为马然。今若有能信效先利天下诸侯者，大国之不义也，则同忧之；大国之攻小国也，则同救之；小国城郭之不全也，必使修之；布粟之[3]绝，则委之；币帛不足，则共之。以此效[4]大国，则小国之君说。人劳我逸，则我甲兵强。宽以惠，缓易急，民必移。易攻伐以治我国，攻必倍。量我师举之费，以争诸侯之毙，则必可得而序[5]利焉。督以正，义其名，必务宽吾众，信吾师，以此授[6]诸侯之师，则天下无敌矣，其为[7]下不可胜数也。此天下之利，而王公大人不知而用，则此可谓不知利天下之巨务矣。”

【译 文】

但是那些喜好攻伐的国君又文饰他们的主张说：我不是因为金玉、子女、土地不够，我想要凭借仁义的名声立于天下，以德行聚合诸侯。墨子说：现在如果有能用仁义的名声立于天下、用德行聚合诸侯的人，天下的归附便可以立等了。天下处于攻伐的时间已经很久了，好比把童子当作马骑一样。现在如果能有先以信义相交而利于天下诸侯的，大国的不义之举，便一同为之忧虑；大国攻打小国，就一同前去解救；小国的城墙不完整，必定帮它修理好；布匹粮食缺乏，就输送给他；币帛不够，就提供给他。用这样的方法去抵御大国，小国之君就会高兴。别人劳顿而我安逸，那么我的兵力就会加强。宽厚而恩惠，以从容取代急迫，民心必定归顺。改变攻伐政策来治理我们的国家，功效必定加倍。估量我们兴师的费用，来安抚诸侯的疲敝，那么一定能获得丰厚的利益。以公正督查别人，以道义来立名，一定致力于宽待我们的民众，取信于我们的军队，以此援助诸侯的军队，便会天下无敌了，这样做对天下产生的好处数也数不过来。这是天下的利益，但国君重臣不知道去应用，那么这可以说是不知道利于天下的要务了。

注释

❶ 求：通“逑”，聚合。 ❷ 傅：当为“孺”字之误。 ❸ 之：当为“乏”字之误。 ❹ 效：通“校”，抵御。 ❺ 序：当为“厚”字之误。 ❻ 授：当为“援”字之误。 ❼ 其为：疑后脱“利天”二字。

【原 文】

是故子墨子曰：今且天下之王公大人士君子，中情将欲求兴天下之利，除天下之害，当若繁为攻伐，此实天下之巨害也。今欲为仁义，求为上士，尚[1]欲中圣王之道，下欲中国家百姓之利，故当若非攻之为说，而将不可不察者此也。

【译 文】

所以墨子说：当今天下的国君重臣士人君子，内心果真想追求兴起天下的利益，去除天下的祸害，假若一直频繁地进行攻击讨伐，这实在是天下巨大的祸害。如今想要行仁义，追求成为贤士，向上想符合圣王之道，向下想符合国家百姓的利益，所以对于像非攻这样的主张，将不可以不明察的原因便在这里。

注释

❶ 尚：上。

节　用上

【原 文】

圣人为政一国，一国可倍也；大之为政天下，天下可倍也。其倍之，非外取地也，因其国家，去其无用之费，足以倍之。圣王为政，其发令兴事，使民用财也，无不加用而为者。是故用财不费，民德①不劳，其兴利多矣。

【译 文】

圣人在一国施政，一国的财利可以加倍增长；大到施政于天下，天下的财利可以加倍增长。这种财利的加倍增长，不是向外掠夺土地，而是根据国家的情况，省去没有用处的花费，可以使财利加倍。圣明的君王施政，他发布政令、兴办事业，使用民力、使用财物，没有不是有益于实用才去做的。所以使用财物不浪费，民众得以不劳苦，他兴起的利益就多了。

注 释

❶ 德：通“得”，得以。

【原 文】

其为衣裘何？以为冬以圉①寒，夏以圉暑。凡为衣

【译 文】

他们制造衣服是为什么呢？认为冬天可以抵御寒冷，夏天可以防御炎热。凡制作衣

裳之道，冬加温、夏加清者，芊䱉[2]；不加者，去之。其为宫室何？以为冬以圉风寒，夏以圉暑雨，有盗贼加固者，芊䱉；不加者，去之。其为甲盾五兵何？以为以圉寇乱盗贼，若有寇乱盗贼，有甲盾五兵者胜，无者不胜。是故圣人作为甲盾[3]五兵。凡为甲盾五兵，加轻以利、坚而难折者，芊䱉；不加者，去之。其为舟车何？以为车以行陵陆，舟以行川谷，以通四方之利。凡为舟车之道，加轻以利者，芊䱉；不加者，去之。凡其为此物也，无不加用而为者，是故用财不费，民德不劳，其兴利多矣。有[4]去大人之好聚珠玉、鸟兽、犬马，以益衣裳、宫室、甲盾、五兵、舟车之数，于数倍乎！若则不难。

服的原则，（也就是）冬天能增加温暖，夏天能增加凉爽，鲜艳亮丽不能增加温暖或凉爽的去掉。他们建造房子是为什么呢？认为冬天可以抵御大风和寒冷，夏天可以防御炎热和雨水，有盗贼时能增强固守，鲜艳亮丽而不能增加用处的去掉。他们制造铠甲、盾牌和戈矛等五种兵器是为什么呢？认为可以抵御外寇、劫乱、盗贼。如果有外寇、劫乱、盗贼，拥有铠甲、盾牌和戈矛等五种兵器的人会胜利，没有的人不会胜利。所以圣人制造铠甲、盾牌和戈矛等五种兵器。凡是制造铠甲、盾牌和戈矛等五种兵器，能增加轻便和锋利程度、坚固而且难于折断的，就增益它，鲜艳亮丽而不能增加用处的去掉。他们制造船只和车是为什么呢？认为车可以通行于陆地，船只可以通行于川流河谷，来沟通四方的利益。凡是制造船只、车的原则，能增加轻快便利的，就增益它，鲜艳亮丽而不能增加用处的去掉。凡是他们制造的这些物品，没有不是增加实用而做的，所以使用财物不浪费，百姓得以不劳苦，他们兴起的利益就多了。又去掉王公贵族喜爱收集的珍珠宝玉、鸟兽、狗马（的费用），用来增加衣服、房屋、铠甲盾牌、兵器、船车的数量，那么（这些东西）会增加数倍啊！这是不难的。

注释

❶ 围（yǔ）：抵挡，防御。 ❷ 芊䖵：疑为“芊诸”之误。 ❸ 甲盾：铠甲与盾牌。 ❹ 有：通“又”。

【原 文】

故孰为难倍？唯人为难倍。然人有可倍也。昔者圣王为法曰：“丈夫年二十，毋敢不处家[1]。女子年十五，毋敢不事人。”此圣王之法也。圣王既没，于民次[2]也，其欲蚤处家者，有所二十年处家；其欲晚处家者，有所四十年处家。以其蚤与其晚相践[3]，后圣王之法十年。若纯三年而字[4]，子生可以二三年矣。此不惟使民蚤处家，而可以倍与？且不然已。

【译 文】

所以什么是难以倍增的呢？只有人口是难以倍增的。然而人口又可以倍增。从前圣王制定法则说：“男子年龄到二十岁，不敢不成家。女子年龄到十五岁，不敢不嫁人。”这是圣王的法则。圣王已经去世了，于是百姓放纵自己，那些想早点成家的人，有的二十岁就成家了；那些想晚点成家的人，有的四十岁才成家。那些早的与那些晚的相减，比圣王的法则晚了十年。如果都三年生育一次，就会多生两个或三个孩子了。这不是让百姓早成家而可以使人口倍增吗？然而人们却不这样做了。

注释

❶ 处家：成立家庭。 ❷ 次：通“恣”，放纵。 ❸ 蚤：通“早”，此处指想早成家的那些人。践：通“翦”，减。 ❹ 纯：皆，全，都。字：怀孕，生育。

【原 文】

今天下为政者，其所以寡人之道多。其使民劳[①]，其籍敛厚，民财不足，冻饿死者不可胜数也。且大人惟毋兴师以攻伐邻国，久者终年[②]，速者数月，男女久不相见，此所以寡人之道也。与居处不安、饮食不时、作疾病死者，有与侵就偄橐[③]、攻城野战死者，不可胜数。此不令[④]为政者所以寡人之道数术而起与？圣人为政特无此，不圣人为政，其所以众人之道亦数术而起与？故子墨子曰："去无用之费，圣王之道，天下之大利也！"

【译 文】

现在天下执政的人，他们使人口减少的方法多。他们使百姓劳苦，他们征收繁重的税赋，百姓财力不够用，冻死饿死的人数也数不过来。况且王公贵族举兵去攻打邻国，时间长的一年，快的几个月，男女很久不能相见，这就是使人口减少的方法。加上日常生活不安定、饮食不按时、生病而死的人，又加上侵掠俘虏、攻城野战死亡的人，数也数不过来。这不是现今执政者采取多种使人口减少的方法而引起的吗？圣人执政绝对不会这样，这不是圣人执政也采取多种使人口增多的方法而引起的吗？所以墨子说："去除没有用处的花费，是圣明君王的治理方法，是天下巨大的利益啊！"

注 释

❶ 劳：劳苦。 ❷ 终年：一年。 ❸ 侵就：当作"侵掠"。偄橐（tuó）：当作"俘虏"。 ❹ 令：疑作"今"。

节　用中

【原　文】

子墨子言曰：古者明王圣人[1]所以王天下、正诸侯者，彼其爱民谨忠[2]，利民谨厚[3]，忠信相连，又示之以利，是以终身不餍[4]，殁世而不卷[5]。古者明王圣人其所以王天下、正诸侯者，此也。

【译　文】

墨子说：古代圣明的君王之所以能称王天下、匡正诸侯，是因为他们爱护百姓尽心竭力，为百姓谋利谨慎笃厚，诚心爱民与讲求信用相结合，又能使百姓看到利益，所以（百姓对于明王圣人）一生不会感到憎恶，至死不会感到厌倦。古代圣明的君王称王天下、匡正诸侯的原因，就在这里。

注　释

❶ 圣人：君主时代对帝王的尊称。 ❷ 谨忠：诚敬，尽心竭力。 ❸ 谨厚：谨慎笃厚。 ❹ 餍（yàn）：通“厌”。 ❺ 殁（mò）世：终生。卷：通“倦”。

【原　文】

是故古者圣王制为节用之法，曰：“凡天下群百工，轮车、鞼匏[1]、陶、

【译　文】

所以古代圣明的君王制定节用的法则，说：“凡是天下的众多各类工匠，制造轮车的、制造皮革的、烧制陶器的、冶炼金属

治、梓匠，使各从事其所能。”曰：“凡足以奉给民用，则止。”诸加费不加于民利者，圣王弗为。

的、做木匠的，让每个人致力于自己擅长的。”说：“只要完全可以供给民用就停止。”各种增加费用而不能增加人民利益的事，圣明的君王不会做。

注释

❶ 鞼匏（guìpáo）：制造皮革的工匠。

【原文】

古者圣王制为饮食之法，曰：“足以充虚继气，强股肱[1]，耳目聪明，则止。不极五味之调、芬香之和，不致远国珍怪异物。”何以知其然？古者尧治天下，南抚交阯，北降幽都，东西至日所出入，莫不宾服。逮至其厚爱，黍稷不二，羹胾[2]不重，饭于土塯[3]，啜于土形[4]，斗以酌[5]。俯仰周旋威仪之礼，圣王弗为。

【译文】

古代圣明的君王制定饮食的法则，说：“完全可以充饥补气、强壮手脚、耳聪目明就停止。不极力追求五味的调和、芳香适中，不求取远方国家珍贵奇怪的食物。”怎么知道是这样呢？古时尧帝治理天下，南面安抚到交阯，北面降服到幽都，东面直到太阳升降的地方，没有不臣服的。及至他深厚喜爱的（食物），黍和稷只吃一种，肉食不重复，用土塯吃饭，用土铏喝汤，用斗饮酒。至于弯腰起身进退揖让显示威仪的礼仪，圣明的君王不会做。

注释

❶ 股肱：大腿和胳膊。此泛指手脚。 ❷ 羹胾（gēngzì）：肉羹和大块肉，

泛指菜肴。❸土熘（liù）：盛饭的瓦器。❹土形：指土铏（xíng），盛汤的瓦器。❺斗：古代酒器名。酌：饮酒。

【原 文】

古者圣王制为衣服之法，曰："冬服绀緅①之衣，轻且暖，夏服絺绤②之衣，轻且清③，则止。"诸加费不加于民利者，圣王弗为。

【译 文】

古代圣明的君王制定做衣服的法则，说："冬天穿天青色的衣服，轻便而且暖和，夏天穿细葛布、粗葛布的衣服，轻便而且凉爽，就停止。"种种增加费用而不能增加人民利益的事，圣明的君王不会做。

注 释

❶绀緅（gānzōu）：天青色。❷絺绤（chīxì）：细葛布和粗葛布。❸清：凉爽。

【原 文】

古者圣人为猛禽狡兽暴人害民，于是教民以兵行，日带剑，为刺则入，击则断，旁击而不折，此剑之利也。甲为衣则轻且利，动则兵①且从，此甲之利也。车为服重致远，乘之则安，引之则利，安②以不伤人，利以速至③，此车之利

【译 文】

古代圣人因为凶猛的鸟兽残害人民，于是教导百姓常带着兵器行路，每日带着剑，用剑刺就能刺入，用剑砍就能砍断，剑被别的器械击了也不会折断，这就是剑的好处。铠甲穿在身上轻巧且便利，行动时方便且顺意，这是铠甲的好处。车子能载重到达远方，乘坐它安全，拉动它便利，安全而不会伤人，便利而能迅速到达，这是车子的好

也。古者圣王为大川广谷之不可济④，于是利为舟楫⑤，足以将之则止。虽上者三公诸侯至，舟楫不易，津人⑥不饰，此舟之利也。

处。古代圣明的君王因为大河宽谷不能渡过，于是制造船和桨，完全可以行进，就停止。即使居上位的三公诸侯来了，船和桨不更换，掌渡人不装饰，这是船的好处。

注释

❶ 兵：无义，疑当作“弁”，即“变”。变，随人身便利。 ❷ 安：安全。 ❸ 利：便利。速：迅速。 ❹ 大川广谷：大河宽谷。济：渡过。 ❺ 舟楫：船和桨。泛指船只。 ❻ 津人：渡船的船夫。

【原 文】

古者圣王制为节葬之法，曰：衣三领①，足以朽肉，棺三寸，足以朽骸，堀②穴深不通于泉，流不发泄，则止。死者既葬，生者毋久丧用哀。

【译 文】

古代圣明的君王制定节葬的法则，说：衣服三件，完全可以使死者的骸骨朽烂在里面，棺木三寸厚，完全可以使死者的骸骨朽烂在里面，掘墓穴，深不及泉水，又不致让腐气散发于地面上，就停止。死去的人已经埋葬，活着的人不要长久服丧哀悼。

注释

❶ 领：件。 ❷ 堀（jué）：通“掘”。

【原　文】

古者人之始生[1]，未有宫室之时，因[2]陵丘堀穴而处焉。圣人虑[3]之，以为堀穴，曰：冬可以辟风寒，逮[4]夏，下润湿，上熏烝，恐伤民之气。于是作为宫室而利。然则为宫室之法将奈何哉？子墨子言曰：其旁可以圉风寒，上可以圉雪霜雨露，其中蠲[5]洁，可以祭祀，宫墙足以为男女之别，则止。诸加费不加民利者，圣王弗为。

【译　文】

古代人类产生之初，没有房屋的时候，依着山丘挖洞穴来居住。圣人对此感到忧虑，认为挖掘的洞穴（有所不便），说：冬天可以躲避风寒，一到夏天，下面潮润阴湿，上面热气熏蒸，恐怕损害百姓的气血。于是建造房屋来便利他们。既然如此，那么建造房屋的法则应该怎么样呢？墨子说：房屋四边可以抵御风寒，屋顶可以防御雪霜雨露，屋里洁净，可以举行祭祀，壁墙完全可以使男女分开生活，就停止。种种增加费用却不能增加人民利益的事，圣贤的君主不会做。

注　释

❶始生：产生之初。　❷因：依着。　❸虑：对……忧虑。　❹逮：及，到，到了。　❺蠲（juān）：洁净，使清洁。

节 葬下

【原 文】

子墨子言曰：仁者之为天下度[①]也，辟之无以异乎孝子之为亲度也[②]。今孝子之为亲度也，将奈何哉？曰：亲贫则从事乎富之，人民寡则从事乎众之，众乱则从事乎治[③]之。当其于此也，亦有力不足、财不赡[④]、智不智[⑤]，然后已矣。无敢舍余力，隐谋遗利，而不为亲为之者矣。若三务者，孝子之为亲度也，既若此矣。虽仁者之为天下度，亦犹此也，曰：天下贫则从事乎富之，人民寡则从事乎众之，众而乱则从事乎治之。当其于此，亦有力不足、财不赡、智不智，然后已矣。无敢舍余力，隐谋遗利，而不为天下为之者矣。若三务者，此仁者之为天下度也，既

【译 文】

墨子说：仁人为天下考虑，就像孝子为父母考虑一样没有什么不同。现在孝子为父母考虑，将怎么样呢？说：父母贫穷就致力于使他们富裕，人口稀少就致力于使人口增多，民众混乱就致力于治理他们。当孝子做这些事情时，也有力量不足、财用不够、智力不足时，然后才停止。没有人敢放弃残存的力量，隐藏谋略，私留财利，而不为父母做事的。像这三件事情，是孝子为父母考虑的，凡是孝子都这样。即使仁人为天下考虑，也是如此，说：天下穷困就致力于使之富裕，人口稀少就致力于使人口增多，民众混乱就致力于治理他们。当仁人在做这些事时，也有力量不足、财用不够、智力不足（的情况），然后才停止。没有人敢放弃残存的力量，隐藏谋略，私留财利，而不为天下做事的。像这三件事，是仁人为天下考虑的，凡是

若此矣。

仁人都这样。

注释

❶度（duó）：考虑。 ❷辟：通"譬"，譬喻，打比方。亲：父母。 ❸治：治理。 ❹赡（shàn）：足够。 ❺智不智：智力不足。

【原文】

今逮至昔者三代圣王既没①，天下失义，后世之君子，或以厚葬久丧以为仁也，义也，孝子之事也；或以厚葬久丧以为非仁义，非孝子之事也。曰②二子者，言则相非，行即相反，皆曰："吾上祖述尧舜禹汤文武之道者也③。"而言即相非，行即相反，于此乎后世之君子皆疑惑乎二子者言也。

【译文】

到了古时三代圣王已经死去的今天，天下丧失道义，后世的君子，有的把厚葬久丧当作仁，当作义，（认为）是孝子的事；有的把厚葬久丧当作不仁不义，（认为）不是孝子的事。这两种人，言论不同，行为相反，都说："我是学习效法尧、舜、禹、汤、文王、武王之道的人。"但是（他们）言论不同，行为相反，于是后世的君子都对这两种人的说法感到疑惑。

注释

❶逮至：及至，等到。没（mò）：通"殁（mò）"，死。 ❷曰：助词，用于句首。 ❸上：学习。祖述：效法。

【原 文】

若苟疑惑乎之二子者言，然则姑尝传[1]而为政乎国家万民而观之。计厚葬久丧，奚当此三利者？我意若使法其言，用其谋，厚葬久丧实可以富贫众寡、定危治乱乎，此仁也，义也，孝子之事也，为人谋者不可不劝也。仁者将[2]兴之天下，谁贾而使民誉之，终勿废也。意亦使法其言，用其谋，厚葬久丧实不可以富贫众寡、定危理乱乎，此非仁非义，非孝子之事也，为人谋者不可不沮[3]也。仁者将求除之天下，相废而使人非之，终身勿为。

【译 文】

如果不理解这两种人的说法，那么姑且尝试把他们的主张推广用于治理国家广大百姓，从而加以考察。考察厚葬久丧，怎么符合这三种（“富”“众”“治”）利益？我以为如果仿效他们的说法，采用他们的计谋，厚葬久丧确定可以使贫穷变富足，使人少变人多，使危殆变安定，使混乱变清明，这就是仁，就是义，是孝子的事，为百姓谋划的人不可以不劝勉。仁人将谋求在天下兴办它，设法宣扬而使百姓赞誉它，永远不废弃。如果也仿效他们的说法，采用他们的计谋，厚葬久丧确实不可以使贫穷变富足，使人少变人多，使危殆变安定，使混乱变清明，这就是不仁不义，不是孝子的事，替百姓谋划的人不可以不阻止。仁人将谋求在天下除掉它，废除这种制度并使人们非议它，终身不去做。

注 释

❶ 传：疑为“博”字之误，广，推广。 ❷ 将：下当为“求”字，译文补出。 ❸ 沮：阻止。

【原 文】

且故兴天下之利，除天下

【译 文】

所以兴起天下的利益，去除天下

之害，令国家百姓之不治也，自古及今未尝之有也。何以知其然也？今天下之士君子，将犹多皆疑惑厚葬久丧之为中是非利害也。故子墨子言曰：然则姑尝稽[1]之，今虽毋法执厚葬久丧者言，以为事乎国家。此存乎王公大人有丧者，曰棺椁必重[2]，葬埋必厚，衣衾[3]必多，文绣必繁，丘陇[4]必巨；存乎匹夫贱人死者，殆竭家室；乎[5]诸侯死者，虚车府，然后金玉珠玑比[6]乎身，纶组节约[7]，车马藏乎圹[8]，又必多为屋幕[9]、鼎鼓、几梃、壶滥、戈剑、羽旄、齿革[10]，寝而埋之，满意。若送从，曰天子杀殉，众者数百，寡者数十。将军大夫杀殉，众者数十，寡者数人。

的祸害，使国家百姓不能得到治理，从古至今不曾有过。怎么知道是这样呢？现在天下的士人君子，对于厚葬久丧符合是非利害的哪一方面，或许多数人仍都不理解。所以墨子说道：既然如此，那么姑且试着考察一下，现在效法执行厚葬久丧之人的言论，用来治理国家。厚葬久丧存在于国君重臣的死者之家，就是棺木必须厚重，埋葬必须深厚，衣被必须多件，刺绣必须繁富，坟墓必须高大；存在于平民百姓贱民的死者之家，那么几乎会耗尽家财；存在于诸侯的死者之家，会使府库虚空，然后将金玉珠宝装饰在死者身上，用丝绵包裹，用丝带缠束，把车马埋藏在墓穴之中，又必定要多多制造帷幕帐幔、钟鼎皮鼓、几案筵席、酒壶水鉴、执戈佩剑、翎羽旄尾、象牙皮革，搁置不用并埋在地下，然后才满意。至于殉葬，天子死后所杀的殉葬之人，多的几百人，少的几十人；将军大夫死后所杀的殉葬之人，多的几十人，少的几人。

注释

❶稽：考察。❷重（chóng）：多层。❸衣衾（qīn）：这里指尸体入殓时覆盖的衣被。❹丘陇：坟墓。❺乎：其上当有“存”字。❻比：装饰。❼纶组节约：古时葬礼以丝绵裹尸，再以丝带缠束。❽藏：埋藏。圹（kuàng）：墓穴，坟墓。❾屋幕：帷幕帐幔。❿几梃（tǐng）：几案筵席。

滥：假借为鉴，浴盆。

【原 文】

处丧之法将奈何哉？曰：哭泣不秩[①]，声翁，缞绖，垂涕，处倚庐，寝苫枕凷。又相率强不食而为饥，薄衣而为寒，使面目陷陬[②]，颜色黧黑[③]，耳目不聪明，手足不劲强，不可用也。又曰："上士之操丧也，必扶而能起，杖而能行，以此共三年。"若法若言，行若道，使王公大人行此，则必不能蚤朝。五官六府[④]，辟草木，实仓廪。使农夫行此，则必不能蚤出夜入，耕稼树艺。使百工行此，则必不能修舟车为器皿矣。使妇人行此，则必不能夙兴夜寐，纺绩织纴。细计厚葬，为多埋赋之财者也。计久丧，为久禁从事者也。财以成者，扶而埋之；后得生者，而久禁之，以此求富，此譬犹禁耕而求获也，富之说无可得

【译 文】

守丧的方法又是怎样呢？说：哭泣不止，喉塞不成声，身披粗麻布孝衣，头上腰上系麻带，流着眼泪，住在倚壁搭建的茅草庐中，睡在草垫上，头枕土块。又竞相强忍不吃东西而忍受饥饿，穿单薄的衣服而忍受寒冷，使面目陷入沮丧失色，脸色粗黑，耳朵不聪敏，眼睛不明亮，手足无力，不能做事情。又说："居上位的士人操办丧事，必须有人搀扶才能起来，拄着拐杖才能行走，用这种方式守丧共计三年。"假若效法这种言论，实行这种主张，使国君重臣这样做，那么必定不能上早朝，晚退朝。使士大夫这样做，那么必定不能治理五官六府、开辟荒地、充实粮仓。使农民这样做，那么必定不能早出晚归，耕作种植。使各种工匠这样做，那么必定不能修造船车、制造器皿了。使妇女这样做，那么必定不能早起晚睡，纺丝缉麻织布。仔细考察厚葬之事，是将财物多埋在地下。考察长久服丧之事，是长久禁止人们做事。现成的财产，掩在棺材里埋掉它；丧后应当生产的，又被长时间禁止，用这种做法来追求富足，这就好像禁止耕田而追求收获一样，使之富足的说法不可能实现。所以（用厚

焉。是故求以富家，而既已不可矣。

葬久丧）来追求使国家富足，就已经不可能了。

注释

❶秩：通“迭”。　❷隰：疑作“陬”，形容沮丧失色之貌。　❸黧黑：脸色黑。　❹五官六府：此前应有“使士大夫行此，则必不能治”，译文补出。

【原　文】

欲以众人民，意者可邪[1]？其说又不可矣。今唯无以厚葬久丧者为政[2]，君死，丧之三年；父母死，丧之三年；妻与后子死者，五皆丧之三年；然后伯父、叔父、兄弟、孽子其；族人五月；姑姊甥舅皆有月数，则毁瘠必有制矣。使面目陷隰，颜色黧黑，耳目不聪明，手足不劲强，不可用也。又曰：上士操丧也，必扶而能起，杖而能行，以此共三年。若法若言，行若道，苟[3]其饥约又若此矣。是故百姓冬不仞[4]寒，夏不仞暑，作疾病死者，不可胜计也。此其

【译　文】

想要用这种方法使人民增多，或许可以吧？这种说法又是不可以的。现在以厚葬久丧的方法治理国家，国君死了，服丧三年；父母死了，服丧三年；妻室与嫡长子死了，服丧三年，以上五者都是服丧三年；然后伯父、叔父、兄弟、庶子死了，服丧一年；近支亲属死了，服丧五个月；姑母、姊妹、外甥、舅父死了，都服丧几个月，那么哀毁瘦损必定有规定。使面目陷入沮丧失色，脸色粗黑，耳朵不聪明，眼睛不明亮，手足无力，不可以做事情。又说：居上位的士人操办丧事，必须搀扶才能站起，拄着拐杖才能行走，用这种方式守丧共计三年。假如效法这种言论，实行这种主张，如果饥饿缩食，又像这样（上文所说身体虚弱）了。因此百姓冬天忍不住寒冷，夏天忍不住酷暑，生病而死的，数也数不过来。这样就大量地损害男女之

为败男女之交多矣。以此求众，譬犹使人负剑而求其寿也。众之说无可得焉。是故求以众人民，而既以不可矣。

间的结合。用这样的方法来追求使人民增多，就好像让人伏身剑刃而寻求长寿一样。人民增多的说法不可能实现。所以追求使人民增多，就已经不可能了。

注释

❶ 邪：语气词。 ❷ 为政：治理国家。 ❸ 苟：如果。一说为暂且。 ❹ 伆：通“忍”。

【原文】

欲以治刑政，意者可乎？其说又不可矣。今唯无以厚葬久丧者为政，国家必贫，人民必寡[1]，刑政必乱。若法若言，行若道，使为上者行此，则不能听治；使为下者行此，则不能从事。上不听治，刑政必乱；下不从事，衣食之财必不足。若苟不足，为人弟者求其兄而不得，不弟[2]弟必将怨其兄矣；为人子者求其亲而不得，不孝子必是[3]怨其亲矣；为人臣者求之君而不得，不忠臣必且乱其上矣。是以僻淫邪

【译文】

想用这种方法来治理刑罚政务，也许可以吧？这种说法又是不可以的。现在以厚葬久丧的方法治理国家，国家必定贫穷，人民必定减少，刑罚政务必定混乱。假如效法这种言论，实行这种主张，使居上位的人这样做，就不可能断狱治事；使在下位的人这样做，就不能从事生产。居上位的人不能断狱治事，刑罚政务必定混乱；在下位的人不能从事生产，穿衣吃饭的财用必定不够。假若不够，做弟弟的向兄长索求而没有所得，不恭顺的弟弟必定会怨恨他的兄长；做儿子的向父母索求而没有所得，不孝的儿子必定会怨恨他的父母；做臣子的向君主索求而没有所得，不忠的臣子必定会作乱犯上。所以邪僻

行之民，出则无衣也，入则无食也，内续奚吾，并为淫暴而不可胜禁也。是故盗贼众而治者寡。夫众盗贼而寡治者，以此求治，譬犹使人三睘而毋负已也，治之说无可得焉。是故求以治刑政，而既已不可矣。

淫佚的人，出门就没有衣服穿，在家就没有饭吃，内心积有耻辱之感，一起去做邪恶暴虐之事，不可以禁止。因此盗贼众多而施治者少。盗贼多而施治者少，用这种方法来寻求治理，就好像把人旋转三圈，还不许他背向自己一样，使国家治理的说法不可以实现。所以以此追求治理刑罚政务，就已经不可能了。

注释

❶ 寡：减少。 ❷ 弟：通“悌”，顺从和敬爱兄长。 ❸ 是：疑作“且”。

【原 文】

欲以禁止大国之攻小国也，意者可邪？其说又不可矣。是故昔者圣王既没，天下失义，诸侯力征。南有楚、越之王，而北有齐、晋之君，此皆砥砺①其卒伍，以攻伐并兼为政于天下。是故凡大国之所以不攻小国者，积委多，城郭修，上下调和②，是故大国不耆攻之；无积委，城郭不修，上下不调和，是故大国耆③攻之。今唯无以厚葬久丧者为政，国家必贫，人

【译 文】

想用这种方法来阻止大国攻打小国，也许可以吧？这种说法也是不可以的。所以从前的圣王已经去世，天下丧失道义，诸侯用武力征伐。南边有楚、越国两国的君王争霸，北边有齐、晋两国的君王称王，这些君主都训练他们的士兵，用攻打征伐兼并来治理天下。所以凡是大国之所以不攻打小国，是因为小国积蓄多，城墙修得坚固，上下和谐，所以大国不喜欢攻打小国；小国积蓄少，城墙修得不坚固，上下不和谐，所以大国喜欢攻击小国。现在由主张厚葬久丧的人执政，国家必定贫困，人民必定减少，

民必寡，刑政必乱。若苟贫，是无以为积委也；若苟寡，是城郭沟渠者寡也；若苟乱，是出战不克，入守不固。此求禁止大国之攻小国也，而既已不可矣。

刑罚政务必定混乱。如果国家贫穷，就没有什么可以积蓄；如果人民少，城墙沟渠就修的少；如果刑罚政务混乱，那么出征不能胜利，入守就不坚固。用这种方法来追求禁止大国攻打小国，就已经不可能了。

注释

❶ 砥砺（dǐlì）：磨练，锻炼。 ❷ 调和：和谐。 ❸ 耆（shì）：通“嗜”，爱好，喜欢。

【原 文】

欲以干[1]上帝鬼神之福，意者可邪？其说又不可矣。今唯无以厚葬久丧者为政，国家必贫，人民必寡，刑政必乱。若苟贫，是粢盛酒醴不净洁也；若苟寡，是事[2]上帝鬼神者寡也；若苟乱，是祭祀不时度[3]也。今又禁止事上帝鬼神，为政若此，上帝鬼神始得从上抚之曰：“我有是人也，与无是人也，孰愈？”曰：“我有是人也，与无是人也，无择也。”

【译 文】

想用这种方法来求得天帝鬼神赐福，也许可以吧？这种说法也是不可以的。现在让主张厚葬久丧的人执政，国家必定贫穷，人民必定减少，刑罚政令必定混乱。如果国家贫穷，那么盛在祭器里以供祭祀的谷物美酒就不洁净；如果人民少，那么敬奉天帝鬼神的人就少；如果刑罚政务混乱，那么祭祀就不能按时举行。现在又禁止敬奉天帝鬼神，像这样施政，天帝鬼神便开始从天上发问说：“我有这些臣民，和没有这些臣民，哪种情况更好？”答曰：“我有这些臣民，和没有这些臣民，没有什么区别。”那么即使天帝鬼

则惟上帝鬼神降之罪厉之祸罚而弃之，则岂不亦乃其所哉？

神降下罪灾与灾祸惩罚并抛弃他们，这难道不也是他们应得的吗？

注释

❶ 干：求，求取。 ❷ 事：敬奉。 ❸ 时度：准时，适时。

【原 文】

故古圣王制为葬埋之法，曰：棺三寸，足以朽体，衣衾三领，足以覆[1]恶。以及其葬也，下毋及[2]泉，上毋通臭[3]，垄若参[4]耕之亩，则止矣。死则既以葬矣，生者必无久哭，而疾而从事[5]，人为其所能，以交相利也。”此圣王之法也。

【译 文】

所以古代圣王制定埋葬的法则，说：“棺木三寸厚，足以让尸体在里面腐烂，衣被三件，足以覆盖令人产生恶感的尸体。到了下葬的时候，向下不要挖到泉水，向上不要使腐臭散发，坟地宽像耕种的三尺畎亩，就停止。死者既然已经埋葬了，活着的人一定不要长久哭泣，而应该赶紧做事，人人做自己能做的事，来互相获得利益。”这就是圣王的法则。

注释

❶ 覆：覆盖。 ❷ 及：碰到，挖到。 ❸ 通臭：使腐臭发散。 ❹ 参：通“叁”，即“三”。 ❺ 从事：工作，做事。

【原 文】

今执[①]厚葬久丧者之言曰：厚葬久丧虽使不可以富贫众寡、定危治乱，然此圣王之道也。子墨子曰："不然。昔者尧北[②]教乎八狄，道死，葬蛩山之阴[③]。衣衾三领，榖木[④]之棺，葛以缄之[⑤]，既氾[⑥]而后哭，满坎无封。已葬，而牛马乘之。舜西教乎七戎，道死，葬南已之市。衣衾三领，榖木之棺，葛以缄之。已葬，而市人乘之。禹东教乎九夷，道死，葬会稽之山。衣衾三领，桐棺三寸，葛以缄之，绞之不合[⑦]，通之不坎[⑧]，土地之深，下毋及泉，上毋通[⑨]臭。既葬，收余壤其上，垄若参耕之亩，则止矣。若以此若三圣王者观之，则厚葬久丧果非圣王之道。故三王者，皆贵为天子，富有天下，岂忧财用之不足哉？以为如此葬埋之法。

【译 文】

现在坚持厚葬久丧主张的人说：厚葬久丧虽然不可以变贫穷为富裕、变人少为人多、变危殆为安定、变混乱为安定，但这是圣王的治国之道。墨子说：不是这样。以前尧去北方教化八狄，在途中死去，埋葬在蛩山的北面。（入殓时所用的）衣被只有三件，用普通的树木制作的棺材，用葛制成的绳子把棺木捆扎起来，在掩埋之后人们才开始痛哭，填满墓穴却不用封土。埋葬已毕，牛马可以在上面登踏行走。舜前往西方教化七戎，在途中死去，葬在南已的市场旁边。（入殓时所用的）衣被只有三件，用普通的树木制作的棺材，用葛制成的绳子捆扎棺材，埋葬已毕，市井之人可以在上面登踏行走。禹前往东方教化九夷，在途中死去，埋葬在会稽山。（入殓时所用的）衣被只有三件，用桐木制作的厚三寸的棺材，用葛制成的绳子捆扎棺材，封口密封的不严密，入棺的地方不修墓道，墓穴的深度，向下触及不到泉水，向上无法散发臭气。埋葬已毕，收集剩余的土壤覆盖在坟墓的上面，坟墓的宽度如耕种的三尺畎亩，就停止。如果从这三位圣王的所作所为来看，那么厚葬久丧的风俗果真不是圣王的治国之道。所以三位圣王都尊贵为天子，完全拥有天下，难道会担心财物不够吗？他们认为这样做才是埋葬的法则。

注释

❶执：坚持。 ❷北：向北。 ❸蛩（qióng）山之阴：蛩山的北面。阴，水的南面或山的北面。 ❹榖（gǔ）木：一说是楮木，一说是杂乱的树木，泛指普通的林木。 ❺葛：指以葛为原料制成的布、衣、带等。这里指用葛制成的绳子。缄（jiān）：束缚，捆扎。 ❻泧（fàn）：落葬，掩埋。 ❼绞：挤压，这里指封住。合：闭，合拢。 ❽坎：坑，地面凹陷的地方，这里指墓穴。 ❾通：散发。

【原文】

今王公大人之为葬埋，则异于此。必大棺中棺，革阓三操[①]，璧玉即具，戈剑、鼎鼓、壶滥、文绣、素练、大鞅万领、舆马女乐皆具，曰必捶垛差通[②]，垄虽凡山陵[③]。此为辍民之事[④]，靡民之财，不可胜计也，其为毋[⑤]用若此矣。是故子墨子曰："乡[⑥]者，吾本言曰，意亦使法其言，用其谋，计厚葬久丧，请[⑦]可以富贫众寡、定危治乱乎，则仁也，义也，孝子之事也，为人谋者不可不劝也。意亦使法其言，用其谋，若人厚葬久丧，实不可以富贫众寡、定危治乱

【译文】

现在国君重臣的埋葬，则与此不同。他们必定外有大棺，内有中棺，用有纹彩的皮带多次捆扎，璧玉已经具备，执戈佩剑、钟鼎皮鼓、酒壶水鉴、文彩刺绣、素色熟绢、衣被万件、车马女伎都具备了，还必须把墓道捶实、涂饰好，坟墓之高如山陵。这是中断人民的事务，靡费人民的资财，（损失）不能完全计算，他们做这些无用之事竟至如此。因此墨子说：从前，我本来就说过，抑或也效法他们的言论，采用他们的计谋，考察厚葬久丧，的确可以变贫穷为富裕、变人少为人多、变危殆为安定、变混乱为安定，那就是仁，是义，是孝子的事情，为百姓谋划的人不可以不劝勉。抑或也效法他们的言论，采用他们的计谋，如果人们厚葬久丧，确实不可以变贫穷为富裕、变人少为人多、变危殆为安定、变混乱

乎，则非仁也，非义也，非孝子之事也，为人谋者不可不沮[8]也。

为安定，那就不是仁，不是义，不是孝子的事情，替百姓谋划的人不可以不阻止。

注释

❶ 阓（huì）：同“鞼（guì）”，有纹采的皮革。操：疑为“累”字之误，系，束缚。❷ 垛：通“涂”，涂饰。差通：当为“羡道”，即墓道。❸ 垄：坟墓。虽凡：疑此二字误。❹ 辍民之事：中断人民的事务。辍，中断、废止。❺ 毋：无，没有。❻ 乡：通“向”，以前。❼ 请：通“情”，的确。❽ 沮：阻止。

【原 文】

是故求以富国家，甚得贫焉；欲以众人民，甚得寡焉；欲以治刑政，甚得乱焉。求以禁止大国之攻小国也，而既已不可矣；欲以干上帝鬼神之福，又得祸焉。上稽[1]之尧舜禹汤文武之道而政逆之，下稽之桀纣幽厉之事，犹合节[2]也。若以此观，则厚葬久丧其非圣王之道也。

【译 文】

因此追求用厚葬久丧来使国家富足，得到的（结果）是很贫穷；想用它来使人口增多，得到的（结果）是很少；想用它来使刑罚政务清明，得到的（结果）是很混乱。追求用它来禁止大国攻打小国，已经不可能了；想用它来求取天帝鬼神的赐福，却招得祸患。对上考察尧、舜、禹、汤、周文王、周武王的治国之道，正好与之相反；对下考察桀、纣、周幽王、周厉王的事情，倒是合若符节。如果这样来看，那么厚葬久丧应该不是圣王的治国之道。

注释

❶ 稽：考察。 ❷ 合节：合若符节。

【原 文】

今执厚葬久丧者言曰：厚葬久丧果非圣王之道，夫胡[①]说中国之君子为而不已，操而不择哉[②]？子墨子曰："此所谓便其习而义[③]其俗者也。昔者越之东有輆沐[④]之国者，其长子生，则解而食之。谓之'宜弟'；其大父[⑤]死，负其大母[⑥]而弃之，曰鬼妻不可与居处。此上以为政[⑦]，下以为俗，为而不已，操而不择，则此岂实仁义之道哉？此所谓便其习而义其俗者也。楚之南有炎人国者，其亲戚[⑧]死，朽[⑨]其肉而弃之，然后埋其骨，乃成为孝子。秦之西有仪渠之国者，其亲戚死，聚柴薪而焚之，熏上[⑩]，谓之登遐[⑪]，然后成为孝子。此上以为政，下以为俗，为而不已，操而不择，则此岂

【译 文】

现在坚持厚葬久丧主张的人说：厚葬久丧如果不是圣王的治国之道，那怎么解释中原的君子实行而不停止，运用而不舍弃呢？"墨子说："这就是所说的以自己的习惯为便利，以自己的风俗为适宜。从前越国的东面有个叫輆沐的国家，这个国家里的长子出生，就被肢解吃掉。说是'有益于弟弟'；他们的祖父死了，就背起他们的祖母并扔掉她，说不能与鬼的妻子共同居住。这就是在上位者以此为法则，在下位者当作风俗，实行而不停止，运用而不舍弃，那么这难道是实行仁义之方法吗？这就是所说的以自己的习为便利，以自己的风俗为适宜。楚国南部有个叫炎人的国家，国人的父母死了，就剔下他们的肉并扔掉，然后掩埋父母的骨头，才能成为孝子。秦国的西面有个叫仪渠的国家，国人的父母死了，就聚集柴火来烧掉他们的尸体，烟火上蹿，称为登天，然后才能成为孝子。这就是在上位者以此为法则，在下位者当作风俗，实行而不停止，运用而不舍弃，那么这难道是实行

实仁义之道哉？此所谓便其习而义其俗者也。若以此若三国者观之，则亦犹薄矣。若以中国之君子观之，则亦犹厚矣。如彼则大[12]厚，如此则大薄，然则葬埋之有节矣。”

仁义的方法吗？这就是所说的以自己的习惯为便利，以自己的风俗为适宜。如果以这三个国家的做法来看，那么也太轻薄了。如果以中原的君子的做法来看，那么也太厚重了。像那样就太厚重，像这样就太轻薄，既然这样，那么葬埋应该有所节制啊。”

注释

❶胡：怎么。 ❷操：运用。择：通“释”，舍弃。 ❸义：适应，顺应。 ❹輆（kài）沐：古国名，相传在今浙江东部。一说作“輆沭”。 ❺大父：祖父。 ❻大母：祖母。 ❼政：法则。 ❽亲戚：指父母。 ❾朽：剐肉，剔肉。 ❿熏上：烟火上窜。 ⓫登遐：谓死者升天而去。 ⓬大：同“太”。

【原文】

故衣食者，人之生利也，然且犹尚有节；葬埋者，人之死利也，夫何独无节于此乎？子墨子制为葬埋之法曰：“棺三寸，足以朽[1]骨；衣三领，足以朽肉；掘地之深，下无菹漏[2]，气无发泄[3]于上，垄足以期其所，则止矣。哭往哭来，反[4]从事乎衣食之财，佴乎祭祀，以致孝于亲。”故曰子墨

【译文】

所以衣食是对活着的人有利的，然而尚且崇尚有节制；葬埋是对死人有利的，为什么在这方面独独没有节制呢？墨子制定葬埋的法则说：“棺材厚三寸，足以使骸骨腐朽其中；衣被三件，足以使骨肉在里面腐烂；挖掘墓穴的深度，下面没有潮湿渗漏，上面不要让腐烂气味发散至地面上，坟堆足以让生者望其所在，就停止。哭着送葬，哭着回来，回来之后就致力于谋求衣食的财用，以供给祭祀之用，用这些行为向双亲尽孝道。”所以说墨

子之法不失死生之利者，此也。

子的法则不损害死去的人和活着的人的利益，就是这样。

注释

❶ 朽：使腐烂，使腐朽。 ❷ 菹（jù）漏：潮湿渗漏。菹，通“沮”，湿润。 ❸ 泄：发泄，发散。 ❹ 反：同“返”，返回。

【原 文】

故子墨子言曰：今天下之士君子，中请将欲为仁义，求为上士，上欲中圣王之道，下欲中国家百姓之利，故当若节丧之为政，而不可不察此者也。

【译 文】

所以墨子说：现在天下的士人君子，内心确定想行仁义，追求做贤士，向上想符合圣王之道，向下想符合国家百姓的利益，所以如果用节葬来治理国家，就不可以不明察上面所讲的道理。

天 志上

【原 文】

子墨子言曰：今天下之士君子，知小而不知大[1]。何以知之？以其处家[2]者知之。若处家得罪于家长，犹[3]有邻家所避逃之。然且亲戚、兄弟、所知识[4]共相儆[5]戒，皆曰："不可不戒矣！不可不慎矣！恶[6]有处家而得罪于家长而可为也！"非独处家者为然，虽处国亦然。处国得罪于国君，犹有邻国所避逃之，然且亲戚、兄弟、所知识共相儆戒，皆曰："不可不戒矣！不可不慎矣！谁亦有处国得罪于国君而可为也！"此有所避逃之者也，相儆戒犹若此其厚[7]，况无所避逃之者，相儆戒岂不愈厚，然后可哉？且语言有之曰："焉

【译 文】

墨子说：当今天下的士人君子，知道小道理却不知道大道理。怎么知道是这样呢？从他身处家中的情况知道的。倘若身处于家中得罪了家长，尚且有邻居家作为逃避之地。然而父母、兄弟、相识的人们彼此互相警示告诫，都说："不可以不警戒啊！不可以不谨慎啊！怎么会有身处家中却可以做出得罪家长的事呢！"不单是身处家中是这样，即使身处国家中也这样。身处于国家中得罪了国君，尚且有邻国作为逃避之地，然而父母、兄弟、相识的人们彼此相互警示告诫，都说："不可以不警戒啊！不可以不谨慎啊！怎么会又有身处国家中却可以做出得罪国君的事呢！"这是有地方可以逃避的，相互警示告诫还如此严重，更何况那些无处逃避的人，相互警示告诫的情况岂不是更严重，这样可以吗？而且有俗语说："在青天白日得罪了上天，将往何处

而晏日[8]，焉而得罪，将恶避逃之？”曰：“无所避逃之。”夫天不可为林谷幽门无人，明必见之。然而天下之士君子之于天也，忽然[9]不知以相儆戒，此我所以知天下士君子知小而不知大也。

逃避呢？’说：“没有地方可逃避。”上天不会因为山林幽谷没有人烟就有所忽视，它明晰的目光一定会看见一切。然而天下的士人君子对于上天，反而忽略，不知道以此来相互警示告诫，这便是我知道天下的士人君子知小道理却不明白大道理的原因。

注释

❶ 小：指小道理。大：指大道理。 ❷ 处家：身处家中。 ❸ 犹：尚且，还。 ❹ 所认识：相识的人。 ❺ 儆：告诫，警告。 ❻ 恶（wū）：怎么。 ❼ 厚：严重。 ❽ 焉：语气词，不译。晏日：晴天，白天，青天白日。 ❾ 忽然：不经心，忽略。

【原　文】

然则天亦何欲何恶[1]？天欲义而恶不义。然则率天下之百姓以从事于义[2]，则我乃为天之所欲也。我为天之所欲，天亦为我所欲。然则我何欲何恶？我欲福禄而恶祸祟[3]。若我不为天之所欲，而为天之所不欲，然则我率天下之百姓以从事于祸祟中也。然则何以知天之欲义而恶不义？

【译　文】

那么上天又喜爱什么讨厌什么？上天喜爱义而讨厌不义。那么率领天下的百姓去行义，便是我做了上天所喜爱的事。我做了上天所喜爱的事，上天也会做我所喜爱的事。那么我喜爱什么讨厌什么呢？我喜爱福禄而讨厌祸患。倘若我不做上天所喜爱的事，而做了上天所讨厌的事，那么就是我率领天下的百姓去做带给人灾祸的事。那么怎么知道上天喜爱义而讨厌不义呢？答曰：

曰：天下有义则生，无义则死；有义则富，无义则贫；有义则治，无义则乱。然则天欲其生而恶其死，欲其富而恶其贫，欲其治而恶其乱，此我所以知天欲义而恶不义也。

天下有义才能生存，无义就会灭亡；有义才能富贵，无义就会贫穷；有义才能安定，无义就会混乱。那么上天喜爱人们生存而讨厌人们死亡，喜爱人们富贵而讨厌人们贫困，喜爱人们安定而厌恶人们混乱，这是我知道上天喜爱义而讨厌不义的原因。

注释

❶欲：喜爱。一说为想要、希望。恶：讨厌，憎恨。 ❷从事于义：做符合义的事情，行义。 ❸祸祟：灾祸，祸患。

【原文】

曰：且夫义者，政也[①]。无从下之政上，必从上之政下。是故庶人竭力从事，未得次己而为政[②]，有士政之；士竭力从事，未得次己而为政，有将军大夫政之；将军大夫竭力从事，未得次己而为政，有三公诸侯政之；三公诸侯竭力听治[③]，未得次己而为政，有天子政之；天子未得次己而为政，有天政之。天子为政于三公、诸侯、士、庶人，天下之士君子固明知；天之为政于天

【译文】

（墨子）说：义就是正。不能从下面匡正上面，一定是从上面来匡正下面。因此百姓竭尽全力做事，不能恣意去做事，有士人匡正他们；士人尽全力做事，不能恣意去做事，有将军大夫匡正他们；将军大夫尽全力做事，不能恣意去做事，有三公诸侯匡正他们；三公诸侯尽全力断狱治事，不能恣意去做事，有天子匡正他们；天子不能恣意去做事，有上天匡正他们。天子施政于三公、诸侯、士人、百姓，天下的士人君子本应明白知道；上天施政于天

子，天下百姓未得之明知也。故昔三代圣王禹汤文武，欲以天之为政于天子明说天下之百姓，故莫不犓[4]牛羊，豢犬彘[5]，洁为粢盛酒醴，以祭祀上帝鬼神，而求祈福于天。我未尝闻天下之所求祈福于天子[6]者也，我所以知天之为政于天子者也。

子，天下的百姓还没有明白知道。所以古时三代的圣王夏禹、商汤、周文王、周武王，想把上天施政于天子的事明白地告诉天下的百姓，因此没有谁不喂养牛羊，喂养狗猪，准备洁净的谷物美酒，来祭祀天帝鬼神，向上天祈求福泽。我没有听说过上天向天子祈求福泽的，这就是我所知道的上天施政于天子的原因。

注释

❶ 且夫：语气词，不译。政：通“正”，纠正，匡正，治理。 ❷ 次：同“恣”，恣意，擅自。为政：做事。 ❸ 听治：断狱治事。 ❹ 犓（chú）：用草料喂牲畜。 ❺ 豢（huàn）：喂养，饲养。彘：猪。 ❻ 天下：此处指上天。

【原 文】

故天子者，天下之穷[1]贵也，天下之穷富也。故于富且贵者，当天意而不可不顺。顺天意者，兼相爱，交相利，必得赏。反天意者，别相[2]恶，交相贼[3]，必得罚。然则是谁顺天意而得赏者？谁反天意而得罚者？子墨子言曰：昔三代圣王禹、汤、文、武，此顺天

【译 文】

所以天子是天下极尊贵的人，是天下极富有的人。因此对于富有且尊贵的人来说，对上天的意旨是不可以不顺从的。顺从上天意旨的人，相互关爱，相互谋利，必定会得到奖赏。违反天意的人，有区别地恶对他人，相互残害，必定会得到惩罚。那么是谁顺从上天意旨而得到奖赏呢？谁违反上天意旨而得到惩罚呢？墨子说：古时三代的圣王夏禹、商汤、周文王、周武王，这些是顺从上天

意而得赏也。昔三代之暴王桀、纣、幽、厉，此反天意而得罚者也。然则禹、汤、文、武其得赏何以[4]也？子墨子言曰：其事上尊天[5]，中事鬼神，下爱人。故天意曰："此之我所爱，兼而爱之；我所利[6]，兼而利之。爱人者此为博[7]焉，利人者此为厚焉。"故使贵为天子，富有天下，业[8]万世子孙，传称其善[9]，方施天下[10]，至今称之，谓之圣王。然则桀、纣、幽、厉得其罚何以也？子墨子言曰：其事上诟[11]天，中诟鬼，下贼人。故天意曰："此之我所爱，别而恶之；我所利，交而贼之。恶人者此为之博也，贱[12]人者此为之厚也。"故使不得终其寿，不殁其世[13]，至今毁[14]之，谓之暴王。

意旨而得到奖赏的人。古时三代的暴君夏桀、商纣、周幽王、周厉王，这些是违反上天意旨而得到惩罚的人。那么夏禹、商汤、周文王、周武王为什么得到奖赏呢？墨子说：他们做事对上尊崇天，对中供奉鬼神，对下爱护百姓。因此天意说："这就是对于我所爱护的，他们全都爱护；对于我所使之受益的，他们全都使之受益。爱人的事，这是广博的了，利人的事，这是厚重的了。"所以上天使他尊贵为天子，完全拥有天下，传给万代子孙，人们传颂他们的美德，普遍施行于天下，到现在还称扬他们，称他们为圣王。那么夏桀、商纣、周幽王、周厉王为什么得到惩罚呢？墨子说：他们做事对上辱骂上天，对中辱骂鬼神，对下残害百姓。因而上天的意旨说："这就是对于我所爱护的，他们区别对待且憎恶；对于我所使之受益的，他们交相残害。憎恶别人，这是广博的了，残害别人，这是深重的了。"因此上天使他们不能寿终，不能终其身，到现在人们还詈骂他们，称他们为暴君。

注释

❶穷：极，最。 ❷别：区别对待。 ❸贼：伤害，残害。 ❹何以：为什么。 ❺事：作动词，做事。上：对上。 ❻利：作动词，使受益。 ❼博：

博大，广泛。 ❽ 业：继承，此指传给。 ❾ 传：传颂。善：善事，美德。 ❿ 方施：普通施行。方，通“旁”。 ⓫ 诟：辱骂。 ⓬ 贱：伤害，残害。 ⓭ 殁其世：终其身。 ⓮ 毁：诋毁，詈骂。

【原 文】

然则何以知天之爱天下之百姓？以其兼而明之①。何以知其兼而明之？以其兼而有②之。何以知其兼而有之？以其兼而食③焉。何以知其兼而食焉？曰：四海之内，粒食④之民，莫不犓牛羊，豢犬彘，洁为粢盛酒醴，以祭祀于上帝鬼神。天有邑人⑤，何用弗⑥爱也？且吾言杀一不辜⑦者，必有一不祥。杀不辜者谁也？则人也。予⑧之不祥者谁也？则天也。若以天为不爱天下之百姓，则何故以人与人相杀，而天予之不祥？此我所以知天之爱天下之百姓也。

【译 文】

既然如此，那么如何知道上天爱护天下的百姓呢？因为上天能对所有百姓明察。如何知道上天能对所有百姓明察呢？因为它拥有所有百姓。又如何知道上天拥有所有百姓呢？因为它能供养所有百姓。如何知道上天能供养所有百姓呢？答曰：四海之内，凡是以谷物为食物的人民，没有不喂养牛羊，喂养猪犬，准备洁净的谷物美酒，用来祭祀天帝鬼神的。上天拥有百姓，为什么不会爱护他们呢？而且我说过杀害一个无辜的人，一定会有一件不吉祥的事。杀害无辜的人是谁呢？就是人。降予他们不吉祥之事的是谁呢？就是上天。如果认为上天不爱护天下的百姓，那么为什么人与人相互残杀，而上天降予他们不吉祥的事呢？这是我知道上天爱护天下的百姓的原因。

注 释

❶ 明：明察。之：指百姓。 ❷ 有：拥有。 ❸ 食（sì）：供养。 ❹ 粒

食：以谷物为食。 ❺ 邑人：此指子民，百姓。 ❻ 弗：不。 ❼ 不辜：无辜，无罪。 ❽ 予：给予，降予。

【原 文】

顺天意者，义政也。反天意者，力政①也。然义政将奈何哉？子墨子言曰：处大国不攻小国，处大家不篡②小家，强者不劫弱，贵者不傲贱，多诈者不欺愚。此必上利于天，中利于鬼，下利于人。三利无所不利，故举天下美名加之，谓之圣王。力政者则与此异，言非此，行反此，犹幸驰③也。处大国攻小国，处大家篡小家，强者劫弱，贵者傲贱，多诈欺愚。此上不利于天，中不利于鬼，下不利于人。三不利无所利，故举天下恶名加之，谓之暴王。

【译 文】

顺从上天意旨的，就是仁义政治。违反上天意旨的，就是暴力政治。那么义政应该怎么做呢？墨子说：处于大国地位的不去攻打小国，居于大家族地位的不去篡夺小家，强大的不劫掠弱小的，尊贵的不傲视贫贱的，狡诈的不欺骗愚笨的。这样必定上对天有利，中对鬼神有利，下对民众有利。三个方面都有利，没有不利之处，所以全天下美好的名声都加给他，称他为圣王。实行暴政的人就和这不同了，言语不是这样，行为与此相反，犹如背道而驰一样。处于大国地位的去攻打小的国家，居于大家族地位的篡夺小家，强大的劫掠弱小的，尊贵的傲视贫贱的，狡诈的欺骗愚笨的。这样必定上对天不利，中对鬼神不利，下对民众不利。三个方面都不利，没有一利处，所以全天下的坏名声都加给他，称他为暴王。

注释

❶ 力政：残暴的统治。 ❷ 篡：篡夺，夺取。 ❸ 幸驰：背道而驰。幸，原作“倖”，一本作“偝”，疑为“僢（chuǎn）”字之误。“僢”同“舛”，相

背。倖驰即背道而驰。

【原 文】

子墨子言曰：我有天志，譬若轮人之有规[①]，匠人之有矩[②]。轮匠执其规矩，以度天下之方圜[③]，曰："中[④]者是也，不中者非也。"今天下之士君子之书不可胜载，言语不可尽计，上说[⑤]诸侯，下说列士，其于仁义则大相远也。何以知之？曰："我得天下之明法以度之。"

【译 文】

墨子说：我有天下的明法，就像制作车轮的工匠有圆规，木匠有尺子。工匠们拿着他们的圆规和尺子，来度量天下的圆形和方形物体，说："符合二者的就是对的，不符合二者的就是不对的。"当今天下的士人君子的书籍多得用车都拉不完，言论多得不计其数，向上游说诸侯，向下游说有名之士人，他们与仁义相差得太远了。怎么知道是这样呢？答曰："我得到了天下圣明的法则，用它来衡量他们的言论。"

注 释

❶轮人：制作车轮的工匠。规：指圆规。　❷矩：指方尺。　❸度：度量，衡量。圜：通"圆"。　❹中：符合。　❺说（shuì）：劝说别人听从自己的意见，游说。

天 志中

【原 文】

子墨子言曰：今天下之君子之欲为仁义者，则不可不察义之所从出。[1]既曰不可以不察义之所从出，然则义何从出？子墨子曰：义不从愚且贱者出，必自贵且知者出。何以[2]知义之不从愚且贱者出，而必自贵且知者出也？曰：义者，善政[3]也。何以知义之为善政也？曰：天下有义则治[4]，无义则乱，是以知义之为善政也。夫愚且贱者，不得为政[5]乎贵且知者，然后得为政乎愚且贱者，此吾所以知义之不从愚且贱者出，而必自贵且知者出也。然则孰[6]为贵？孰为知？曰：天为贵、天为知而已矣[7]。然则义果[8]自天出矣。

【译 文】

墨子说道：当今天下的君子想施行仁义，就不可不考察义从哪里产生。既然说不可不考察义从哪里产生，那么义究竟从哪里产生呢？墨子说：义不是从愚笨卑贱的人中产生，必定是从尊贵聪明的人中产生。怎么知道义不是从愚笨卑贱的人中产生，而必定是从尊贵聪明的人中产生呢？答道：义，就是清明的政治。怎么知道义就是清明的政治呢？答道：天下有义就安定，没有义就混乱，所以知道义就是清明的政治。愚笨卑贱的人，不能向尊贵聪明的人施政，然后（尊贵聪明的人）才能向愚笨卑贱的人施政，这就是我知道义不是从愚笨卑贱的人中产生，而必定是从尊贵聪明的人中产生的原因。然而谁是尊贵的？谁是聪明的？答道：天是尊贵的，天是聪明的，如此罢了。既然这样，那么义果真是从上天产生的了。

注释

❶ 察：觉察，明白。出：产生。 ❷ 何以：怎么。 ❸ 善政：清明的政治，良好的政令。 ❹ 治：得到治理，安定，清明。 ❺ 为政：施政。 ❻ 孰：谁。 ❼ 而已矣：如此罢了。 ❽ 果：果真，确实。

【原文】

今天下之人曰：当若[1]天子之贵诸侯，诸侯之贵大夫，傐[2]明知之。然吾未知天之贵且知于天子也。子墨子曰：吾所以知天之贵且知于天子者，有矣。曰天子为善[3]，天能赏之；天子为暴[4]，天能罚之；天子有疾病祸祟[5]，必斋戒沐浴，洁为酒醴粢盛，以祭祀天鬼，则天能除去之。然吾未知天之祈福于天子也，此吾所以知天之贵且知于天子者。不止此而已矣，又以先王之书驯天明不解之道也知之[6]。曰：“明哲维天[7]，临君下土。”则此语天之贵且知于天子。不知亦有贵知夫天者乎？曰：天为贵、天为知而已矣。然则义果自天出矣。是故子墨

【译文】

当今天下的人说：天子应当比诸侯尊贵，诸侯比大夫尊贵，这是确然明白知道的。但是我却不知道上天比天子尊贵且聪明。墨子说：我之所以知道上天比天子尊贵且聪明的原因，是有的。天子实行仁政，上天就赏赐他；天子实行暴政，上天就惩罚他；天子有疾病灾祸，必定斋戒沐浴，准备好洁净的美酒谷物，来祭祀上天鬼神，那么上天就能驱除疾病灾祸。然而我没有听说上天向天子祈求赐福的，这就是我之所以知道上天比天子尊贵且聪明的理由。不仅仅是这样，还可以从先王的书籍训释上天高明而说不尽的道理中知道。说道：“明智睿哲的人只有上天，它的光辉普照大地。”这就是说上天比天子尊贵且聪明。不知道还有没有比上天更尊贵聪明的呢？答道：天是尊贵的，天是聪明的，如此罢了。既然这样，那么义果真是从上天产生的了。所以墨子

子曰：今天下之君子，中实将欲遵道利民[8]，本察仁义之本，天之意不可不慎[9]也。

说：现在天下的君子，真正想要遵循天道、利于人民，从根本上去考察仁义的本源，上天的意旨就不可以不顺从。

注释

❶ 当若：应当。 ❷ 傐（hào）：通“碻”，确然，确实。 ❸ 为善：做好事，实行仁政。 ❹ 为暴：做坏事，实行暴政。 ❺ 祸祟：灾祸，祸患。 ❻ 以：从。驯：通“训”，训释。明：高明。不解之道：说不尽的道理。 ❼ 明哲：明智睿哲。维：只有。 ❽ 中实：真实，真正。一说为内心确实。道：天道。 ❾ 慎：通“顺”，顺从，遵循，依顺。

【原文】

既以天之意以为不可不慎已，然则天之将何欲何憎[1]？子墨子曰：天之意不欲大国之攻小国也，大家之乱[2]小家也，强之暴[3]寡，诈之谋[4]愚，贵之傲[5]贱，此天之所不欲也。不止此而已，欲人之有力相营[6]，有道相教，有财相分也。又欲上之强听治也[7]，下之强从事[8]也。上强听治，则国家治矣；下强从事，则财用足矣。若国家治、财用足，则内有以洁为

【译文】

既然认为上天的意旨不可以不顺从，那么上天希望什么厌恶什么呢？墨子说：上天的意旨是不希望大国攻打小国，大家族扰乱小家族，强大的欺凌弱小的，狡诈的算计愚笨的，尊贵的傲视卑贱的，这是上天所不希望的。不仅仅是这些而已，（上天还）希望人们有力能相互帮助，有道义能相互教导，有财物能相互分享。又希望居上位的勉力断狱治事，居下位的勉力劳作。居上位的勉力断狱治事，那么国家就得到治理了；居下位的勉力劳作，那么财用就会充足了。如果国家安定、财用充足，那么对内有洁净

酒醴粢盛，以祭祀天鬼；外有以为环璧珠玉，以聘挠四邻[9]，诸侯之冤不兴[10]矣，边境兵甲不作矣[11]。内有以食饥息劳[12]，持养[13]其万民，则君臣上下惠忠[14]，父子弟兄慈孝。故唯毋明乎顺天之意，奉而光施之天下[15]，则刑政治，万民和，国家富，财用足，百姓皆得暖衣饱食，便宁[16]无忧。是故子墨子曰：今天下之君子，中实将欲遵道利民，本察仁义之本，天之意不可不慎也。

的美酒谷物，用来祭祀上天和鬼神；对外有环佩玉璧珠宝，用来聘问结交四方邻国，诸侯间的仇怨就不会兴起了，边境的战争就不会发生了。对内能让饥饿的人得到食物、劳累的人得到休息，养育他的广大百姓，那么君臣上下就会施惠效忠，父子兄弟间就会慈爱孝顺。所以只有明白顺应上天的意旨，奉行并广泛地施行于天下，那么刑罚政务就会得到治理，广大百姓就会和谐，国家就会富裕，财用就会充足，百姓都能穿得暖吃得饱，安宁无忧。所以墨子说：现在天下的君子，真正想要遵循天道、利于人民，从根本上去考察仁义的本源，上天的意旨就不可以不顺从。

注释

❶ 憎：厌恶，憎恨。 ❷ 乱：扰乱。 ❸ 暴：欺凌。 ❹ 谋：算计。 ❺ 傲：傲视。 ❻ 营：救助。 ❼ 上：处于上位的人。强（qiǎng）：勉力。听治：断狱治事。 ❽ 从事：劳作，工作。 ❾ 聘：聘问。挠：通“交”，结交。 ❿ 兴：兴起，发生。 ⓫ 兵甲：武器盔甲，此指战争。作：发生。 ⓬ 食饥：给饥饿的人食物。息劳：使劳作的人休息。 ⓭ 持养：保养，养育。 ⓮ 君臣上下惠忠：即“君上惠，臣下忠”，君主在上面施恩惠，臣下忠诚于君主。 ⓯ 奉：奉行。光：通“广”。 ⓰ 便宁：安宁。

【原 文】

且夫天子之有天下也，辟之无以异乎国君诸侯之有四境之内也。[1]今国君诸侯之有四境之内也，夫岂欲其臣国万民之相为不利哉？今若处大国则攻小国，处大家则乱小家，欲以此求赏誉，终不可得，诛罚必至矣。夫天之有天下也，将无已异此[2]。今若处大国则攻小国，处大都则伐小都，欲以此求福禄于天，福禄终不得，而祸祟必至矣。然有所不为天之所欲，而为天之所不欲，则夫天亦且不为人之所欲，而为人之所不欲矣。人之所不欲者何也？曰：病疾祸祟也。若已不为天之所欲，而为天之所不欲，是率天下之万民以从事乎祸祟之中也。故古者圣王明知天鬼之所福，而辟[3]天鬼之所憎，以求兴天下之利，而除天下之害。是以天之为寒热也节[4]，四时调[5]，阴阳雨露也时[6]，五谷孰[7]，六畜遂[8]，疾灾戾疫凶饥则不至[9]。是故子墨子曰：今天下之君子，

【译 文】

而且天子拥有天下，就好像国君、诸侯拥有国家一样没有什么不同。现在国君、诸侯拥有国家，难道希望他的臣子和广大百姓相互做出不利的事情吗？现在如果居于大国地位就攻打小国，居于大家族地位就攻打小家族，想用这求取赏赐赞誉，终究不可能得到，诛戮惩罚必然到来。上天拥有天下，与这没有什么不同。现在如果居于大国地位就攻打小国，居于大城地位就攻打小城，想用这向天祈求福禄，福禄终究得不到，而灾祸必然到来。这样不做上天所希望的事，而做上天所不希望的事，那么天也将不做人所希望的事，而做人所不希望的事。人所不希望的事是什么呢？答道：疾病灾祸。如果自己不做上天所希望的事，而做上天所不希望的事，这是率领天下的广大百姓做带给人灾祸的事。所以古时的圣王明白知道上天鬼神所降福的事，而避免上天鬼神所厌恶的事，来追求兴起天下的利益，并去除天下的祸害。所以天安排寒热有节制，四时调顺，阴阳雨露适时，五谷有收成，六畜顺利生长，疾病灾祸瘟疫凶饥不会到来。所以墨子说道：现在天下的君子，

中实将欲遵道利民，本察仁义之本，天意不可不慎也。

真正想要遵循天道、利于人民，从根本上考察仁义的本源，上天的意旨就不可以不顺从。

注释

❶辟：通“譬”，譬如。四境之内：指国家。　❷无已异此：与这没有什么不同。　❸辟：躲避，避免。　❹节：节制。　❺调：调顺。　❻时：适时。❼孰：同“熟”，五谷有收成，庄稼丰收。　❽六畜：六种家畜，指马、牛、羊、猪、狗、鸡。遂：生长。　❾疾灾：疾病灾害。疫：疫病。戾：通“疠”。凶饥：凶荒，灾荒。

【原文】

且夫天下盖有不仁不祥者，曰：当若子之不事父，弟之不事兄，臣之不事君也，故天下之君子与[①]谓之不祥者。今夫天兼天下而爱之，撽遂[②]万物以利之，若豪之末，非[③]天之所为也，而民得而利之，则可谓否[④]矣。然独无报夫天，而不知其为不仁不祥也。此吾所谓君子明细而不明大也。

【译文】

而且天下恐怕有不仁义不好的人，也就是：倘若儿子不侍奉父亲，弟弟不侍奉兄长，臣子不侍奉君上，所以天下的君子都称他们为不好的人。现在上天兼爱天下，育成万物而使百姓受益，像毫毛一样微小的东西，没有不是上天所做的，而人民得到并从中获利，就可以说是很厚重了。然而人们唯独不报答上天，却不知这是不仁义不好的。这就是我所说的君子明白小道理而不明白大道理。

注释

❶ 与：通“举”，全，都。 ❷ 撽（qiào）遂：育成，生成。一说“撽”为“击”之古字，“撽遂”义不可通。一说“撽”通“邀”。此从周才珠等《墨子全译》。 ❸ 非：上当有“莫”，莫非即没有不是。 ❹ 否：当为“后”，通“厚”。

【原文】

且吾所以知天之爱民之厚[①]者有矣，曰：以磨[②]为日月星辰，以昭道[③]之；制为四时春秋冬夏，以纪纲[④]之；雷[⑤]降雪霜雨露，以长遂[⑥]五谷麻丝，使民得而财利之；列为山川溪谷，播赋百事，以临司民之善否；为[⑦]王公侯伯，使之赏贤而罚暴；贼[⑧]金木鸟兽，从事乎五谷麻丝，以为民衣食之财。自古及今，未尝不有此也。今有人于此，欢若爱其子，竭力单[⑨]务以利之。其子长，而无报子求父[⑩]，故天下之君子与谓之不仁不祥。今夫天兼天下而爱之，撽遂万物以利之，若豪之末，非天之所为，而民得而利之，则可谓

【译文】

而且我之所以知道上天爱护人民深厚是有原因的，就是：上天分别日月星辰，用光明去引导；制定春夏秋冬四季，作为法度；降下霜雪雨露，使五谷丝麻生长成熟，使百姓收获并从中收获财物货利；分列山川溪谷，广布各种事业，来监督民众的好坏；设置王公侯伯，让他们奖赏贤良而惩罚残暴；征敛金木鸟兽，种植五谷丝麻，当作百姓穿衣吃饭的财用。从古到今，未曾不是如此。现在有一个人在这里，高兴地爱护他的孩子，竭尽全力做事来为儿子谋利。他的儿子长大了，却不报答父亲，所以天下的君子都说他不仁义不好。现在上天兼爱天下，育成万物而使百姓受益，像毫毛一样微小的东西，没有不是上天所做的，而人民得到并从中获利，这可以说是很厚重了。然而人们唯

否矣。然独无报夫天，而不知其为不仁不祥也。此吾所谓君子明细而不明大也。

独不报答上天，却不知道这是不仁义不好的。这就是我所说的君子明白小道理而不明白大道理。

注释

❶厚：深厚。　❷磨：当为“磿”，通“历（歷）”，分别。　❸昭道：用光明去引导。昭，光明。道，同“导”，引导。　❹纪纲：法度，法则。　❺雷：当为“霣（yǔn）”，通“陨”，降落。　❻长遂：生长育成。　❼为：设置。❽贼：当“赋”，赋敛，征敛。　❾单（dān）：通“殚”，竭尽，尽。　❿无报子求父：当为“无报乎父”。

【原文】

且吾所以知天爱民之厚者，不止此而足矣①。曰：杀不辜者，天予不祥。不②辜者谁也？曰：人也。予之不祥者谁也？曰：天也。若天不爱民之厚，夫胡③说人杀不辜而天予之不祥哉？此吾之所以知天之爱民之厚也。

【译文】

而且我知道上天爱护人民深厚的原因，不仅这些而已。说：杀害无罪的人，上天给予不祥。（杀害）无罪之人的是谁呢？答道：是人。给予不祥的是谁呢？答道：是上天。如果上天爱护人民不深厚，为什么有人杀害无罪的人而上天给予他不祥呢？这就是我知道上天爱护人民深厚的原因。

注释

❶不止此而足矣：不仅这些而已。　❷不：上当有“杀”字。　❸胡：为什么。

【原 文】

且吾所以知天之爱民之厚者，不止此而已矣。曰：爱人利人，顺天之意，得天之赏者有矣；憎人贼人[1]，反天之意，得天之罚者亦有矣。

【译 文】

而且我知道上天爱护人民深厚的原因，不仅这些而已。说：爱护人民、利于人民，顺从上天的意旨，得到上天赏赐的人是有的；憎恶人民、残害人民，违反上天的意旨，得到上天惩罚的人也是有的。

注释

❶ 贼人：残害人民。

【原 文】

夫爱人利人，顺天之意，得天之赏者，谁也？曰：若昔三代圣王，尧、舜、禹、汤、文、武者是也。尧、舜、禹、汤、文、武焉所从事？曰：从事兼[1]，不从事别[2]。兼者，处大国不攻小国，处大家不乱小家，强不劫弱，众不暴寡，诈不谋愚，贵不傲贱。观其事，上利乎天，中利乎鬼，下利乎人。三利无所不利，是谓天德。聚敛[3]天下之美名而加

【译 文】

爱护人民、利于人民，顺从上天的意旨，得到上天赏赐的人是谁呢？回答说：像从前三代的圣王，尧、舜、禹、汤、文王、武王就是这样的人。尧、舜、禹、汤、文王、武王做了什么呢？回答说：他们执政时能兼爱民众，不区别对待民众。兼爱民众，处在大国之位不攻打小国，处在大家族之位不扰乱小家族，强大的不劫掠弱小的，人多的不欺凌人少的，狡诈的不算计愚笨的，尊贵的不傲视卑贱的。观察他们的行事，于上有利于天，于中有利于鬼神，于下有利于人。上中下三者都有利就没有不利的，这就是天德。民众聚集天下美好的声誉加

之焉，曰：此仁也，义也，爱人利人，顺天之意，得天之赏者也。不止此而已，书于竹帛，镂之金石，琢之槃盂④，传遗后世子孙。曰：将何以为？将以识夫爱人利人，顺天之意，得天之赏者也。《皇矣》道之曰："帝谓文王，予怀明德⑤，不大声以色⑥，不长夏以革⑦，不识不知⑧，顺帝之则。"帝善⑨其顺法则也，故举殷以赏之，使贵为天子，富有天下，名誉至今不息。故夫爱人利人，顺天之意，得天之赏者，既可得留而已⑩。

到他们身上，说：这是仁，是义，是爱护人民、利于人民，顺从上天的意旨，得到上天的赏赐的人。不仅如此而已，（又把他们的事迹）书写在竹简帛书上，镂刻在金石上，雕刻在盘盂上，留传给后代子孙。说：将要干什么呢？要使人们记住爱护人民、利于人民，顺从上天的意旨，得到上天赏赐的人。《诗经·大雅·皇矣》这样说道："天帝告诉文王，我赞赏美好的德行，不疾言厉色，不只崇尚诸夏而变革法度，不知不觉，顺应天帝的法则。"天帝赞许文王顺从法则，所以把殷商的天下赏赐给他，让他尊贵为天子，完全拥有天下，名声至现在流传不止。所以爱护人民、利于人民，顺从上天的意旨，得到上天赏赐的人，结果已经可以知道了。

注释

❶兼：兼爱人民。 ❷别：区别对待人民。 ❸聚敛：聚集。 ❹槃盂：盘和盂。盛水和盛食物的器皿。槃，同"盘"。 ❺予：我。怀：赞赏。 ❻色：严厉的脸色。 ❼长：崇尚。革：变革。 ❽不识不知：不知不觉，自然而然。 ❾善：赞许。 ❿既可得留而已：当为"既可得而知也"。

【原文】

夫憎人贼人，反天之意，

【译文】

憎恶人民、残害人民，违反上天的

得天之罚者，谁也？曰：若昔者三代暴王桀、纣、幽、厉者是也。桀、纣、幽、厉焉所从事？曰：从事别，不从事兼。别者，处大国则攻小国，处大家则乱小家，强劫弱，众暴寡，诈谋愚，贵傲贱。观其事，上不利乎天，中不利乎鬼，下不利乎人。三不利无所利，是谓天贼。聚敛天下之丑名而加之焉，曰：此非仁也，非义也，憎人贼人，反天之意，得天之罚者也。不止此而已，又书其事于竹帛，镂之金石，琢之盘盂，传遗后世子孙。曰：将何以为？将以识夫憎人贼人，反天之意，得天之罚者也。《太誓》[①]之道之，曰："纣越厥夷居[②]，不肯事上帝，弃厥先神祇[③]不祀，乃曰吾有命，无廖僔务[④]。天亦纵弃纣而不葆。"察天以纵弃纣而不葆者，反天之意也。故夫憎人贼人，反天之意，得天之罚者，既可得而知也。

意旨，得到上天惩罚的人，是谁呢？回答说：像从前三代的暴君桀、纣、幽王、厉王就是这样的人。桀、纣、幽王、厉王做了什么呢？回答说：他们执政时区别对待民众，不兼爱民众。区别对待民众，处于大国之位的攻打小国，处于大家族之位的扰乱小家族，强大的劫掠弱小的，人多的欺凌人少的，狡诈的算计愚笨的，尊贵的傲视卑贱的。观察他们的事迹，于上不利于天，于中不利于鬼神，于下不利于人。上中下三者都不利就没有利，这就是天贼。民众聚集天下的丑恶的名声加到他们身上，说：这是不仁，是不义，是憎恶人民、残害人民，违反上天的意旨，得到上天惩罚的人。不仅如此而已，又（把他们的事迹）书写在竹简帛书上，镂刻在金石上，雕刻在盘盂上，留传给后代子孙。说：将要干什么呢？将使人们记住憎恶人民、残害人民，违反上天的意旨，得到上天惩罚的人。《尚书·泰誓》这样说道："商纣王傲慢无礼，不肯供事天帝，丢弃他的祖先和天地神灵而不祭祀，竟说：我有天命，不需要努力从事政务。上天也抛弃商纣王而不保佑他。"考察上天之所以抛弃商纣王而不保佑他，是因为他违反了上天的意旨。所以憎恶人民、残害人民，违反上天的意旨，得到上天惩罚的人，结果已经可以知道了。

注释

❶《太誓》：《泰誓》，《尚书·周书》中的篇章。 ❷越厥：语气词，无意义。夷居：倨傲无礼。 ❸神祇：天神与地神，泛指神灵。 ❹无廖僔务：当作“无戮其务”，不需要努力做事。

【原文】

是故子墨子之有天之[1]，辟人[2]无以异乎轮人之有规，匠人之有矩[3]也。今夫轮人操其规，将以量度天下之圜与不圜也，曰：“中[4]吾规者谓之圜，不中吾规者谓之不圜。”是以圜与不圜皆可得而知也。此其故何？则圜法明也。匠人亦操其矩，将以量度天下之方与不方也，曰：“中吾矩者谓之方，不中吾矩者谓之不方。”是以方与不方皆可得而知之。此其故何？则方法明也。故子墨子之有天之意也，上将以度天下之王公大人为刑政也，下将以量天下之万民为文学、出言谈也[5]。观其行[6]，顺天之意谓之善意行[7]；反天之意谓之不善意行；观其

【译文】

所以墨子有天下的明法，就像制作车轮的工人拥有画圆的圆规，木匠拥有画方的矩一样没有什么不同。现在制造车轮的工人拿着他的圆规，将用来测量天下圆与不圆的物体，说：“符合我圆规的叫作圆形，不符合我圆规的叫作不是圆形。”因此圆和不圆都可以得知了。这其中的原因是什么呢？是因为圆的标准明确。木匠也拿着他的方尺，将用来测量天下方形和不是方形的物体，说：“符合我方尺的叫作方形，不符合我方尺的叫作不是方形。”因此方和不方都可以得知了。这其中的原因是什么呢？是因为方的标准明确。所以墨子认为上天有意旨，向上用来度量天下的国君重臣施行刑罚政令，向下用来度量天下的广大百姓写文章、发表言论。观察他们的（思想）行为，顺从上天意旨的称之为好的思想行为，违反上天意旨的称之为不好的思想行为；观察他

言谈，顺天之意谓之善言谈，反天之意谓之不善言谈；观其刑政，顺天之意谓之善刑政，反天之意谓之不善刑政。故置此以为法，立此以为仪，将以量度天下之王公大人卿大夫之仁与不仁，譬之犹分黑白也。是故子墨子曰：今天下之王公大人士君子，中实将欲遵道利民，本察仁义之本，天之意不可不顺也。顺天之意者，义之法也。

们的言论，顺从上天意旨的称之为好的言论，违反上天意旨的称之为不好的言论；观察他们的刑罚政令，顺从上天意旨的称之为好的刑罚政令，违反上天意旨的称之为不好的刑罚政令。所以设置这些作为法则，设立这些作为标准，用来度量天下的国君重臣、卿大夫的仁义和不仁义，就好像分别黑白一样。所以墨子说：现在天下的国君重臣士人君子，真正想要遵循天道、利于人民，从根本上考察仁义的本源，上天的意旨不可以不顺从。顺从上天的意旨，是义的法则。

注释

❶ 天之：当为“天志”。天下的明法。 ❷ 辟人：当为“辟之”，譬如。 ❸ 矩：方尺。 ❹ 中：符合。 ❺ 为文学：写文章。出言谈：发表言论。 ❻ 行：疑前当有“意”字。 ❼ 意行：思想行为。一说“意”字为衍文，下同。

天　志下

【原　文】

子墨子言曰：天下之所以乱者，其说将何哉[1]？则是天下士君子皆明于小而不明于大。何以知其明于小不明于大也？以其不明于天之意也。何以知其不明于天之意也？以处人之家者知之。今人处若家得罪[2]，将犹有异家所以避逃之者[3]。然且父以戒子，兄以戒弟，曰："戒之慎之，处人之家不戒不慎之，而有处人之国者乎？"今人处若国得罪，将犹有异国所以避逃之者矣。然且父以戒子，兄以戒弟，曰："戒之慎之，处人之国者不可不戒慎也！"今人皆处天下而事天，得罪于天，将无所以避逃之者矣。然而莫知以相极[4]戒也，吾以此知大物则不知者也。

【译　文】

墨子说道：天下之所以混乱，是什么原因呢？就是天下的士人君子都明白小的道理而不明白大道理。怎么知道士人君子明白小道理而不明白大道理呢？因为他们不明白上天的意旨。怎么知道他们不明白上天的意旨呢？从他们身处家中的情况知道的。现在假如有人在家中而得罪了家长，还有别人家作为逃避之地。然而做父亲的告诫儿子，做兄长的告诫弟弟，说："警戒呀！谨慎呀！身处家中不警戒不谨慎，还能身处别人的国家中吗？"现在假如有人在国中得罪了国君，还有别的国家作为逃避之地。然而做父亲的告诫儿子，做兄长的告诫弟弟，说："警戒呀！谨慎呀！身处别人国家中的人不可以不警戒谨慎呀！"现在人们都身处天下而供奉上天，得罪了上天，将没有地方可以逃避了。然而没有人知道以此互相警示告诫，我由此知道他们对大的道理是不明白的。

注释

❶ 其说将何哉：是什么原因呢。 ❷ 若家：自家。得罪：犯罪。 ❸ 异家：别人家。所：处所，指可逃避的地方。 ❹ 极：当为“儆”字之误，告诫，警告。

【原 文】

是故子墨子言曰：戒之慎之，必为天之所欲，而去天之所恶。曰：天之所欲者何也？所恶者何也？天欲义而恶其不义者也。何以知其然也？曰：义者，正也。何以知义之为正也？天下有义则治，无义则乱，我以此知义之为正也。然而正者，无自下正上者，必自上正下。是故庶人不得次①己而为正，有士正之；士不得次己而为正，有大夫正之；大夫不得次己而为正，有诸侯正之；诸侯不得次己而为正，有三公正之；三公不得次己而为正，有天子正之；天子不得次己而为政，有天正之。今天下之士君子，皆明于天子之正天下也，而不明于天之正天子也。是故古

【译 文】

所以墨子说：警戒呀！谨慎呀！一定要做上天所希望的事情，而去除上天所讨厌的事情。说：上天所希望的事情是什么呢？所讨厌的事情是什么呢？上天所希望的是义而所讨厌的是不义。怎么知道是这样呢？答道：义，就是正。怎么知道义就是正呢？天下有义就会安定，没有义就会混乱，我由此知道义是正。然而正，不是由下来匡正上，一定是从上来匡正下。因此百姓不能放纵自己，有士人匡正他们；士人不能放纵自己，有大夫匡正他们；大夫不能放纵自己，有诸侯匡正他们；诸侯不能放纵自己，有三公匡正他们；三公不能放纵自己，有天子匡正他们；天子不能放纵自己，有上天匡正他们。当今天下的士人君子，都知道天子匡正天下，但不知道上天匡正天子。因此古代的圣人把这一道理明白地告诉民众，说：

者圣人明以此说人，曰："天子有善，天能赏之；天子有过，天能罚之。"天子赏罚不当，听狱不中[2]，天下疾病祸福[3]，霜露不时。天子必且犓豢[4]其牛羊犬彘，洁为粢盛酒醴，以祷祠祈福于天。我未尝闻天之祷祈福于天子也，吾以此知天之重且贵于天子也。是故义者不自愚且贱者出，必自贵且知者出。曰[5]谁为知？天为知。然则义果自天出也。

"天子有好的行为，上天能奖赏他；天子有过错，上天能惩罚他。"天子奖赏惩罚不合理，听理讼狱不公正，上天就会降下疾病灾祸，使霜露不合时。天子必须要喂养牛羊狗猪，准备洁净的谷物美酒，来向上天祭祀祷告祈求福泽。我没有听说过上天向天子祷告祈求福泽的，我由此知道上天比天子重要且尊贵。所以道义不出自愚笨而卑贱的人，一定出自尊贵而聪慧的人。谁是聪慧的人？上天是聪慧的。既然这样，那么义确实出于上天。

注释

❶ 次：通"恣"，放纵。下同。 ❷ 听狱：听理讼狱。不中：不公正。 ❸ 下：降下。祸福：当为"祸祟"。 ❹ 犓豢（chúhuàn）：饲养牲畜。 ❺ 曰：助词，无义。

【原 文】

今天下之士君子之欲为义者，则不可不顺天之意矣。曰顺天之意何若？曰兼爱天下之人。何以知兼爱天下之人也？以兼而食[1]之也。何以知其兼而

【译 文】

现在天下的士人君子想行义，就不可以不顺从上天的意旨。怎么顺从上天的意旨呢？广泛地爱护天下的民众。怎么知道上天广泛地爱护天下的民众呢？因为上天广泛地享用民众祭献的供品。怎么知道上天广泛地享用

食之也？自古及今，无有远灵孤夷之国[2]，皆犓豢其牛羊犬彘，洁为粢盛酒醴，以敬祭祀上帝山川鬼神，以此知兼而食之也。苟兼而食焉，必兼而爱之。譬之若楚、越之君，今是楚王食于楚之四境之内，故爱楚之人；越王食于越，故爱越之人。今天兼天下而食焉，我以此知其兼爱天下之人也。

民众祭献的供品呢？从古至今，无论多么荒远偏僻的国家，都喂养牛羊狗猪，准备洁净的谷物美酒，来祭祀天帝、山川、鬼神，由此知道上天广泛地享用民众祭献的供品。如果广泛地享用民众祭献的供品，必定能广泛地爱护天下的民众。就像楚国、越国的国君，现在楚王在楚国享用食物，所以爱楚国的民众；越王在越国享用食物，所以爱越国的民众。现在上天广泛地享用天下人提供的食物，我因此知道上天广泛地爱护天下的民众。

注释

❶ 食：使鬼神享受祭献的供品。 ❷ 无有：无论。孤夷：偏远地区的少数民族。

【原文】

且天之爱百姓也，不尽物而止矣[1]。今天下之国，粒食之民[2]，杀一不辜者，必有一不祥。曰谁杀不辜？曰人也。孰予之不辜[3]？曰：天也。若天之中实不爱此民也，何故而人有杀不辜而天予之不祥哉？且天

【译文】

而且上天爱护百姓，不仅这些而已。当今天下的国家，吃谷物的人民，杀死一个无罪的人，必定有一种不祥。是谁杀死了无罪的人？是人。是谁给予不祥？是上天。如果上天真正不爱护百姓，为什么有人杀害无罪的人而上天给予他不祥呢？况且上天爱护百姓深厚，上天爱护百姓普遍，

之爱百姓厚矣，天之爱百姓别[④]矣，既可得而知也。何以知天之爱百姓也？吾以贤者之必赏善罚暴也。何以知贤者之必赏善罚暴也？吾以昔者三代之圣王知之。故昔也三代之圣王尧、舜、禹、汤、文、武之兼爱之天下也，从而利之，移[⑤]其百姓之意，焉率以敬上帝山川鬼神。天以为从[⑥]其所爱而爱之，从其所利而利之，于是加其赏焉，使之处上位，立为天子以法也，名之曰“圣人”，以此知其赏善之证。是故昔也三代之暴王桀、纣、幽、厉之兼恶天下也，从而贼之，移其百姓之意，焉率以诟侮[⑦]上帝山川鬼神。天以为不从其所爱而恶之，不从其所利而贼之，于是加其罚焉，使之父子离散，国家灭亡，抎失[⑧]社稷，忧以及其身。是以天下之庶民属[⑨]而毁之，业万世子孙继嗣，毁之贲不之废也[⑩]，名之曰“失王[⑪]”，以此知其罚暴之证。今天下之士君子欲为义者，则不可不顺天之意矣。

已经可以得知了。怎么知道上天爱护百姓呢？我从贤人必定奖赏善良的人、惩罚暴虐的人得知。怎么知道贤人必定奖赏善良的人、惩罚暴虐的人呢？我从以前三代的圣王身上知道的。从前三代的圣王唐尧、虞舜、夏禹、商汤、周文王、周武王广泛地爱护天下百姓，从而利于他们，改变百姓的意愿，率领他们去祭祀天帝、山川、鬼神。上天因为他们跟着去爱自己所爱的人，跟着让利于自己所让利的人，于是加倍地奖赏他们，让他们居于上位，立他们为天子从而让人民效法，称他们为“圣人”，由此知道上天奖赏善良的明证。从前三代的暴君夏桀、商纣、周幽王、周厉王广泛地憎恶天下百姓，从而残害他们，改变百姓的意愿，率领他们辱骂侮辱天帝、山川、鬼神。上天因为他们不跟着去爱自己所爱的人而是憎恶他们，不跟着让利于自己所让利的人而是残害他们，于是加倍地惩罚他们，让他们父子离散，国家灭亡，丧失社稷，把忧患降到他们身上。所以天下的百姓接连不断地非毁他们，以至于延及万世子孙后继者，非毁之声仍未停止，称他们为“失王”，由此知道上天惩罚残暴的明证。当今天下的士人君子想行义，就不可以不顺从上天的意旨。

注释

❶尽：通“仅”。物：疑为“此”字之误。 ❷粒食之民：吃谷物的人民。❸予：给予，施予。不辜：依照上文，当作“不祥”。 ❹别：通“辩”，遍，普遍。 ❺移：转移，改变。 ❻从：跟从，跟着。 ❼诟侮：辱骂侮辱。❽抎（yǔn）失：丧失。 ❾属：连，接连。 ❿贲：“者”之误。不之废：当为“不废”，即不停止。 ⓫失王：失国之王，失德之王。一说疑为“暴王”。

【原文】

曰顺天之意者，兼也；反天之意者，别也。兼之为道也，义正[1]；别之为道也，力正[2]。曰义正者何若？曰大不攻小也，强不侮弱也，众不贼寡也，诈不欺愚也，贵不傲贱也，富不骄贫也，壮不夺老也[3]。是以天下之庶国[4]，莫以水火毒药兵刃以相害也。若事上利天，中利鬼，下利人，三利而无所不利，是谓天德。故凡从事此者，圣知也，仁义也，忠惠也，慈孝也，是故聚敛天下之善名而加之。是其故何也？则顺天之意也。曰力正者何若？曰大则攻小也，强则侮弱也，众则贼寡也，诈则欺愚也，贵则傲贱也，富则

【译文】

顺从上天意旨的，就是兼；违反上天意旨的，就是别。实行兼这种主张，就是义政；实行别这种主张，就是力政。义政是怎样的？大的不攻击小的，强的不欺侮弱的，人多的不残害人少的，狡诈的不欺负愚笨的，尊贵的不傲视卑贱者，富足的不轻视贫穷的，年壮的不掠夺年老的。所以天下的诸国，没有使用水火、毒药、兵刃来相互残害的。如果做事上利于天，中利于鬼神，下利于人民，三者有利而没有不利的，这叫作天德。所以凡是这样做的人，是圣智的，是仁义的，是忠惠的，是慈孝的，所以民众会聚集天下的美名加在他们身上。这其中的原因是什么呢？是顺从上天的意旨。力政是怎样的？大的攻击小的，强的欺侮弱的，人多的残害人少的，狡诈的欺负愚笨的，尊贵的傲视卑贱的，富足的轻视贫穷的，年壮的

骄贫也，壮则夺老也。是以天下之庶国，方以水火毒药兵刃以相贼害也。若事上不利天，中不利鬼，下不利人，三不利而无所利，是谓之贼。故凡从事此者，寇乱也，盗贼也，不仁不义，不忠不惠，不慈不孝，是故聚敛天下之恶名而加之。是其故何也？则反天之意也。

掠夺年老的。所以天下的诸国，就会使用水火、毒药、兵刃来相互残害。如果做事上不利于天，中不利于鬼神，下不利于人民，三者不利而没有利的，这叫作天贼。所以凡是这样做的人，是寇乱，是盗贼，是不仁不义的，是不忠不惠的，是不慈不孝的，所以民众聚集天下丑恶的名声加在他身上。这其中的原因是什么呢？是违背了上天的意旨。

注 释

❶义正：以义为政，以义去爱人的政治。 ❷力正：以力为政，以力去制人的政治。 ❸壮：年壮的，男子三十为壮。老：年老的。 ❹庶国：众国，诸国。

【原 文】

故子墨子置立天之，以为仪法[1]，若轮人之有规，匠人之有矩也。今轮人以规，匠人以矩，以此知方圜之别矣。是故子墨子置立天之，以为仪法。吾以此知天下之士君子之去[2]义远也。何以知天下之士君子之去义远也？今知氏大国之君宽

【译 文】

所以墨子设置天下的明法，以此作为礼仪法度，就好像制作车轮的工匠有圆规，木匠有方矩一样。现在制作车轮的工人使用圆规，木匠使用方矩，由此知道方形和圆形的区别。所以墨子设置天志，以此作为礼仪法度。我由此知道了天下的士人君子与义相差远。怎么知道天下的士人君子与义相差远呢？现在的大国君主得意

者然曰[3]："吾处大国而不攻小国，吾何以为大哉?"是以差论蚤牙之士[4]，比列其舟车之卒[5]，以攻罚无罪之国，入其沟境[6]，刈其禾稼，斩其树木，残其城郭以御其沟池[7]，焚烧其祖庙，攘杀其牺牷[8]。民之格[9]者，则刭拔[10]之，不格者则系操[11]而归。丈夫以为仆圉、胥靡[12]，妇人以为舂酋[13]。则夫好攻伐之君不知此为不仁义，以告四邻诸侯曰："吾攻国覆军，杀将[14]若干人矣。"其邻国之君亦不知此为不仁义也，有具其皮币[15]，发其緫处[16]，使人飨贺[17]焉。则夫好攻伐之君有重[18]不知此为不仁不义也，有书之竹帛，藏之府库。为人后子[19]者，必且欲顺[20]其先君之行，曰："何不当发吾府库，视吾先君之法美[21]?"必不曰文、武之为正者若此矣，曰："吾攻国覆军，杀将若干人矣。"则夫好攻伐之君不知此为不仁不义也，其邻国之君不知此为不仁不义也，是以攻伐世世而不已者。

地说："我处于大国之位而不攻伐小国，我怎能成为大国呢?"于是选择勇猛的将士，排列自己战船和战车的队伍，去攻打无罪的国家，侵入这些国家的国界，收割他们的庄稼，砍伐他们的树木，毁坏他们的城墙来填塞他们的沟池，烧毁他们供祀祖先的庙宇，抢夺屠杀他们祭祀用的牲畜。人民中抵抗的，就把他们杀掉；不抵抗的，就捆束起来带回国内。男人用作驾车养马之人或者服劳役的奴隶、刑徒，女人用作从事舂米或酿酒等的女奴。而喜欢攻战的君主不知道这是不仁义的，以此告诉四方邻国的诸侯说："我攻打了别的国家，歼灭了他的军队，杀死很多将士。"他邻国的君主也不知道这是不仁义的，又准备毛皮和缯帛，打开本国的仓库，派人前去献礼祝贺。而喜欢攻战的君主更加不知道这是不仁不义的，又把这些书写在竹简帛书上，藏在府库里。作长子的必定想要顺承他们先君的行为，说："为什么不打开我的库府，看看我先祖的法度礼仪?"一定不会说文王、武王执政就是这样，而是说："我攻打了别的国家，歼灭了他的军队，杀死很多将士。"而喜欢攻战的君主不知道这是不仁不义的，他邻国的君主不知道这是不仁不义的，所以攻战就累世不会停止。

此吾所谓大物则不知也。

这就是我所说的不明白大道理。

注释

❶仪法：礼仪法度。❷去：离。❸知：疑为衍文，应删去。氏：读为“是”。今是，犹今夫，发语词。宽者然：疑当作“宽然”。者，疑为衍文，应删去。宽然，得意的样子。❹差论：挑选，选择。蚤牙：喻勇武。❺比列：排列。卒：军队，队伍。❻沟境：国界，边界。❼残：毁坏。御：通“御”，阻止，此指填塞。❽攘杀：抢夺屠杀。牺牷（quán）：指祭祀用的牲畜。❾格：抗拒，抵抗。❿刭（jǐng）拔：当为“刭杀”，斩杀。⓫系操：当为“系累”之误，捆束，捆绑。⓬丈夫：男人，男性。以为：当作，用作。仆圉（yǔ）：驾马养马。驾车为仆，养马为圉。胥靡：服劳役的奴隶或刑徒。⓭舂酋（chōngqiú）：从事舂米或酿酒等事务的女奴。⓮将：将士。⓯有：通“又”。下同。具：准备。皮币：毛皮和缯帛，是古代用作聘享的贵重礼物。⓰发：打开，开启。緫：疑为“总”之误。緫处即总处，聚集财物的地方，府库。⓱飨（xiǎng）贺：享贺，献礼祝贺。⓲重：增加，更加。⓳后子：嫡嗣，长子。一说为后世子孙。⓴顺：顺承，延承，继承。㉑法美：当为“法仪”，法度礼仪。

【原文】

所谓小物则知之者，何若？今有人于此，入人之场园[①]，取人之桃李瓜姜者，上得且罚之，众闻则非之。是何也？曰不与其劳[②]，获其实，已非其有所取之故[③]。而况有逾于人之墙垣，担格[④]人之子女者乎？

【译文】

所说的知道小道理，是怎样的？现在有一个人在这里，进入别人家的园圃，偷取人家的桃李瓜姜，上面知道了并惩罚他，民众听说了就非议他。是为什么呢？他没有参与劳动，获得了果实，所占有的不是自己的东西的缘故。何况有翻越别人家的围墙，掠夺别人家儿女的呢？以及挖开

与角[5]人之府库，窃人之金玉蚤絫者乎[6]？与逾人之栏牢[7]，窃人之牛马者乎？而况有杀一不辜人乎？今王公大人之为政也，自杀一不辜人者，逾人之墙垣扭格人之子女者，与角人之府库窃人之金玉蚤絫者，与逾人之栏牢窃人之牛马者，与入人之场园窃人之桃李瓜姜者，今王公大人之加罚此也，虽古之尧、舜、禹、汤、文、武之为政，亦无以异此矣。今天下之诸侯，将犹皆侵凌攻伐兼并，此为杀一不辜人者数千万矣；此为逾人之墙垣格[8]人之子女者，与角人府库窃人金玉蚤絫者，数千万矣；逾人之栏牢、窃人之牛马者，与入人之场园、窃人之桃李瓜姜者，数千万矣，而自曰义也。故子墨子言曰：是蕡我者[9]，则岂有以异是蕡黑白甘苦之辩者哉[10]？今有人于此，少而示之黑谓之黑，多示之黑谓白，必曰："吾目乱[11]，不知黑白之别。"今有人于此，能少尝之甘谓甘，多尝谓苦，

别人家的库府，窃取别人家黄金珠玉布匹的呢？以及翻越别人家的牛栏马圈，窃取别人家牛马的呢？何况有杀死无罪的人的呢？当今国君重臣治理政事，从杀死一个无罪的人，越过别人家的围墙抢夺别人家儿女的人，到挖开别人家的库府窃取别人家黄金珠玉布匹的人，到跨过别人家的牛栏马圈偷取别人家牛马的人，到进入园圃窃取别人家桃李瓜姜的人，当今国君重臣会加以处罚，即使是古代的唐尧、虞舜、夏禹、商汤、周文王、周武王执政，也和这没有什么不同。当今天下的诸侯，大概都在互相侵略欺凌、攻伐兼并，这与杀死一个无罪的人相比，罪过已经是几千万倍了；这与越过别人家的围墙抢夺别人家子女的人，与挖开别人家的库府窃取别人家黄金珠玉布匹的人相比，罪过已经是几千万倍了；与进入别人家的牛栏马圈窃取别人家牛马的人相比，与进入别人家的园圃窃取别人家桃李瓜姜的人相比，罪过已经是几千万倍了，但是还自称为义。所以墨子说：这是混乱义的说法，这跟混淆黑白、甜苦的辨别有什么不同呢？现在有一个人在这里，让他看少许黑色的说是黑的，让他看很多黑色的说是白的，必然说："我的眼睛昏花，不知道黑和白的区别。"现在有一个人在这里，

必曰："吾口乱⑫，不知其甘苦之味。"今王公大人之政也，或杀人，其国家禁之，此蚤越⑬有能多杀其邻国之人，因以为文义，此岂有异蕡白黑、甘苦之别者哉？

少让他尝点甜的就说甜，多让他尝点甜的就说苦，必然说："我口舌失灵，不能区别它的甜味苦味。"当今国君重臣执政时，有人杀了人，国家就要禁止，但要是有人拿兵器杀死了许多邻国人民，则被称为义，这难道和混淆黑白、甜苦有什么区别吗？"

注释

❶ 场园：园圃。 ❷ 不与其劳：不参与劳动，不出力劳动。 ❸ 已非其有所取之故：疑为"以非其所有取之故"，他所占有的不是自己的东西。 ❹ 抯（zhā）格：掠夺。 ❺ 角："穴"之误，挖穴，打洞。 ❻ 金玉：黄金与珠玉。珍宝的通称。蚤絫（sāoléi）：布匹。 ❼ 栏牢：牛栏马圈。 ❽ 格：上当脱"抯"字。 ❾ 蕡（fén）：通"纷"，乱。我："义"之误，"义"与"我"形近。 ❿ 是：代词，这。黑白甘苦之辩：黑白、甜苦的辨别。辩，通"辨"。 ⓫ 目乱：眼睛昏花。 ⓬ 口乱：口舌失灵。 ⓭ 蚤越：疑为"斧钺"之误。

【原 文】

故子墨子置天之，以为仪法。非独子墨子以天之志为法也，于先王之书《大夏》①之道之然："帝谓文王，予怀明德，毋大声以色，毋长夏以革，不识不知，顺帝之则。"此诰②文王之以天志为法也，而顺帝之则也。且今天下之士君子，

【译 文】

所以墨子设置天下的明法，作为礼仪法度。不是只有墨子把天下的明法作为法则，先王的书籍《诗经·大雅·皇矣》也是这样说的："天帝告诉文王，我赞赏美好的德行，不疾言厉色，不崇尚诸夏而变革先王的法令，不知不觉，顺应天帝的法则。"这是告诫文王以天下的明法为法度，顺应天帝的法则。况且当今天下的士人君子，

中实将欲为仁义，求为上士，上欲中圣王之道，下欲中国家百姓之利者，当天之志而不可不察也。天之志者，义之经[3]也。

真正想施行仁义，追求成为贤士，于上要符合圣王的道义，于下要符合国家民众的利益，对于天下的明法就不可以不明察。天下的明法，是义的准则。

注释

❶《大夏》：指《大雅》。古时“夏”“雅”相通。此处所引为《诗经·大雅·皇矣》。　❷诰：告诉，告诫，劝勉。　❸经：总则，准则。

明　鬼下

【原 文】

子墨子言曰：逮至昔三代圣王既没①，天下失义，诸侯力正②，是以存夫为人君臣上下者之不惠忠也，父子弟兄之不慈孝弟长贞良③也，正长④之不强于听治，贱人⑤之不强于从事也。民之为淫暴寇乱盗贼，以兵刃毒药水火退无罪人乎道路率径⑥，夺人车马衣裘以自利者，并作由此始，是以天下乱。此其故何以然也？则皆以疑惑鬼神之有与无之别⑦，不明乎鬼神之能赏贤而罚暴也。今若使天下之人偕若信鬼神之能赏贤而罚暴也，则夫天下岂乱哉？

【译 文】

墨子说道：及至从前夏商周三代的圣王去世后，天下丧失道义，诸侯依靠武力讨伐，所以存在做君主的不施惠臣下、做臣子的不尽忠君上、做父亲的不慈爱子女、做子女的不孝顺父亲、做弟弟的不敬重兄长、做兄长的不爱护弟弟等不忠正诚信的现象，各级行政长官不勉力于听狱治事，百姓不勉力于生产。百姓做邪淫凶暴、寇乱、抢劫偷窃之事，用兵刃、毒药、水火在道路上抢劫没有罪的人，抢夺别人的车马衣服来使自己得到好处，这些不义行为一并出现后，所以天下混乱。这其中的原因是怎么样的呢？都是因为人们不理解鬼神有和没有的区别，不明白鬼神能奖赏贤良而惩罚残暴。现在如果让天下的人民都相信鬼神能奖赏贤良而惩罚残暴，那么天下怎么会混乱呢？

注释

❶逮至：及至，等到。没：通“殁”，死。 ❷力正：以武力征伐。正，通“征”，征伐。 ❸贞良：忠良，忠正诚信。 ❹正长：君主或各级行政长官。 ❺贱人：地位低下的人，此指平民。 ❻退：应为“迓”，通“御”，即以兵御人而夺取货。率径：应为“术径”，大道与小路。泛指道路。 ❼疑惑：迷惑，不理解；怀疑。别：区别。

【原文】

今执无鬼者曰：“鬼神者，固[①]无有。”旦暮[②]以为教诲乎天下，疑天下之众，使天下之众皆疑惑乎鬼神有无之别，是以天下乱。是故子墨子曰：今天下之王公大人士君子，实将欲求兴天下之利，除天下之害，故当鬼神之有与无之别，以为将不可以不明察此者也。既以鬼神有无之别，以为不可不察已[③]，然则吾为明察此，其说将奈何而可？子墨子曰：是与天下之所以察知有与无之道者，必以众之耳目之实知有与亡为仪[④]者也。请惑闻之见之[⑤]，则必以为有；莫闻莫见，则必以为无。若是，何不尝入一乡一

【译文】

现在坚持无鬼论的人说：“鬼神是本来就没有的。”整天都用这些来教诲天下，迷惑天下的民众，使天下的民众都不理解鬼神有和没有的区别，所以天下混乱。所以墨子说：当今天下的国君重臣士人君子，确实想追求兴起天下的利益，去除天下的祸害，所以对于鬼神有和没有的区别，我认为将是不可以不考察清楚的。既然对于鬼神有和没有的区别，是不可以不考察清楚的，那么我为了考察清楚这个问题，将怎样论证才可以呢？墨子说：凡是天下用来观察得知有和没有的方法，一定要以众人耳朵眼睛实际闻见的有和没有作为标准。确实有人听见了、看见了，那么一定认为有；没有人听见，没有人看见，那么一定认为没有。如果这样，为什么不进入一个乡里去询问，从古至今，有人民以来，也有人曾见到过鬼神的样

里而问之，自古以及今，生民以来者，亦有尝见鬼神之物，闻鬼神之声，则鬼神何谓无乎？若莫闻莫见，则鬼神可谓有乎？

子，听到过鬼神的声音，那么怎么能说没有鬼神呢？如果没有人听到过（它的声音）、见到过（它的样子），那么怎么能说有鬼神呢？

注释

❶ 固：本来。 ❷ 旦暮：早晚，整天。 ❸ 已：语气词，表示确定语气。❹ 仪：标准，准则。 ❺ 请：通“情”，实在，确实。惑：通“或”，有人。

【原文】

今执无鬼者言曰：夫天下之为闻见鬼神之物者，不可胜计也，亦孰为闻见鬼神有无[①]之物哉？子墨子言曰：若以众之所同见，与众之所同闻，则若昔者杜伯[②]是也。周宣王[③]杀其臣杜伯而不辜，杜伯曰：“吾君杀我而不辜，若以死者为无知，则止矣；若死而有知，不出三年，必使吾君知之。”其三年，周宣王合诸侯而田于圃[④]，田车数百乘，从数千，人满野。日中，杜伯乘白马素车，朱衣冠，执朱弓，

【译文】

现在坚持无鬼论的人说：天下听过（鬼神的声音）、见过鬼神形状的人，无法计算数目，又有谁听过（鬼神的声音）、见过鬼神的形状呢？墨子说：如果根据众人一同看见的和众人一同听见的（来定鬼神之有无），那么像从前的杜伯就是例子。周宣王杀害了他的臣子杜伯而杜伯是无罪的，杜伯说：“我的国君要杀我但我无罪，如果以人死为无知，就算了；如果死后有知，不过三年，一定要让我的国君知道（滥杀无辜，必得不祥）。”此后三年，周宣王聚合诸侯在圃中打猎，打猎的车子有几百辆，随从有几千人，人遍布山野。到了正午，杜伯乘着白马素车，穿着红衣服，戴着红帽，拿

挟[5]朱矢，追周宣王，射之车上，中心折脊，殪车中[6]，伏弢[7]而死。当是之时，周人从者莫不见，远者莫不闻，著在周之春秋[8]。为君者以教其臣，为父者以谶其子，曰："戒之慎之！凡杀不辜者，其得不祥，鬼神之诛若此之憯遫也[9]！"以若书之说观之，则鬼神之有岂可疑哉？非惟若书之说为然也，昔者郑穆公[10]当昼日中处乎庙，有神入门而左，鸟身，素服三绝[11]，面状正方。郑穆公见之，乃恐惧，奔，神曰："无惧！帝享女明德，使予锡女寿十年有九[12]，使若国家蕃昌[13]，子孙茂，毋失。"郑穆公再拜稽首曰[14]："敢问神名？"曰："予为句芒[15]。"若以郑穆公之所身见为仪，则鬼神之有岂可疑哉？

着红色的弓，挟着红色的箭，追赶周宣王，射向周宣王所乘的猎车，射中了他的心脏，折断了他的脊骨，（周宣王）倒在车中，伏在弓袋上死了。在那时候，随从的周国人没有没看见的，远方的人没有没听到的，记载在周王室的史书中。做国君的拿来教育他的臣子，做父亲的拿来警告他的子女，说："要警戒要谨慎！凡是谁杀死无罪的人，他得到的不祥、鬼神的诛杀，就像这件事这样疾速！"从这本书的记载来看，那么鬼神的存在难道有什么可怀疑的吗？不仅这本书的记载是这样，从前秦穆公有天中午正在祖庙中，有神人进门后往左走，长着鸟的身子，穿着白色的衣服，系着深色的带子，脸形方正。秦穆公看到神人，十分害怕，急忙奔逃，神人说："不用害怕！天帝得享你的美德，让我多赐给你十九年的寿命，使你的国家繁荣昌盛，子孙兴旺，不会失去秦国。"秦穆公拜了两拜，叩头说："敢问神人的名字？"答说："我是句芒。"如果以秦穆公亲身见到的事为准则，那么鬼神的存在难道有什么可怀疑的吗？

注释

❶有无：疑为衍文。❷杜伯：周宣王的大夫。周宣王杀害妇人、女婴，杜伯劝谏反遭杀害。后来周宣王梦见杜伯射杀自己，得病而亡。❸周宣王：姓

姬名静，周厉王之子，曾出现昙花一现的中兴阶段。❹ 田于圃：在圃中打猎。田，打猎。圃，帝王贵族游乐观赏的地方。❺ 挟：用胳膊夹着。❻ 殪（yì）车中：扑倒在车里。❼ 弢（tāo）：装弓的袋子。❽ 周之春秋：指周王室的史书。"春秋"为春秋时期各国编年体史书的通称，下文"燕之春秋""宋之春秋""齐之春秋"分别指燕国的史书、宋国的史书、齐国的史书。后来，他国的史书亡佚，仅鲁国的保存了下来，"春秋"就成为鲁国史书的专称。❾ 譤（jǐng）：同"警"，警戒。憯遫（cǎnsù）：疾速。憯，急疾。遫，同"遬"，迅速。❿ 郑穆公：应为"秦穆公"，下同。秦穆公，名任好，他敢于认错，善于用人，施行"攘夷尊王"的策略而称霸西戎。⓫ 三绝：应为"玄纯"，即深色的带子。⓬ 女：通"汝"。锡：赐予。⓭ 蕃（fán）昌：繁荣昌盛。⓮ 再拜：古代一种隆重的礼节，先后拜两次，表示郑重奉上的意思。稽（qǐ）首：古时的一种跪拜礼，叩头至地，是九拜中最恭敬的礼仪。⓯ 句芒（gōumáng）：古代传说中的木神。

【原　文】

非惟若书之说为然也，昔者，燕简公①杀其臣庄子仪②而不辜，庄子仪曰："吾君王杀我而不辜，死人毋知亦已，死人有知，不出三年，必使吾君知之。"期年，燕将驰祖③，燕之有祖，当齐之社稷④，宋之有桑林⑤，楚之有云梦⑥也，此男女之所属⑦而观也。日中，燕简公方将驰于祖涂，庄子仪荷⑧朱杖而击之，殪之车上。当是时，

【译　文】

不仅这本书的记载是这样的，从前，燕简公杀了他的臣子庄子仪而庄子仪无罪，庄子仪说："我的君王要杀我而我无罪，死人一无所知也就算了，死人有知，不过三年，一定要让我的国君知道（滥杀无辜，必得不祥）。"一年后，燕简公将驰往祖泽，燕国有祖泽，就像齐国有社稷，宋国有桑林，楚国有云梦泽，这些地方是男女相聚游观的地方。中午，燕简公在驰往祖泽的路上，庄子仪扛着红色的木杖击打简公，（简公）仆死在车上。在那个时候，

燕人从者莫不见，远者莫不闻，著在燕之春秋。诸侯传而语之曰："凡杀不辜者，其得不祥，鬼神之诛若此其憯遬也！"以若书之说观之，则鬼神之有岂可疑哉？

随从的燕国人没有没看到的，远方的人没有没听到的，记载在燕国的史书上。诸侯相互传述并说："凡是谁杀死无罪的人，他得到的不祥、鬼神的诛杀就像这件事这样疾速！"从这本书的记载来看，鬼神的存在难道有什么可怀疑的吗？

注释

❶ 燕简公：燕国有两个简公，此为第一个，继燕平公即位。 ❷ 庄子仪：燕简公的大臣，后被简公杀害。 ❸ 祖：祖泽，又称"沮泽"，燕国大泽，祭祀神祇的地方。 ❹ 社稷：古代帝王、诸侯所祭的土神和谷神。社，土神。稷，谷神。 ❺ 桑林：古地名。相传为商汤祈雨的地方。 ❻ 云梦：楚国境内的大泽。 ❼ 属：聚集。 ❽ 荷：担，扛。

【原 文】

非惟若书之说为然也，昔者宋文君鲍[①]之时，有臣曰祏观辜[②]，固尝从事于厉[③]，祩子杖揖出[④]，与言曰："观辜，是何珪璧[⑤]之不满度量？酒醴粢盛之不净洁也？牺牲之不全肥[⑥]？春秋冬夏选[⑦]失时？岂女为之与？意鲍为之与？"观辜曰："鲍幼弱，在荷繦[⑧]之中，鲍何与识

【译 文】

不仅这本书的记载是这样的，从前宋文公鲍在位的时候，有位叫观辜的大臣，曾经在宗庙里进行祭祀，祝史手持木杖走出来，对他说："观辜，为什么祭祀用的玉器不符合标准？美酒谷物不洁净呢？牛羊毛色不纯正又不肥壮呢？春秋冬夏的祭品不能按时陈设呢？难道是你做了这些事吗？还是鲍做的这些事呢？"观辜说："鲍幼小，在襁褓之中，他怎么能知道这些呢？掌管此

焉？官臣观辜特为之。”祩子举揖而槁之[9]，殪之坛上。当是时，宋人从者莫不见，远者莫不闻，著在宋之春秋。诸侯传而语之曰：“诸不敬慎祭祀者，鬼神之诛至若此其憯遬也！”以若书之说观之，鬼神之有岂可疑哉？

事的臣子观辜特意这样做的。”祝史举起木杖打观辜，杀死在祭坛上。在那个时候，随从的宋国人没有没见到的，远方的人没有没听到的，记载在宋国的史书上。诸侯相互传述并说：“凡是不恭敬谨慎祭祀的人，鬼神的诛杀到来得像这件事这样疾速！”从这本书的记载来看，鬼神的存在难道有什么可怀疑的吗？

注释

❶ 宋文君鲍：春秋时期宋国国君宋文公，名鲍。 ❷ 袥：应为“祝”，主持祭祀的人。观辜：春秋时期宋国大臣。 ❸ 厉：宗庙。 ❹ 祩（zhù）子：指祝史，祭祀时鬼神附在他身上说话。杖揖：应为“揖杖”之误，双手拿着木杖。 ❺ 珪璧：古代祭祀朝聘等所用的玉器。 ❻ 牺牲之不全肥：牛羊毛色不纯正、不肥壮。古代祭祀所用的牛羊要求毛色纯正、体格肥壮。 ❼ 选：通“馔（zhuàn）”，陈设或置备。 ❽ 荷襁（qiǎng）：络负小儿的衣被。 ❾ 揖：当作“杖”。槁：同“敲”。

【原文】

非惟若书之说为然也，昔者，齐庄君[1]之臣有所谓王里国、中里徼者。此二子者，讼三年而狱不断[2]。齐君由谦杀之[3]，恐不辜，犹谦释之，恐失有罪。乃使之[4]人共一羊，

【译文】

不仅这本书的记载是这样的，从前，齐庄公的大臣有名叫王里国、中里徼的。这两人打了三年官司而不能判决。齐庄公想将他们都杀掉，害怕错杀了无罪之人，想把他们都释放，害怕错放了有罪之人。于是就让他们共同牵一只羊，到齐国祭祀社神的场

盟齐之神社，二子许诺。于是泏洫[5]，摇羊而漉其血[6]。读王里国之辞既已终矣，读中里徼之辞未半也，羊起而触之，折其脚。祧[7]神之而槁之，殪之盟所。当是时，齐人从者莫不见，远者莫不闻，著在齐之春秋。诸侯传而语之曰："请品先不以其请者[8]，鬼神之诛至若此其憯遬也!"以若书之说观之，鬼神之有岂可疑哉？是故子墨子言曰：虽有深溪博林、幽涧毋人之所[9]，施行不可以不董[10]，见有鬼神视之。

所发誓，这两个人同意了。于是他们就歃血立盟，割开羊颈使其血洒出来。读王里国的誓词已经结束，读中里徼的誓词还没到一半，那只羊跳起来并用羊角顶他，折断了他的脚。守神社的祝史认为神灵显明，就敲击中里徼，杀死在盟誓的地方。在那个时候，随从的齐国人没有没看到的，远方的人没有没听到的，记载在齐国的史书上。诸侯相互传述并说："凡是盟誓而不诚实的人，鬼神的诛杀到来得就像这件事这样疾速!"从这本书的记载来看，鬼神的存在难道有什么可怀疑的吗？所以墨子说：即便是在深谷密林、幽谷没有人迹的地方，做事不可以不守正，因为有鬼神在看着。

注释

❶ 齐庄君：齐庄公。他在位期间大力发展经济与军事，为其孙齐桓公称霸打下了坚实的基础。 ❷ 讼：打官司。狱：讼案。断：判断，裁决。 ❸ 由：通"犹"，欲，想要。与其后"犹"同义。谦：通"兼"，并。 ❹ 之：应为衍文。 ❺ 泏洫：应为"歃（shà）血"，古人立盟时，杀死牲畜用血涂在口旁，或将其血含入口中，以表达信守誓言的诚意。 ❻ 摇：字书无此字，应为"刭"，疑同"刭"，用刀割脖子。漉（lù）：应为"洒"。 ❼ 祧（tiāo）：本指祖庙、祠堂，这里代指守神社的人，应与前面的祩同属于一类。 ❽ 请品先：应为"诸共盟"，所有盟誓者。不以其请：不按照实际情况，不诚实。请，通"情"。 ❾ 毋人之所：没有人的地方。 ❿ 董：守正。一说应为"堇"，诚实。

【原 文】

今执无鬼者曰：夫众人耳目之请，岂足以断疑哉？奈何其欲为高君子[①]于天下，而有[②]复信众之耳目之请哉？子墨子曰：若以众之耳目之请，以为不足信也，不以断疑，不识若昔者三代圣王尧舜禹汤文武者，足以为法乎？故于此乎自中人以上皆曰："若昔者三代圣王，足以为法矣。"若苟昔者三代圣王足以为法，然则姑尝上观圣王之事。昔者，武王之攻殷诛纣也，使诸侯分其祭，曰："使亲者受内祀，疏者受外祀。"故武王必以鬼神为有，是故攻殷伐纣，使诸侯分其祭。若鬼神无有，则武王何祭分哉？

【译 文】

现在坚持无鬼论的人说：众人耳朵眼睛闻见的情况，难道完全可以解决疑惑吗？哪有人想做天下的上士君子，而又相信众人的耳朵眼睛所闻见的情况呢？墨子说：如果认为众人的耳朵眼睛所闻见的情况不足以相信，不能用来解决疑惑，不知道像从前三代的圣王尧、舜、禹、汤、文王、武王这些人，足够可以作为准则吗？所以对于这一点，中等以上的人都会说："像从前三代的圣王，足够可以作为准则了。"如果从前三代的圣王足够可以作为准则，那么姑且试着向上看看圣王的事情。从前，武王攻打殷商、诛伐商纣王，让诸侯分掌祭祀，说："让同姓诸侯祭祀先祖宗庙，异姓诸侯祭祀郊野山川。"所以武王一定认为鬼神是存在的，所以他攻打殷商、诛伐商纣王，让诸侯分掌祭祀。如果鬼神不存在，那么武王为什么让人分掌祭祀呢？

注 释

❶ 高君子：应为"高士君子"，即上士君子。　❷ 有：通"又"。

【原 文】

非惟武王之事为然也。故圣王其赏也必于祖[1]，其僇[2]也必于社。赏于祖者何也？告分之均也。僇于社者何也？告听之中也。非惟若书之说为然也，且惟昔者虞夏商周三代之圣王，其始建国营都日，必择国之正坛，置以为宗庙；必择木之修茂者，立以为菆位[3]；必择国之父兄慈孝贞良者，以为祝宗[4]；必择六畜之胜腯肥倅毛[5]，以为牺牲；珪璧琮璜，称财为度；必择五谷之芳黄，以为酒醴粢盛，故酒醴粢盛与岁[6]上下也。故古圣王治天下也，故必先鬼神而后人者，此也。故曰：官府选[7]效，必先祭器祭服毕藏于府，祝宗有司毕立于朝，牺牲不与昔聚群。故古者圣王之为政若此。

【译 文】

不仅武王的事情是这样。从前的圣王封赏时也一定在祖庙举行，施行杀戮时也一定在社庙进行。为什么在祖庙行赏呢？告诉祖先分配公平。为什么在社庙杀戮呢？告诉神祇断案公正。不仅这本书的记载是这样，就连从前虞夏商周三代的圣王，他们开始建立国家、营造都城的时候，一定选择国都中心的祭坛，来建立宗庙；一定选择林木茂盛的地方，来设立丛社；一定选择国内慈爱孝顺、忠诚善良的父兄，来做太祝和宗伯；一定要选择体格肥壮、毛色纯正的六畜，来做祭品；珪璧琮璜等祭祀用的玉器，与自己的财力相称为限度；一定选择芳香黄熟的五谷，作为祭祀的美酒谷物，所以美酒谷物随年成的好坏而增减。所以从前圣王治理天下，一定先鬼神而后人，原因就在这里。所以说：官府置备物品，一定以祭器祭服为先，都藏在官府中；太祝、宗伯等掌管祭祀的官吏都分列朝堂之上，用于祭祀的牲畜不要和往昔的牲畜关在一起。所以古代圣明君王的施政就是这样。

注释

❶ 祖：祖庙。 ❷ 僇：通“戮”，杀。 ❸ 菆位：丛林中的神社。菆，同

“丛”。位，当作“社”。 ❹祝宗：太祝与宗伯，负责祭祀的官员。 ❺胜：盛。腯：肥胖。倅毛：粹毛，纯色之毛。倅，通“粹”，不杂、纯。 ❻岁：一年的收成。 ❼选：通“馔”，陈设，置备。

【原文】

古者圣王必以鬼神为，其务鬼神厚矣。又恐后世子孙不能知也，故书之竹帛，传遗后世子孙。咸恐其腐蠹绝灭[1]，后世子孙不得而记，故琢之盘盂，镂之金石，以重之。有恐后世子孙不能敬著以取羊[2]，故先王之书，圣人一尺之帛，一篇之书，语数鬼神之有也，重有重之。此其故何？则圣王务之。今执无鬼者曰：“鬼神者，固无有。”则此反圣王之务。反圣王之务，则非所以为君子之道也。

【译文】

古代的圣王一定认为鬼神是存在的，他们致力于敬事鬼神可谓笃厚。又害怕后世子孙不能知道，所以书写在竹简帛书上，留传给后世子孙。又害怕竹简帛书被腐蚀而消失，后世子孙不能记住，所以就雕刻在盘盂上，镂刻在金石上来强调。又害怕后世子孙不能敬畏上天的威严来获取吉祥，所以先王的书中、圣人一尺长的帛书、一篇文章中，多次言及鬼神的存在，重复了又重复。这其中的原因是什么呢？因为圣王以敬事鬼神为要务。现在坚持无鬼论的人说：“鬼神本来是没有的。”那么这就违背了圣王的要务。违背圣王的要务，就不是君子所行的道了。

注释

❶咸：当是“或”字之误，又。腐蠹：腐蚀。蠹，蛀虫。绝灭：灭绝，消失。 ❷敬著以取羊：应为“敬威以取祥”。著，应为“威”。羊，同“祥”。

【原 文】

今执无鬼者之言曰：先王之书，慎无[1]一尺之帛，一篇之书，语数鬼神之有，重有重之，亦何书之有哉？子墨子曰：《周书·大雅》[2]有之。《大雅》曰："文王在上，於昭于天[3]。周虽旧邦，其命维新。有周不显，帝命不时[4]。文王陟降[5]，在帝左右。穆穆文王，令问[6]不已。"若鬼神无有，则文王既死，彼岂能在帝之左右哉？此吾所以知《周书》之鬼也。

【译 文】

现在坚持无鬼论的人的言论说：先王的书中，圣人一尺长的帛书、一篇文章中，多次说到鬼神的存在，重复了又重复，究竟是什么书里有呢？墨子说：《诗经·大雅》里就有。《大雅》说："文王在民之上，功德昭明于天下。周虽然是古老的国家，但文王接受天命后就面目一新。周国的功业光显无比，天帝的授命多么适时。文王的神灵浮沉天地，在天帝左右。威仪美盛的文王，美好的名声永不泯灭。"如果鬼神不存在，那么文王死后，他怎么能在天帝的左右呢？这就是我所知道的《诗经》中的鬼神。

注 释

❶ 慎无：据上文，应为"圣人"。 ❷《周书·大雅》：本段中的两个《周书》，均为《周诗》，指《诗经》。古代书、诗二字经常互用。所引诗句见《诗经·大雅·文王》。 ❸ 於（wū）：叹美之词。昭：昭明。 ❹ 不：助词，无义，用在句中加强语义。时：适时。 ❺ 陟降（zhì）：升降。 ❻ 令问：美好的名声。令，美好。问，通"闻"，指名声。

【原 文】

且《周书》独鬼，而《商书》不鬼，则未足以为法也。

【译 文】

况且唯独《周书》说有鬼神，而《商书》不说鬼神，那么不能够作为

然则姑尝上观乎《商书》，曰："呜呼！古者有夏，方未有祸之时，百兽贞虫[1]，允[2]及飞鸟，莫不比方[3]。矧隹[4]人面，胡敢异心？山川鬼神，亦莫敢不宁。若能共允[5]，隹天下之合，下土之葆[6]。"察山川鬼神之所以莫敢不宁者，以佐谋禹也。此吾所以知《商书》之鬼也。

法则。既然这样，那么姑且试着向上来看《商书》，说："呜呼！古代夏朝，在尚未发生灾祸的时候，各种禽兽昆虫，以及飞鸟，没有不顺乎其道的。何况是人类，谁敢有二心？山川鬼神，也没有敢不安宁的。如果都能恭敬真诚，就能统一天下，保全领土。"考察山川鬼神之所以没有敢不安宁的，就是因为要辅佐大禹啊。这就是我所知道的《商书》中的鬼神。

注释

❶ 贞虫：细腰蜂一类的昆虫，此与百兽、飞鸟并称，为虫类的通称。 ❷ 允：介词，犹以。 ❸ 比方：顺乎其道，依循于规则。比，依顺。方，道、规则。 ❹ 矧隹（shěnwéi）：应为"矧唯"，况且，何况。矧，况且、而况。隹，同"唯"，助词。 ❺ 共允：恭敬真诚。共，通"恭"。 ❻ 葆：通"保"，保护，保全。

【原 文】

且《商书》独鬼，而《夏书》不鬼，则未足以为法也。然则姑尝上观乎《夏书》。《禹誓》曰："大战于甘[1]，王乃命左右六人[2]，下听誓于中军[3]，曰：有扈氏威侮五行[4]，

【译 文】

况且唯独《商书》说有鬼神，而《夏书》不说鬼神，那么不能够作为法则。既然这样，那么姑且试着向上来看《夏书》。《禹誓》说："在甘地举行大战，夏王就命令左右六卿，到中军听训誓，说：有扈氏陵虐侮慢五常之伦，怠慢废弃天道、地道、人道，

怠弃三正[⑤]，天用剿绝其命。有曰：日中，今予与有扈氏争一日之命，且尔卿大夫庶人，予非尔田野葆士[⑥]之欲也，予共[⑦]行天之罚也。左不共于左，右不共于右，若不共命[⑧]；御非尔马之政，若不共命。是以赏于祖而僇于社。”赏于祖者何也？言分命之均也。僇于社者何也？言听狱之事[⑨]也。故古圣王必以鬼神为赏贤而罚暴，是故赏必于祖而僇必于社。此吾所以知《夏书》之鬼也。故尚者《夏书》，其次商周之书，语数鬼神之有也，重有重之。此其故何也？则圣王务之。以若书之说观之，则鬼神之有岂可疑哉？于古曰：“吉日丁卯，周代祝社方，岁于社者考，以延年寿。”[⑩]若无鬼神，彼岂有所延年寿哉？

上天要断绝他们的天命。又说：正午，今天我要和有扈氏拼此日之生死，而你们这些卿大夫和百姓（应该知道），我不是想要抢夺有扈氏的田地和宝玉，我是在恭行上天的惩罚。左边的将士不从左边进攻，右边的将士不从右边进攻，就是不敬从命令；驾车的人不用正确的方法驾车，就是不敬从命令。所以在祖庙行赏而在神社行罚。”为什么在祖庙行赏呢？告诉祖先赏赐分配公平。为什么在神社行罚呢？告诉神灵听理讼狱的公正。所以古代圣明的君王必定认为鬼神是赏赐贤良而惩罚残暴的，所以在祖庙行赏而在神社行罚。这就是我所知道的《夏书》中的鬼神。所以上有《夏书》，其次有《商书》和《周书》，多次说到鬼神的存在，重复了又重复。这其中的原因是什么呢？因为圣明的君主致力于鬼神之事。从这些书的说法来看，那么鬼神的存在难道可以怀疑吗？古时人们说：“在丁卯吉日，遍祭土地神和四方神，年终祭祀祖先，来求延长寿命。”如果没有鬼神，他们又怎么延长寿命呢？

注释

❶ 甘：古地名，据说这是有扈氏领地的南郊。 ❷ 左右六人：君王亲征时居中，左右有六军护卫。誓：指誓言或者发誓，古人在作战前往往会郑重地向他

人或神明许下承诺，表示决心以鼓舞士气。 ❸中军：军队的中央部分，是主帅所在的位置。 ❹有扈（hù）氏：相传为夏之诸侯。五行：五种德行，即五常，仁义礼智信。 ❺三正：天道、地道、人道。 ❻葆士：应为“葆玉”，即宝玉。 ❼共：通“恭”。 ❽共命：敬从命令。共，通“恭”。 ❾事：应为“中”。 ❿周代祝社方：应为“用代祀社方”，古代在秋季遍祭社神与四方神。岁于社者考：应为“岁于祖考”，在年终祭祀祖先。年寿：寿命。

【原 文】

是故子墨子曰：尝若鬼神之能赏贤如罚暴也①，盖本施之国家，施之万民，实所以治国家、利万民之道也。若以为不然，是以吏治官府之不洁廉，男女之为无别者，鬼神见之；民之为淫暴寇乱盗贼，以兵刃毒药水火退无罪人乎道路，夺人车马衣裘以自利者，有鬼神见之。是以吏治官府不敢不洁廉，见善不敢不赏，见暴不敢不罪②。民之为淫暴寇乱盗贼，以兵刃毒药水火退无罪人乎道路，夺车马衣裘以自利者，由此止。是以莫放幽间，拟乎鬼神之明显，明有一人畏上诛罚，是以天下治。③

【译 文】

所以墨子说：倘若鬼神能赏赐贤良而惩罚残暴，这原本就应施用于国家，施用于广大百姓，实在是可以治理国家、有利于广大百姓的方法。如果认为不是这样，那么官吏治理官府不廉洁，男女混杂没分别，鬼神能看见；百姓做邪淫凶暴、寇乱、抢劫偷窃之事，用兵器、毒药、水火抢劫道路上没有罪的人，抢夺他人的车马衣服来使自己得到好处，有鬼神能看见。所以官吏治理官府不敢不廉洁，见到好的行为不敢不行赏，见到残暴的行为不敢不处罚。百姓去做邪淫凶暴、寇乱、抢劫偷窃之事，用兵器、毒药、水火抢劫道路上没有罪的人，抢夺他人的车马衣服来使自己得到好处，（这些事）因此而停止。所以鬼神的明察不会因为幽涧而被遮蔽，鬼神的明察让所有的罪恶彰显，鬼神的明察让每个人害怕上天的诛罚，所以天下得到治理。

注释

❶ 尝若：应为“当若”，即倘若。如：表示承接关系，而。 ❷ 罪：惩罚。❸ 一说“是以莫放幽间”至“畏上诛罚”等字为衍文，当删。

【原文】

故鬼神之明，不可为幽间广泽、山林深谷，鬼神之明必知之。鬼神之罚，不可为富贵众强、勇力强武、坚甲利兵，鬼神之罚必胜之。若以为不然，昔者夏王桀贵为天子，富有天下，上诟天侮鬼，下殃傲[1]天下之万民，祥上帝伐元山帝行[2]。故于此乎天乃使汤至明罚焉。汤以车九两，鸟陈雁行，汤乘大赞[3]，犯遂下众，人之螭遂[4]，王乎禽推哆、大戏[5]。故昔夏王桀贵为天子，富有天下，有勇力之人推哆、大戏，生列兕虎[6]，指画杀人，人民之众兆亿[7]，侯盈厥泽陵，然不能以此圉鬼神之诛。此吾所谓鬼神之罚，不可为富贵众强、勇力强武、坚甲利兵者，此也。

【译文】

所以鬼神的明察，不会因为幽涧、大泽、山林、深谷而遮蔽，鬼神的明察一定会知道。鬼神的惩罚，不会因为富裕显贵、人多势众、勇武有力、坚固的铠甲、锋利的兵器而被阻止，鬼神的惩罚必然会胜过这些。如果认为不是这样，从前夏王桀尊贵为天子，完全拥有天下，于上辱骂上天侮辱鬼神，于下残害天下的广大百姓，违背天帝的意旨，对抗天帝的言行。于是在这个时候上天就派商汤致以严明的惩罚。商汤用九辆战车，布下鸟云阵和雁行阵，登上大赞这个地方，追逐夏军，攻入近郊，亲手擒获推哆、大戏。所以从前的夏王桀尊贵为天子，完全拥有天下，拥有勇力之士推哆、大戏，他们能撕裂活的兕牛、老虎，用手指示意就能杀人，人民多得以兆亿计，遍布川泽山陵，然而也不能抵御鬼神的诛杀。这就是我所说的鬼神的惩罚，不会因为富裕显贵、人多势众、勇武有力、坚固的铠甲、锋利的兵器而被阻止，就是这样。

注释

❶傲：当为“杀”。 ❷祥上帝伐元山帝行：此句应有错简，根据上下文，应译为“违背天帝的意旨，对抗天帝的言行”。 ❸两：同“辆”。陈：同“阵”。乘：登。大赞：地名，地势高耸，利于指挥战争。 ❹犯遂下众，人之蝺（jiǎo）遂：应为“犯逐夏众，入之郊遂”，追逐夏军，攻入近郊。 ❺禽：同“擒”。“乎擒”应为“手擒”，亲自擒获。推哆、大戏：夏桀的宠臣，二人为大力士。 ❻列：同“裂”。兕：传说中的猛兽，类似于犀牛。 ❼兆亿：数词，极言众多。

【原文】

且不惟此为然。昔者殷王纣贵为天子，富有天下，上诟天侮鬼，下殃傲天下之万民，播弃黎老[①]，贼诛[②]孩子，楚毒[③]无罪，刳剔[④]孕妇。庶旧鳏寡[⑤]，号咷[⑥]无告也。故于此乎天乃使武王至明罚焉。武王以择车百两，虎贲之卒四百人，先庶国节窥戎[⑦]，与殷人战乎牧之野。王乎禽费中、恶来，众畔百走[⑧]。武王逐奔入宫，万年梓株[⑨]，折纣而系之赤环，载之白旗，以为天下诸侯僇。故昔者殷王纣贵为天子，富有天下，有勇力之人费

【译文】

况且不仅夏桀是这样。从前的殷王纣尊贵为天子，完全拥有天下，于上辱骂上天侮辱鬼神，于下残害天下的广大百姓，抛弃老人，杀害孩童，用炮烙之刑处罚无罪的人，剖割孕妇的肚子。庶民遗老、鳏夫寡妇，号啕大哭而无处申诉。因此在这个时候上天就派周武王致以严明的惩罚。周武王用精选的一百辆战车、四百名勇武之士，率先带领已接受作战符节的将士去观察敌情，与殷商军队在牧野战斗。周武王擒获了费中、恶来，商朝的士兵叛变逃跑。周武王追逐奔入殷宫，纣王自焚而死，武王砍下纣王的头并系上红色的旗饰，用白色的旗帜承载，用以表明纣王是天下诸侯所杀之意。所以从前的殷王商纣尊贵为天子，完全拥有天下，拥有勇猛之士费

中、恶来、崇侯虎，指寡[10]杀人，人民之众兆亿，侯盈厥泽陵，然不能以此圉鬼神之诛。此吾所谓鬼神之罚，不可为富贵众强、勇力强武、坚甲利兵者，此也。且《禽艾》之道之曰："得玑无小，灭宗无大。"[11]则此言鬼神之所赏，无小必赏之；鬼神之所罚，无大必罚之。

中、恶来、崇侯虎，用手指示意就能杀人，他的臣民数以万亿，遍布川泽山陵，却不能抵御鬼神的诛杀。这就是我所说的鬼神的惩罚，不会因为富裕尊贵、人多势盛、勇武有力、坚固的铠甲、锋利的兵器而被阻止，就是这样。并且《禽艾》上记载道："积善得福，无论多么微贱；积恶灭宗，无论多么高贵。"这说的是鬼神所应赏赐的，不论地位多么微贱必定赏赐他；鬼神所要惩罚的，不论地位多么尊崇必定惩罚他。

注释

❶播弃：舍弃。黎老：老人。 ❷贼诛：诛杀。 ❸楚毒：应为"焚炙"，指炮烙之刑。 ❹刳（kū）剔：剖开，挖空。 ❺庶旧鳏寡：庶民遗老、鳏夫寡妇。 ❻号咷：小孩儿不住声地哭，也作"嚎啕""嗷咷"。 ❼虎贲（bēn）：古代勇猛的士兵或者武士。庶国节：已接受作战符节的将士。窥戎：观察敌情。 ❽畔：通"叛"，背叛，叛变。百走：应为"皆走"。走，逃跑。 ❾万年梓株：一说为"武王逐奔，入万年梓株之宫"。一说疑当为"商王辛株"，"株"假借为"诛"。谓商王纣自焚而死也。 ❿指寡：指画，用手指示意。 ⓫《禽艾》：《逸周书》的一篇。《逸周书·世俘》记载，武王伐纣擒获艾侯，献俘时史官曾诵读《禽艾》。得玑：得祥，获得福祥。

【原 文】

今执无鬼者曰：意不忠亲之利[1]，而害为孝子乎？子墨子

【译 文】

现在坚持无鬼论的人说：这是不符合父母的利益，而且有害于做孝子

曰：古之今之为鬼，非他也，有天鬼，亦有山水鬼神者，亦有人死而为鬼者。今有子先其父死，弟先其兄死者矣，意虽使然，然而天下之陈物[2]曰先生者先死。若是，则先死者非父则母，非兄而姒[3]也。今洁为酒醴粢盛，以敬慎祭祀。若使鬼神请有，是得其父母姒兄而饮食之也，岂非厚利哉？若使鬼神请亡，是乃费其所为酒醴粢盛之财耳。自夫费之，非特注之污壑而弃之也，内者宗族，外者乡里，皆得如具饮食之。虽使鬼神请亡[4]，此犹可以合欢聚众，取亲于乡里。今执无鬼者言曰："鬼神者固请无有，是以不共[5]其酒醴粢盛牺牲之财。吾非乃今爱其酒醴粢盛牺牲之财乎？其所得者臣将何哉？"此上逆圣王之书，内逆民人孝子之行，而为上士于天下，此非所以为上士之道也。是故子墨子曰：今吾为祭祀也，非直注之污壑而弃之也，上以交鬼之福，下以合欢聚众，取亲乎乡里。若神有，则是得吾父母弟

吧？墨子说：古今所说的鬼神，没有别的，有天鬼，也有山水的鬼神，也有人死而变为鬼的。现在有儿子比父亲先死的，弟弟比兄长先死的，即使如此，但天下的常理都是先出生的人先死。如果是这样，那么先死的不是父亲就是母亲，不是哥哥就是姐姐。现在置办洁净的美酒谷物，用以恭敬谨慎地祭祀。假使鬼神真的存在，这是给父母姐兄来食用这些祭品，难道不是有很大的益处吗？假使鬼神真的不存在，这不过是浪费置办美酒谷物的钱财罢了。而且这种浪费，也并不仅仅是将祭品倾倒在脏水沟而丢掉它们，而是使宗族内部的亲人、宗族外部的乡人，都可以来饮用它们。即使鬼神真的不存在，这还可以用来使众人欢聚在一起，加深乡邻的感情。现在坚持无鬼论的人说道："鬼神本来就不存在，因此不必供奉那些置办美酒谷物的财物。我现在难道是爱惜置办美酒谷物的财用吗？我能从祭祀得到什么呢？"这种说法对上违背了圣王的记载，对内违背了民众中孝子的行为，却想做天下的贤士，这实在不是做贤士的方法啊。所以墨子说：现在我祭祀，并不是把祭品倒在脏水沟里而丢掉它们，而是上可以祈求鬼神降福，下可以用来使众人欢聚，加深乡邻的感情。假若鬼神存在，那也是给我们的父母兄姐

兄[6]而食之也，则此岂非天下利事也哉？

来食用，这难道不是有利于天下的事吗？

注释

❶ 忠：当作“中”，符合。亲：父母。 ❷ 陈物：陈说事物的原理、规律，此指常理。 ❸ 姒（sì）：姐姐。 ❹ 亡：没有。 ❺ 共：通“供”，供给，供奉。 ❻ 弟兄：应为“兄姒”。

【原 文】

是故子墨子曰：今天下之王公大人士君子，中实将欲求兴天下之利，除天下之害，当若鬼神之有也，将不可不尊明也，圣王之道也。

【译 文】

所以墨子说：现在天下的国君重臣士人君子，真正想要追求兴起天下的利益，去除天下的祸患，对于鬼神的存在，将不可以不尊敬地对待并明示于人，这才是圣王的治国之道。

非　乐上

【原文】

子墨子言曰：仁之事者[1]，必务求兴天下之利，除天下之害，将以为法乎天下。利人乎，即为；不利人乎，即止。且夫仁者之为天下度[2]也，非为其目之所美，耳之所乐，口之所甘，身体之所安，以此亏夺民衣食之财，仁者弗为也。

【译文】

墨子说：仁义的人做事，必定致力于追求兴起天下的利益，去除天下的祸患，将以此作为天下的准则。对人有利的事就做，对人不利的事就不做。况且仁义的人为天下谋划，不是为了使眼睛看到美好，耳朵听了愉悦，嘴巴尝到美味，身体感到安适，因为这些而损害夺取百姓穿衣吃饭的财用，仁义的人不会做。

注释

❶仁之事者：应为“仁者之事”，即仁义的人做事。　❷度（duó）：谋划。

【原文】

是故子墨子之所以非乐[1]者，非以大钟鸣鼓、琴瑟竽笙之声以为不乐也[2]，非以刻镂华

【译文】

因此墨子之所以反对音乐，并不是认为大钟、响鼓、琴瑟、竽笙的声音不好听，并不是认为所雕刻纹饰的

文章之色以为不美也，非以犓豢煎炙之味以为不甘也[3]，非以高台厚榭邃野[4]之居以为不安也。虽身知其安也，口知其甘也，目知其美也，耳知其乐也，然上考之不中圣王之事，下度之不中万民之利，是故子墨子曰：为乐[5]非也。

颜色不美丽，并不是认为所烹调肉食佳肴的味道不香甜，并不是认为居住在高耸的亭台楼榭与幽深的房屋里不舒适。虽然身体知道居处的安逸，嘴巴知道滋味的甘甜，眼睛知道色彩的美丽，耳朵知道音乐的乐耳，然而于上考察不符合圣王的行事原则，于下考察不符合广大百姓的利益，所以墨子说：作乐是不对的。

注释

❶ 非乐：反对音乐。 ❷ 琴瑟：弦乐器。竽笙：管乐器。不乐：不好听。 ❸ 犓豢（chúhuàn）煎炙：烹调肉食。犓豢，饲养牲畜，此指牲畜的肉。炙，烤。 ❹ 邃野：邃宇，即幽深的房屋。 ❺ 为乐：作乐，制作音乐，从事音乐。

【原文】

今王公大人虽无[1]造为乐器，以为事乎国家，非直掊潦水、折壤坦而为之也[2]，将必厚措敛[3]乎万民，以为大钟鸣鼓、琴瑟竽笙之声。古者圣王亦尝厚措敛乎万民，以为舟车，既以成矣，曰："吾将恶许用之？"曰："舟用之水，车用之

【译文】

当今国君重臣制造乐器，用来服务于国家，并不只是像捧起地面上的积水、毁坏一堵墙那样就能做成，将一定向广大百姓征收重税，用来制造大钟响鼓、琴瑟竽笙等乐器。古代圣明的君王也曾向广大百姓征收重税，用来制造船和车，（船车）已经造成，说："我将要用它们做什么呢？"答曰："船用于水中，车用于陆上，君子可以让他的脚得到休息，百姓可以

陆，君子息其足焉，小人休其肩背焉。”故万民出财赍[4]而予之，不敢以为戚恨[5]者，何也？以其反中民之利也。然则乐器反中民之利亦若此，即我弗敢非也。然则当用乐器譬之若圣王之为舟车也，即我弗敢非也。

让他们的肩背得到休息。”因此广大百姓拿出钱财来给他们，不敢对此忧愁怨恨，是为什么呢？因为这反过来也符合民众的利益。既然这样，那么乐器也像（车船）这样反过来符合百姓的利益，则我也不敢反对。既然这样，那么使用乐器像圣明的君王制作船车一样，则我不敢反对。

注释

❶虽无：语气词，即唯毋。虽，通“唯”。 ❷直：仅，只是。掊（póu）：以手、爪或工具扒物或掘土。潦：地面上的积水。折：毁掉。壤坦：疑作“坏垣”。 ❸措敛：聚敛，此指征税。 ❹赍（jī）：给予，赠予。 ❺戚恨：忧愁怨恨。

【原文】

民有三患：饥者不得食，寒者不得衣，劳者不得息，三者民之巨患也。然即当为之撞巨钟[1]、击鸣鼓、弹琴瑟、吹竽笙而扬干戚[2]，民衣食之财将安可得乎？即我以为未必然也。意舍此[3]，今有大国即攻小国，有大家即伐小家，强劫弱，众暴寡，诈欺愚，贵傲贱，寇乱

【译文】

百姓有三种忧患：饥饿的人得不到食物，寒冷的人得不到衣服，劳累的人得不到休息，这三者是百姓的巨大忧患。既然这样，那么倘若为这些人撞大钟、击响鼓、弹琴瑟、吹竽笙并挥动盾牌和斧子，百姓穿衣吃饭的财用将可以得到了吗？我认为不一定能这样。或者抛开这个话题，如今有大国攻打小国，有大家族讨伐小家族，强大的欺凌弱小的，人多的欺凌人少的，狡诈的欺骗愚笨的，尊贵的傲视卑贱的，寇乱

盗贼并兴，不可禁止也。然即当为之撞巨钟、击鸣鼓、弹琴瑟、吹竽笙而扬干戚，天下之乱也将安可得而治与？即我未必然也。是故子墨子曰：姑尝厚措敛乎万民，以为大钟鸣鼓、琴瑟竽笙之声，以求兴天下之利，除天下之害，而无补[4]也。是故子墨子曰：为乐非也。

盗贼同时兴起，不能禁止。然而此时倘若为他们撞大钟、击响鼓、弹琴瑟、吹竽笙并舞动干戚，天下的混乱也将可以得到治理吗？我认为不一定能这样。所以墨子说：姑且尝试向广大百姓征敛重税，用来制作大钟、鸣鼓、琴瑟、竽笙等乐器，来追求兴起天下的利益，去除天下的祸患，这是无所帮助的。所以墨子说：作乐是不对的。

注释

❶ 然即：然则。当：相当于“倘”“倘若”，表示假设。 ❷ 扬干戚：挥舞盾牌和斧子。干戚，武舞所执的舞具。干，盾牌。戚，斧子。 ❸ 意舍此：即“抑舍此”，或者抛开这个话题。 ❹ 无补：无益，无所帮助。

【原 文】

今王公大人唯毋[1]处高台厚榭之上而视之，钟犹是延鼎[2]也，弗撞击将何乐得焉哉？其说将必撞击之。惟勿撞击，将必不使老与迟者[3]，老与迟者耳目不聪明，股肱不毕强[4]，声不和调，明[5]不转朴。将必使当年[6]，因其耳目之聪明，股肱之毕强，

【译 文】

当今国君重臣从高耸的亭台楼榭上俯视，乐钟犹如倒扣着的鼎一般，如果不撞击它，将得到什么乐趣呢？如此说来，一定要撞击它。去撞击它，就一定不会使用老人和孩子。老人与孩子视听不灵敏，四肢不敏捷有力，声音不和谐，眼神没有变化。一定会使用壮年人，因为他们视听灵敏，四肢敏捷有力，

声之和调，眉之转朴。使丈夫为之，废丈夫耕稼树艺之时；使妇人为之，废妇人纺绩织纴之事。今王公大人唯毋为乐，亏夺民衣食之财，以拊乐[7]如此多也。是故子墨子曰：为乐非也。

声音和谐，眉眼富有变化。让男子撞击它，就会耗费男子耕田种植的时间；让妇女撞击它，就会荒废妇女纺纱织布的事情。当今国君重臣作乐，损害夺取百姓穿衣吃饭的财用，用来演奏音乐已是这样多了。所以墨子说：作乐是不对的。

注释

❶唯毋：语气助词，与下文“惟勿”同。 ❷延鼎：倒过来放置的鼎。 ❸迟者：幼儿。迟，应为“稚”。 ❹股肱不毕强：四肢不敏捷有力。股肱，大腿和胳膊，此指四肢。毕强，敏捷有力。 ❺明：眼神。 ❻当年：指壮年人。 ❼拊（fǔ）乐：奏乐，演奏音乐。

【原 文】

今大钟鸣鼓、琴瑟竽笙之声既已具矣，大人锈然[1]奏而独听之，将何乐得焉哉？其说将必与贱人不与君子[2]。与君子听之，废君子听治；与贱人听之，废贱人之从事。今王公大人惟毋为乐，亏夺民之衣食之财，以拊乐如此多也。是故子墨子曰：为乐非也。

【译 文】

如今大钟、响鼓、琴瑟、竽笙等乐器已经具备了，王公贵族独自肃然地听奏乐，将得到什么乐趣呢？如此说来，不是和平民一起听，就一定是和君子一起听。和君子一起听，就会荒废君子的断狱治事；和平民一起听，就会荒废平民的生产劳动。当今国君重臣作乐，损害夺取百姓穿衣吃饭的财用，用来演奏音乐已是这样多了。所以墨子说：作乐是不对的。

注释

❶ 锈然：肃然。 ❷ 必与贱人不与君子：应为“不与贱人必与君子”，不是和平民一起听，就一定是和君子一起听。

【原文】

昔者齐康公兴乐万[1]，万人不可衣短褐[2]，不可食糠糟[3]，曰：“食饮不美，面目颜色不足视也；衣服不美，身体从容丑羸[4]，不足观也。”是以食必粱肉[5]，衣必文绣[6]。此掌[7]不从事乎衣食之财，而掌食乎人者也。是故子墨子曰：今王公大人惟毋为乐，亏夺民衣食之财，以拊乐如此多也。是故子墨子曰：为乐非也。

【译文】

从前齐康公大兴演奏《万》舞，万名乐工不能穿粗布短衣，不能吃粗劣的食物，说：“饮食不精美，面容脸色就不值得观看；衣服不华美，身体举止丑陋拖沓，就不值得观看。”因此一定吃精美的膳食，一定穿刺绣华美的衣裳。这些人常常不从事生产穿衣吃饭财用的劳动，而常常吃别人的。所以墨子说：当今国君重臣作乐，损害夺取百姓穿衣吃饭的财用，用来演奏音乐已是这样多了。所以墨子说：作乐是不对的。

注释

❶ 齐康公兴乐万：齐康公演奏《万》舞。齐康公，春秋时期齐国国君。在位期间，齐康公的政权实际上受到了大夫田氏的控制，最终导致齐国政权更迭。孙诒让疑为齐景公之误。乐万，《万》舞，古代一种大规模的舞蹈，据说由万名乐工表演。 ❷ 衣短褐（hè）：穿粗布短衣。 ❸ 糠糟（kāngzāo）：粗劣的食物，也作“糟糠”。 ❹ 从容：举动。羸（léi）：瘦弱，困惫，此指动作拖沓、不流畅。❺ 粱肉：指精美的膳食。 ❻ 文绣：刺绣华美的衣服。 ❼ 掌：通“常”。

【原 文】

今人固与禽兽、麋鹿、蜚鸟、贞虫异者也。[1]今之禽兽、麋鹿、蜚鸟、贞虫，因其羽毛以为衣裘，因其蹄蚤以为绔屦[2]，因其水草以为饮食。故唯使雄不耕稼树艺，雌亦不纺绩织纴，衣食之财固已具矣。今人与此异者也，赖其力者生，不赖其力者不生。君子不强听治，即刑政乱；贱人不强从事，即财用不足。今天下之士君子以吾言不然，然即姑尝数天下分事[3]，而观乐之害。王公大人蚤朝晏退[4]，听狱治政，此其分事也；士君子竭股肱之力，亶[5]其思虑之智，内治官府，外收敛关市、山林、泽梁之利，以实仓廪府库，此其分事也；农夫蚤出暮入，耕稼树艺，多聚叔[6]粟，此其分事也；妇人夙兴夜寐[7]，纺绩织纴，多治麻丝葛绪，捆布縿[8]，此其分事也。今惟毋在乎王公大人说乐而听之[9]，即必不能蚤朝晏退，听狱治政，是故国家乱而社稷危

【译 文】

当今的人类原本与禽兽、麋鹿、飞鸟、昆虫等动物有区别。当今的禽兽、麋鹿、飞鸟、昆虫，把它们的羽毛当作衣服，把它们的蹄爪当作裤子和鞋，把水草当作食物。所以雄性动物不用耕田种植，雌性动物也不用纺纱织布，穿衣吃饭的财用本来已经具备了。当今的人与这些动物不同，依靠自己的力量才能生存，不依靠自己的力量就无法生存。君子不努力断狱治事，刑罚政务便会混乱；平民不努力劳作，财用便会不够。当今天下的士人君子认为我说得不对，那么姑且试着列举天下人各自分内的事情，来看音乐的害处。国君重臣早朝晚退，听理讼狱，治理政事，这是他们分内的事；士人君子竭尽全身的力量，用尽心智去思考，对内治理官府，对外征收关市、山林、泽梁的赋税，来充实粮仓府库，这是他们分内的事；农夫早出晚归，耕作种植，多收获粮食，这是他们分内的事；妇女早起晚睡，纺纱织布，多生产麻丝、葛线，织出成捆的绢帛，这是她们分内的事。现在如果国君重臣喜欢音乐而去听它，便一定不能早朝晚退、听理讼狱、治理政事，因

矣。今惟毋在乎士君子说乐而听之，即必不能竭股肱之力，亶其思虑之智，内治官府，外收敛关市、山林、泽梁之利，以实仓廪府库，是故仓廪府库不实。今惟毋在乎农夫说乐而听之，即必不能蚤出暮入，耕稼树艺，多聚叔粟，是故叔粟不足。今惟毋在乎妇人说乐而听之，即不必能[10]夙兴夜寐，纺绩织纴，多治麻丝葛绪，捆布縿，是故布縿不兴。曰：孰为大人之听治而废国家之从事[11]？曰：乐也。是故子墨子曰：为乐非也。

此国家混乱而社稷危殆。现在如果士人君子喜欢音乐而去听它，便一定不能竭尽全身的力量，用尽心智去思考，对内治理官府，对外征收关市、山林、泽梁的赋税，来充实粮仓府库，因此粮仓府库就会不充实。现在如果农夫喜欢音乐而去听它，便一定不能早出晚归，耕作种植，多收获粮食，因此粮食就会不够。现在如果妇女喜欢音乐而去听它，便一定不能早起晚睡，纺纱织布，多生产麻丝、葛线，织出成捆的绢帛，因此布帛不盛多。试问：是什么荒废了王公贵族的听狱治事和国家的生产劳动？答曰：音乐。所以墨子说：作乐是不对的。

注释

❶ 固：原本，本来。蜚（fēi）鸟：飞鸟。蜚，通“飞”。贞虫：昆虫。 ❷ 绔：同“裤”，裤子。屦：鞋。 ❸ 分事：分内的事情。 ❹ 蚤朝晏退：早朝晚退。蚤，通“早”，下同。 ❺ 亶（dǎn）：通“殚”，竭尽。 ❻ 叔：通“菽”，豆类的总称。 ❼ 夙兴夜寐：早起晚睡。 ❽ 捆（kǔn）布縿（xiāo）：织出成捆的绢帛。捆，布匹的量词。縿，同“绡”，缣帛，即绢类丝织物。 ❾ 说乐而听之：喜欢音乐而去听它。说，同“悦”。 ❿ 不必能：疑应为“必不能”。 ⓫ 孰为大人之听治而废国家之从事：疑应为“孰为而废大人之听治、贱人之从事”。

【原文】

何以知其然也？曰先王之书汤之《官刑》[1]有之，曰："其恒舞于宫，是谓巫风。其刑，君子出丝二卫[2]，小人[3]否，似二伯。"《黄径》乃言曰："呜乎！舞佯佯[4]，黄言孔章[5]，上帝弗常[6]，九有[7]以亡，上帝不顺，降之百殃，其家必坏丧。"察九有之所以亡者，徒从饰乐也。于《武观》[8]曰："启乃淫溢康乐，野于饮食，将将铭，苋磬以力[9]，湛浊[10]于酒，渝食于野，万舞翼翼[11]，章闻于大[12]，天用弗式。"故上者天鬼弗戒，下者万民弗利。

【译文】

怎么知道是这样的呢？先王的书商汤作的《官刑》有记载，说："常在宫中跳舞，这叫作巫风。对其处罚是：君子缴纳两束丝，平民百姓加倍，交出二匹帛。"《黄径》这样记载说："哎呀！舞蹈繁多，乐声响亮，天帝不保佑，九州将灭亡，天帝不答应，将降下各种灾祸，他的家族必然要灭亡。"考察九州灭亡的原因，就是沉迷于音乐啊。《武观》中说："夏启纵乐放荡，在野外游玩饮食，乐声铿锵，笛磬同时演奏，沉湎于饮酒，随意在野外进食，《万》舞整齐壮观，声音响彻云霄，上天不把它当作法度。"所以上面的天帝鬼神不鉴戒，下面的广大百姓没有利益。

注释

❶《官刑》：商汤所制定的官府刑律。 ❷卫："纬"之假音，束。 ❸小人：平民百姓。 ❹佯佯：犹洋洋，众多的样子。 ❺黄言孔章：乐音响亮。黄，应为"其"，代词。孔，很。章，彰显。 ❻常：通"尚"，佑护。 ❼九有：九州，指国家。 ❽《武观》：指《五观》，夏启时期的书籍，后来亡佚。 ❾将将铭，苋磬（xiànqìng）以力：应为"将将锽锽，管磬以方"，乐声铿锵，笛磬同时演奏。方，并。 ❿湛浊：沉湎。 ⓫翼翼：整齐貌。 ⓬大：应为"天"。

【原 文】

是故子墨子曰：今天下士君子，请将欲求兴天下之利，除天下之害，当在乐之为物，将不可不禁而止也。

【译 文】

所以墨子说：当今天下的士人君子们，确实想追求兴起天下的利益，去除天大的祸害，对于音乐这种事物，就不可以不禁止。

非　命上

【原　文】

子墨子言曰：古者王公大人为政国家者，皆欲国家之富、人民之众、刑政之治[1]。然而不得富而得贫，不得众而得寡，不得治而得乱，则是本失其所欲，得其所恶[2]，是故何也？子墨子言曰：执有命者以杂于民间者众[3]。执有命者之言曰："命富则富，命贫则贫，命众则众，命寡则寡，命治则治，命乱则乱，命寿则寿，命夭则夭，命[4]虽强劲，何益哉？"上以说王公大人，下以驵[5]百姓之从事，故执有命者不仁。故当执有命者之言，不可不明辨。

【译　文】

墨子说：古代治理国家的国君重臣，都希望国家富强、人口众多、刑罚政务得到治理。然而国家未得富强反而贫穷，人口未得增多反而减少，刑罚政令未得治理反而混乱。这是从根本上失去了自己想要的，得到了自己憎恶的，这是什么缘故呢？墨子说：主张天命论的人杂处于民间的太多了。主张天命论的人的言论说："命里富裕就富裕，命里贫困就贫困，命里人口众多就人口众多，命里人口少就人口少，命里得到治理就得到治理，命里混乱就混乱，命里长寿就长寿，命里夭折就夭折，纵然有强劲的力量，有什么用呢？"他们用这种言论于上游说国君重臣，于下阻碍百姓的生产劳作，所以主张天命论的人不仁义。所以对于主张天命论的人的言论，不可以不辨明清楚。

注释

❶刑政之治：刑罚政务得到治理。 ❷恶（wù）：憎恶，憎恨，讨厌。 ❸有命：天命。杂：杂处。 ❹命：疑为“力”字之误，应是“力虽强劲”。或认为“命”后有脱文。此从前者。 ❺驵：通“阻”，阻碍。

【原文】

然则明辨此之说将奈何哉？子墨子言曰：必立仪，言而毋仪[1]，譬犹运钧之上而立朝夕者也[2]，是非利害之辨，不可得而明知也。故言必有三表[3]。何谓三表？子墨子言曰：有本之者，有原之者，有用之者。[4]于何[5]本之？上本之于古者圣王之事。于何原之？下原察百姓耳目之实。于何用之？废以为刑政[6]，观其中[7]国家百姓人民之利。此所谓言有三表也。

【译文】

既然如此，那么怎样辨明清楚这种言论呢？墨子说：必须制定标准，说话没有标准，好比在制作陶器的转轮上放置测影的仪器一样，是非利害的分辨是不可能明白了解的。所以言论一定要有三条标准。什么是三条标准？墨子说：考察根源，探究原因，用于实践。如何考察根源？向上追溯古时圣明君王的事迹。如何探究原因？向下考察百姓的日常见闻。如何用于实践？应用在刑罚政务上，观察其（是否）符合国家百姓人民的利益。这就是所说的言论有三条标准。

注释

❶毋仪：没有标准。毋，无、没有。仪，标准。 ❷譬犹：譬如，如同，好比。运钧：制作陶器时所用的转轮。朝夕：古代测日影以定方向的仪器。 ❸表：标准。 ❹本：根源。原：原因。 ❺于何：如何。 ❻废以为刑政：应用在刑罚政务上。废，通“发”，行、实施。 ❼中：符合。

【原 文】

然而今天下之士君子或以命为有，盖[1]尝尚观于圣王之事？古者桀之所乱，汤受而治之；纣之所乱，武王受而治之。此世未易，民未渝[2]，在于桀纣则天下乱，在于汤武则天下治，岂可谓有命哉？

【译 文】

但是当今天下的士人君子有的认为有天命，为什么不试着向上看看圣明君王的事迹呢？古时夏桀扰乱的国家，商汤接手后却治理好了；商纣扰乱的国家，周武王接手后却治理好了。这是世代没有改变，人民没有变化，在夏桀、商纣时，天下就混乱，在商汤、周武王时，天下就得到治理，难道可以说有天命吗？

注 释

❶ 盖：通“盍”，何不。 ❷ 渝：变化。

【原 文】

然而今天下之士君子或以命为有，盖尝尚观于先王之书？先王之书，所以出国家、布施百姓者，宪也。[1]先王之宪亦尝有曰“福不可请，而祸不可讳[2]，敬无益，暴无伤”者乎？所以听狱制罪者，刑也。先王之刑亦尝有曰“福不可请，祸不可讳，敬无益，暴无伤”者

【译 文】

但是当今天下的士人君子有的认为有天命，为什么不试着向上看看先王的书呢？先王的书中，用来治理国家、颁布施行于百姓的，是法律。先王的法律也曾说过“福不可以请求，而祸不可以避免，恭敬没有好处，凶暴没有坏处”这样的话吗？用来断案治罪的，是刑罚。先王的刑罚也曾说过“福不可以请求，祸不可以避免，恭敬没有好处，凶暴没有坏处”这样的话吗？用来整治军队、指挥官兵进

乎？所以整设师旅、进退师徒者，誓也。先王之誓亦尝有曰“福不可请，祸不可讳，敬无益，暴无伤”者乎？是故子墨子言曰：吾当未盐数[3]，天下之良书不可尽计数，大方[4]论数，而五[5]者是也。今虽毋求执有命者之言，不必得，不亦可错[6]乎？今用执有命者之言，是覆天下之义。覆天下之义者，是立命者也，百姓之谇[7]也。说[8]百姓之谇者，是灭天下之人也。然则所为欲义在上者，何也？曰：义人在上，天下必治，上帝山川鬼神必有干主[9]，万民被[10]其大利。何以知之？子墨子曰：古者汤封于亳，绝长继短，方地百里，与其百姓兼相爱、交相利，移则分[11]，率其百姓以上尊天事鬼，是以天鬼富之，诸侯与之，百姓亲之，贤士归之，未殁其世，而王天下，政[12]诸侯。

退的，是誓言。先王的誓言也曾说过“福不可以请求，祸不可以避免，恭敬没有好处，凶暴没有坏处”这样的话吗？所以墨子说：我尚未列举完，天下的好书不可以完全计算数目，大致论说其类别，而上面这三种就是了。现在即使从中寻找主张天命论的人的话语，必然得不到，不是也可以舍弃吗？现在采用主张天命论的人的言论，就是破坏天下的道义。破坏天下道义的人，是主张天命论的人，这是令百姓忧心的事。喜欢让百姓忧心的人，是毁灭天下的人。既然如此，那么想让有道义的人居于上位，为什么呢？答曰：有道义的人居于上位，天下必定能得到治理，天帝、山川、鬼神必定有主持祭祀的宗主，广大百姓能从中获得大的利益。怎么知道是这样呢？墨子说：古时候商汤受封于亳地，取长补短，拥有方圆百里的土地，与他的百姓相互爱护、相互谋利，有节余就分享，率领他的百姓向上尊奉天帝供奉鬼神，所以天帝鬼神使他富裕，诸侯支持他，百姓亲近他，贤士归附他，他未去世时，就已统一天下，统御诸侯。

注释

❶ 布施：公布施行，施行。宪：法律。 ❷ 讳：假借为“违”，逃避，躲避。 ❸ 当：疑为“尚”。盐：疑为“尽”。 ❹ 大方：大略，大概，大致。 ❺ 五：应为“三”。 ❻ 错：通“措”，舍弃。 ❼ 谇（suì）：通“悴”，忧心。 ❽ 说：同“悦”，喜欢。 ❾ 干主：宗主，主事者。 ❿ 被：获得。 ⓫ 移则分：有多余的财物就分享。移，通“侈”，多、多余。 ⓬ 政：作动词，统治。

【原 文】

昔者文王封于岐周[1]，绝长继短，方地百里，与其百姓兼相爱、交相利，则，是以近者安其政，远者归其德。闻文王者，皆起而趋之。罢[2]不肖、股肱不利者，处而愿[3]之，曰：“奈何乎使文王之地及我吾[4]，则吾利，岂不亦犹文王之民也哉？”是以天鬼富之，诸侯与之，百姓亲之，贤士归之，未殁其世，而王天下，政诸侯。乡[5]者言曰：义人在上，天下必治，上帝山川鬼神必有干主，万民被其大利。吾用此知之。

【译 文】

从前文王受封于岐周，取长补短，拥有方圆百里的土地，与他的百姓相互爱护、相互谋利，所以近处的人安于被管理，远处的人因其德行而归顺。听说过文王的人，都来投奔他。疲弱不才、四肢不便的人，聚起后就盼着他，说：“怎样才能使文王的土地扩展到此处，便是我们的大利，这样我们难道不也是文王的子民吗？”所以天帝鬼神使他富裕，诸侯支持他，百姓亲近他，贤士归附他，他未去世时，就已统一天下，统御诸侯。之前说过：仁义的人居于上位，天下必定得到治理，天帝、山川、鬼神必定有主持祭祀的宗主，广大百姓能从中获得大的利益。我由此知道了这点。

注释

❶ 岐周：岐山下的周代旧邑，也就是岐山一带，位于今天的陕西省宝鸡市岐山县。 ❷ 罢（pí）：通“疲”，弱，无能。 ❸ 愿：期盼。 ❹ 吾：疑为衍文，应删去。 ❺ 乡：通“向”，从前，之前。

【原 文】

是故古之圣王发宪出令，设以为赏罚以劝贤[①]。是以入则孝慈于亲戚[②]，出则弟长于乡里[③]，坐处有度，出入有节，男女有辨。是故使治官府则不盗窃，守城则不崩叛[④]，君有难则死[⑤]，出亡则送[⑥]。此上之所赏，而百姓之所誉也。执有命者之言曰：“上之所赏，命固且赏，非贤故赏也。上之所罚，命固且罚，不暴故罚也。”是故入则不慈孝于亲戚，出则不弟长于乡里，坐处不度，出入无节，男女无辨。是故治官府则盗窃，守城则崩叛，君有难则不死，出亡则不送。此上之所罚，百姓之所非毁也。执有命者言曰：“上之所罚，命

【译 文】

所以古时的圣王发号施令，设立赏罚规则来鼓励贤能的人（、阻止残暴的人）。所以贤人在家孝敬尊重双亲，在外尊敬乡里长辈，言行举止有规矩，出入有节制，男女有别。因此让他们治理官府就不会有盗贼行窃，让他们守城就不会背叛，君主有危难能效死，君主出逃能护送。这些都是上级要给予奖赏，而百姓要称誉的。主张天命论的人说：“上级的奖赏，是命里本有的奖赏，并不是因为贤良所以受到奖赏。上级的惩罚，是命里本有的奖罚，并不是因为残暴所以受到惩罚。”所以在家不孝敬尊重双亲，在外不尊敬乡里长辈，言行举止没规矩，出入无节制，男女无别。所以让他们治理官府就有盗贼行窃，让他们守城就会背叛，君主有危难不会效死，君主出逃不能护送。这些都是上级要惩罚，而百姓要批评的。主张天命论的人说：“上级的惩罚，是命里

固且罚，不暴故罚也。上之所赏，命固且赏，非贤故赏也。”以此为君则不义，为臣则不忠，为父则不慈，为子则不孝，为兄则不良，为弟则不弟。而强执此者，此特凶言之所自生，而暴人之道也。

本有的惩罚，并不是因为残暴所以受到惩罚。上级的奖赏，是命里本有的奖赏，并不是因为贤良所以受到奖赏。”这样做君主就会不仁义，做大臣就会不忠诚，做父亲就会不慈爱，做儿子就会不孝顺，做兄长就会不贤良，做弟弟就会不恭敬。而固执地坚持这种观点，这便是凶暴言论产生的根源，也是暴虐者的道理。

注释

❶ 劝贤：下当有“沮暴”二字。 ❷ 亲戚：此指双亲，父母。 ❸ 弟：通“悌”，敬爱兄长。长：作动词，尊敬长者。 ❹ 崩叛：背叛。崩，通“倍”，背叛。 ❺ 死：效死。 ❻ 送：护送。

【原文】

然则何以知命之为暴人之道？昔上世之穷民，贪于饮食，惰于从事，是以衣食之财不足，而饥寒冻馁之忧至，不知曰“我罢不肖，从事不疾”，必曰“我命固且贫”。昔上世暴王不忍其耳目之淫[1]，心涂之辟[2]，不顺其亲戚，遂以亡失国家，倾覆社稷，不知曰“我罢不肖，

【译文】

那么怎么知道天命论是暴虐者的道理呢？从前古代的穷人，贪婪于饮食，懒于劳作，所以穿衣吃饭的财用不够，而当饥饿寒冷的忧患到来时，不知道说“我疲惫无能，劳动不勤快”，一定说“我命里本来贫穷”。从前古代的暴君不能克制他们耳目的贪欲、心路的邪僻，不顺从他们的父母，于是丧失了国家，覆灭了社稷，不知道说“我疲惫无能，处理政事做得不好”，一定说“我命里本来要亡

为政不善”，必曰“吾命固失之”。于《仲虺之告》[3]曰：“我闻于夏人矫天命，布命于下，帝伐之恶，龚[4]丧厥师。”此言汤之所以非桀之执有命也。于《太誓》曰：“纣夷处[5]，不肯事上帝鬼神，祸厥先神禔不祀[6]，乃曰‘吾民有命，无廖排漏[7]’，天亦纵弃之而弗葆。”此言武王所以非纣执有命也。今用执有命者之言，则上不听治，下不从事。上不听治，则刑政乱；下不从事，则财用不足。上无以供粢盛酒醴，祭祀上帝鬼神；下无以降绥[8]天下贤可之士，外无以应待诸侯之宾客，内无以食饥衣寒，将养[9]老弱。故命上不利于天，中不利于鬼，下不利于人。而强执此者，此特凶言之所自生，而暴人之道也。

国”。《仲虺之告》中说：“我听说夏人假托天命，发布政令于天下，天帝讨伐其罪恶行为，因而消灭了他的军队。”这是说商汤反对夏桀主张天命论的原因。《太誓》中说：“纣倨傲不羁，不肯供奉天帝鬼神，遗弃祖先神灵而不祭祀。并且说‘我的百姓有天命，不用尽力去祭祀’，天帝也将抛弃他而不保佑他。”这是说周武王反对商纣王主张天命论的原因。现在采用主张天命论的人的言论，那么居上位者不听狱治国，百姓不生产劳作。居上位者不听狱治国，刑罚政务就会混乱；百姓不生产劳作，财物用度就会不够。对上无法供奉谷物美酒，来祭祀天帝鬼神，对下无法降伏安抚天下贤良之士，对外无法应对接待诸侯宾客，对内无法给饥饿者食物、给受冻者衣服、扶助供养年老体弱的人。所以天命论上不利于天帝，中不利于鬼神，下不利于人。而固执地坚持这种观点，这便是凶暴言论产生的根源，也是暴虐者的道理。

注释

❶忍：克制。淫：贪欲。 ❷辟：邪僻。 ❸《仲虺（huī）之告》：《尚书·商书》中的篇目，商汤的左相仲虺在伐夏后宣读的诰命。 ❹龚：通

“用”，因而。 ❺ 夷处：一说指倨傲、傲慢，一说指“夷虐”，即施行灭族的暴虐酷刑。根据上下文，此取第一种。 ❻ 祸：当为“弃”。厥：其。先神：祖先的神灵。 ❼ 无廖排漏：当为“无僇其务”，不用尽力去祭祀。 ❽ 降绥：降伏安抚。 ❾ 将养：抚养，扶助供养。

【原 文】

是故子墨子言曰：今天下之士君子，忠实① 欲天下之富而恶其贫，欲天下之治而恶其乱，执有命者之言不可不非，此天下之大害也。

【译 文】

所以墨子说：现在天下的士人君子，真正想让天下富裕而厌恶天下贫困，想让天下安定而厌恶天下混乱，对于主张天命论的人的言论就不可以不反对，这是天下的大祸害。

注 释

❶ 忠实：真实，真正。一说为内心确实。

非 命中

【原 文】

子墨子言曰：凡出言谈、由文学[1]之为道也，则不可而不先立义法[2]。若言而无义，譬犹立朝夕于员钧之上也，则虽有巧工，必不能得正焉。然今天下之情伪未可得而识也，故使言有三法。三法者何也？有本之者，有原之者，有用之者。于其本之也，考之天鬼之志、圣王之事；于其原之也，征[3]以先王之书。用之奈何？发[4]而为刑。此言之三法也。

【译 文】

墨子说：凡是发表言论、写文章的方法，那么不可以不先制定一个标准法则。如果言论没有标准，好比在制作陶器的转轮上放置测影的仪器一样，那么即使灵巧的工匠，一定不能得到正确的答案。然而现在世上的真假尚未得到辨识，所以使用言论有三种法则。这三种法则是什么呢？考察本源，探究原因，用于实践。在考察本源方面，考察天帝鬼神的意志、圣王的事迹；在探究原因方面，用先王的书来验证。如何用于实践呢？推行到刑罚政令上。这就是言论的三种法则。

注 释

❶ 由文学：写文章。由，为、从事。 ❷ 义法：仪制法则，标准法则。 ❸ 征：证明，验证。 ❹ 发：推行，施行，实行。

【原文】

今天下之士君子，或以命为亡[①]。我所以知命之有与亡者，以[②]众人耳目之情知有与亡。有闻之，有见之，谓之有；莫之闻，莫之见，谓之亡。然胡不尝考之百姓之情？自古以及今，生民以来者，亦尝见命之物[③]，闻命之声者乎？则未尝有也。若以百姓为愚不肖，耳目之情不足因而为法，然则胡不尝考之诸侯之传言流语乎？自古以及今，生民以来者，亦尝有闻命之声，见命之体者乎？则未尝有也。然胡不尝考之圣王之事？古之圣王，举孝子而劝之事亲，尊贤良而劝之为善，发宪布令以教诲，明赏罚以劝沮[④]。若此，则乱者可使治，而危者可使安矣。若以为不然，昔者桀之所乱，汤治之；纣之所乱，武王治之。此世不渝而民不改，上变政而民易教，其在汤武则治，其在桀纣则乱。

【译文】

当今天下的士人君子，有的认为有天命，有的认为没有天命。我之所以知道天命的有和没有，是按照众人耳闻目见的实际情况来知道有和没有的。有人听过它，有人见过它，叫作有；没人听过它，没人见过它，叫作没有。然而为什么不试着考察百姓的实际情况呢？从古至今，自有人民以来，也曾见过天命的形体，听过天命的声音吗？从来没有过。如果认为百姓愚笨无能，他们耳闻目见的实情不能够作为标准，既然这样，那么为什么不试着考察诸侯之间流传的话语呢？从古至今，自有人民以来，也曾听过天命的声音，见过天命的形体吗？从来没有过。那么为什么不试着考察圣王的事迹呢？古代的圣王推举孝子来鼓励百姓侍奉双亲，尊重贤良来鼓励百姓做好事，发号施令来教诲百姓，严明赏罚来鼓励善行、阻止恶行。如果这样，那么混乱就可以得到治理，而危难就可以转为安定。如果认为不是这样，从前夏桀所扰乱的国家，商汤治理好了；商纣王所扰乱的国家，周武王治理好了。这个世代没有改变而百姓没有改变，君王改变政令而百姓就容易教导，国家在商汤和周武王时就能得到治理，国家在夏桀和商纣王时就混乱。

安危治乱，在上之发政[5]也，则岂可谓有命哉？夫曰有命云者，亦不然矣。

安定、危殆、治理、混乱，在于君主发布的政令，那么难道可以说有天命吗？那些说有天命的，并不是这样啊。

注释

❶ 或以命为亡：前应有一句“或以命为有”，即有的认为有天命。 ❷ 以：根据，按照。 ❸ 物：形体。 ❹ 明：严明。沮：阻止，阻碍。 ❺ 发政：发布政令，施行政治措施。

【原文】

今夫有命者言曰：我非作之后世也，自昔三代有若言以传流矣。今故先生对之[1]？曰：夫有命者，不志[2]昔也三代之圣善人与？意[3]亡昔三代之暴不肖人也？何以知之？初之列士桀大夫[4]，慎言知行，此上有以规谏其君长，下有以教顺其百姓，故上得其君长之赏，下得其百姓之誉。列士桀大夫声闻不废，流传至今，而天下皆曰其力也，必不能曰我见命焉。

【译文】

现在主张天命的人说：我并不是造作于后世，从以前夏商周三代就有这种言论流传了。现在先生为什么反对它？答道：主张有天命的人，不知道是从前三代的圣人善人，还是从前三代的残暴无能的人呢？怎么知道是这样呢？以前的有功之士和杰出的大夫，言行谨慎，这样对上能劝诫谏诤他们的君王、长官，对下能教导安抚他们的百姓，所以对上能得到他们君主、长官的奖赏，对下能获得他们百姓的赞誉。有功之士和杰出大夫的名声没有废止，流传到现在，而天下人都会说这是他们努力的结果，必定不会说我们命里显示的是这样。

注释

❶今故先生对之：疑当为“今胡先生对之”，意即现在先生为什么反对它。❷不志：不知道。志，通“识”。❸意：通“抑”，表示选择，还是。❹桀大夫：杰出的大夫。

【原文】

是故昔者三代之暴王，不缪①其耳目之淫，不慎其心志之辟②，外之驱骋田猎毕弋③，内沈于酒乐，而不顾其国家百姓之政。繁为无用，暴逆百姓，使下不亲其上，是故国为虚厉④，身在刑僇⑤之中，不肯曰：“我罢不肖，我为刑政不善。”必曰：“我命故⑥且亡。”虽昔也三代之穷民，亦由此也。内之不能善事其亲戚，外不能善事其君长，恶恭俭而好简易，贪饮食而惰从事，衣食之财不足，使身至有饥寒冻馁之忧，必不能曰：“我罢不肖，我从事不疾。”必曰：“我命固且穷。”虽昔也三代之伪民⑦，亦犹此也。繁饰有命，以教众愚朴人久矣。圣王之患此

【译文】

所以从前三代的暴君，不纠正他们耳目的贪欲，不小心他们内心的邪僻，在外驱策驰骋打猎射鸟，回宫沉迷于饮酒作乐，而不管他国家百姓的政事。频繁做无用的事情，暴虐对待百姓，致使在下的人不敬重在上的人，所以国家宅屋空荡，人丁无继，自己受到刑罚，不肯说：“我疲惫无能，我推行刑罚政令做得不好。”一定说：“我命里本来应当灭亡。”即使是从前三代的穷人，也是这样。在家不能好好侍奉他们的父母，在外不能好好侍奉他们的君主、长官，厌恶恭敬勤俭而喜欢简慢轻率，贪于饮食而懒于劳作，穿衣吃饭的财用不够，致使身体有挨饿受冻的忧患，一定不会说：“我疲惫无能，我劳作不勤快。”一定说：“我命里本来就贫穷。”即使是从前三代虚伪的人，也都这样。过多地粉饰天命论，用来教导众多敦厚质

也，故书之竹帛，琢之金石。于先王之书《仲虺之告》曰：“我闻有夏人矫天命，布命于下，帝式是恶，用阙师[8]。”此语[9]夏王桀之执有命也，汤与仲虺共非之。先王之书《太誓》之言然，曰：“纣夷之居，而不肯事上帝，弃阙其先神而不祀也，曰‘我民有命，毋僇其务’，天不亦弃纵而不葆。”此言纣之执有命也，武王以《太誓》非之。有于《三代》《不国》[10]有之，曰：“女毋崇天之有命也。”命《三》《不国》亦言命之无也。于召公之《执令》于然，且：“敬哉！无天命，惟予二人，而无造言，不自降天之哉得之。”[11]在于商夏之诗书曰：“命者，暴王作之。”且今天下之士君子，将欲辩是非利害之故，当天有命者，不可不疾非也。执有命者，此天下之厚害也，是故子墨子非也。

朴的人已经很久了。圣王的忧虑在这里，所以书写在竹简帛书上，雕刻在金石上。先王的书《仲虺之告》上说：“我听说夏人假托天命，发布政令于天下，天帝因此憎恶他，因而消灭了他的军队。”这是说夏桀主张天命论，商汤与仲虺一起反对他。先王的书《太誓》这样说道：“纣倨傲不羁，不肯供奉天帝，遗弃祖先神灵而不祭祀，说‘我的百姓有天命，不用尽力去祭祀’，天帝也将抛弃他而不保佑他。”这是说商纣王主张天命论，周武王作《太誓》反对他。《三代》《百国》也有这样的记载，说：“你们不要相信有天命。”《三代》《百国》也说天命是没有的。西周召公的《执令》也是这样，说：“要恭敬啊！没有天命，只有我们两个人，而没有捏造的言语，福不是从天上降下来的，而是我们自己得来的。”商夏的诗、书中说：“天命是暴君捏造的。”况且当今天下的士人君子，想要辨明是非利害的原因，对于天有命的言论，不可以不极力反对。主张有命论的人，是天下的大祸害，所以墨子反对他们。

注释

❶缪：通“纠”，纠正。　❷心志之辟：内心的邪僻。　❸田：狩猎，打猎。毕弋：泛指打猎。毕，捕捉禽鸟、野兔的网。弋，射鸟的箭。　❹虚厉：也作“虚戾”，国空人绝。居宅无人叫虚，死而无后为厉。　❺僇：通“戮”。❻故：来，本来。　❼伪民：诈伪之人。　❽用阙师：应为“用丧厥师”，因而消灭了他的军队。　❾语：作动词，说。　❿《三代》《不国》：应为《三代》《百国》，孙诒让疑皆为古史记之名。　⓫且：应为“曰”。造：制造，捏造。不自降天之哉得之：应为“不自天降，自我得之”。

非 命下

【原 文】

子墨子言曰：凡出言谈，则必可而①不先立仪而言。若不先立仪而言，譬之犹运钧之上而立朝夕焉也。我以为虽有朝夕之辩，必将终未可得而从定也。是故言有三法。何谓三法？曰：有考之者，有原之者，有用之者。恶乎②考之？考先圣大王之事。恶乎原之？察众之耳目之请。恶乎用之？发而为政乎国，察万民而观③之。此谓三法也。

【译 文】

墨子说：凡是发表言论，那么一定不可以不先制定标准。如果不先确立标准，好比在制作陶器的转轮上放置测影的仪器一样。我认为虽然能分辨出早晚，最终将必定得不到一个确定的时间。所以言论有三种法则。什么是三种法则？答道：考察根源，探究原因，用于实践。怎么考察根源？考察先代圣王的事迹。怎么探究原因？考察民众耳闻目见的实情。怎么用于实践？推行到处理政事上，察看广大百姓来观察它的实际效果。这就是三种法则。

注释

❶ 必可而：应为“必不可而”。 ❷ 恶（wū）乎：怎么，如何。 ❸ 观：观察。

【原 文】

故昔者三代圣王禹汤文武方为政乎天下之时，曰："必务举孝子而劝之事亲，尊贤良之人而教之为善。"是故出政施教，赏善罚暴。且以为若此，则天下之乱也，将属[①]可得而治也；社稷之危也，将属可得而定也。若以为不然，昔桀之所乱，汤治之；纣之所乱，武王治之。当此之时，世不渝而民不易，上变政而民改俗。存乎桀纣而天下乱，存乎汤武而天下治。天下之治也，汤武之力也；天下之乱也，桀纣之罪也。若以此观之，夫安危治乱存乎上之为政也，则夫岂可谓有命哉？故昔者禹汤文武方为政乎天下之时，曰："必使饥者得食，寒者得衣，劳者得息，乱者得治。"遂得光誉令问于天下[②]。夫岂可以为命哉？故以为其力也！今贤良之人，尊贤而好功道术，故上得其王公大人之赏，下得其

【译 文】

所以从前三代的圣王禹、汤、文王、武王刚开始治理天下的政事时，说："必须致力于举拔孝子从而鼓励人民侍奉父母，尊重贤良的人从而教导人们做善事。"所以公布政令施行教化，奖赏善行惩罚恶行。并且认为如果这样做，那么天下的混乱将恰好可以得到治理，社稷的危险将恰好可以得到平定。如果认为不是这样，从前夏桀所扰乱的国家，商汤治理好了；商纣王所扰乱的国家，周武王治理好了。在那个时候，世代没有改变而且人民没有改变，君王改变政令而民众改变了风俗。在夏桀、商纣王时，天下混乱，在商汤、周武王时，天下安定。天下的安定，是商汤、周武王的功劳；天下的混乱，是夏桀、商纣王的罪过。如果这样来看，安定、危殆、治理、混乱在于君主的施政，那么怎么可以说有天命呢？所以从前禹、汤、文王、武王刚开始治理天下的政事时，说："一定让饥饿的人得到食物，寒冷的人得到衣服，疲劳的人得到休息，混乱得到治理。"于是他们在天下获得广泛的声誉、美好的名声。难道可以认为是天命吗？本来就是由于他们的努力啊！当今贤良的人，尊重贤人而注重治国之道，所以他们上面得到国君重臣的奖赏，下面得到

万民之誉，遂得光誉令问于天下。亦岂以为其命哉？又以为力也！然今夫有命者，不识昔也三代之圣善人与，意亡昔三代之暴不肖人与？若以说观之，则必非昔三代圣善人也，必暴不肖人也。

广大百姓的称誉，于是在天下得到广泛的声誉、美好的名声。难道也可以认为是天命吗？也是由于努力啊！然而现在主张天命论的人，不知道是从前三代的圣人善人，还是从前三代的凶暴无能的人？如果从他们的言论来看，那么必定不是从前三代的圣人善人，必定是凶暴无能的人。

注释

❶ 属：正，恰好。 ❷ 光誉：广泛的声誉。令问：令闻，美好的名声。问，通“闻”。

【原 文】

然今以命为有者，昔三代暴王桀纣幽厉，贵为天子，富有天下，于此乎不而矫其耳目之欲[1]，而从其心意之辟[2]。外之驱骋田猎毕弋，内湛[3]于酒乐，而不顾其国家百姓之政。繁为无用，暴逆百姓，遂失其宗庙。其言不曰：“吾罢不肖，吾听治不强[4]。”必曰：“吾命固将失之。”虽昔也三代罢不肖之民，亦犹此也。不能善事亲戚君长，甚恶恭

【译 文】

然而当今认为有天命的人，像从前三代的暴君夏桀、商纣、周幽王、周厉王，尊贵为天子，完全拥有天下，当时却不能纠正耳目的贪欲，而是放纵他们内心的邪僻。在外驱策驰骋打猎射鸟，回宫沉迷于饮酒作乐，而不管他国家百姓的政事。频繁地做无用的事情，暴虐对待百姓，于是丧失国家。他们不肯说：“我疲惫无能，我断狱治事不努力。”一定说：“我命里本来将失去国家。”即使是从前三代疲弱无能的百姓，也是这样。不能好好侍奉父

俭而好简易，贪饮食而惰从事，衣食之财不足，是以身有陷乎饥寒冻馁之忧。其言不曰："吾罢不肖，吾从事不强。"又曰："吾命固将穷。"昔三代伪民亦犹此也。

母、君王、长官，十分厌恶恭敬勤俭却喜好简慢轻率，贪于饮食而懒于劳作，穿衣吃饭的财用不够，所以使自己陷于挨饿受冻的忧患中。他们不说："我疲惫无能，我劳作不努力。"而说："我命里本来将贫穷。"从前三代虚伪的人也是这样。

注释

❶不而：不能。而，通"能"。矫：纠正，改正。　❷从其心意之辟：放纵他们内心的邪僻。从，同"纵"，放纵。辟，邪僻。　❸湛：同"沈"，沉溺，沉迷，沉陷。　❹强：努力，勉力。

【原文】

昔者暴王作之，穷人术①之，此皆疑众迟朴②。先圣王之患之也，固在前矣，是以书之竹帛，镂之金石，琢之盘盂③，传遗后世子孙。曰：何书焉存？禹之《总德》有之，曰："允不著④，惟天民不而葆。既防⑤凶心，天加之咎，不慎厥德⑥，天命焉葆？"《仲虺之告》曰："我闻有夏人矫天命于下，帝式是增，用爽厥

【译文】

从前的暴君编造了天命论，穷人记述它，这些都是用来迷惑众多迟钝朴质之人的。古代圣明的君王对此的忧虑，已经早就有了，所以书写在竹简帛书上，镂刻在金石上，雕刻在盘盂上，留传给后世子孙。人们问道：什么书保存有这些话？禹的《总德》有这样的记载，说："确实对天不恭顺，即使天帝、民众都不能给予保护。既然放纵凶恶之心，天帝施加惩罚，不重视德行修养，天命怎会保护他呢？"《仲虺之告》说："我听说夏人假托天命，向百姓传达命令，天帝因此

师。”[7]彼用无为有，故谓矫，若有而谓有，夫岂为矫哉？昔者桀执有命而行，汤为《仲虺之告》以非之。《太誓》之言也，于《去发[8]》曰：“恶乎君子！天有显德，其行甚章，为鉴不远，在彼殷王。谓人有命，谓敬不可行，谓祭无益，谓暴无伤。上帝不常，九有以亡；上帝不顺，祝降其丧。惟我有周，受之大帝。”[9]昔纣执有命而行，武王为《太誓》《去发》以非之。曰：子胡不尚考之乎商周虞夏之记[10]，从十简之篇以尚皆无之，将何若者也？

憎恶他，因而消灭了他的军队。”夏人无中生有，所以叫假托，如果本来就有而说有，怎么是假托呢？从前夏桀主张依照天命行事，商汤作《仲虺之告》来反对他。《太誓》也是这样说，《太子发》中说：“啊呀君子！天有明德，其行为光明磊落，可以借鉴的事迹并不远，就在商纣王。他说人有天命，说恭敬不必实行，说祭祀没有好处，说凶暴没有害处。天帝不佑护他，九州因此灭亡；天帝不依顺，降下灾祸要了他的性命。只有我周朝，接管了商的天下。”从前商纣王主张依天命行事，周武王作《太誓》的《太子发》来反对它。说：你为什么不向上考察商、周、虞、夏的史料，十简之篇以上都没有天命的记载，将怎么办呢？

注释

❶术：通“述”，记述，陈述。 ❷疑：迷惑。迟朴：迟钝朴质。 ❸盘盂：古代盛食物或水的圆形器皿。 ❹允不著：确实对天不恭顺。 ❺防：当为“放”，放纵。 ❻不慎厥德：不重视德行修养。 ❼增：通“憎”，厌恶、痛恨。爽：败，伤。 ❽去发：应为“太子发”，指周武王姬发。 ❾九有：九州。借指天下。大帝：应为“大商”。 ❿胡：为何。尚：上。

【原 文】

是故子墨子曰：今天下之君子之为文学、出言谈也，非将勤劳其惟舌，而利其唇呡也，中实将欲其国家邑里万民刑政者也。[①]今也王公大人之所以蚤[②]朝晏退，听狱治政，终朝均分而不敢怠倦者，何也？曰：彼以为强必治，不强必乱；强必宁，不强必危，故不敢怠倦。今也卿大夫之所以竭股肱之力，殚其思虑之知，内治官府，外敛关市、山林、泽梁之利，以实官府，而不敢怠倦者，何也？曰：彼以为强必贵，不强必贱；强必荣，不强必辱，故不敢怠倦。今也农夫之所以蚤出暮入，强乎耕稼树艺，多聚叔[③]粟，而不敢怠倦者，何也？曰：彼以为强必富，不强必贫；强必饱，不强必饥，故不敢怠倦。今也妇人之所以夙兴夜寐，强乎纺绩织纴，多治麻統葛绪，捆布縿，而不敢怠倦者，何也？[④]曰：彼以为强必富，不强必贫；强必暖，不强必寒，故不

【译 文】

所以墨子说：当今天下的君子写文章、发表言论，不是想使他们的喉舌勤劳，使他们的嘴唇利索，真正是想为了他们国家乡里的广大百姓和刑罚政务。当今的国君重臣之所以要早上朝晚退朝，审案理政，整日在朝均衡分配职事而不敢松懈倦怠，为什么呢？答道：他们认为努力必定能治理好，不努力必定会混乱；努力必定能安宁，不努力必定会危险，所以不敢松懈倦怠。当今的公卿大夫之所以用尽四肢的力量，用尽他们心智的聪慧，在内治理官府，在外征收关市、山林、泽梁的赋税，来充实官府，而不敢松懈倦怠，为什么呢？答道：他们认为努力必定能高贵，不努力必定会低贱；努力必定能获得荣耀，不努力必定会受到屈辱，所以不敢松懈倦怠。当今的农夫之所以早出晚归，努力耕作种植，多收获粮食，而不敢松懈倦怠，为什么呢？答道：他们认为努力必定能富裕，不努力必定贫穷；努力必定能吃饱，不努力必定挨饿，所以不敢松懈倦怠。当今的妇女之所以早起晚睡，努力纺纱织布，多生产麻丝、葛布，织出成捆的绢帛，而不敢松懈倦怠，为什么呢？答道：她们认为努力必定

敢怠倦。今虽毋在乎王公大人，蕢若[5]信有命而致行之，则必怠乎听狱治政矣，卿大夫必怠乎治官府矣，农夫必怠乎耕稼树艺矣，妇人必怠乎纺绩织纴矣。王公大人怠乎听狱治政，卿大夫怠乎治官府，则我以为天下必乱矣。农夫怠乎耕稼树艺，妇人怠乎纺绩织纴，则我以为天下衣食之财将必不足矣。若以为政乎天下，上以事天鬼，天鬼不使[6]；下以持养百姓，百姓不利，必离散不可得用也。是以入守则不固，出诛则不胜。故虽昔者三代暴王桀纣幽厉之所以共抎[7]其国家，倾覆其社稷者，此也。

能富裕，不努力必定贫穷；努力必定能穿暖，不努力必定受寒，所以不敢松懈倦怠。当今的国君重臣，假如确实相信天命并如此去做，那么必定懒于审案理政，卿大夫必定懒于治理官府，农夫必定懒于耕作种植，妇女必定懒于纺纱织布。国君重臣懒于审案理政，卿大夫懒于治理官府，那么我认为天下必定会混乱。农夫懒于耕作种植，妇女懒于纺纱织布，那么我认为天下的衣食财用必定会不够。如果这样治理天下，对上侍奉天帝鬼神，天帝鬼神必定不依从；对下养育百姓，百姓得不到利益，必定要涣散而无法遣用。所以在内防守不能坚固，在外征讨不能取胜。所以即使是从前三代的暴君夏桀、商纣、周幽王、周厉王之所以失去国家，毁灭社稷，其原因就在这里。

注释

❶ 惟舌：应为“喉舌”。吻（wěn）：同“吻”。 ❷ 蚤：通“早”。 ❸ 叔：通“菽”，豆类的总称。 ❹ 麻統葛绪：麻丝葛线。捆布縿：织出成捆的绢帛。 ❺ 蕢（kuì）若：应为“藉若”，假若。 ❻ 天鬼不使：应为“天鬼不从”，天鬼不依从。 ❼ 共抎（yǔn）：应为“失抎”，失去。一说为“共亡”。抎，有所失也。

【原 文】

是故子墨子言曰：今天下之士君子，中实将欲求兴天下之利，除天下之害，当若有命者之言，不可不强非也。曰：命者，暴王所作，穷人所术，非仁者之言也。今之为仁义者，将不可不察而强非者此也。

【译 文】

所以墨子说：当今天下的士人君子，真正想追求兴起天下的利益，去除天下的祸害，对于有天命的言论，不可以不极力反对。说道：天命，是暴虐的君王编造的，穷人传述的，不是仁人的言论。当今实行仁义的人，将不可以不明察而极力反对的理由就在这里。

非 儒下

【原 文】

儒者曰："亲亲有术[①]，尊贤有等。"言亲疏尊卑之异也。其礼曰："丧父母三年，妻、后子三年，伯父叔父弟兄庶子其，戚族人五月。"[②]若以亲疏为岁月之数，则亲者多而疏者少矣，是妻、后子与父同也。若以尊卑为岁月数，则是尊其妻子与父母同，而亲伯父宗兄而卑子也[③]。逆孰大焉？其亲死，列尸弗敛，登屋窥井，挑鼠穴，探涤器，而求其人焉。[④]以为实在，则赣愚[⑤]甚矣；如其亡也，必求焉，伪亦大矣。取妻身迎[⑥]，祗褍[⑦]为仆，秉辔授绥[⑧]，如仰[⑨]严亲，昏礼威仪，如承祭祀。

【译 文】

儒者说："亲近亲人是有差别的，尊重贤才是有等级的。"这是说亲疏、尊卑存在差异。他们倡导的礼仪说："父母去世要服丧三年，妻子和长子去世要服丧三年，伯父、叔父、弟兄、庶子去世要服丧一年，宗族的人死了要服丧五个月。"如果按照亲近疏远的关系来确定服丧时间，那就亲近的多而疏远的少，那么给妻子、长子的服丧时间就和父母的相同了。如果按照尊贵卑贱来确定服丧时间，那么就是尊妻子、长子与父母相同，亲近伯父、同宗的兄弟如同庶子了。有比这更违背常理的吗？他们的双亲去世，陈放尸体而不放入棺材内，登上屋顶，窥探水井，挖鼠洞，探看洗涤的器皿，而为其招魂。认为死者的灵魂还存在，那实在是太刚直愚笨了；如果死者的灵魂不存在，却一定要寻求，那也太虚伪了。娶妻要亲自迎接，穿着正式的黑色礼服像仆人一样，拿着马缰绳并将登车的绳递给新娘，如同给父母驾车般恭敬，婚礼隆重威严，就像承办祭祀一样。

颠覆上下，悖逆父母，下则妻子，妻子上侵。事亲若此，可谓孝乎？儒者：迎妻，妻之奉祭祀，子将守宗庙，故重之。应之曰：此诬言也。其宗兄守其先宗庙数十年，死，丧之其；兄弟之妻奉其先之祭祀，弗散[10]。则丧妻、子三年，必非以守奉祭祀也。夫忧妻、子以大负絫[11]，有曰“所以重亲也”。为欲厚所至私，轻所至重，岂非大奸也哉？

这实际上是颠倒上下次序，违逆父母，将父母的地位降到妻子、长子的地位，把妻子、长子的地位提升到父母的地位。这样侍奉父母，可以称为孝顺吗？儒者说：迎娶妻子，妻子要供奉祭祀，长子要守护宗庙，因此重视他们。回应说：这是胡说。他们的宗族兄长守护祖先宗庙几十年，他们死后，只为他们服丧一年；兄长和弟弟的妻子奉行祖先的祭祀，死后却不为她们服丧。那么为妻子、长子服丧三年，必定不是因为他们奉行祖先的祭祀。优厚妻子、长子已经是大过错，又要说“这样做是为了尊重父母”。因为想厚待自己最亲近的人，轻视最重要的人，难道不是大奸大恶吗？

注释

❶亲亲有术：亲近亲人是有差别的。第一个“亲”为动词，亲近。第二个是名词，亲属。术，通“杀”，等级。 ❷后子：嗣子，长子。其：同“期”，一周年。戚族：宗族，亲族。 ❸而：如同。卑子：婢子，奴婢所生之子，就是庶子。 ❹登屋：指登上屋顶，挥动衣服来招魂。窥井、挑鼠穴、探涤器，都是招魂的动作。 ❺赣愚：刚直而愚笨。 ❻身迎：亲迎，相当于今天的娶亲。 ❼祗褍（zhǐduān）：玄端，一种黑色的礼服。 ❽辔：马缰绳。绥：登车时手挽的索。 ❾仰：一说应为“御”，驾车。一说为仰视、敬畏。此取第一种释义。 ❿弗散：应为“弗服”，不为兄弟之妻服丧。 ⓫忧：通“优”，优厚。以：通“已”。负絫：亦作“负累”，过错，罪过。

【原 文】

有强执有命以说议曰："寿夭贫富，安危治乱，固有天命，不可损益。穷达赏罚，幸否有极[1]，人之知[2]力，不能为焉。"群吏信之，则怠于分职；庶人信之，则怠于从事。吏不治则乱，农事缓则贫，贫且乱，政之本[3]，而儒者以为道教[4]，是贼[5]天下之人者也。

【译 文】

又有坚持有天命主张的人议论说："长命、夭折、贫穷、富贵，安定、危难，治理、混乱，本来就有天命，是不能减少增加的。穷困、显达、奖赏、惩罚，幸与不幸都有定数，人的智慧和力量不能改变。"官吏们相信了这些话，就惰于自己的分内职事；百姓们相信了这些话，就惰于生产劳作。官吏不治理政事就会混乱，农业生产缓慢就会贫穷。贫穷且混乱，是扰乱政务的根本，然而儒者把其作为道德教化的方法，这是在残害天下的人民。

注 释

❶ 否：不幸。极：定数。 ❷ 知：同"智"。 ❸ 政之本：应为"倍政之本"，违背政务的根本。 ❹ 道教：道德教化。 ❺ 贼：残害。

【原 文】

且夫繁饰礼乐以淫人[1]，久丧伪哀以谩[2]亲，立命缓贫而高浩居[3]，倍本弃事而安怠傲[4]。贪于饮食，惰于作务，陷于饥寒，危于冻馁，无以违[5]之。是

【译 文】

况且儒者以繁缛的礼乐制度来使人贪图享受，用长久的丧礼和虚假的哀伤来欺骗父母，创立"天命"说让人安于贫困并傲慢自负，背弃根本、荒废生产而安于怠惰遨游。他们贪图吃喝，懒于劳动，以至于陷入饥饿寒冷之中，有冻饿而死的危险，却无法摆脱困境。他们

若人气⑥，鼸鼠藏⑦，而羝羊视⑧，贲彘⑨起。君子笑之，怒曰："散人，焉知良儒！"⑩夫夏乞麦禾，五谷既收，大丧是随，子姓⑪皆从，得厌⑫饮食，毕治数丧，足以至矣。因人之家翠以为⑬，恃⑭人之野以为尊，富人有丧，乃大说⑮喜，曰："此衣食之端也。"

像乞丐，像田鼠一样储藏食物，像公羊一样瞪着眼寻找食物，像野猪一样纵身跃起吃食。君子讥笑他们，他们却发怒说："你们这些平庸无用之人，怎么知道我们这些高尚的儒家之士！"他们夏季向人乞讨麦子，五谷已经丰收，接着就有隆重的丧礼，他们的子孙全都跟随，得以吃饱喝足，等替人办理几次丧事后，他们的生活之资也就足够了。他们靠别人的家产养活自己，仰仗别人家的田地使自己尊贵，富人家有丧事，他们就十分高兴，说："这是我们衣食的来源啊。"

注释

❶淫人：使人贪图淫逸。❷谩：欺骗。❸缓贫：让人安于贫困。缓，有"安"之义。浩居：傲倨，骄傲自大，怠慢不恭貌。❹倍：背弃，违背。怠傲：亦作"怠敖"，怠惰遨游。❺违：避免，摆脱。❻人气：应为"乞人"，乞丐。❼鼸（xiàn）鼠藏：像田鼠一样储藏食物。鼸鼠，田鼠，能将食物储藏在颊内以供需要时食用。❽羝（dī）羊：公羊。❾贲彘：野猪。一说为阉割过的公猪。❿散人：平庸无用之人。良儒：儒者自称。⓫子姓：子女，子辈，泛指子孙、后辈。⓬厌：吃饱。⓭因人之家翠以为：当为"因人之家以为翠"，靠别人的家产养活自己。翠，当为"脺"之省，肥。⓮恃：仰仗，依靠。⓯说：同"悦"。

【原　文】

儒者曰：君子必服古言①然后仁。应之曰：所谓

【译　文】

儒者说：君子的言论和服饰都要依照古人，然后才算仁义。我们回答说：所说

古之言服者，皆尝新矣，而古人言之、服之，则非君子也。然则必服非君子之服，言非君子之言，而后仁乎？

的古代的言论、服饰，都曾经是新的，然而古人用了这些言论和服饰，就不是君子了。那么必须要穿不是君子所穿的衣服，说不是君子所说的话，然后才算仁义吗？

注释

❶ 古言：当为“古言服”，言论和服饰依照古人。

【原文】

又曰：君子循而不作[1]。应之曰：古者羿作[2]弓，伃作甲，奚仲[3]作车，巧垂[4]作舟。然则今之鲍、函、车、匠皆君子也[5]，而羿、伃、奚仲、巧垂皆小人邪？且其所循，人必或作之，然则其所循皆小人道也？又曰：君子胜不逐奔，掩函[6]弗射，施则助之胥车[7]。应之曰：若皆仁人也，则无说而相与[8]。仁人以其取舍是非之理相告，无故从有故也，弗知从有知也，无辞必服，见善必迁，何故相[9]？若两暴交争，其胜者欲

【译文】

儒者又说：君子只因循旧制而不创新。我们回答道：古时羿制造了弓，伃制造了铠甲，奚仲制造了车，巧垂制造了船。既然这样，那么现在的皮匠、铁匠、车工、木工都是君子，而羿、伃、奚仲、巧垂都是小人吗？况且他们所因循的，一定是有人创作的，既然这样，那么后人所因循的都是小人之道吗？儒者又说：君子胜利了就不再追赶逃跑的敌人，敌人身陷陷阱不再射击，敌人败逃就帮他们推车。我们回答道：如果双方都是仁人，便没有理由相互攻打。仁人把自己取舍是非的道理相互告知，没有道理的遵从有道理的，不了解情况的遵从了解情况的，说不出理由的一定屈服，看到好的一定效法，为什么会相互敌对呢？如果两个暴虐的人互相争斗，胜利的人想要

不逐奔，掩函弗射，施则助之胥车，虽尽能犹且不得为君子也。意暴残之国也，圣将为世除害，兴师诛罚，胜将因用儒术令士卒曰：“毋逐奔，掩函勿射，施则助之胥车。”暴乱之人也得活，天下害不除，是为群残父母而深贱世⑩也，不义莫大焉！

不追赶逃跑的人，对方身陷陷阱不再射击，对方败逃就帮他们推车，即使尽力做这些事情尚且不能成为君子。对于残暴者统治的国家，圣人将替世人去除祸害，举兵去诛罚恶人，胜利将用儒家的学说命令士兵说：“不追赶逃跑的敌人，敌人身陷陷阱不再射击，敌人败逃就帮他们推车。”残暴作乱的人也得以活命，天下的祸害不能去除，这是残害众人的父母且严重地残害世人，没有比这大的不义了！

注释

❶ 循：因循。作：创新。 ❷ 作：制作，制造。 ❸ 奚仲：夏时掌管车辆、车服的官员，据说他发明了车。 ❹ 巧垂：尧时巧匠，据说他发明了船。 ❺ 鲍：制作皮革的工匠。函：制作铠甲的工匠。车：制作车的工匠。匠：木工。 ❻ 掩函：捕敌于陷阱。 ❼ 施则助之胥车：疑文字有误，大意是：敌人败逃，就帮助他们推车。 ❽ 相与：相敌，相互对抗。 ❾ 何故相：应为“何故相与”，意即为什么互相敌对。 ❿ 贱世：应为“贼世”，残害世人。

【原 文】

又曰：君子若钟，击之则鸣，弗击不鸣。应之曰：夫仁人事上竭忠，事亲得孝，务善则美①，有过则谏，此为人臣之道也。今击之则鸣，弗击不

【译 文】

儒者又说：君子像钟一样，敲击就会响，不敲就不响。我们回答说：仁人侍奉君主尽忠，侍奉父母孝敬，做善事就赞美，有过失就劝谏，这是做臣子的原则。现在敲击它才响，不敲就不响，隐藏智慧而不出余力，恬静冷漠地等到

鸣，隐知豫力[②]，恬漠待问而后对，虽有君亲之大利，弗问不言。若将有大寇乱，盗贼将作，若机辟[③]将发也，他人不知，己独知之，虽其君亲皆在，不问不言，是夫大乱之贼也！以是为人臣不忠，为子不孝，事兄不弟交[④]，遇人不贞良[⑤]。夫执后不言，之朝物[⑥]见利使己，虽[⑦]恐后言，君若言而未有利焉，则高拱下视，会噎[⑧]为深，曰："唯其未之学也。"用谁急，遗行远矣。[⑨]

别人发问然后才回答，即使有对国君和父母极其有利的事情，不问他也不说。如果将有大的外患与内乱，盗贼将要举事，就像机关一触即发，别人都不知道，只有他自己知道，即使他的国君、父母都在身边，不问他就不说，这简直是作乱的盗贼了！这样做人的臣子就是不忠，做儿子就是不孝，侍奉兄长就不敬顺，待人不正直善良。他们遇事后退不说话，在朝廷上，看到有利于自己的事情，唯恐说得晚了，君主如果说了对他不利的话，就会高拱双手往下观望，像食物深塞喉间噎着一样，说："这个我没有学过。"虽然急着用他，他却弃而不顾远走了。

注释

❶ 事亲得孝，务善则美：疑当为"事亲务孝，得善则美"。 ❷ 知：同"智"。豫力：不出余力，不竭尽全力。 ❸ 机辟：亦作"机臂"，捕捉鸟兽的工具。此指机关。 ❹ 弟：通"悌"，敬爱兄长。交：疑为衍字。 ❺ 贞良：正直善良。 ❻ 之朝物：疑有脱误，应指到达朝廷上，在朝廷上。 ❼ 虽：通"唯"。 ❽ 会噎：噎食，喻指闭口不言。 ❾ 用谁急：虽然急着用他。谁，应为"虽"。遗：弃。

【原 文】

夫一[①]道术学业，仁义也。

【译 文】

能够统一道术学业的是仁义。都

皆大以治人，小以任官，远施周偏，近以修身，不义不处，非理不行，务兴天下之利，曲直周旋，利则止[②]，此君子之道也。以所闻孔某之行，则本与此相反谬[③]也。齐景公问晏子曰[④]："孔子为人何如？"晏子不对，公又复问，不对。景公曰："以孔某语[⑤]寡人者众矣，俱以贤人也。今寡人问之，而子[⑥]不对，何也？"晏子对曰："婴不肖，不足以知贤人。虽然，婴闻所谓贤人者，入人之国，必务合其君臣之亲，而弭[⑦]其上下之怨。孔某之荆，知白公之谋[⑧]，而奉之以石乞，君身几灭，而白公僇[⑨]。婴闻贤人得上不虚，得下不危，言听于君必利人，教行下必于上[⑩]，是以言明而易知也，行明而易从也，行义可明乎民，谋虑可通乎君臣。今孔某深虑同谋[⑪]以奉贼，劳思尽知[⑫]以行邪，劝下乱上，教臣杀君，非贤人之行也；入人之国而与人之贼，非义之类也；知人不忠，

是大处可以管理民众，小处可以担任官职，远处可以普遍施予恩惠，近处可以修养身心，没有道义的地方不停留，不合理的事情不做，一定兴起天下的利益，分辨是非曲直，知道进退周旋，没有利就停止，这是君子的原则。已经听到的孔子的行为，就根本是与此相反的。齐景公问晏子说："孔子做人怎么样？"晏子不答，齐景公又问，晏子仍然不答。齐景公说："向我说起孔子的人很多，都认为他是贤人。现在我问到他，而你不回答，为什么呢？"晏子答道："我无能，不能够辨别贤人。尽管这样，我听说所谓贤人，进入别人的国家，必定致力于促进该国君臣之间的亲密关系，而消除上下之间的怨恨。孔子到达楚国，知道了白公作乱的阴谋，却让石乞参与叛乱，导致楚国国君差点被杀，而白公终遭杀戮。我听说贤人得到君主的信任就不会虚有其名，得到下面的信赖就不会感到危险，言论被君王听信，必定对人民有利，教化施行于百姓，必定对君王有利，所以他们的话语明确而容易明白，行为清晰而易于效法，施行仁义可使民众知晓，出谋划策能让君臣知道。现在孔子深入思考周密谋划而献于叛贼，苦思苦想用尽心智地做坏事，劝告下级反叛上级，教唆大臣杀害君王，这不是贤人的作为；进入别人的国家却与

趣[13]之为乱，非仁义之也[14]。逃人而后谋，避人而后言，行义不可明于民，谋虑不可通于君臣，婴不知孔某之有异于白公也，是以不对。”景公曰：“呜乎！贶[15]寡人者众矣，非夫子，则吾终身不知孔某之与白公同也。”

他人勾结，不是仁义之辈；知道别人不忠诚，催促他作乱，不是仁义的人。避开人而在背后谋划，避开人而在身后发表言论，施行仁义不能让民众明白，出谋划策不能让君臣知道，我不知道孔子与白公有什么不同，所以不能回答。”齐景公说：“唉！给我献言的人很多，不是你，那么我一辈子不会知道孔子和白公相同。”

注释

❶一：统一。 ❷利则止：应为“不利则止”。 ❸相反谬：相反。 ❹齐景公：齐国国君，名杵臼，齐灵公之子、齐庄公之弟。晏子：名婴，齐国大夫，历事灵公、庄公、景公三朝，辅政五十余年，以远见卓识、聪明机智而闻名诸侯。 ❺语：说起。 ❻子：你，指晏子。 ❼弭：消除。 ❽白公之谋：白公在楚国作乱的阴谋。白公，楚平王之孙，名胜，曾与石乞在楚惠王十年（前479）发动叛变。这是墨家攻击孔子和儒家的话语，所言不符合历史事实。因为白公胜、石乞作乱时，孔子、齐景公、晏子都已去世。 ❾僇：通“戮”。 ❿必于上：疑为“必利上”。 ⓫同谋：疑为“周谋”，周密谋划。 ⓬知：同“智”。 ⓭趣（cù）：催促。 ⓮非仁义之也：疑为“非仁义之人也”。 ⓯贶（kuàng）：赠，赐。这里用作谦语，指进言。

【原 文】

孔某之齐，见景公。景公说[1]，欲封之以尼谿[2]，以告晏子。晏子曰：“不可。夫

【译 文】

孔子到齐国，见齐景公。齐景公很高兴，想将尼谿封给他，把这个想法告诉了晏子。晏子说：“不可以。儒家

儒，浩居而自顺者也[3]，不可以教下；好乐而淫人，不可使亲治；立命[4]而怠事，不可使守职；宗丧循哀，不可使慈民[5]；机服勉容[6]，不可使导众。孔某盛容修饰以蛊世，弦歌鼓舞以聚徒，繁登降之礼[7]以示仪，务趋翔[8]之节以观众，博学不可使议世[9]，劳思不可以补民，累寿[10]不能尽其学，当年[11]不能行其礼，积财不能赡[12]其乐，繁饰邪术以营[13]世君，盛为声乐以淫遇民[14]，其道不可以期世[15]，其学不可以导众。今君封之，以利齐俗，非所以导国先众。”公曰：“善！”于是厚其礼，留其封，敬见而不问其道。孔某乃恚[16]，怒于景公与晏子，乃树鸱夷子皮于田常之门[17]，告南郭惠子[18]以所欲为，归于鲁。有顷，间[19]齐将伐鲁，告子贡[20]曰：“赐乎！举大事于今之时矣！”乃遣子贡之齐，因南郭惠子以见田常，劝之伐吴，以教高、国、鲍、晏[21]，使毋得

之士是怠慢不恭又自以为是的人，不能用来教化民众；喜好音乐而使人贪图淫逸，不能让他们亲身治理国家；主张有天命而懒于做事，不能让他们担任官职；崇尚厚葬而哀伤不止，不能让他们慈爱民众；穿着奇异的服装而故作恭敬的表情，不能让他们引导民众。孔子盛装打扮美饰仪容来欺惑世人，弹琴唱歌击鼓来聚集众徒，倡导繁琐的登降礼节来彰显礼仪，做趋进行走的礼节来引民众观看，学问广博却不能让他们议论世事，思虑劳苦却不能有利于人民，人们几辈子都不能穷究其学问，年富力强的不能奉行他们的礼节，积累的财富不能供养他们享乐，繁复装饰邪说来迷惑当世的君主，创作盛大的音乐来惑乱愚笨的民众，他们的学说不能向民众展示，他们的学说不能用来教导群众。现在国君封赏他，希望有利于齐国的风俗，这不是引导国家和人民的方法。”齐景公说：“好！”于是就给孔子厚重的见面礼，留下封地，恭敬地接见他却不问他的学说。孔子心怀怨恨，很生齐景公和晏子的气，就把鸱夷子皮安置在田常门下，将自己想要做的告诉给了南郭惠子，返回鲁国。没过多久，孔子听说齐国要攻打鲁国，告诉子贡说：“子贡呀！办大事就在现在这个时候了！”于是派子贡到齐国，通过南郭惠子见到田常，劝他去攻伐吴国，又让高氏、国氏、鲍氏、晏氏不要妨碍田常作乱，劝

害田常之乱，劝越伐吴。三年之内，齐吴破国之难，伏尸以言术数[22]，孔某之诛[23]也。

越国攻打吴国。三年之内，齐国、吴国遭受灭国之灾难，倒在地上的尸体不计其数，这都是孔子的阴谋。

注释

❶说：同“悦”。 ❷尼谿：古地名，地望无考。 ❸浩居：傲倨，骄傲自大，怠慢不恭貌。自顺：自以为是。 ❹立命：主张有天命。 ❺宗：通“崇”，崇尚。循哀：循环哀伤，哀伤不止。慈：慈爱，保护。 ❻机服：奇装异服。勉容：强为仪容。 ❼登降之礼：升降之礼，行礼时一升一降。 ❽趋翔：行礼时快步向前。 ❾议世：议论世事。 ❿累寿：累世，几辈子。 ⓫当年：壮年。 ⓬赡：供给，供养。 ⓭营：迷惑。 ⓮遇民：愚民。遇，通“愚”，愚笨。 ⓯期世：当为“示世”，显示于世人。 ⓰恚（huì）：怨恨。 ⓱鸱夷子皮：指越国的范蠡（lǐ）。据说范蠡于越胜吴后，更名为鸱夷子皮，至齐。墨子在此为攻击孔子，臆说范蠡在孔子的支持下，去齐国帮助田常弑君篡国。田常，即陈恒，亦作田成子，弑杀齐简公而篡夺齐国政权。 ⓲南郭惠子：人名，无考。 ⓳间：当为“闻”。 ⓴子贡：孔子的弟子，姓端木，名赐，字子贡，孔门十哲之一。 ㉑高、国、鲍、晏：齐国的四大贵族高氏、国氏、鲍氏、晏氏。 ㉒伏尸以言术数：疑此句有讹误，大意为死者不计其数。 ㉓诛：一说为“责”，一说为“谋”，皆可通。

【原文】

孔某为鲁司寇[1]，舍公家而奉季孙[2]。季孙相鲁君而走，季孙与邑人争门关[3]，决植[4]。孔某穷于蔡陈之间，藜羹不糂[5]。十日，子路为

【译文】

孔子担任鲁国司寇，舍弃鲁国公室而去帮助季孙氏。季孙氏辅助鲁国君主却又逃走，季孙氏与守门人争夺门闩，孔子却举起关门的直木放走季孙氏。孔子被围困在陈国和蔡国之间，用野菜做的羹中没有米粒。过了十天，子路为他

享豚[6]，孔某不问肉之所由来而食；号[7]人衣以酤酒，孔某不问酒之所由来而饮。哀公迎孔某，席不端弗坐，割不正弗食。子路进，请曰："何其与陈、蔡反也？"孔某曰："来！吾语女[8]。曩[9]与女为苟生，今与女为苟义。"夫饥约则不辞妄取以活身[10]，赢饱[11]则伪行以自饰，污邪诈伪，孰大于此？

蒸煮猪肉，孔子不问肉从何处得来就吃掉了；子路又强脱下别人的衣服用来买酒，孔子不问酒从何处得来就喝了。鲁哀公迎接孔子，筵席没放正不会坐，肉切得不方正不会吃。子路走上前来，请问道："为什么现在的做法和在陈、蔡时相反呢？"孔子说："过来！我告诉你。以前我和你是为了求生，现在我和你是为了求义。"饥饿的时候就在不经过别人允许的情况下擅自取用来保全性命，吃饱了就伪装自己的行为来美化自己，卑污奸邪、狡诈虚伪，还有比这大的吗？

注释

❶ 司寇：古代掌管刑狱的官员。 ❷ 季孙：鲁国贵族，与叔孙氏、孟孙氏均为鲁桓公之后，并称"三桓"，季孙氏掌握鲁国实权而逼走鲁昭公。 ❸ 门关：门闩。 ❹ 决植：抉植。撬开、托举关门的直木。决，通"抉"，撬开、托举。植，户植。门外闭时用以加锁的中立直木。 ❺ 藜（lí）羹不糂（sǎn）：用野菜做的羹中没有米粒。藜，野菜。糂，将米放进汤里做成羹。 ❻ 子路：仲由，字子路，又字季路，孔门七十二贤之一，忠厚正直。享："烹"的古字。豚：小猪。 ❼ 号：当为"褫（chǐ）"，剥夺。 ❽ 语（yù）女：告诉你。语，作动词。 ❾ 曩：以前。 ❿ 饥约：饥饿。活身：养活自身，保存自身。 ⓫ 赢饱：满饱，甚饱。

【原 文】

孔某与其门弟子闲坐，曰："夫舜见瞽叟就然[1]，此时天下

【译 文】

孔子和他门下的弟子闲坐，说："舜看见瞽叟便惊慌恐惧，当时天下

圾[2]乎！周公旦非其人也邪[3]？何为舍其家室而托寓[4]也？”孔某所行，心术所至也。其徒属弟子皆效孔某。子贡、季路辅孔悝[5]乱乎卫，阳货[6]乱乎齐，佛肸以中牟叛[7]，桼雕刑残[8]，莫大焉[9]。夫为弟子后生，其师[10]，必修其言，法其行，力不足、知弗及而后已。今孔某之行如此，儒士则可以疑矣。

真危险啊！周公旦不是仁义的人吗？他为什么舍弃家室而寄居到别处？”孔子的所作所为，是他的心术决定的。他的门下弟子都效法孔子。子贡、子路帮助孔悝在卫国作乱，阳货在齐国发动叛乱，佛肸在中牟发动叛乱，漆雕开刑杀残暴，罪过没有比这大的了。作为弟子晚辈，效法他们的老师，必定学习老师的言论，效法老师的行为，力量不足、智力不够然后才停止。如今孔子的行为尚且如此，其他儒士就更能够怀疑了。

注释

❶ 瞽（gǔ）叟：舜的父亲。就然：惊悚、恭敬貌。就，通“蹴”。 ❷ 圾：通“岌”，危险。 ❸ 周公旦：名旦，周文王之子，周武王之弟，曾辅佐成王。非其人：当为“其非人”。 ❹ 托寓：寄居。传说周成王成年后，周公还政于成王而到鲁国东边的商奄一带。 ❺ 孔悝（kuī）：卫国贵族，曾执掌卫国政权。公元前480年，孔悝、子路等人抵御卫太子蒯聩回国继位而发生战争，子路惨遭杀害，蒯聩即位后驱逐孔悝。 ❻ 阳货：阳虎，原为鲁国季氏家臣，后来通过控制季孙氏而把持鲁国政权，终因在与“三桓”的斗争中失败而出逃。 ❼ 佛肸（bìxī）：春秋末年晋大夫范氏、中行氏的家臣（一说为赵氏的家臣），曾任中牟县宰，后发动叛乱而使人招揽孔子，孔子终未前往。中牟：春秋时晋国城邑，故址在今河南省鹤壁市西。 ❽ 桼雕刑残：其意有三。第一，漆雕开因受重刑而残疾。第二，漆雕开刑杀残暴。第三，漆雕开形体残缺。此取第二种意思。桼雕，即漆雕开，孔子的弟子。 ❾ 莫大焉：疑为“罪莫大焉”。 ❿ 其师：疑为“必效其师”。

耕 柱

【原 文】

子墨子怒耕柱子[1]。耕柱子曰："我毋俞[2]于人乎？"子墨子曰："我将上大行[3]，驾骥与羊[4]，子将谁驱[5]？"耕柱子曰："将驱骥也。"子墨子曰："何故驱骥也？"耕柱子曰："骥足以责[6]。"子墨子曰："我亦以子[7]为足以责。"

【译 文】

墨子对耕柱子发怒。耕柱子说："我没有胜过别人吗？"墨子说："我将要上太行山，用骏马与牛驾车，你将驱赶哪个？"耕柱子说："将驱赶骏马。"墨子说："为什么驱赶骏马？"耕柱子说："骏马完全可以担负重任。"墨子说："我也认为你完全可以担负重任。"

注 释

❶ 耕柱子：墨子的弟子。 ❷ 俞：通"愈"，胜过。 ❸ 大行：太行山。 ❹ 骥：良马，骏马。羊：应为"牛"，羊不能和马并驾。 ❺ 谁驱：宾语前置，驱谁。 ❻ 责：担责，担负重任。 ❼ 子：你，耕柱子。

【原 文】

巫马子[1]谓子墨子曰："鬼神孰与圣人明智[2]？"子墨子曰：

【译 文】

巫马子对墨子说："鬼神与圣人相比，谁更明智？"墨子说："鬼神比

"鬼神之明智于圣人，犹聪耳明目之与聋瞽[3]也。昔者夏后开使蜚廉折金于山川[4]，而陶铸之于昆吾，是使翁难雉乙卜于白若之龟[5]，曰：'鼎成三足而方[6]，不炊而自烹，不举而自臧[7]，不迁而自行，以祭于昆吾之虚，上乡[8]！'乙又言兆之由曰[9]：'飨[10]矣！逢逢白云[11]，一南一北，一西一东，九鼎既成，迁于三国。'夏后氏失之，殷人受之；殷人失之，周人受之。夏后殷周之相受也，数百岁矣。使圣人聚其良臣与其桀相而谋[12]，岂能智[13]数百岁之后哉？而鬼神智之。是故曰鬼神之明智于圣人也，犹聪耳明目之与聋瞽也。"

圣人明智，好比耳聪目明的人相比于耳聋目盲的人一样。从前夏启让蜚廉在山川间开采金属矿藏，在昆吾铸造鼎，于是让伯益杀一只鸡并把鸡血涂在白若龟上进行占卜，说：'铸成的鼎是三足方形，不用生火它自己就能煮食物，不往里面放东西它自己就会藏有东西，不用搬移它自己就会动，用它在昆吾之虚祭祀，请鬼神来享用！'已而又念卦上的占辞道：'神已经享用了！天上盛多的白云，一簇在南，一簇在北，一簇在西，一簇在东，九只鼎已经铸成，迁移至三个国家。'夏人丧失了九鼎，殷人得到了它；殷人丧失了九鼎，周人得到了它。夏商周相继承接，已经几百年了。让圣人聚集贤良的臣子和杰出的国相来谋划，难道能知道几百年之后的事情吗？但是鬼神知道。所以说鬼神比圣人明智，好比耳聪目明的人相比于耳聋目盲的人一样。"

注释

❶巫马子：战国时人，提倡爱的程度由近及远，先爱自己，再爱他人。这与墨子的兼爱思想形成鲜明对比。 ❷鬼神孰与圣人明智：应为"鬼神与圣人孰明智"，鬼神与圣人相比，谁更明智。 ❸瞽：盲人。 ❹夏后开：夏启，汉人为避景帝刘启的讳而改为"开"，禹的儿子，夏朝的第二代帝王。蜚廉：夏朝大臣。折：开采。 ❺翁难雉乙卜于白若之龟：疑为"益斱（zhuó）雉乙卜于白若之龟"。翁，应为"益"，夏臣名，伯益。难雉，应为"斱雉"，即杀雉。白

若，龟的名字。一说“雉”为衍文。“翁难乙”为卜人姓名，即叫翁难乙用白若龟占卜。 ❻ 鼎成三足而方：或作“鼎成四足而方”。 ❼ 臧：同“藏”，藏有东西。 ❽ 上乡：犹“尚飨”，请鬼神享用。 ❾ 乙又言兆之由：应为“已又言兆之由”。由，通“繇”，占辞。兆之由，卜卦的占辞。 ❿ 飨：享用。 ⓫ 逢逢白云：盛多的白云。逢逢，盛多貌。 ⓬ 良臣：贤良的臣子。桀相：杰出的国相。 ⓭ 智：通“知”，知道。

【原文】

治徒娱、县子硕问于子墨子曰[①]：“为义孰为大务[②]？”子墨子曰：“譬若筑墙然，能筑者筑，能实壤者实壤[③]，能欣[④]者欣，然后墙成也。为义犹是也，能谈辩者谈辩，能说书者说书，能从事者从事，然后义事成也。”

【译文】

治徒娱、县子硕问墨子说：“行义什么是重要的事情？”墨子说：“好比筑墙一样，能筑墙的就筑墙，能夯土的就夯土，能挖土的就挖土，这样墙才可以筑成。行义也是这样，能谈论辩说的就谈论辩说，能解说书册的就解说书册，能做事的就做事，这样义事才可以成功。”

注释

❶ 治徒娱、县子硕：二人应该是墨子的弟子。 ❷ 大务：重要的事情。 ❸ 实壤：填土，夯土。 ❹ 欣：通“掀”，挖土。一说应为“睎”，测量。

【原文】

巫马子谓子墨子曰：“子兼爱天下，未云利也；我不爱天

【译文】

巫马子对墨子说：“您广泛地爱护天下，没有什么益处可言；我不爱护天

下，未云贼也。[1]功皆未至，子何独自是[2]而非我哉？”子墨子曰：“今有燎者[3]于此，一人奉[4]水将灌之，一人掺[5]火将益之，功皆未至，子何贵于二人？”巫马子曰：“我是彼奉水者之意，而非夫掺火者之意。”子墨子曰：“吾亦是吾意，而非子之意也。”

下，没有什么害处可言。成效都没有达到，您为什么只肯定自己却否定我呢？”墨子说：“现在有人在这里放火，有一个人捧着水将要浇灭它，有一个人拿着火要使火势更旺，成效都没有达到，在这二人中，您看重哪一个呢？”巫马子说：“我肯定那个捧水的人的用意，而否定那个拿着火的人的用意。”墨子说：“我也肯定我的用意，而否定您的用意。”

注释

❶ 未云利：没有好处可言。未云贼：没有害处可言。 ❷ 自是：宾语前置，应为“是自”，肯定自己，赞同自己。 ❸ 燎者：放火的人。 ❹ 奉：通“捧”。 ❺ 掺（shǎn）：执，操。

【原文】

子墨子游荆耕柱子于楚[1]，二三子过[2]之，食之三升[3]，客之不厚[4]。二三子复于子墨子曰：“耕柱子处楚无益矣。二三子过之，食之三升，客之不厚。”子墨子曰：“未可智[5]也。”毋几何[6]，而遗十金于子墨子[7]，曰：“后生不敢死[8]，

【译文】

墨子举荐耕柱子到楚国做官，几位同门去拜访他，耕柱子每顿饭只给他们三升粮食，招待不丰厚。几位同门回来对墨子说：“耕柱子在楚国没什么好处。我们几个人去拜访他，他只给三升粮食，招待不丰厚。”墨子说：“还不可以知道。”没过多久，耕柱子赠十镒金给墨子，说：“学生不敢贪图财物以取死，

有十金于此，愿夫子之用也。”子墨子曰：“果未可智也。”

有十镒金在这里，希望老师留用。”墨子说：“果然不可以知道。”

注释

❶ 游荆耕柱子于楚：疑当为“游耕柱子于楚”。游，举荐。 ❷ 过：拜访。 ❸ 食（sì）之三升：每顿饭只给三升粮食。三升，指少量的粮食。 ❹ 客之不厚：招待客人不丰厚。客，作动词，招待客人。 ❺ 智：通“知”，知道。 ❻ 毋几何：没过多久。 ❼ 遗（wèi）：赠送。十金：古代，金一镒称为一金，十金就是十镒，每镒二十四两，一说每镒二十两。 ❽ 后生：年轻人，耕柱子自称。不敢死：谦辞，不敢贪图财物以取死。

【原文】

巫马子谓子墨子曰：“子之为义也，人不见而耶①，鬼而不见而富②，而子为之，有狂疾③！”子墨子曰：“今使子有二臣于此，其一人者见子从事，不见子则不从事；其一人者见子亦从事，不见子亦从事，子谁贵于此二人？”巫马子曰：“我贵其见我亦从事，不见我亦从事者。”子墨子曰：“然则是子亦贵有狂疾也。”

【译文】

巫马子对墨子说：“你行义，人们不会看见就去帮助你，鬼神不会看见就使你富有，但你还是这么做，（这是）有疯病！”墨子说：“现在假使你有两个家臣在这里，一人见到你时才做事，不见到你就不做事；一人见到你时也做事，不见到你时也做事，在这两个人中，你看重谁？”巫马子说：“我看重那个见到我时也做事，不见到我时也做事的人。”墨子说：“既然这样，那么你也看重有疯病的人了。”

注释

❶ 而：你，您。耶：一说为“服”，服从。一说为“助”，帮助。二者皆可通。 ❷ 鬼而不见而富：疑为“鬼不见而富”，第一个“而”当为衍文。 ❸ 有狂疾：有疯病。

【原文】

子夏①之徒问于子墨子曰：“君子有斗乎？”子墨子曰：“君子无斗。”子夏之徒曰：“狗豨②犹有斗，恶有士而无斗矣？”子墨子曰：“伤矣哉！言则称于汤文③，行④则譬于狗豨，伤矣哉！”

【译文】

子夏的弟子问墨子说：“君子之间有争斗吗？”墨子说：“君子之间没有争斗。”子夏的弟子说：“狗猪尚且有争斗，哪有士人不争斗的呢？”墨子说：“可悲啊！说话就称举商汤、周文王，行为却犹如狗猪，可悲啊！”

注释

❶ 子夏：孔子的弟子，卜氏，名商，字子夏，为“孔门七十二贤”和“孔门十哲”之一。 ❷ 豨（xī）：猪。 ❸ 称：称举。汤：商王朝的建立者，又称成汤、武汤等。文：指周文王姬昌，周王朝的建立者。 ❹ 行：行为，行动。

【原文】

巫马子谓子墨子曰：“舍今之人而誉先王，是誉槁骨①也。譬若匠人然，智槁木也，而不智②生木。”子墨子曰：“天下

【译文】

巫马子对墨子说：“舍弃现在的人而赞誉古代的君王，就是赞誉枯骨。就像工匠一样，只知道干枯的树木，却不知道生长着的树木。”墨子说：“天下人

之所以生者，以先王之道教[3]也。今誉先王，是誉天下之所以生也。可誉而不誉，非仁也。”

之所以能生存，是因为古代君王的道德教化。现在称誉古代君王，就是称誉天下人生存的原因啊。可称誉却不去称誉，不是仁义的。”

注释

❶槁（gǎo）骨：枯骨。 ❷智：通“知”，知道，了解。 ❸道教：道德教化。

【原文】

子墨子曰：和氏之璧[1]，隋侯之珠[2]，三棘六异[3]，此诸侯之所谓良宝也。可以富国家，众人民，治刑政，安社稷乎？曰：不可。所谓贵良宝者，为[4]其可以利也。而和氏之璧、隋侯之珠、三棘六异不可以利人，是[5]非天下之良宝也。今用义为政于国家，人民必众，刑政必治，社稷必安。所为[6]贵良宝者，可以利民也，而义可以利人，故曰：义，天下之良宝也。

【译文】

墨子说：和氏璧、隋侯珠、三翮六翼的九鼎，这些都是诸侯们所说的珍宝。可以使国家富足、人口增多、刑罚政务得到治理、社稷安定吗？回答说：不可以。所说的看重珍宝，是因为它们可以带来好处。但是和氏璧、隋侯珠、三翮六翼的九鼎不可以有利于人民，所以这些不是天下的珍宝。现在用义来治理国家，人民必定众多，刑罚政务必定得到治理，社稷必定安宁。所说的看重珍宝，是因为可以有利于人民，而义可以有利于人民，所以说：义是天下的珍宝。

注释

❶ 和氏之璧：春秋时期，楚国人卞和在荆山寻得一块玉璞，进献给楚厉王。玉工鉴定后认为这是普通的石头，厉王以欺骗罪而砍去卞和的左脚。后来，卞和将这块玉璞进献给楚武王，又因玉璞被鉴定为普通石头而失去右脚。楚文王即位，卞和抱着玉璞在荆山脚下哭了三天三夜。文王知道后派人雕琢这块玉璞，终成玉璧，命名为“和氏璧”。后世常用和氏璧比喻珍贵之物。 ❷ 隋侯之珠：西周时期，姬姓诸侯隋侯在野外救了一条受伤的大蛇。为了报答救命之恩，这条蛇从江中衔来一颗夜明珠，送给隋侯。这就是隋侯之珠。 ❸ 三棘六异：同“三翮六翼”，指九鼎，古代国家政权的象征，是传国之宝。翮，鼎足中空。六翼，鼎的六只耳。 ❹ 为：因为。 ❺ 是：代词，指和氏璧、隋侯珠、九鼎这些宝物。 ❻ 为：通“谓”，说。一说为认为、以为。

【原 文】

叶公子高①问政于仲尼曰：“善②为政者若之何？”仲尼对曰：“善为政者，远者近③之，而旧者新之。”子墨子闻之曰：“叶公子高未得其问也，仲尼亦未得其所以对④也。叶公子高岂不知善为政者之远者近也，而旧者新是哉？⑤问所以为之若之何也。不以人之所不智⑥告人，以所智告之，故叶公子高未得其问也，仲尼亦未得其所以对也。”

【译 文】

叶公子高向孔子询问政事说：“善于治理国家的人该怎样呢？”孔子回答说：“善于治理国家的人，亲近远方的人，对待旧交如同新友一样。”墨子听到后说：“叶公子高没有得到他想问的东西，孔子也没有给出应有的回答。叶公子高难道不知道善于治理国家的人要亲近远方的人，对待旧交如同新友一样吗？他问的是怎么做。不把别人不知道的事情告诉别人，而把别人知道的事情告诉别人，所以叶公子高没有得到他想问的东西，孔子也没有给出应有的回答。”

注释

❶ 叶公子高：指沈诸梁，春秋时期楚国人，字子高。因其封地位于楚国叶邑，史称“叶公”。 ❷ 善：善于。 ❸ 近：亲近。 ❹ 对：回答。 ❺ 善为政者之远者近也，而旧者新是哉：当为“善为政者之远者近之，而旧者新之哉”。 ❻ 智：通“知”。

【原文】

子墨子谓鲁阳文君[1]曰：“大国之攻小国，譬犹童子之为马[2]也。童子之为马，足用而劳[3]。今大国之攻小国也，攻者农夫不得耕，妇人不得织，以守为事；攻人者，亦农夫不得耕，妇人不得织，以攻为事。故大国之攻小国也，譬犹童子之为马也。”

【译文】

墨子对鲁阳文君说：“大国攻打小国，就像儿童模仿马一样。儿童模仿马，自己手脚并用而疲劳。现在大国攻打小国，被攻打国家的农民不得耕种，妇女不得纺织，把防守作为职事；攻打的一方，也是农民不得耕种，妇人不得纺织，把攻打作为职事。所以大国攻打小国，就像儿童模仿马一样。”

注释

❶ 鲁阳文君：战国楚惠王时封君。其封邑在鲁山之阳，所以被称为鲁阳文君。 ❷ 童子之为马：儿童模仿马。 ❸ 劳：疲劳。

【原文】

子墨子曰：“言足以复行者[1]，常之[2]；不足以举

【译文】

墨子说：“言论完全可以付诸行动，可以经常这样说；言论不能完全可以付诸

行者，勿常。不足以举行而常之，是荡口③也。”

行动，不要经常说。不能完全可以付诸行动而经常说，是空言。”

注释

❶ 言：言论。复行：履行，践行，与后面的“举行”同。 ❷ 常之：经常这样说。 ❸ 荡口：徒劳口舌，空言，信口胡言。

【原文】

子墨子使管黔敖①游高石子于卫，卫君致禄甚厚，设之于卿。高石子三朝必尽言，而言无行者。去而之齐②，见子墨子曰：“卫君以夫子之故，致禄甚厚，设我于卿。石三朝必尽言，而言无行，是以去之也。卫君无乃③以石为狂乎！”子墨子曰：“去之苟道，受狂何伤④！古者周公旦非关叔⑤，辞三公，东处于商盖⑥，人皆谓之狂。后世称其德，扬其名，至今不息。且翟闻之，为义非避毁就誉，去之苟道，受狂何伤！”高石子曰：“石去之，焉敢不道

【译文】

墨子让管黔敖举荐高石子去卫国，卫国国君所给的俸禄很丰厚，把他列为卿相。高石子三次朝见国君一定把言论全部说出来了，但言论没有被践行。（于是他）离开卫国来到齐国，拜见墨子说：“卫君因为老师您的缘故，给我的俸禄很优厚，把我列为卿相。我三次朝见他一定把言论全部说出来了，但言论没有被践行，所以我就离开了。卫君恐怕会认为我是一个狂妄的人吧！”墨子说：“离开卫国如果是符合道义，承受狂妄的名声又有什么妨碍呢？古时周公旦讨伐管叔，辞去三公的职位，东行居住在商奄，人们都说他疯狂。后人称颂他的德行，传扬他的美名，到今天都不停止。况且我听说，行义不能逃避批判而仅接受赞誉，如果离开符合道义，承受狂妄的名声又有什么妨碍呢！”高石子说：“我离开，哪里敢不符合道义

也？昔者夫子有言曰：‘天下无道，仁士不处厚焉。’今卫君无道，而贪其禄爵，则是我为苟陷人长⑦也。”子墨子说⑧，而召子禽子⑨曰：“姑听此乎！夫倍义而乡禄者⑩，我常闻之矣；倍禄而乡义者，于高石子焉见之也。”

呢？以前老师说过：‘天下没有道义，仁义之士就不应居于俸禄优厚的职位上。’现在卫国国君没有道义，而我贪图他的俸禄和爵位，那就是贪求占有别人的粮食。”墨子很高兴，就召唤来禽滑釐说：“你听听这些话！背离道义而贪图利禄的，我经常听说；放弃利禄而追求道义的，在高石子身上看到了。”

注释

❶管黔敖：应为“管黔敖”或“管黔”，与高石子都是墨子的弟子。 ❷去：离开。之：到。 ❸无乃：恐怕。 ❹受狂：承受狂妄的名声。伤：妨碍。 ❺非：反对，责备，斥责。关叔：或作“管叔”，姬姓，名鲜，周武王的弟弟，因被封于管而被称管叔、管叔鲜。周武王去世后，周公旦辅佐年幼的成王，但管叔、蔡叔与霍叔诬陷周公旦而叛乱，最终被周公旦平定。 ❻商盖：又作“商奄”，地名，具体位置不详。周成王长大后，周公旦将权力交还给他，自己到商奄居住。 ❼苟陷人长：贪求占有别人的粮食。陷，占领、占有。一说疑为“啗”，引诱，利诱。长，疑为“粻”之省，粮食。 ❽说：同“悦”。 ❾子禽子：禽滑釐。 ❿倍：背离。乡：通“向”，追求，向往。

【原文】

子墨子曰：世俗之君子，贫而谓之富，则怒；无义而谓之有义，则喜。岂不悖①哉？

【译文】

墨子说：世俗的君子，贫穷却说他富有，便会生气；不义却说他有义，便会高兴。难道不违反常理吗？

注释

❶ 悖：违逆，违背，此指违反常理，不合常理。

【原文】

公孟子曰："先人有则三[1]而已矣。"子墨子曰："孰先人而曰有则三而已矣？子未智[2]人之先有后生。"

【译文】

公孟子说："先辈已有法则，参照就行了。"墨子说："谁说先人已有法则参照就行了？你不知道先人较之其更先者则是后生。"

注释

❶ 三：同"参"，参照。下同。一说疑为"之"。 ❷ 智：通"知"，知道。

【原文】

有反子墨子而反者[1]，"我岂有罪哉？吾反后。"子墨子曰："是犹三军北[2]，失后之人求赏也。"

【译文】

有背弃墨子后又返回墨门的人，说："我难道有罪吗？我只是返回稍后。"墨子说："这就像军队败逃，迷失而后回来的人要求赏赐一样。"

注释

❶ 有反子墨子而反者：有弟子背弃墨子后又返回墨门。第一个"反"，是反叛、背叛的意思。第二个"反"同"返"，返回。 ❷ 北：败，败逃。

【原 文】

公孟子曰："君子不作，术[1]而已。"子墨子曰："不然。人之其不君子者，古之善者不诛，今也善者不作。其次不君子者，古之善者不遂，己有善则作之，欲善之自己出也。今诛而不作，是无所异[2]于不好遂而作者矣。吾以为古之善者则诛之，今之善者则作之，欲善之益多也。"

【译 文】

公孟子说："君子不创作，只是记述罢了。"墨子说："不是这样。众人中那些不是君子的人，对于古代好的东西不予记述，对于现在好的东西不予创作。那些次一等不是君子的人，对于古代好的东西不予记述，自己有好的东西就创作，想要好的东西出于自己身上。现在只记述而不创作，这和不喜欢记述而去创作的人没有什么不同。我认为对于古代好的东西要记述，对于现在好的东西要创新，想要好的东西更多。"

注 释

❶术：通"述"，记述，陈述。下文诛、遂疑均应为"述"。 ❷无所异：没有什么不同。

【原 文】

巫马子谓子墨子曰："我与子异，我不能兼爱。我爱邹人于越人[1]，爱鲁人于邹人，爱我乡人于鲁人，爱我家人于乡人，爱我亲于我家人，爱我身于吾亲，以为[2]近我也。击我则疾[3]，击

【译 文】

巫马子对墨子说："我与你不同，我不能兼爱。我爱邹国人胜过越国人，爱鲁国人胜过邹国人，爱我家乡人胜过鲁国人，爱我家族人胜过家乡人，爱我父母胜过家族其他人，爱我自己胜过我的父母，因为血缘与我亲近。击打我，我就会感到疼痛，击打

彼则不疾于我，我何故疾者之不拂，而不疾者之拂[4]？故有我有杀彼以我，无杀我以利。[5]”子墨子曰：“子之义将匿邪，意将以告人乎？”巫马子曰：“我何故匿我义？吾将以告人。”子墨子曰：“然则一人说[6]子，一人欲杀子以利己；十人说子，十人欲杀子以利己；天下说子，天下欲杀子以利己。一人不说子，一人欲杀子，以子为施不祥言者也；十人不说子，十人欲杀子，以子为施不祥言者也；天下不说子，天下欲杀子，以子为施不祥言者也。说子亦欲杀子，不说子亦欲杀子，是所谓经者口也，杀常[7]之身者也。”子墨子曰：“子之言恶利也？若无所利而不言[8]，是荡口也。”

他人，我就不会感到疼痛，我为什么不去除自己的疼痛，而去除别人的疼痛？所以我会杀他人来利于自己，不会杀自己来利于他人。”墨子说：“你的义是将要隐藏起来，还是打算把它告诉别人呢？”巫马子说：“我为什么要隐藏我的义？我将把它告诉别人。”墨子说：“既然这样，那么有一个人悦服你，一个人想杀你来利于自己；有十人悦服你，十人想杀你来利于自己；天下人悦服你，天下人想杀你来利于自己。有一人不悦服你，一个人想杀你，认为你是传播不祥言论的人；十人不悦服你，十人想杀你，认为你是传播不祥言论的人；天下人不悦服你，天下人想杀你，认为你是传播不祥言论的人。悦服你的也想杀你，不悦服你的也想杀你，这就是所说的从口中说出的言论，会给自己招来杀身之祸。”墨子说：“你的话有什么好处呢？如果没有好处却还要说，就是空言。”

注释

❶ 邹：春秋邾国，曹姓，武王时始受封，故地在山东邹城一带。于：甚于，胜于。越：先秦时期诸侯国，后为楚国所灭。浙江为古越国地。 ❷ 以为：因为。 ❸ 疾：痛。 ❹ 拂：除去，解除。 ❺ 故有我有杀彼以我，无杀我以利：应为“故我有杀彼以利我，无杀我以利彼”。 ❻ 说：同“悦”，顺服，悦服。

❼常：疑为“子”。 ❽若无所利而不言：疑为“若无所利而言”，如果没有好处却还要说。不，疑为衍文。

【原 文】

子墨子谓鲁阳文君曰：“今有一人于此，羊牛犓豢，维人但割而和之①，食之不可胜食②也。见人之作饼，则还然③窃之，曰：‘舍④余食。’不知日月安不足乎⑤？其有窃疾乎？”鲁阳文君曰：“有窃疾也。”子墨子曰：“楚四竟⑥之田，旷芜而不可胜辟，讠乞站訏灵数千，不可胜⑦，见宋郑之闲邑⑧，则还然窃之，此与彼异乎？”鲁阳文君曰：“是犹彼也，实有窃疾也。”

【译 文】

墨子对鲁阳文君说：“现在这里有一个人，他喂养的羊牛，任由厨师袒露手膀帮他宰杀并调味，吃都吃不完。看见别人家做饼，却依然去偷窃，说：‘给我粮食吃。’不知道他是耳闻目睹别人之物便贪心不足呢，还是有偷窃的疾病？”鲁阳文君说：“有偷窃的疾病。”墨子说：“楚国境内的土地，空旷荒芜得不能全开垦完，空闲的土地数千亩，不能用完。看见宋国和郑国的空城，却依然去窃取，这与偷别人家的饼有什么不同吗？”鲁阳文君说：“这和上面的人一样，确实是有偷窃的疾病。”

注 释

❶维人但割而和之：疑为“雍人袒割而和之”，即厨师袒露着手膀帮他宰割并调味。雍人，即古代掌宰杀烹饪的人。但，“袒”的古字。和，调和。 ❷食：动词，吃。 ❸还然：依然。 ❹舍：给予。 ❺不知日月安不足乎：疑为“不知耳目安不足乎”。日月，应为“耳目”。一说应为“甘肥”，指美味。 ❻四竟：犹“四境”，指举国，四方疆界之内。竟，通“境”，疆界。 ❼訏（hū）灵数千，不可胜：疑为“呼虚数千，不可胜用”，即闲置的土地数千亩，用都用不完。一说为灵秀的川泽山林多得数不清。 ❽闲邑：空邑，空城。

【原 文】

子墨子曰："季孙绍与孟伯常[①]治鲁国之政，不能相信[②]，而祝于蘩社[③]，曰：'苟使我和。'是犹弇其目而祝于蘩社也[④]：'苟使我皆视。'岂不缪[⑤]哉？"

【译 文】

墨子说："季孙绍和孟伯常治理鲁国的政事，不能相互信任，于是在丛林里的神社中祝祷，说：'希望使我们和好。'这就像遮住他们的眼睛然后在丛林中的神社中祝祷说：'希望使我们都看到。'难道不荒谬吗？"

注 释

❶ 季孙绍与孟伯常：两人都是春秋后期鲁国的贵族，与叔孙氏都是鲁桓公之后，史称"三桓"。他们曾在鲁国专权。 ❷ 相信：相互信任。 ❸ 祝于蘩社：在丛林里的神社中祝祷。蘩社，丛林中的神社。蘩，同"丛"。 ❹ 弇：遮蔽，遮住。也：当为"曰"。 ❺ 缪：通"谬"，错误，荒谬。

【原 文】

子墨子谓骆滑氂[①]曰："吾闻子好勇。"骆滑氂曰："然，我闻其乡有勇士焉，吾必从而杀之。"子墨子曰："天下莫不欲与[②]其所好，度[③]其所恶。今子闻其乡有勇士焉，必从而杀之，是非好勇也，是恶勇也。"

【译 文】

墨子对骆滑氂说："我听说你喜好勇武。"骆滑氂说："是的，我听说乡间有勇士，我一定去杀掉他。"墨子说："天下没有人不想兴盛他们所喜欢的，废除他们所厌恶的。现在你听到乡间有勇士，就一定去杀了他，这不是喜好勇武，而是厌恶勇武。"

注释

❶骆滑氂：墨子的弟子。 ❷与：疑当为“兴”，兴盛。 ❸度：疑当为“废”，废除。

贵 义

【原 文】

子墨子曰："万事莫贵于义。今谓人曰：'予子冠履[1]，而断子之手足，子为之乎？'必不为。何故？则冠履不若[2]手足之贵也。又曰：'予子天下而杀子之身，子为之乎？'必不为。何故？则天下不若身之贵也。争一言以相杀[3]，是贵义于其身也[4]。故曰：万事莫贵于义也。"

【译 文】

墨子说："万事没有比义更珍贵的。现在对人说：'给你帽子与鞋子，但要砍断你的手脚，你愿意吗？'一定不愿意。什么缘故呢？帽子与鞋子不如手脚珍贵。又说：'给你天下但要杀死你，你愿意吗？'一定不愿意。什么缘故呢？天下不如身体珍贵。为了争辩一个言论就互相残杀，这是因为义比身体珍贵啊。所以说：万事没有比义更珍贵的。"

注 释

❶ 冠履：帽子与鞋子。 ❷ 不若：不如，比不上。 ❸ 杀：残杀。 ❹ 是贵义于其身也：当为"是义贵于其身也"。

【原 文】

子墨子自鲁即齐，过故

【译 文】

墨子从鲁国到齐国去，前往拜访老

人[1]。谓子墨子曰："今天下莫为义，子独自苦而为义，子不若已[2]。"子墨子曰："今有人于此，有子十人，一人耕而九人处[3]，则耕者不可以不益急[4]矣。何故？则食者众而耕者寡也。今天下莫为义，则子如劝[5]我者也，何故止我？"

朋友。朋友对墨子说："如今天下没人行义，你独自一人辛苦行义，你不如停止吧。"墨子说："现在有一个人在这里，有十个儿子，有一个儿子耕田而九个人闲处，那么耕田的人不能不更加匆忙了。什么缘故呢？吃饭的人多而耕种的人少。如今天下没有人行义，那么你应该勉励我，为什么阻止我呢？"

注释

❶过故人：拜访老朋友。过，探望、前往拜访。 ❷已：停止。 ❸处：闲处。 ❹急：匆忙。 ❺劝：勉励，鼓励。

【原 文】

子墨子南游于楚，见楚献惠王[1]，献惠王以老辞，使穆贺[2]见子墨子。子墨子说[3]穆贺，穆贺大说[4]，谓子墨子曰："子之言则成[5]善矣！而君王天下之大王也，毋乃[6]曰'贱人之所为'而不用乎？"子墨子曰："唯其可行。譬若药然，草之本[7]，天子食之以顺[8]其疾，岂曰'一草之本'而不食哉？今农夫入其

【译 文】

墨子向南游历到了楚国，要见楚惠王，楚惠王以自己年老推辞不见，派穆贺去见墨子。墨子游说穆贺，穆贺非常高兴，对墨子说："您的话确实好啊！但是国君是天下的大王，岂不是会说'这是平民所为'而不采纳吗？"墨子说："只要是可行的就行。比如药材，是草木的根，天子吃了它可以缓解自身的病痛，怎能说'这是一把草木的根'而不吃呢？如今农民缴税给在高位者，在高位者用来置备美酒谷物，来祭

税于大人，大人为酒醴粢盛，以祭上帝鬼神，岂曰‘贱人之所为’而不享哉？故虽贱人也，上比之农，下比之药，曾不若一草之本乎？且主君[9]亦尝闻汤之说乎？昔者，汤将往见伊尹，令彭氏之子御[10]。彭氏之子半道而问曰：‘君将何之[11]？’汤曰：‘将往见伊尹。’彭氏之子曰：‘伊尹，天下之贱人也。若君欲见之，亦令召[12]问焉，彼受赐矣。’汤曰：‘非女所知也[13]。今有药此[14]，食之则耳加聪，目加明，则吾必说而强食之[15]。今夫伊尹之于我国也，譬之良医善药也。而子不欲我见伊尹，是子不欲吾善也。’因下[16]彭氏之子，不使御。彼苟然，然后可也。”

祀天帝鬼神，（鬼神）怎能说‘这是平民提供的’而不享用呢？所以虽然是平民，于上比农民，于下比药材，难道连一把草木的根都不如吗？况且您也曾听说商汤的故事吧？从前，商汤将前往去见伊尹，让彭氏的儿子驾车。彭氏的儿子在半路上问道：‘您将要到哪里去？’商汤说：‘将前往去见伊尹。’彭氏的儿子说：‘伊尹是天下的平民。如果您想见他，也让人召唤他来问，这样已经是接受恩赐了。’商汤说：‘不是你所能知道的事情。如今有药在这里，吃了便会耳朵更加灵敏，眼睛更加明亮，那我一定会高兴地努力吃下它。如今伊尹对于我们国家，就像良医好药。但你不想让我见伊尹，是你不想让我好呀。’于是让彭氏的儿子下去，不让他再驾车。如果您也像商汤这样，就可以得到伊尹那样的人才了。”

注释

❶ 楚献惠王：楚惠王，熊氏，名章，楚昭王之子，母为越姬（越王勾践之女），他在位期间推行了一系列改革政策，促进了楚国的发展。 ❷ 穆贺：楚惠王的大臣。 ❸ 说：游说。 ❹ 说：同“悦”，高兴。 ❺ 成：通“诚”，确实。 ❻ 毋乃：莫非，岂非。 ❼ 本：根。 ❽ 顺：调治，调和。 ❾ 主君：对穆贺的敬称。 ❿ 御：驾车。 ⓫ 君将何之：应为“君将之何”的倒装，您将要到哪里去。 ⓬ 召：召唤。 ⓭ 非女所知也：不是你所能够知道的事情。女，通

“汝”，你。⑭今有药此：应为“今有药于此”。⑮说：同“悦”，喜悦，高兴。食：动词，吃，服用。⑯下：使动用法，使……下。

【原　文】

子墨子曰：“凡言凡动[1]，利于天鬼百姓者为之；凡言凡动，害于天鬼百姓者舍之；凡言凡动，合于三代圣王尧舜禹汤文武者为之；凡言凡动，合于三代暴王桀纣幽厉者舍之。”

【译　文】

墨子说：“凡是言论凡是行动，有利于上天、鬼神、百姓的就做；凡是言论凡是行动，有害于上天、鬼神、百姓的就舍弃；凡是言论凡是行动，符合三代圣王尧、舜、禹、商汤、周文王、周武王的就做；凡是言论凡是行动，符合三代暴君夏桀、商纣王、周幽王、周厉王的就舍弃。”

注　释

①言：言论。动：行动。

【原　文】

子墨子曰：“言足以迁[1]行者，常之；不足以迁行者，勿常。不足以迁行而常之，是荡口也。”

【译　文】

墨子说：“言论完全可以改正行为的，就经常说；不完全可以改正行为的，就不要经常说。不完全可以改正行为却经常说，就是空言。”

注释

❶ 迁：改变，改正。

【原文】

子墨子曰：“必去六辟[①]。嘿[②]则思，言则诲，动则事，使三者代御[③]，必为圣人。必去喜，去怒，去乐，去悲，去爱[④]，而用仁义。手足口鼻耳，从事于义，必为圣人。”

【译文】

墨子说：“一定要去除（喜、怒、乐、悲、爱、恶）六种邪僻。沉默时就思考，说话时能教诲，行动时便做事。交替使用这三种东西，一定能成为圣人。一定要去除喜，去除怒，去除乐，去除悲，去除爱，去除恶，然后使用仁义。手、脚、口、鼻、耳都致力于行义，一定能成为圣人。”

注释

❶ 去：去除。六辟：指喜、怒、乐、悲、爱、恶六种情感。 ❷ 嘿（mò）：同“默”，沉默。 ❸ 代御：交替使用。代，交替。御，用。 ❹ 去爱：其后当缺“去恶”，译文补出。

【原文】

子墨子谓二三子曰：“为义而不能，必无排[①]其道。譬若匠人之斫而不能，无排其绳。”

【译文】

墨子对几个弟子说：“施行仁义而没有达到时，一定不要斥责道义。好比木匠没凿好木头，不会斥责打直线的墨线一样。”

注释

❶ 排：斥责。

【原 文】

子墨子曰："世之君子，使之为一犬一彘之宰①，不能则辞之；使为一国之相，不能而为之。岂不悖哉？"

【译 文】

墨子说："当世的君子，让他们做宰杀狗猪的屠夫，不能干就推辞；让他们做一国的宰相，不能干却仍然去做。难道不违背常理吗？"

注释

❶ 宰：屠夫。

【原 文】

子墨子曰："今瞽①曰：'巨者白也②，黔③者黑也。'虽明目者无以易④之。兼白黑，使瞽取⑤焉，不能知也。故我曰瞽不知白黑者，非以其名也，以其取也。今天下之君子之名⑥仁也，虽禹汤无以易之。兼仁与不仁，而使天下之君子取焉，不能知也。故我曰

【译 文】

墨子说："现在有盲人说：'皑是白色，黔是黑色。'即使是眼睛明亮的人也不能改变它。将白色和黑色混在一起，让盲人选择，就不能知道了。所以我说盲人不知道白黑，不是因为（他不知道）白、黑的名称，而是因为他实际的择取。现在天下的君子称说仁，即使是夏禹、商汤都无法改变。将仁和不仁混在一起，让天下的君子选择，就不能知道了。所以我说天下的君子不知

天下之君子不知仁者，非以其名也，亦以其取也。”

道仁，不是因为（他们不知道）仁的名称，也是因为他们实际的择取。”

注释

❶ 瞽（gǔ）：盲人。 ❷ 巨者白也：应为“皑者白也”。皑，洁白的样子，白色。 ❸ 黔：黑色。 ❹ 易：改变。 ❺ 取：选择，择取。 ❻ 名：称说。

【原文】

子墨子曰：“今士之用身，不若商人之用一布之慎也[1]。商人用一布布[2]，不敢继苟而雠焉[3]，必择良者。今士之用身则不然，意之所欲则为之，厚[4]者入刑罚，薄[5]者被毁丑，则士之用身不若商人之用一布之慎也。”

【译文】

墨子说：“当今士人使用自己的身体，不如商人使用一枚钱币谨慎。商人用一枚钱币买东西，不敢随便出价，一定选择好的东西。当今士人使用自己的身体却不是这样，想怎么做就怎么做，（过错）严重的将遭受刑罚，轻微的将遭受诋毁丑化。那么士人使用自己的身体不如商人使用一枚钱币谨慎。”

注释

❶ 布：钱币。慎：谨慎。 ❷ 商人用一布布：疑为“商人用一布市”，商人用一枚钱币买东西。市，买东西。 ❸ 不敢继苟而雠（chóu）焉：疑为“不敢苟而雠焉”，不敢随便出价。苟，马虎、随便。继，疑为衍文。雠，给价。 ❹ 厚：严重。 ❺ 薄：轻微。

【原 文】

子墨子曰："世之君子欲其义之成，而助之修其身则愠[1]，是犹欲其墙之成，而人助之筑则愠也，岂不悖哉？"

【译 文】

墨子说："世上的君子想使自己行义成功，但是别人帮他修养自身，他就生气，这就好像想筑墙成功，但别人帮忙筑墙他就生气，难道不违背常理吗？"

注 释

❶ 愠：生气。

【原 文】

子墨子曰："古之圣王欲传其道于后世，是故书之竹帛，镂之金石，传遗[1]后世子孙，欲后世子孙法[2]之也。今闻先王之遗而不为，是废先王之传也。"

【译 文】

墨子说："古代的圣王想将自己的思想传给后代，所以书写在竹简帛书上，镂刻在金石上，留传给后代子孙，希望后代子孙能效法。现在听说先王留下的思想却不实行，是废弃先王传下的思想。"

注 释

❶ 传遗：留传。 ❷ 法：效法。

【原文】

子墨子南游[1]使卫，关[2]中载书甚多，弦唐子[3]见而怪之，曰："吾夫子教公尚过[4]曰：'揣[5]曲直而已。'今夫子载书甚多，何有也？"子墨子曰："昔者周公旦朝读书百篇，夕见漆[6]十士。故周公旦佐相天子，其修[7]至于今。翟上无君上之事，下无耕农之难，吾安敢废[8]此？翟闻之：'同归[9]之物，信有误者。'然而民听不钧[10]，是以书多也。今若过之心[11]者，数逆于精微[12]，同归之物，既已知其要矣，是以不教以书也。而子何怪焉？"

【译文】

墨子向南游历出使卫国，车上横栏中装载了很多书，弦唐子看见觉得奇怪，说："老师您教导公尚过说：'书只不过是衡量是非曲直罢了。'现在老师您拉这么多书，有什么用呢？"墨子说："从前周公旦早上读书百篇，晚上会见七十位贤士。所以周公旦辅佐天子，他的政绩流传至今天。我上没有侍奉国君的差事，下没有耕作的艰难，我怎么敢荒废读书呢？我听说：'同一个事物，人们在传讲时会有差错。'但是百姓听到的却不一致，所以书就多了。现在像公尚过这样心智的人，对事理的考察已达到精深微妙的程度，对于相同的事物，已经知道它的要领了，所以就不需要再用书来教导他了。而你有什么奇怪的呢？"

注释

❶游：游历。 ❷关：通"扃（jiōng）"，古代车上的横栏。 ❸弦唐子：墨子的弟子。 ❹公尚过：一作"公上过"，墨子的弟子，以游说和劝谏之能闻名。 ❺揣：衡量。 ❻漆：同"柒"。 ❼修：治，指政绩。 ❽废：荒废。 ❾同归：一致，同一。 ❿不钧：不均，不一致。 ⓫心：心智。 ⓬逆：考察。精微：精细微妙。

【原 文】

子墨子谓公良桓子[1]曰："卫，小国也，处于齐、晋之间，犹贫家之处于富家之间也。贫家而学[2]富家之衣食多用，则速亡必矣[3]。今简子之家[4]，饰车数百乘[5]，马食菽粟者数百匹[6]，妇人衣文绣者数百人[7]。吾取饰车、食马之费与绣衣之财以畜士，必千人有余。若有患难，则使百人处于前，数百于后，与妇人数百人处前后孰安？吾以为不若畜士之安也。"

【译 文】

墨子对公良桓子说："卫国是小国，处在齐、晋两个大国之间，就像贫穷人家处在富贵人家之间。贫穷人家效法富贵人家穿衣吃饭多花费，那么一定会很快灭亡。现在看你的国家，鞔革为饰的马车几百辆，吃豆子、小米的马匹几百匹，穿着有华美刺绣衣服的妇女几百人。我拿这些装饰车辆、饲养马匹和做刺绣衣服的钱财来养士，必定能养活千余人。如果有危难，那么派遣一百名士人在前，几百名士人在后，与派几百名妇女在前后，哪个更安全呢？我认为不如养士安全。"

注 释

❶ 公良桓子：卫国大夫，复姓公良。 ❷ 学：效法，学习。 ❸ 则速亡必矣：疑为"则必速亡矣"。 ❹ 子：你。简：检阅，审视。 ❺ 饰车：古代大夫乘的鞔革为饰的车子。乘：四匹马拉的车。 ❻ 食：动词，吃。菽：豆子。粟：小米。 ❼ 衣：动词，穿。文绣：刺绣华美的衣服。

【原 文】

子墨子仕[1]人于卫，所仕者至而反[2]。子墨子曰："何

【译 文】

墨子使人去卫国做官，去做官的人到了卫国却返回来了。墨子说："为什

故反？”对曰：“与我言而不当③，曰‘待女以千盆④’，授我五百盆，故去之也。”子墨子曰：“授子过千盆，则子去之乎？”对曰：“不去。”子墨子曰：“然则非为其不审⑤也，为其寡也。”

么回来？”回答说：“卫君和我说话不算数，他说‘给你一千盆粮食（作为俸禄）’，实际只给我五百盆，所以我就离开了。”墨子说：“给你的粮食超过一千盆，那么你还离开吗？”回答说：“不离开。”墨子说：“既然这样，那么不是因为他不诚信，是因为他给的粮食少。”

注释

❶仕：做官。 ❷反：同“返”，返回。 ❸不当：不算数。 ❹待女以千盆：给你一千盆粮食（作为俸禄）。女，通“汝”，你。盆，古量器名。古制十二斗八升为一盆。亦用为容量单位。 ❺审：信，实。

【原文】

子墨子曰：“世俗之君子视义士不若负①粟者。今有人于此，负粟息②于路侧，欲起而不能，君子见之，无长少贵贱，必起之。何故也？曰：义也。今为义之君子，奉承③先王之道以语之，纵不说④而行，又从而非毁之。则是世俗之君子之视义士也，不若视负粟者也。”

【译文】

墨子说：“世俗的君子看待仁义的人还不如背粮食的人。现在有一个人在这里，背着粮食在路边休息，想站起来却起不来，君子看见了，无论他是年长、年少、富贵、贫贱，一定要扶起他。什么缘故呢？回答说：出于道义。现在行仁义的君子，奉行传承先王的思想并将其告诉他人，（世俗的君子）即使不喜欢走开也就罢了，却又跟随别人去非议诋毁行仁义的君子。那么这就是世俗的君子看待行义的人，不如看待背粮食的人。”

注释

❶ 负：背，驮。 ❷ 息：休息。 ❸ 奉承：奉行传承。 ❹ 说：同“悦”，喜欢。

【原 文】

子墨子曰：“商人之四方，市贾信徙[1]，虽有关梁[2]之难、盗贼之危，必为之。今士坐而言义，无关梁之难、盗贼之危，此为信徙不可胜计，然而不为。则士之计利，不若商人之察[3]也。”

【译 文】

墨子说：“商人到四方，买入和卖出的价钱相差，虽然有通过关口桥梁的困难、路遇盗贼的危险，一定要做。现在士人坐着谈论义，没有通过关口桥梁的困难、遇上盗贼的危险，所取得的利益之倍数不能全部计算完，但是不去做。那么士人计算利益，不如商人精明啊。”

注释

❶ 贾：同“价”，价钱。信徙：疑为“倍蓰（xǐ）”，数倍。徙，当为“蓰”，五倍。 ❷ 关梁：关口桥梁。 ❸ 察：精明。

【原 文】

子墨子北之齐，遇日者[1]。日者曰：“帝以今日杀黑龙于北方，而先生之色黑，不可以北。”子墨子不听，遂北，至淄水[2]，不遂而

【译 文】

墨子往北到齐国去，路上遇到一个占卜先生。占卜先生说：“天帝今天在北方杀黑龙，而先生的脸色发黑，不能向北走。”墨子不听，就向北走，到淄水，不成功便

反焉[3]。日者曰："我谓先生不可以北。"子墨子曰："南之人不得北，北之人不得南，其色有黑者，有白者，何故皆不遂也？且帝以甲乙杀青龙于东方，以丙丁杀赤龙于南方，以庚辛杀白龙于西方，以壬癸杀黑龙于北方，若用子之言，则是禁天下之行者也。是围心而虚天下也[4]，子之言不可用也。"

返回了。占卜先生说："我说先生不能向北走。"墨子说："南方人不可以向北，北方人不可以向南，人们的脸色有黑的，有白的，为什么都不成功呢？况且天帝于甲乙日在东方杀青龙，于丙丁日在南方杀赤龙，于庚辛日在西方杀白龙，于壬癸日在北方杀黑龙，如果按照你的说法，那么就是禁止天下人通行了。这是违反人心而使天下虚无人迹，你的言论不可取用。"

注释

❶日者：占卜的人。 ❷淄水：河流名，在今山东省。 ❸遂：顺利，成功。反：同"返"，返回。 ❹围：一说通"违"，违反。一说当为"围"，阻止。虚：使动用法，使……空虚。

【原文】

子墨子曰："吾言足用矣。舍言革思者[1]，是犹舍获而攟[2]粟也。以其言非吾言者，是犹以卵投石[3]也，尽天下之卵，其石犹是也，不可毁也。"

【译文】

墨子说："我的言论完全可以使用了。舍弃我的言论而去重新思考，这就像舍弃收获而去捡拾谷穗一样。用他的言论反对我的言论的人，这就像拿蛋去碰石头，用完了天下的蛋，石头还是这样，是不可能被毁坏的。"

注释

❶ 舍言革思者：应为“舍吾言革思者”，即舍弃我的言论去重新思考。革，改变、革除。 ❷ 攈（jùn）：拾取，摘取。 ❸ 以卵投石：用蛋打石头。比喻自不量力，必然失败。

公 孟

【原 文】

公孟子[①]谓子墨子曰："君子共[②]己以待，问焉则言，不问焉则止。譬若钟然，扣则鸣，不扣则不鸣。"子墨子曰："是言有三物焉，子乃今知其一身也[③]，又未知其所谓也。若大人行淫暴于国家，进而谏，则谓之不逊[④]，因左右而献谏[⑤]，则谓之言议[⑥]，此君子之所疑惑也。若大人为政，将因于国家之难，譬若机之将发也然，君子之必以谏，然而大人之利，若此者，虽不扣必鸣者也。若大人举不义之异行，虽得大巧之经[⑦]，可行于军旅之事，欲攻伐无罪之国，有之也，君得之，则必用之矣，以广辟土地，著税伪材[⑧]。出必见辱，所攻者不利，而攻者亦不

【译 文】

公孟子对墨子说："君子要拱手等待，别人问就说，不问就不说。好比钟一样，敲就响，不敲就不响。"墨子说："这句话有三种情况，你现在知道其中的一种，又不知道它说的是什么意思。如果在高位者在国内做淫逸残暴的事，大臣进前而规劝，就叫作不恭顺，通过国君的近臣而献上谏言，就叫作议论，这是君子不理解的地方。如果在高位者治理政务，国家将有大难发生，就像机关将要发射一样，君子就一定要劝谏，这对在高位者有利，像这样的情况，即使不敲也一定发出声音。如果在高位者做了不义的邪异行为，即使得到极巧妙的方法，可施行于军队的事务，想攻打无罪的国家，这种情况是存在的，君主得到这一策略，就一定会利用它，来扩张领土，聚敛赋税财货。外出作战一定会受到侮辱，被攻伐的国

利，是两不利也。若此者，虽不扣必鸣者也。且子曰：‘君子共己以[9]待，问焉则言，不问焉则止，譬若钟然，扣则鸣，不扣则不鸣。’今未有扣子而言，是子之谓不扣而鸣邪？是子之所谓非君子邪？”

家没有好处，而攻打别国的国家也没有好处，这是双方都没有好处。像这种情况，即使不敲也一定发出声音。况且你说：‘君子要拱手等待，别人问就说，不问就不说，好比钟一样，敲就响，不敲就不响。’现在没人问你而说话，是你所说的不敲就响呢？还是你所说的不是君子呢？”

注释

❶ 公孟子：又称公明仪或公明高，曾参的弟子。 ❷ 共：“拱”的本字，犹拱手。 ❸ 子乃今知其一身也：应为“子乃今知其一耳也”。 ❹ 逊：恭顺。 ❺ 因：通过。左右：近臣，侍从。 ❻ 言议：议论。 ❼ 经：方法。 ❽ 著税伪财：疑为“籍税贿（guì）财”，即“籍税货财”，聚敛赋税财物。 ❾ 以：底本无，据上文补。

【原 文】

公孟子谓子墨子曰：“实为善人，孰不知？譬若良玉[1]，处而不出，有余糈[2]。譬若美女，处而不出，人争求之。行而自衒[3]，人莫之取[4]也。今子遍从人而说之，何其劳也？”子墨子曰：“今夫世乱，求美女者众，美女虽不出，人多求

【译 文】

公孟子对墨子说：“真正做好事的人，谁不知道呢？比如好巫师，居于家中不出门，家里会有多余的精米。比如美女，居于家中不出门，人们会争着追求她。（如果她）边行走边自我炫耀，人们不会娶她。现在你到处跟随别人去游说人家，多么辛苦呢？”墨子说：“现在世道混乱，追求美女的人多，美女即使不出门，也有很多人追

之。今求善者寡，不强⑤说人，人莫之知也。且有二生于此，善筮，一行为人筮⑥者，一处而不出者。行为人筮者与处而不出者，其糈孰多？”公孟子曰：“行为人筮者其糈多。”子墨子曰：“仁义钧⑦，行说人者，其功善亦多，何故不行说人也？”

求她。现在追求善的人少，不努力游说人们，人们就不会知道善。假定有两个人在这里，善于占卜，一人外出为人占卜，一人在家不出门。外出为人占卜的人和在家不出门的人，谁的精米多呢？”公孟子说：“外出为人占卜的人的精米多。”墨子说：“主张仁义与此相同，外出劝说人们行义的人，他的功业善行也多，为什么不外出劝说人们呢？”

注释

❶譬若良玉：疑为“譬若良巫”，比如好巫师。 ❷糈：精米，古代用以祭神。 ❸衔：炫耀。 ❹取：通“娶”。 ❺强：勉力，努力。 ❻筮：占卜。❼钧：通“均”，相同。

【原文】

公孟子戴章甫①，搢忽②，儒服，而以见子墨子，曰：“君子服然后行乎？其行然后服乎？”子墨子曰：“行不在服。”公孟子曰：“何以知其然也？”子墨子曰：“昔者齐桓公③高冠博带，金剑木盾，以治其国，其国治。昔者晋文

【译文】

公孟子头上戴着礼帽，腰间插着笏板，穿着儒服，去见墨子，说：“君子是穿戴一定的服饰然后行动呢，还是先行动然后穿戴一定的服饰呢？”墨子说：“行动不在于服饰。”公孟子说：“为什么知道是这样呢？”墨子说：“从前齐桓公戴着高耸的帽子，腰系宽带，佩着金剑木盾，来治理国家，他的国家得到治理。从前晋文公

公[4]大布之衣，牂羊[5]之裘，韦[6]以带剑，以治其国，其国治。昔者楚庄王[7]鲜冠组缨，绛衣[8]博袍，以治其国，其国治。昔者越王句践剪发文身，以治其国，其国治。此四君者，其服不同，其行犹一也。翟以是知行之不在服也。”公孟子曰：“善！吾闻之曰‘宿[9]善者不祥’，请舍忽、易章甫，复见夫子，可乎？”子墨子曰：“请因以相见也，若必将舍忽、易章甫而后相见，然则行果在服也。”

穿着粗布衣服，披着母羊皮做的大衣，用牛皮腰带来佩挂剑，来治理国家，他的国家得到治理。从前楚庄王戴着鲜丽的帽子，上面缀着华美的丝带帽缨，穿着深红色宽大长袍，来治理国家，他的国家得到治理。从前越王勾践剪掉头发，在身上刺上花纹，来治理国家，他的国家得到治理。这四位国君，他们的服饰不同，他们的行动却是一样的。所以我知道行动不在于服饰。”公孟子说：“好！我听说‘把好事搁置不做就是不吉祥’，请让我先放下笏板、换掉礼帽，再来见先生，可以吗？”墨子说：“请就这样相见吧，如果一定要放下笏板、换掉礼帽然后再见面，既然这样，那么行动果真在于服饰了。”

注释

❶ 章甫：古时儒者的礼帽。 ❷ 搢：插。忽：同“笏”，上朝时手持的竹片或木板，用来记事。 ❸ 齐桓公：春秋时齐国国君，名小白，齐襄公之弟，采取尊王攘夷的策略而成为春秋五霸之首。 ❹ 晋文公：春秋时晋国国君，名重耳，晋献公之子，在外流亡十九年，后在秦穆公的护送下回国即位，春秋五霸之一。 ❺ 牂（zāng）羊：母羊。 ❻ 韦：熟牛皮。 ❼ 楚庄王：春秋时楚国国君，名旅，楚穆王之子，即位后，面对国内复杂的政治局势，采取韬光养晦的策略，最终问鼎中原、饮马黄河，成为春秋五霸之一。“三年不鸣，一鸣惊人”的典故即出自楚庄王。 ❽ 绛（jiàng）衣：深红色衣服。 ❾ 宿：停留，积存。

【原 文】

公孟子曰："君子必古[①]言服，然后仁。"子墨子曰："昔者商王纣卿士费仲[②]为天下之暴人，箕子、微子为天下之圣人[③]，此同言而或仁不仁也。周公旦为天下之圣人，关叔[④]为天下之暴人，此同服或仁或不仁。然则不在古服与古言矣。且子法周，而未法夏也，子之古非古也。"

【译 文】

公孟子说："君子一定要依照古制说话穿衣，然后才称得上仁义。"墨子说："从前商纣王的卿士费仲是天下的暴虐之人，箕子、微子是天下的圣明之人，这些人说话相同却有的仁有的不仁。周公旦是天下的圣明之人，管叔是天下的暴虐之人，他们穿着相同的衣服却有的仁有的不仁。既然这样，那么（仁与不仁）不在于依照古制穿衣和依照古制说话。况且你效法周朝，而没有效法夏朝，你效法的古制不是真正的古制。"

注 释

❶ 古：过去的，古代的，此指古制。 ❷ 费仲：又作费中，嬴姓，费昌的后裔，在商纣王时期担任中大夫，因善谀好利而被纣王重用。 ❸ 箕（jī）子：名胥余，商纣王的叔父（一说为庶兄），官至太师，以忠直耿介著称，曾被囚禁，因封地在箕地（位于今山西晋中）而被称为箕子。他与微子、比干被称为"殷末三贤"。微子：名启，商纣王的庶兄，因封地在微地（位于今山西长治）而被称为微子。周成王封微子于商丘（位于今河南商丘南），国号宋，微子为周代宋国的始祖。 ❹ 关叔：管叔。

【原 文】

公孟子谓子墨子曰："昔者圣王之列也，上圣[①]立为天子，

【译 文】

公孟子对墨子说："从前圣明君王的次序排列，至圣之人确立为天

其次立为卿大夫。今孔子博于《诗》《书》，察于礼乐，详于万物，若使孔子当圣王，则岂不以孔子为天子哉？”子墨子曰：“夫知[2]者，必尊天事鬼，爱人节用，合焉为知矣。今子曰孔子博于《诗》《书》，察于礼乐，详于万物，而曰可以为天子，是数人之齿[3]，而以为富。”

子，次一等的确立为卿大夫。现在孔子博通《诗经》《尚书》，明察礼乐制度，详悉一切事物，如果让孔子做圣王，那么难道不是让孔子做天子吗？”墨子说：“有智慧的人，必定尊崇上天、侍奉鬼神，爱护民众、节约财用，符合这些条件的人是有智慧的人。现在你说孔子博通《诗经》《尚书》，明察礼乐制度，详悉一切事物，并说可以做天子，这像是数别人契据上的刻数，却认为自己富有。”

注释

❶ 上圣：犹至圣，德智超群的人。 ❷ 知：同“智”，智慧，聪明。 ❸ 齿：竹木所刻之齿。古人刻木以记数，被刻的地方像齿。据俞樾所云，齿者，契之齿也。

【原文】

公孟子曰：“贫富寿夭，齰[1]然在天，不可损益。”又曰：“君子必学。”子墨子曰：“教人学而执有命，是犹命人葆[2]而去其冠也。”

【译文】

公孟子说：“贫穷、富贵、长寿、短命，由上天安排，不可以减少增加。”又说：“君子必须学习。”墨子说：“教导别人学习却持有天命论，这就像叫人包好头发却拿走了他的帽子一样。”

注释

❶ 䄍（cuò）：通“错”，安排。 ❷ 葆：通“包”，包裹。

【原文】

公孟子谓子墨子曰：“有义不义，无祥不祥。”子墨子曰：“古圣王皆以鬼神为神明，而为祸福，执有祥不祥，是以政治而国安也。自桀纣以下，皆以鬼神为不神明，不能为祸福，执无祥不祥，是以政乱而国危也。故先王之书《子亦》[1]有之曰：‘其傲也，出于子，不祥。’此言为不善之有罚，为善之有赏。”

【译文】

公孟子对墨子说：“有仁义和不仁义之分，没有吉祥和不吉祥之别。”墨子说：“古代圣明的君王都认为鬼神是明智如神的，能带来祸患、福祉，主张有吉祥、不吉祥，所以政务得到治理而国家安宁。自从夏桀、商纣之后，都认为鬼神是不明智如神的，不能带来祸患、福祉，主张没有吉祥、不吉祥，所以政治混乱而国家危殆。所以古代圣王的书《子亦》有记载，说：‘言行傲慢，出于你，不吉祥。’这是说做坏事会有惩罚，做好事会有奖赏。”

注释

❶《子亦》：古书名，已亡佚。

【原文】

子墨子谓公孟子曰：“丧礼，君与父母、妻、后子[1]

【译文】

墨子对公孟子说：“儒家的丧礼，国君和父母、妻子、长子去世，服丧三

死，三年丧服，伯父、叔父、兄弟期，族人五月，姑、姊、舅、甥皆有数月之丧。或以不丧之间[2]诵《诗》三百，弦《诗》三百，歌《诗》三百，舞《诗》三百。若用子之言，则君子何日以听治？庶人何日以从事？”公孟子曰：“国乱则治之，国治则为礼乐。国治则从事[3]，国富则为礼乐。”子墨子曰：“国之治，治之废，则国之治亦废。[4]国之富也，从事，故富也。从事废，则国之富亦废。故虽治国，劝之无餍[5]，然后可也。今子曰‘国治则为礼乐，乱则治之’，是譬犹噎而穿井也，死而求医也。古者三代暴王桀纣幽厉，薾为声乐[6]，不顾其民，是以身为刑僇[7]，国为戾虚[8]者，皆从此道也。”

年，伯父、叔父、兄弟去世服丧一年，族人去世服丧五个月，姑姑、姐姐、舅舅、外甥去世都要服丧几个月。有人在不守丧期间，诵读《诗》三百篇，用弦乐演奏《诗》三百篇，歌唱《诗》三百篇，用舞蹈来配唱《诗》三百篇。如果听从你的言论，那么君子什么时间才能断狱治事？平民什么时间才能劳作？”公孟子说：“国家混乱就治理它，国家得到治理就制作礼乐。国家贫穷就致力于生产劳动，国家富强就制作礼乐。”墨子说：“国家得到治理，是因为断狱治事，所以才得到治理。断狱治事废止了，那么国家的治理也会废止。国家富裕，是因为生产劳动，所以才富裕。生产劳动废止了，那么国家的富裕也会废止。所以即使是安定的国家，也要勤勉不停止，这样才可以。现在你说‘国家得到治理就制作礼乐，混乱就治理它’，这好比被食物塞住了嗓子才挖井取水，人死了才寻求医生。从前三代的暴君夏桀、商纣、周幽王、周厉王，盛大从事音乐之事，不顾及他们的百姓，所以他们身遭刑戮，国空人绝，都是因为听从了这种主张。”

注释

❶后子：嗣子，嫡长子。 ❷不丧之间：不守丧期间。 ❸国治则从事：应为“国贫则从事”，国家贫穷就致力于劳动生产。 ❹此句疑当为“国之治

也，听治，故治也；听治废，则国之治亦废”。❺ 劝之无餍：不断勉力，不知满足。餍（yàn），满足，引申为止，终止。❻ 薾（ěr）为声乐：盛大从事音乐之事。薾，繁盛鲜艳。❼ 刑僇：刑罚诛戮。僇，通“戮”。❽ 戾虚：国空人绝。

【原 文】

公孟子曰：“无鬼神。”又曰：“君子必学祭祀。”子墨子曰：“执无鬼而学祭礼，是犹无客而学客礼也，是犹无鱼而为鱼罟[1]也。”

【译 文】

公孟子说：“没有鬼神。”又说：“君子必须学祭祀。”墨子说：“主张没有鬼神却学习祭祀，这就像没有客人却学习待客的礼仪，这就像没有鱼却制作渔网一样。”

注 释

❶ 鱼罟（gǔ）：渔网，捕鱼的网。

【原 文】

公孟子谓子墨子曰：“子以三年之丧为非，子之三日[1]之丧亦非也。”子墨子曰：“子以三年之丧非三日之丧，是犹倮谓撅者不恭也[2]。”

【译 文】

公孟子对墨子说：“你认为守丧三年是不对的，你守丧三天也是不对的。”墨子说：“你拿三年的丧期来否定三天的丧期，这就像赤身裸体的人说掀开衣裳的人不恭敬一样。”

注释

❶ 三日：三天。一说疑当为“三月”。下同。 ❷ 倮（luǒ）：同“裸”，裸体。撅（guì）：揭衣，掀起衣裳。

【原 文】

公孟子谓子墨子曰：“知有贤于人[1]，则可谓知[2]乎？”子墨子曰：“愚之知有以贤于人，而愚岂可谓知矣哉？”

【译 文】

公孟子对墨子说：“认知有胜过别人的地方，就可以称得上聪慧吗？”墨子说：“愚钝者的认知有胜过别人的地方，而愚钝者难道可以称为聪慧吗？”

注释

❶ 知有贤于人：认知有胜过别人的地方。知，认知。 ❷ 知：同“智”，智慧，聪慧。

【原 文】

公孟子曰：“三年之丧，学吾之慕父母[1]。”子墨子曰：“夫婴儿子之知[2]，独慕父母而已。父母不可得也，然号而不止，此其故何也？即愚之至也。然则儒者之知，岂有以贤于婴儿子哉？”

【译 文】

公孟子说：“三年的丧期，是模仿小孩子依恋父母。”墨子说：“婴儿的智慧，只知道依恋父母罢了。父母找不到了，就大哭不停止，这其中的原因是什么呢？就是愚笨到了极点。既然这样，那么儒家的智慧，难道有胜过小孩子的地方吗？”

注释

❶ 学吾之慕父母：当为“学吾子之慕父母”。吾子，小孩。 ❷ 婴儿子：幼儿。知：同“智”，智慧。

【原文】

子墨子曰问于儒者[1]：“何故为乐？”曰：“乐以为乐也。”子墨子曰：“子未我应也[2]。今我问曰：‘何故为室？’曰：‘冬避寒焉，夏避暑焉，室以为男女之别也。’则子告我为室之故矣。今我问曰：‘何故为乐？’曰：‘乐以为乐也。’是犹曰：‘何故为室？’曰：‘室以为室也。’”

【译文】

墨子问儒者说：“为什么制作音乐？”回答说：“把音乐当作娱乐。”墨子说：“你没有回答我的问题。现在我问：‘为什么建造房子？’回答说：‘冬季躲避寒冷，夏季躲避暑热，可以用来区别男女。’那么你告诉了我建造房子的理由。现在我问：‘为什么制作音乐？’回答说：‘把音乐当作娱乐。’这就像问：‘为什么建造房子？’回答说：‘为建造房子而建造房子。’”

注释

❶ 子墨子曰问于儒者：当为“子墨子问于儒者曰”。 ❷ 子未我应也：当为“子未应我也”，你没有回答我的问题。

【原文】

子墨子谓程子曰：“儒之道足以丧天下者，四政焉。

【译文】

墨子对程子说：“儒家的政治主张完全可以丧失天下的，有四种主张。

儒以天为不明，以鬼为不神，天鬼不说[1]，此足以丧天下。又厚葬久丧，重为棺椁[2]，多为衣衾[3]，送死若徙，三年哭泣，扶后起，杖后行，耳无闻，目无见，此足以丧天下。又弦歌鼓舞，习为声乐，此足以丧天下。又以命为有，贫富寿夭、治乱安危有极[4]矣，不可损益也。为上者行之，必不听治矣；为下者行之，必不从事矣，此足以丧天下。"程子曰："甚矣！先生之毁儒也。"子墨子曰："儒固无此若四政者，而我言之，则是毁也。今儒固有此四政者，而我言之，则非毁也，告闻也。"程子无辞而出。子墨子曰："迷之[5]！"反，后坐[6]，进复曰："乡者先生之言有可闻者焉[7]，若先生之言，则是不誉禹，不毁桀纣也。"子墨子曰："不然，夫应孰[8]辞，称议而为之[9]，敏也。厚攻则厚吾[10]，薄攻则薄吾。应孰辞而称议，是犹

儒家认为天不能明鉴，认为鬼神不灵验，天帝鬼神不高兴，这完全可以丧失天下。又主张隆重的丧礼和长时间的居丧，多重棺材相套，多给死人穿衣服，送葬像搬家一样隆重，哭泣三年，守丧者依靠别人搀扶然后才能站起来，依靠拐杖然后才能行走，耳朵听不到声音，眼睛看不见东西，这完全可以丧失天下。又用琴瑟等伴奏歌唱、击鼓跳舞，大兴音乐，这完全可以丧失天下。又认为有天命，贫穷、富贵、长寿、短命，国家的治理、混乱、安全、危险都有定数，不可以减少增加。处于上位的人执行这一主张，必定不能断狱治事；处于下位的人实行这一主张，必定不能生产劳动，这完全可以丧失天下。"程子说："太过分了！先生您如此诋毁儒家！"墨子说："儒家本来没有这四种主张，而我却说了，那么就是诋毁。现在儒家本来就具有这四种主张，而我说了，那么就不是诋毁，是告诉你我所听到的事情。"程子没有告辞就出去了。墨子说："回来！"程子返回后又坐下来，进而回复说："先前先生的话有可指责的地方，如果按照先生您的话，那么就是不称赞禹，不诋毁夏桀、商纣了。"墨子说："不是这样，应对常见的言辞，不必过分讨论，就算得上机敏了。对方辩论攻势强，那么我就强力抵御，对方辩论攻势缓弱，那么我就缓弱抵御。应对常见的言辞却过分讨论，这就像

荷辕而击蛾也。”

背着车辕去打飞蛾一样。”

注释

❶说：同“悦”。 ❷重为棺椁（guǒ）：多重棺材相套。在周朝，天子通常为三椁四棺，共七重。诸侯为二椁三棺，共五重。大夫为一椁二棺，共三重。士为一椁一棺，共二重。 ❸衾（qīn）：被子。 ❹有极：事物有极限，指事物有定数。 ❺迷之：应为“还之”，你回来。 ❻反，后坐：疑当为“反而复坐”，返回后又坐下来。 ❼乡者先生之言有可闻者焉：应为“乡者先生之言有可间者焉”，即先前先生的话有可指责的地方。乡，通“向”，先前、原先。间，指责。 ❽孰：同“熟”，常见，一般。 ❾称议而为之：应为“不称议而为之”。 ❿吾：通“御”，抵御。

【原文】

子墨子与程子辩，称于孔子[1]。程子曰：“非[2]儒，何故称于孔子也？”子墨子曰：“是亦当而不可易者也[3]。今鸟闻热旱之忧则高，鱼闻热旱之忧则下，当此，虽禹汤为之谋，必不能易矣。鸟鱼可谓愚矣，禹汤犹云因[4]焉。今翟曾无称于孔子乎？”

【译文】

墨子与程子辩论，称引了孔子的话。程子说：“反对儒家，为什么称引孔子的话呢？”墨子说：“因为它适当而不能更改。现在鸟知道炎热的忧患就高飞空中，鱼儿知道炎热的忧患就会低沉水下，对此，即使是大禹、商汤来谋划，一定不能改变。鸟鱼可以说是愚笨的了，大禹、商汤尚且依从它们的习性。如今我不能称引孔子的话吗？”

注释

❶ 称于孔子：称引孔子的话。 ❷ 非：否定，反对。 ❸ 是亦当而不可易者也：当为“是其当而不可易者也”。 ❹ 因：依从。

【原 文】

有游于子墨子之门者，身体强良①，思虑徇通②，欲使随而学。子墨子曰：“姑学乎，吾将仕子。”劝于善言而学，其年③，而责④仕于子墨子。子墨子曰：“不仕子。子亦闻夫鲁语⑤乎？鲁有昆弟⑥五人者，其父死，其长子嗜酒而不葬，其四弟曰：‘子与我葬，当为子沽酒⑦。’劝于善言而葬，已葬而责酒于其四弟。四弟曰：‘吾末⑧予子酒矣。子葬子父，我葬吾父，岂独吾父哉？子不葬，则人将笑子，故劝子葬也。’今子为义，我亦为义，岂独我义也哉？子不学，则人将笑子，故劝子于学。”

【译 文】

有个游学于墨子门下的人，身体强壮有力，心思敏捷通透，墨子想让他跟随自己学习。墨子说：“姑且学习吧，我将推荐你做官。”那人受到好话的勉励便学习，学了一年，就请求墨子推荐他做官。墨子说：“我不会推荐你做官。你也听说鲁国的故事了吧？鲁国有兄弟五人，他们的父亲去世，长子酷爱喝酒而不葬父，四个弟弟说：‘你和我们一起埋葬父亲，我们就给你买酒。’长子受到好话的鼓舞就埋葬了父亲，埋葬之后向四个弟弟要酒。四个弟弟说：‘我们不给你酒。你埋葬你的父亲，我们埋葬我们的父亲，难道他只是我们的父亲吗？你不埋葬，那么别人将笑话你，所以劝你埋葬父亲。’现在你行义，我也行义，难道只有我应该行义吗？你不学习，别人将笑话你，所以我勉励你学习。”

注释

❶强良：亦作“强梁”，强壮有力。 ❷思虑徇通：心思敏捷通达。徇，通“徇”。 ❸其年：期年，一年。 ❹责：要求，请求。 ❺鲁语：指鲁国的故事。 ❻昆弟：兄弟。 ❼沽（gū）酒：买酒。 ❽末：当为“未”，表否定。

【原文】

有游于子墨子之门者，子墨子曰：“盍[1]学乎？”对曰：“吾族人无学者。”子墨子曰：“不然，夫好美者，岂曰吾族人莫之好[2]，故不好哉？夫欲富贵者，岂曰我族人莫之欲，故不欲哉？好美、欲富贵者，不视人犹强[3]为之。夫义，天下之大器[4]也，何以视人？必强为之。”

【译文】

有个游学于墨子门下的人，墨子说：“为什么不学习呢？”回答说：“我族人中没有学习的人。”墨子说：“不是这样，爱美的人，难道会说我族人中没有人爱美，所以我也不爱美吗？想要富贵的人，难道会说我族人中没有人想要富贵，所以我不想要富贵吗？爱美、想要富贵的人，不看别人，自己仍努力去做。义是天下的宝物，为什么要看别人呢？一定努力去做。”

注释

❶盍（hé）：疑问代词，何不。 ❷莫之好：应为“莫好之”，没有人爱美。下文“莫之欲”与此句式相同。 ❸强：勉力，努力。 ❹大器：宝物。比喻重要的事情。

【原 文】

有游于子墨子之门者，谓子墨子曰："先生以鬼神为明知，能为祸人哉福[1]，为善者富之，为暴者祸之。今吾事先生久矣，而福不至。意者[2]先生之言有不善乎？鬼神不明乎？我何故不得福也？"子墨子曰："虽子不得福，吾言何遽[3]不善？而鬼神何遽不明？子亦闻乎匿徒之刑之有刑乎[4]？"对曰："未之得闻也。"子墨子曰："今有人于此，什[5]子，子能什誉之，而一自誉乎[6]？"对曰："不能。""有人于此，百[7]子，子能终身誉其善，而子无一乎？"对曰："不能。"子墨子曰："匿一人者犹有罪，今子所匿者若此其多，将有厚罪者也，何福之求？"

【译 文】

有个游学于墨子门下的人，对墨子说："先生您认为鬼神是明智的，能给人们带来祸福，使做好事的人富裕，使做坏事的人遭祸。现在我侍奉先生很久了，但福祉没有到。或许先生的言论有不对吧？鬼神不明智吧？我为什么没有得到福祉呢？"墨子说："虽然你没有得到福祉，我的言论怎么不对呢？而鬼神怎么不明智呢？你也说过藏匿犯人有罪吗？"回答道："没听说过。"墨子说："现在有一人在这里，才能是你的十倍，你能十倍地称赞他，而一点儿不称赞自己吗？"回答道："不能。"（墨子问）："有一人在这里，才能是你的百倍，你能一辈子称赞他的好，而一点儿不称赞自己吗？"回答道："不能。"墨子说："藏匿一个犯人尚且有罪，现在你如此多地藏匿别人的好，将有重罪啊，还贪求什么福祉？"

注 释

❶能为祸人哉福：疑当为"能为人祸福哉"，能给人带来祸福。 ❷意者：大概，恐怕，或许。 ❸何遽（jù）：怎么。 ❹子亦闻乎匿徒之刑之有刑乎：疑当为"子亦闻乎匿刑徒之有刑乎"，意即你也听说过藏匿犯人有罪吗。 ❺什：十倍。 ❻一：其上当有"无"字。自誉：称赞自己。 ❼百：百倍。

【原 文】

子墨子有疾，跌鼻[1]进而问曰："先生以鬼神为明[2]，能为祸福，为善者赏之，为不善者罚之。今先生圣人也，何故有疾？意者先生之言有不善乎？鬼神不明知乎？"子墨子曰："虽使我有病，何遽不明？人之所得于病者多方[3]，有得之寒暑，有得之劳苦，百门而闭一门焉，则盗何遽无从入？"

【译 文】

墨子生病，学生跌鼻进来问道："先生认为鬼神是明智的，能给人们带来祸福，做好事的人就奖赏他，做坏事的人就惩罚他。如今先生是圣人，为什么会生病呢？或许先生的言论有不对吧？鬼神不明智吧？"墨子说："虽然我生病了，鬼神怎么不明智呢？人生病有多种原因，有人生病源于寒冷暑热，有人生病源于劳累辛苦，有一百扇门却只关一扇门，那么盗贼怎么会没有地方进入呢？"

注 释

❶ 跌鼻：战国时人，应为墨子的弟子。 ❷ 明：圣明，明智，明察。 ❸ 多方：多种原因。

【原 文】

二三子有复[1]于子墨子学射者，子墨子曰："不可，夫知者必量其力所能至而从事焉，国士战且扶人[2]，犹不可及也。今子非国士也，岂能成学又成射哉[3]？"

【译 文】

有几个弟子告诉墨子想要学习射箭，墨子说："不可以，聪明人一定衡量了自己的能力可以达到然后再去做事，国中才能最优秀的人一边作战一边搀扶别人，尚且不可以做到。现在你们并不是国中才能最优秀的人，难道能既学好学业又学好射箭吗？"

注释

❶ 复：告诉。 ❷ 国士：一国中才能最优秀的人。战：作战。 ❸ 成学：学好学业。成射：学好射箭。

【原 文】

二三子复于子墨子曰："告子[1]曰：'言义而行甚恶。'请弃[2]之。"子墨子曰："不可，称我言以毁我行，愈于亡[3]。有人于此[4]，'翟甚不仁，尊天、事鬼、爱人，甚不仁'，犹愈于亡也。今告子言谈甚辩，言仁义而不吾毁，告子毁，犹愈亡也。"

【译 文】

几个弟子告诉墨子说："告子说：'言论讲仁义但行为很邪恶。'请离开他。"墨子说："不可以，称赞我的言论却诋毁我的行为，比什么也不说好。有人在这里说，'墨翟很不仁义，提倡尊崇上天、供奉鬼神、爱护人民，很不仁义'，还是比什么也不说好。现在告子能言善辩，讲仁义而不诋毁我的学说，告子的诋毁，还是比什么也不说好。"

注释

❶ 告子：战国时期思想家，一说名不害。他曾受教于墨子，兼治儒墨之道，擅长辩论，讲究仁义。 ❷ 弃：放弃，离开。 ❸ 亡：通"无"。 ❹ 有人于此：疑当为"有人于此曰"。

【原 文】

二三复于子墨子曰："告子

【译 文】

几个弟子告诉墨子说："告子能

胜为仁。”子墨子曰：“未必然也。告子为仁，譬犹跂[1]以为长，隐[2]以为广，不可久也。”

胜任仁义之事。”墨子说：“不一定是这样。告子行仁义之事，好比踮起脚跟认为自己长高了，仰躺着认为身子变宽了，是不可以持久的。”

注释

❶ 跂（qǐ）：踮起脚跟。 ❷ 隐：通“偃”，仰躺，仰卧。

【原文】

告子谓子墨子曰：“我治国为政[1]。”子墨子曰：“政者，口言之，身必行之。今子口言之，而身不行，是子之身乱也。子不能治子之身，恶[2]能治国政？子姑亡[3]，子之身乱之矣！”

【译文】

告子对墨子说：“我能够治国理政。”墨子说：“执政的人，口头说了，身体必定践行。现在你口头说了，但身体不践行，这是你自身混乱。你不能管理好你自身，怎么能治理国家政事呢？你姑且不要再说了，你自身已经混乱了！”

注释

❶ 我治国为政：疑当为“我能治国为政”。 ❷ 恶（wū）：怎么。 ❸ 亡：不。

鲁 问

【原 文】

鲁君谓子墨子曰："吾恐齐之攻我也，可救乎？"子墨子曰："可。昔者三代之圣王禹汤文武，百里之诸侯也，说忠[1]行义，取天下。三代之暴王桀纣幽厉，仇怨[2]行暴，失天下。吾愿主君之上者尊天事鬼，下者爱利百姓，厚为皮币，卑辞令，亟[3]遍礼四邻诸侯，驱国[4]而以事齐，患可救也，非此，顾无可为者。"

【译 文】

鲁国君主问墨子说："我害怕齐国攻打我鲁国，能解救吗？"墨子说："可以。从前三代的圣王夏禹、商汤、周文王、周武王，是拥有百里领土的诸侯，喜欢忠直，推行仁义，取得天下。三代的暴君夏桀、商纣、周幽王、周厉王，仇恨忠直，施行暴政，丧失天下。我希望主君您对上能尊崇天帝、敬事鬼神，对下能爱护、利于民众，准备丰厚的钱财，使用谦卑的言辞，赶快周遍地向四方相邻的诸侯国表示敬意，率领国人侍奉齐国，忧患就可以解救，不这样，看来就没有可以用的办法了。"

注 释

❶说忠：喜欢忠直。说，同"悦"。 ❷仇（chóu）怨：疑当为"仇忠"，仇恨忠直。 ❸亟：疾速，赶快。 ❹驱国：率领国人。

【原 文】

齐将伐鲁，子墨子谓项子牛[1]曰："伐鲁，齐之大过也。昔者吴王东伐越[2]，栖诸会稽；西伐楚，葆昭王于随[3]；北伐齐，取国子[4]以归于吴。诸侯报其仇，百姓苦其劳而弗为用，是以国为虚戾[5]，身为刑戮也。昔者智伯伐范氏与中行氏，兼三晋之地，诸侯报其仇[6]，百姓苦其劳而弗为用，是以国为虚戾，身为刑戮，用是也。故大国之攻小国也，是交相贼也，过必反于国。"

【译 文】

齐国将攻打鲁国，墨子对项子牛说："攻打鲁国，将是齐国的大过错。从前吴王夫差向东攻打越国，越王勾践困居在会稽山；向西攻打楚国，楚人保护楚昭王逃奔到随地；向北攻打齐国，擒获齐国的将军国书回到吴国。诸侯来复仇，民众感到劳苦而不肯效力，所以吴国国空人绝，吴王惨遭杀害。从前晋国的智伯瑶攻伐范氏和中行氏，兼并了晋国三家的国土，诸侯来复仇，民众感到劳苦而不肯效力，所以国空人绝，智伯惨遭杀害，也是由于这个原因。所以大国攻伐小国，是互相残害，过错一定会反过来伤害本国。"

注 释

❶ 项子牛：齐国将领。 ❷ 吴王东伐越：鲁哀公元年，吴王夫差攻破越国。❸ 葆昭王于随：楚人保护楚昭王逃至随地。葆，通"保"。鲁定公四年，吴军攻入楚都郢都，楚昭王逃至随国。 ❹ 国子：齐国将领国书。 ❺ 虚戾：也作"虚厉"，国空人绝。居宅无人曰虚，死而无后曰厉。 ❻ 诸侯报其仇：智伯灭范氏、中行氏后，时常欺负剩余的韩赵魏三家，后来这三家联合杀害智氏家族而分其地，即"三家分晋"。

【原　文】

子墨子见齐大王[1]曰："今有刀于此，试之人头，倅然[2]断之，可谓利乎?"大王曰："利。"子墨子曰："多试之人头，倅然断之，可谓利乎?"大王曰："利。"子墨子曰："刀则利矣，孰将受其不祥?"大王曰："刀受其利，试者受其不祥。"子墨子曰："并国覆军，贼敖[3]百姓，孰将受其不祥?"大王俯仰而思之曰："我受其不祥。"

【译　文】

墨子见齐太公田和说："如今有一把刀在这里，试着用它砍人头，一下子就能砍掉，可以称得上锋利吗?"齐王说："锋利。"墨子说："多次试着砍人头，一下子就能砍掉，可以称得上锋利吗?"齐王说："锋利。"墨子说："刀是锋利了，谁将承受不好的后果呢?"齐王说："刀承受它的锋利，试刀的人承受不好的后果。"墨子说："吞并别的国家，消灭它的军队，杀害百姓，谁将承受不好的后果?"齐王低头又仰头思考说："我承受不好的后果。"

注释

❶齐大王：齐太公田和，战国时齐国君，于公元前391年放逐齐康公而自立为齐君，公元前387年，求为诸侯。公元前386年，周承认其为诸侯，此为战国田齐之始。❷倅然：猝然，一下子。倅，通"猝"。❸贼敖：疑当为"贼杀"，杀害。

【原　文】

鲁阳文君将攻郑，子墨子闻而止之，谓阳文君[1]曰："今使鲁四境之内，大都攻其小都，

【译　文】

鲁阳文君将攻打郑国，墨子听说了就阻止他，对鲁阳文君说："现在假若鲁阳四境之内，大城市攻打小城市，

大家伐其小家，杀其人民，取其牛马狗豕、布帛、米粟、货财，则何若？”鲁阳文君曰：“鲁四境之内，皆寡人之臣也。今大都攻其小都，大家伐其小家，夺之货财，则寡人必将厚罚之。”子墨子曰：“夫天之兼有天下也，亦犹君之有四境之内也。今举兵将以攻郑，天诛其不至乎？”鲁阳文君曰：“先生何止我攻郑也？我攻郑，顺于天之志。郑人三世杀其父[2]，天加诛焉，使三年不全[3]，我将助天诛也。”子墨子曰：“郑人三世杀其父而天加诛焉，使三年不全，天诛足矣。今又举兵将以攻郑，曰：‘吾攻郑也，顺于天之志。’譬有人于此，其子强梁不材[4]，故其父笞之。其邻家之父举木而击之，曰：‘吾击之也，顺于其父之志。’则岂不悖哉？”

大家族讨伐小家族，杀害人民，抢夺别人家的牛马狗猪、布帛、粮食、财物，那么您会怎么样呢？”鲁阳文君说：“鲁阳四境之内，都是我的臣民。现在大城市攻打小城市，大家族讨伐小家族，掠夺他人的财物，那么我必定将重罚他们！”墨子说：“上天拥有整个天下，也像你拥有整个鲁阳四境之内一样。现在你兴兵将要攻打郑国，上天的责罚难道不会来到吗？”鲁阳文君说：“先生为什么阻止我攻打郑国呢？我攻打郑国，是顺从上天的意志。郑国人连续杀死自己的三任国君，上天已施加责罚，使他们的庄稼三年没有收成，我将帮助上天去责罚郑国。”墨子说：“郑国人连续杀死自己的三任国君而上天已施加责罚，使庄稼三年没有收成，上天的惩罚已经足够了。如今你又兴兵将要攻打郑国，说‘我攻打郑国，是顺从上天的意志。’好比有个人在这里，他的儿子强横凶暴、不成才，所以这人抽打儿子。他邻家的父亲举起木棍来打他，说：‘我打这孩子，是顺从他父亲的意志。’这难道不违背常理吗？”

注释

❶ 阳文君：当为“鲁阳文君”。 ❷ 父：当为“君”。 ❸ 不全：无收成。

❹ 强梁：强横凶暴。不材：不成材，无用。

【原 文】

子墨子谓鲁阳文君曰："攻其邻国，杀其民人，取其牛马粟米货财，则书之于竹帛，镂之于金石，以为铭于钟鼎，传遗后世子孙，曰：'莫若我多。'今贱人也，亦攻其邻家，杀其人民，取其狗豕食粮衣裘，亦书之竹帛，以为铭于席豆[1]，以遗后世子孙，曰：'莫若我多。'其可乎？"鲁阳文君曰："然，吾以子之言观之，则天下之所谓可者，未必然也。"

【译 文】

墨子对鲁阳文君说："一国攻打邻国，杀害邻国的人民，抢夺邻国的牛马、粮食、财物，然后（将这事）书写在竹简帛书上，镂刻在金石上，铸铭文在钟鼎上，留传给后代子孙，说：'没有人比我的多。'如今地位低下的人也去攻打他的邻居，杀害邻居家的人，抢夺他们的狗猪、粮食、衣物，也（将这事）书写在竹简帛书上，刻铭文在几席食器上，来留传给后代子孙，说：'没有人比我的多。'这样可以吗？"鲁阳文君说："对，我依照你说的话去观察世事，那么天下人所说的可行的事，不一定正确。"

注 释

❶ 席：几席，依凭、坐卧的器具。豆：古代盛肉或其他食物的器皿。

【原 文】

子墨子为[1]鲁阳文君曰："世俗之君子，皆知小物而不知大物。

【译 文】

墨子对鲁阳文君说："世俗的君子，都了解小事而不了解大事。

今有人于此，窃一犬一彘[2]则谓之不仁，窃一国一都则以为义。譬犹小视白谓之白，大视白则谓之黑。是故世俗之君子知小物而不知大物者，此若言之谓也。”

现在有一个人在这里，偷了一只狗一头猪就称他为不仁，偷了一个国家一个都邑却认为他合乎义。好比看到一点白说是白，看到很多白却说是黑一样。所以世俗的君子只了解小事却不了解大事的情况，这如同这话所说的一样。”

注释

❶ 为：对，向。 ❷ 彘（zhì）：猪。

【原 文】

鲁阳文君语子墨子曰：“楚之南有啖[1]人之国者桥，其国之长子生，则鲜[2]而食之，谓之宜弟。美，则以遗[3]其君，君喜则赏其父。岂不恶俗哉？”子墨子曰：“虽中国[4]之俗，亦犹是也。杀其父而赏其子，何以异食其子而赏其父者哉？苟不用仁义，何以非夷人食其子也[5]？”

【译 文】

鲁阳文君对墨子说：“楚国南边有个食人的国家桥国，这个国家的长子一出生，就被分解吃掉，说这样有利于弟弟。味道鲜美，那么就赠送给国君吃，国君高兴了就奖赏孩子的父亲。难道不是恶劣的风俗吗？”墨子说：“即使中原各国的风俗，也是如此。杀掉父亲然后奖赏他的儿子，与吃掉儿子然后奖赏他的父亲有什么不同呢？如果不施行仁义，凭什么非议夷人吃他们的儿子呢？”

注释

❶ 啖（dàn）：吃。 ❷ 鲜：应为“解”，分解。 ❸ 遗（wèi）：赠送。 ❹ 中国：中原的国家。 ❺ 非：非议，批评。夷人：古代对中国境内华夏族之外的各族人的通称。此指南方的桥国人。

【原 文】

鲁君之嬖人[①]死，鲁君为之诔[②]，鲁人因说而用之[③]。子墨子闻之曰：“诔者，道死人之志也。今因说而用之，是犹以来首从服[④]也。”

【译 文】

鲁国国君的爱妾死了，鲁国人写了一篇哀悼的诔文，鲁国国君因为喜欢而重用此人。墨子听说这事后说：“诔文是用来称道死者的遗志的。如今因为国君喜欢而重用此人，这好像用狐狸驾车一样。”

注释

❶ 嬖（bì）人：爱妾。 ❷ 鲁君：当为“鲁人”。诔（lěi）：记述功德、哀悼死者的祭文。 ❸ 鲁人：当为“鲁君”。说：同“悦”。下同。 ❹ 来首从服：用狐狸驾车，比喻不能胜任。来首，一说应为“狸首”，即狐狸。一说为牦牛。

【原 文】

鲁阳文君谓子墨子曰：“有语[①]我以忠臣者，令之俯则俯，令之仰则仰，处则静，呼则应，可谓忠臣乎？”子墨子曰：“令

【译 文】

鲁阳文君对墨子说：“有人告诉我作为忠臣，让他低头就低头，让他抬头就抬头，坐着时就安静，呼喊他就答应，可以称为忠臣吗？”墨子说：“让

之俯则俯，令之仰则仰，是似景[2]也。处则静，呼则应，是似响[3]也。君将何得于景与响哉？若以翟之所谓忠臣者，上有过则微之以谏[4]，己有善则访[5]之上，而无敢以告。外匡其邪而入其善，尚同而无下比[6]，是以美善在上而怨仇在下，安乐在上而忧戚在臣。此翟之所谓忠臣者也。”

他低头就低头，让他抬头就抬头，这像影子一样。坐着时就安静，呼喊他就答应，这像回声一样。您将能从影子和回声中得到什么呢？如果按照我所说的忠臣，国君有过错就委婉劝谏，自己有好主意就与国君商议，而不敢告诉别人。外能匡正国君的偏邪而把他引入正道，与君主保持一致而不勾结坏人，所以美好善良归于国君而怨恨仇视归于臣下，安宁快乐归于国君而忧愁悲伤归于臣下。这就是我所说的忠臣。”

注释

❶ 语（yù）：告诉。 ❷ 景：同“影”，影子。 ❸ 响：回响，回音，回声。 ❹ 微之以谏：委婉劝谏。 ❺ 访：谋议，商议。 ❻ 尚同：与上级意见统一。下比：勾结坏人。

【原 文】

鲁君谓子墨子曰：“我有二子，一人者好学，一人者好分人财，孰以为太子而可？”子墨子曰：“未可知也，或所为赏与为是也[1]。鲋[2]者之恭，非为鱼赐也；饵鼠以虫[3]，非爱之也。吾愿主君之合其志

【译 文】

鲁国国君对墨子说：“我有两个儿子，一人好学，一人喜欢分给别人财物，你认为谁可以做太子呢？”墨子说：“还不能知道，也许他们这样做是为了获得赏赐与荣誉。钓鱼的人恭敬地守护，不是为了给鱼恩赐；以毒虫为老鼠的诱饵，并不是爱它。我希望国君您综合他们志向

功[4]而观焉。"

和功劳来观察。"

注 释

❶赏：奖赏。与：称赞。 ❷鼩：同"钓"，钓鱼。 ❸虫：当为"蛊"，毒虫。 ❹志功：志向与功劳。

【原 文】

鲁人有因子墨子而学其子[1]者，其子战而死，其父让[2]子墨子。子墨子曰："子欲学子之子，今学成矣，战而死，而子愠[3]，是犹欲粜[4]，籴雠[5]，则愠也，岂不费[6]哉？"

【译 文】

一个鲁国人让儿子跟随墨子并让儿子学习，他儿子在作战中死了，他的父亲责怪墨子。墨子说："您想要您儿子学习，现在学成了，在作战中死了，您却怨恨，这就像想要卖粮食，粮食售出去别人买走了，却发怒一样，难道不违背常理吗？"

注 释

❶学其子：使其子学习。 ❷让：责怪。 ❸愠（yùn）：怨恨。 ❹粜（tiào）：卖粮食。 ❺籴（dí）：买粮。雠（chóu）：售，卖出去。 ❻费：违背，此指违背常理。

【原 文】

鲁之南鄙[1]人有吴虑者，冬陶夏耕，自比于舜。子墨子

【译 文】

鲁国南部边邑有个叫吴虑的人，冬天制作陶器，夏天耕作，将自己比

闻而见之。吴虑谓子墨子："义耳义耳，焉用言之哉？"子墨子曰："子之所谓义者，亦有力以劳人[2]，有财以分人乎？"吴虑曰："有。"子墨子曰："翟尝计之矣。翟虑耕而食天下之人矣，盛[3]，然后当一农之耕，分诸天下，不能人得一升粟。籍而以为得一升粟，其不能饱天下之饥者，既可睹[4]矣。翟虑织而衣天下之人矣，盛，然后当一妇人之织，分诸天下，不能人得尺布。籍而以为得尺布，其不能暖天下之寒者，既可睹矣。翟虑被坚执锐救诸侯之患[5]，盛，然后当一夫之战。一夫之战，其不御三军，既可睹矣。翟以为不若诵先王之道而求其说，通圣人之言而察其辞，上说王公大人，次匹夫徒步之士[6]。王公大人用吾言，国必治；匹夫徒步之士用吾言，行必修。故翟以为虽不耕而食饥，不织而衣寒，功贤[7]于耕而食之、织而衣之者也。故翟以为虽不

作虞舜。墨子听说后就去拜见他。吴虑告诉墨子："义啊义啊，哪里需要说出它来呢？"墨子说："你所说的义，也包括有力气便为人效劳，有财物便分给别人吧？"吴虑说："是的。"墨子说："我曾考虑过了。我考虑耕种来给天下的人提供食物，最多也不过抵得上一个农民耕种的收获，将这些粮食分给天下人，不能让每个人得到一升米。假如姑且认为每人得到一升米，将不能使天下饥饿的人吃饱，这是显而易见的。我考虑织布来给天下的人提供衣服，最多也不过抵得上一个妇女织布的收获，将这些布匹分给天下人，不能让每个人得到一尺布。假如姑且认为每人得到一尺布，将不能使天下受冻的人暖和，这是显而易见的。我考虑穿着坚固的铠甲，手拿锐利的武器，来解救诸侯的危难，最多也不过抵得上一名战士的战斗力。一名战士将不能抵挡敌方的三军，这是显而易见的。我认为不如诵习先王之道并探求他们的学说，通晓圣人的言论并考察他们的文辞，对上游说国君重臣，其次平民百姓。国君重臣采纳我的意见，国家一定得到治理；平民百姓采纳我的意见，品行一定美好。所以我认为虽然不耕作却能给饥饿的人食物，不纺织却能给寒冷的人衣服，我的功劳胜过耕种给人饭吃、织布给人衣服穿的人。所以我认为虽然不

耕织乎，而功贤于耕织也。”

耕种织布，而功劳胜过耕种织布。”

注 释

❶南鄙：南方边邑。 ❷劳人：为人效劳。 ❸盛：极点，最多。 ❹既可睹：显而易见。 ❺被：穿着。坚：坚固的铠甲。锐：锐利的武器。 ❻匹夫：平民百姓。徒步：比喻平民百姓。 ❼贤：胜过，超过。

【原 文】

吴虑谓子墨子曰：“义耳义耳，焉用言之哉？”子墨子曰：“籍设[①]而天下不知耕，教人耕，与不教人耕而独耕者，其功孰多？”吴虑曰：“教人耕者其功多。”子墨子曰：“籍设而攻不义之国，鼓[②]而使众进战，与不鼓而使众进战而独进战者，其功孰多？”吴虑曰：“鼓而进众者其功多。”子墨子曰：“天下匹夫徒步之士少知义，而教天下以义者功亦多，何故弗言也？若得鼓而进于义，则吾义岂不益进哉？”

【译 文】

吴虑对墨子说：“义啊义啊，为什么要将它说出来呢？”墨子说：“假设天下人不会耕种，教人耕种，与不教人耕种而只自己耕种的，哪个功劳多？”吴虑说：“教人耕种的功劳多。”墨子说：“假如攻打没有道义的国家，击鼓使众人前进作战，与不击鼓使众人前进作战而独自作战的，哪个功劳多？”吴虑说：“击鼓使众人前进作战的功劳多。”墨子说：“天下的平民百姓很少有知道义的，而用义来教化天下的功劳也多，为什么不去宣讲义呢？如果能够鼓励人们追求义，那么我的义难道不是更进一步了吗？”

注释

❶ 籍设：如果，假设。 ❷ 鼓：鼓励。

【原 文】

子墨子游[①]公尚过于越。公尚过说越王，越王大说[②]，谓公尚过曰："先生苟能使子墨子于越而教寡人，请裂故吴之地[③]，方五百里，以封子墨子。"公尚过许诺。遂为公尚过束车[④]五十乘，以迎子墨子于鲁。曰："吾以夫子之道说越王，越王大说，谓过曰：苟能使子墨子至于越而教寡人，请裂故吴之地，方五百里，以封子。"子墨子谓公尚过曰："子观越王之志何若？意[⑤]越王将听吾言，用我道，则翟将往，量腹而食，度身而衣，自比于群臣，奚能以封为哉？抑越不听吾言，不用吾道，而吾往焉，则是我以义粜[⑥]也。钧[⑦]之粜，亦于中国耳，何必于越哉？"

【译 文】

墨子游说公尚过到越国去。公尚过游说越王，越王非常高兴，对公尚过说："先生如果能让墨子到越国教导我，愿分割原来吴国的方圆五百里土地，来封赏墨子。"公尚过答应了。于是为公尚过套四马之车五十辆，到鲁国迎接墨子。（公尚过见到墨子）说："我用老师的学说游说越王，越王非常高兴，对我说：如果能让墨子到越国教导我，愿分割原来吴国的方圆五百里土地，来封赏墨子。'"墨子对公尚过说："你观察越王的心志怎么样？或许越王听我的话，采纳我的学说，那么我将前往，估量着肚子吃饭，估量着身体穿衣，把自己当作普通的臣子，哪里会因为封地才去做呢？或许越王不听我的话，不采纳我的学说，而我前往那里，那么这是我出售义了。同样是出售，在中原也可以，为什么一定到越国去呢？"

注释

❶ 游：游说。 ❷ 说：同“悦”。 ❸ 故吴之地：原来吴国的土地。 ❹ 束车：套车。 ❺ 意：通“抑”，或许。 ❻ 义粜：出售义，卖义。 ❼ 钧：通“均”，相同，同样。

【原文】

子墨子游，魏越①曰：“既得见四方之君，子则将先语？”子墨子曰：“凡入国，必择务②而从事焉。国家昏乱，则语之尚贤、尚同；国家贫，则语之节用、节葬；国家憙音湛湎③，则语之非乐、非命；国家淫僻无礼，则语之尊天、事鬼；国家务夺侵凌，即语之兼爱、非攻，故曰择务而从事焉。”

【译文】

墨子外出游说，魏越说：“既已见到各国君主，您将先说什么呢？”墨子说：“凡是进入一个国家，一定要选择紧要的事情做。国家政治黑暗，社会混乱，就告诉国君尚贤、尚同；国家贫穷，就告诉国君节用、节葬；国家喜爱音乐、沉迷于饮酒，就告诉国君非乐、非命；国家邪恶不正、不循礼法，就告诉国君尊天、事鬼；国家掠夺侵犯欺凌别国，就告诉国君兼爱、非攻，所以说要选择紧要的事情做。”

注释

❶ 魏越：墨子的弟子。 ❷ 务：要务，重要的事情。 ❸ 憙（xǐ）：同“喜”，喜爱，爱好。湛湎（chénmiǎn）：沉湎，沉迷。

【原 文】

子墨子出曹公子[1]而于宋，三年而反[2]，睹子墨子曰：“始吾游于子之门，短褐[3]之衣，藜藿[4]之羹，朝得之则夕弗得，祭祀鬼神[5]。今而以夫子之教，家厚于始也。有家厚，谨祭祀鬼神。然而人徒多死，六畜不蕃[6]，身湛于病，吾未知夫子之道之可用也。”子墨子曰：“不然。夫鬼神之所欲于人者多，欲人之处高爵禄则以让贤也，多财则以分贫也，夫鬼神岂唯擢季钳肺[7]之为欲哉？今子处高爵禄而不以让贤，一不祥也；多财而不以分贫，二不祥也。今子事鬼神唯祭而已矣，而曰：‘病何自至哉？’是犹百门而闭一门焉，曰：‘盗何从入？’若是而求福于有怪之鬼，岂可哉？”

【译 文】

墨子推荐曹公子到宋国做官，三年后返回，看望墨子说：“当初我游学于您门下时，穿粗布短衣，喝野菜汤，早上吃得上那么晚上就吃不上，不能祭祀鬼神。现在因为老师您的教导，家产比起初丰厚了。有丰厚的家产，恭敬地祭祀鬼神。但是家人大多死去，牲畜不兴盛，身体困于病患，我不知道老师的学说是不是可以用呢。”墨子说：“不是这样。鬼神希望人们做的事情很多，希望人处在高官厚禄的地位时能够让贤，财物多时能够分给穷人，鬼神难道只是想取食祭品吗？如今您身处高官厚禄之位却不能让贤，这是第一个不祥；财物多却不分给穷人，这是第二个不祥。现在你供奉鬼神仅是祭祀罢了，却说：‘病是从哪里来的呢？’这就像有一百扇门却只关一扇门，问：‘盗贼是从哪里进来的？’像这样祈求福祉于你所责怪的鬼神，难道可以吗？”

注 释

❶曹公子：墨子的弟子。　❷反：同“返”。　❸短褐（hè）：粗布短衣，多为贫者所穿。　❹藜藿（líhuò）：藜和藿。指粗劣的饭菜。藜，一年生草本植

物。嫩叶可食。藿，豆叶，嫩时可食。 ❺祭祀鬼神：当为“弗得祭祀鬼神”。❻蕃（fán）：兴旺，众多。 ❼擢（zhuó）季钳（qián）肺：当为“擢黍钳肺”，拿取祭品。擢、钳均为拿取、抓取。黍、肺疑均为祭品。

【原 文】

鲁祝以一豚祭[1]，而求百福于鬼神。子墨子闻之曰：“是不可。今施人薄而望人厚，则人唯恐其有[2]赐于己也。今以一豚祭，而求百福于鬼神，唯恐其以牛羊祀也。古者圣王事鬼神，祭而已矣。今以豚祭而求百福，则其富不如其贫也。”

【译 文】

鲁国主持祭祀的人用一头小猪祭祀，却向鬼神祈求百福。墨子听说这件事说：“这不可以。如今施予别人微薄却希望别人给予厚报，那么别人只怕你再送东西给自己。现在用一头小猪祭祀，而向鬼神祈求百福，鬼神只怕你用牛羊祭祀了。从前圣明的君王供奉鬼神，仅是祭祀而已。如今用小猪祭祀而祈求百福，那么祭品丰富不如祭品贫乏。”

注 释

❶祝：祭祀时司礼仪的人。豚（tún）：小猪。 ❷有：通“又”。

【原 文】

彭轻生子[1]曰：“往者可知，来者不可知。”子墨子曰：“籍设而亲在百里之外，则遇难焉，期以一日也，及

【译 文】

彭轻生子说：“过去的事情可以知道，未来的事情不可以知道。”墨子说：“假设你的父母在百里之外，遇到了危难，在一天的期限内，能赶到，他们就

之则生，不及则死。今有固车良马于此，又有奴马四隅之轮于此[2]，使子择焉，子将何乘？”对曰：“乘良马固车，可以速至。”子墨子曰：“焉在矣来[3]？”

能活；赶不到，他们就会死。如今有坚固的车子和好马在这里，又有劣马和破旧的车子在这里，让你选择，你将要乘坐哪一种？”回答说：“乘坐好马和坚固的车子，可以快速到达。”墨子说：“怎么不能预知未来的事情呢？”

注释

❶ 彭轻生子：应为墨子的弟子。 ❷ 奴马：劣马。奴，通“驽”，劣马、走不快的马。四隅之轮：破旧的车子。 ❸ 焉在矣来：应为“焉在不知来”。

【原文】

孟山誉王子闾曰[1]：“昔白公之祸[2]，执王子闾，斧钺钩要[3]，直兵[4]当心，谓之曰：‘为王则生，不为王则死。’王子闾曰：‘何其侮我也！杀我亲[5]而喜我以楚国，我得天下而不义，不为也，又况于楚国乎？’遂而不为[6]。王子闾岂不仁哉？”子墨子曰：“难则难矣，然而未仁也。若以王为无道，则何故不受而治也？若以白公为不义，何故不受王，诛

【译文】

孟山称赞王子闾说：“从前白公胜作乱，抓到王子闾，用斧钺逼着他的腰，用剑矛顶着他的心窝，对他说：‘做楚王就能活命，不做楚王就要死！’王子闾说：‘这是多么侮辱我啊！杀害我的亲人，又用楚国来戏弄我，让我取得天下而不符合义，我不做，更何况楚国呢？’最终也不做。王子闾难道不仁义吗？”墨子说：“难倒是很难了，但还没有达到仁义。如果认为楚王不行正道，那么为什么不接受王位而治理楚国呢？如果认为白公胜不仁义，为什么不接受王位，诛杀白公胜然后再将王位返还给原来的

白公然而反王[7]？故曰难则难矣，然而未仁也。”

楚王呢？所以说难倒是很难了，但还没有达到仁义。”

注 释

❶ 孟山：应为墨子的弟子。王子闾：春秋时楚国人，子闾，名启，楚昭王之弟。 ❷ 白公之祸：白公胜叛乱而胁迫王子闾做楚王。 ❸ 斧钺：泛指兵器。要：同“腰”。 ❹ 直兵：剑、矛等尖端锐利、没有弯钩的兵器。 ❺ 亲：亲人，此指子闾之兄子西、子期，他们都为白公胜所杀。 ❻ 遂而不为：应为“遂死而不为”。公元前 479 年，王子闾因不愿为王而被白公胜杀死。 ❼ 反王：把王位返还给楚王。反，同“返”。

【原 文】

子墨子使胜绰事项子牛。[1]项子牛三侵鲁地，而胜绰三从。子墨子闻之，使高孙子[2]请而退之，曰：“我使绰也，将以济骄而正嬖也[3]。今绰也禄厚而谲夫子[4]，夫子三侵鲁，而绰三从，是鼓鞭于马靳[5]也。翟闻之：‘言义而弗行，是犯明也。’绰非弗之知也，禄胜义也。”

【译 文】

墨子派胜绰侍奉项子牛。项子牛三次侵犯鲁国领土，而胜绰三次都跟从。墨子听说后，派高孙子去请求项子牛辞退胜绰，说：“我派胜绰，是让他来阻止骄慢而纠正邪僻的。现在胜绰俸禄丰厚却欺骗您，您三次侵犯鲁国，而胜绰三次跟从，这是鞭打马前胸啊！我听说过：‘口说仁义却不践行，这是明知故犯。’胜绰不是不知道，只是俸禄胜于仁义。”

注释

❶ 胜绰：墨子的弟子。项子牛：齐国大将。 ❷ 高孙子：墨子的弟子。 ❸ 济骄：阻止骄慢。济，止。正嬖（bì）：纠正邪僻。嬖，当通“僻”。 ❹ 谲（jué）：欺诈。夫子：指齐将项子牛。 ❺ 鼓鞭于马靳：鞭打马前胸。这样不能使马前进。比喻做了适得其反的事情。马靳，马身前部。墨子派胜绰侍奉项子牛，促使项子牛行义，但胜绰协助项子牛攻打鲁国，与墨子的意愿背道而驰。

【原文】

昔者楚人与越人舟战于江，楚人顺流而进，迎流①而退，见利而进，见不利则其退难。越人迎流而进，顺流而退，见利而进，见不利则其退速。越人因此若埶②，亟③败楚人。公输子④自鲁南游楚，焉⑤始为舟战之器，作为钩强⑥之备，退者钩之，进者强之，量其钩强之长，而制为之兵。楚之兵节，越之兵不节，楚人因此若埶，亟败越人。公输子善⑦其巧，以语子墨子曰：“我舟战有钩强，不知子之义亦有钩强乎？”子墨子曰：“我义之钩强，贤于子舟战之钩强。我钩强，我钩之以爱，揣⑧之以恭。弗钩以爱则不亲，

【译文】

从前楚国人与越国人用船在长江上作战，楚国人顺流时就前进，逆流时就后退，看见有利于自己时就进攻，看见不利于自己时退守却很难。越国人逆流时就前进，顺流时就后退，看见有利于自己时就进攻，不利于自己时退守很快。越国人凭借这种优势，屡次打败楚国人。公输盘从鲁国南游到楚国，于是开始为楚国制作用于船战的兵器，造出了钩和拒这种兵器装备，敌船后退时就用钩子钩住，前进时就用拒顶住，量好钩和拒的长度，而制成兵器。楚国的兵器适用，越国的兵器不适用，楚国人凭借这种优势，屡次打败越国人。公输盘自夸制造的兵器精巧，告诉墨子说：“我用船在水上作战有钩拒，不知道你的义也有钩拒吗？”墨子说：“我义的钩拒，胜过你用船在水上作战的钩拒。我的钩拒是用爱来钩，用恭敬来

弗揣以恭则速狎[9]，狎而不亲，则速离。故交相爱，交相恭，犹若相利也。今子钩而止人，人亦钩而止子；子强而距[10]人，人亦强而距子。交相钩，交相强，犹若相害也。故我义之钩强，贤子舟战之钩强。”

拒。不用爱来钩就不能亲近，不用尊敬来拒就容易轻慢。轻慢而不亲近，那么很快导致离散。所以互相关爱，互相尊敬，就像互相获利了。如今你用钩阻止别人，别人也用钩阻止你；你用拒阻拒人，别人也用拒阻拒你。互相阻止，互相阻拒，就像互相伤害了。所以我义的钩拒，胜过你用船在水上作战的钩拒。”

注释

❶ 迎流：逆流。 ❷ 埶（shì）：同“势”。 ❸ 亟：屡次，一再。 ❹ 公输子：名班，又称公输盘、公输般等，战国时期鲁国的能工巧匠。 ❺ 焉：于是。 ❻ 钩强：应为“钩拒”，古军用器械，钩住敌人而不让逃跑，抗拒敌人的进攻。强，应为“拒”，下同。 ❼ 善：自夸。 ❽ 揣：当为“拒”。 ❾ 狎（xiá）：轻慢，怠慢。 ❿ 距：通“拒”，抵抗，抵御。

【原 文】

公输子削竹木以为䧿[1]，成而飞之，三日不下，公输子自以为至巧。子墨子谓公输子曰：“子之为䧿也，不如匠之为车辖[2]。须臾刘[3]三寸之木，而任五十石之重[4]。故所为巧，利于人谓之巧，不利于人谓之拙。”

【译 文】

公输盘削竹木制作木鹊，做成后能飞起来，飞了三天不落下来，公输盘自己认为非常巧妙。墨子对公输盘说：“你制作鹊，比不上木匠制作车辖。（木匠）一会儿砍成三寸的木块，就能承受五十石的重量。所以说到精巧，对人有利叫作巧妙，对人没利叫作笨拙。”

注释

❶ 鵲：同“鹊”。 ❷ 车辖：车轴两端的键，即销钉。 ❸ 刘：当为“斫”，用刀斧等砍或削。 ❹ 任：担荷，负载，承受。石（dàn）：古代的重量单位，一百二十斤为一石。

【原文】

公输子谓子墨子曰：“吾未得见之时，我欲得宋，自我得见之后，予我宋而不义，我不为。”子墨子曰：“翟之未得见之时也，子欲得宋，自翟得见子之后，予子宋而不义，子弗为，是我予子宋也。子务①为义，翟又将予子天下。”

【译文】

公输盘对墨子说：“我没见到你的时候，我想要得到宋国，自从我见到你之后，给我宋国而不符合道义，我就不会要。”墨子说：“我没见到你的时候，你想要得到宋国，自从我见到你后，给你宋国而不符合道义，你就不会要，这就是我送给你宋国了。你致力于行义，我还会将天下送给你。”

注释

❶ 务：致力于。

公 输

【原 文】

公输盘为楚造云梯之械[①]，成，将以攻宋。子墨子闻之，起于齐[②]，行十日十夜而至于郢[③]，见公输盘。

【译 文】

公输盘为楚国制造攻城的梯子，做成后，将用来攻打宋国。墨子听说这事，从鲁国出发，走了十天十夜而到达楚国郢都，往见公输盘。

注 释

❶ 云梯之械：登高攻城的梯子，又称云梯。 ❷ 齐：应为“鲁”。 ❸ 郢（yǐng）：春秋战国时楚国国都。

【原 文】

公输盘曰：“夫子何命焉为[①]？”子墨子曰：“北方有侮臣[②]，愿藉[③]子杀之。”公输盘不说[④]。子墨子曰：“请献十金。”公输盘曰：“吾义固不杀人。”子墨子起，再拜曰：“请说[⑤]之。

【译 文】

公输盘说：“先生有什么吩咐？”墨子说：“北方有人侮辱我，我想凭借您的手杀掉他。”公输盘不高兴。墨子说：“愿奉上十镒黄金。”公输盘说：“我行义，从不杀人。”墨子站起身，再次叩拜说：“请让我陈说一下。

吾从北方闻子为梯，将以攻宋。宋何罪之有？荆国有余于地而不足于民，杀[6]所不足而争所有余，不可谓智。宋无罪而攻之，不可谓仁。知而不争[7]，不可谓忠。争而不得，不可谓强。义[8]不杀少而杀众，不可谓知类[9]。"公输盘服。子墨子曰："然乎不已乎？"公输盘曰："不可。吾既已言之王矣。"子墨子曰："胡不见[10]我于王？"公输盘曰："诺。"

我在北方听说您制造云梯，将用来攻打宋国。宋国有什么罪过？楚国有多余的土地而人口不充足，牺牲本国不充足的人口而去抢夺本国已多余的土地，不能称为明智。宋国没有罪却去攻打它，不能称为仁义。明知这个道理而不劝阻楚王，不能称为忠诚。规劝却不能制止，不能称为强。你行义而不杀一个人，却要杀宋国众多的人，不能称为懂得类推。"公输盘被说服了。墨子说："既然这样，为什么不停止攻宋呢？"公输盘说："不行。我已把这件事告诉大王了。"墨子说："为什么不向大王荐举我呢？"公输盘说："好的。"

注释

❶何命焉为："何为命焉"的倒装。命，差遣、命令。 ❷有侮臣：有人侮辱我。臣，墨子的自称。 ❸藉：同"借"。 ❹说：同"悦"。 ❺说：陈说。 ❻杀：伤害，此指牺牲。 ❼争：通"诤"，规劝，诤谏。 ❽义：行义。 ❾类：类推，推理。 ❿见：介绍，荐举。

【原文】

子墨子见王，曰："今有人于此，舍其文轩[1]，邻有敝舆[2]，而欲窃之；舍其锦绣[3]，邻有短褐，而欲窃之；舍其粱

【译文】

墨子见到楚王，说："如今有一个人在这里，舍弃自己华美的车子，邻居有破车，而想去偷；舍弃自己花纹色彩精美鲜艳的衣裳，邻居有粗布短衣，而想去偷；舍弃自己精美的饭食，

肉[4]，邻有糠糟[5]，而欲窃之。此为何若人？”王曰：“必为窃疾[6]矣。”子墨子曰：“荆之地方五千里，宋之地方五百里，此犹文轩之与敝舆也；荆有云梦[7]，犀兕[8]麋鹿满之，江汉之鱼鳖鼋鼍为天下富[9]，宋所为无雉[10]兔狐狸者也，此犹粱肉之与糠糟也；荆有长松、文梓、楩楠、豫章[11]，宋无长木，此犹锦绣之与短褐也。臣以三事[12]之攻宋也，为与此同类，臣见大王之必伤义而不得。”王曰：“善哉！虽然，公输盘为我为云梯，必取宋。”

邻居有粗劣的食物，而想去偷。这是个什么样的人？”楚王说：“一定有盗窃的毛病。”墨子说：“楚国的土地方圆五千里，宋国的土地方圆五百里，这如同华美的车与破车一样；楚国有云梦泽，里面犀牛麋鹿充满其中，长江汉水里的鱼鳖鼋鼍，是天下丰富的了，宋国却是连野鸡野兔狐狸都没有的国家，这如同精美的饭食与粗劣的食物一样；楚国有松树、梓木、楩木、楠木、枕木、樟木等高大名贵的木材，宋国却没有高大的树木，这如同花纹色彩精美鲜艳的衣裳与粗布短衣一样。我用这三件事来比喻攻打宋国，和这种行为是同一类型，我预见大王必定损伤仁义却不能占领宋国。”楚王说：“说得好！尽管如此，公输盘为我造好云梯，一定要攻取宋国。”

注释

❶ 文轩：华美的车子。 ❷ 敝舆（yú）：破车。 ❸ 锦绣：花纹色彩精美鲜艳的丝织品。 ❹ 粱肉：精米肉食，指精美的饭食。 ❺ 糠糟（kāngzāo）：粗劣的食物。 ❻ 窃疾：盗窃病。 ❼ 云梦：云梦泽，古代楚国的大湖，泛指春秋战国时楚王的游猎地。 ❽ 犀兕（sì）：犀牛。 ❾ 鼋（yuán）：鳖类。鼍（tuó）：鳄鱼的一种。 ❿ 雉（zhì）：野鸡，山鸡。 ⓫ 楩（pián）楠：楩木、楠木。豫章：枕木、樟木。长松、文梓、楩楠、豫章都是高大、珍贵的木材。 ⓬ 三事：上述三件事。

【原 文】

于是见公输盘。子墨子解带为城，以牒[1]为械，公输盘九设攻城之机变[2]，子墨子九距[3]之。公输盘之攻械尽，子墨子之守圉[4]有余。公输盘诎[5]，而曰："吾知所以距子矣，吾不言。"子墨子亦曰："吾知子之所以距我，吾不言。"楚王问其故，子墨子曰："公输子之意，不过欲杀臣。杀臣，宋莫能守，可攻也。然臣之弟子禽滑厘等三百人，已持臣守圉之器，在宋城上而待楚寇矣。虽杀臣，不能绝也。"楚王曰："善哉！吾请无攻宋矣。"

【译 文】

于是墨子就去拜见公输盘。墨子解下腰带当作城池，把木片当作攻守城池的器械，公输盘多次设置攻城的机巧变化，墨子多次抵挡住了。公输盘攻城的技巧用完了，墨子的抵御办法有剩余。公输盘屈服了，却说："我知道对付您的办法了，我不说。"墨子也说："我知道您对付我的办法，我不说。"楚王问其中的原因，墨子说："公输盘的意思，不过是想要杀死我。杀死我，宋国就不能守住了，可以攻下。然而我的弟子禽滑釐等三百人，已经拿着我的守城兵器，在宋国的城墙上等待楚国的敌寇。即使杀了我，不能杀尽守御的人。"楚王说："好吧！我愿意不攻打宋国了。"

注 释

❶牒：木片。一说是"箸"，即筷子。 ❷九：虚数，极言其多。机变：机巧变化。 ❸距：通"拒"，抵御，抵抗。 ❹圉：抵御。 ❺诎（qū）：屈服，折服。

【原 文】

子墨子归，过宋，天

【译 文】

墨子归家，路过宋国，天下起了雨，

雨[1]，庇其闾[2]中，守闾者不内也。故曰："治于神者，众人不知其功；争于明者，众人知之。"

墨子到里巷的大门内避雨，看守里巷大门的人不让他进去。所以说："运用智慧处理事情的神妙之人，众人不知道他的功劳；在明处争辩不休的人，众人都知道他。"

注释

❶ 雨（yù）：下雨，降雨。 ❷ 闾：里巷的大门。